『しのびね物語』注釈

岩坪 健 著

和泉書院

上巻第一図
第二章第一段　きんつね少将、しのびねの君を垣間見る

上巻第七図
第七章第二段　きんつね少将・しのびねの君たちの引越し

中巻第九図
第三十九章第四段　御前演奏を聞き、忍び泣くしのびねの君

（飛驒高山まちの博物館所蔵　本書解説348〜350頁参照）

目次

あらすじ

内大臣家の御曹司（きんつね）とその妹（桐壺の女御）は、美男美女として評判が高かった。きんつねが二十三歳のとき、京都郊外の嵯峨野で琴を弾く姫君（忍音《しのびね》の君）に一目ぼれする。彼女は両親とも宮家出身だが父を亡くし、母の尼君とわび住まいをしていた。きんつねは自分の両親には内緒で忍音の君と結婚して、家来の家に引越し、男子（若君）が誕生する。しかしながら内大臣は、息子きんつねの将来を考え、左大臣家の娘と強引に結婚させる。また、内大臣は若君の未来も気づかい、実母から引き離して内大臣家で育てることにした。

きんつねが物忌みで宮中から出られないのを内大臣は利用して、忍音の君と母の尼君を家から追い出す。忍音の君たちは宮中に行き、尼君の知人である典侍の部屋に居候になる。忍音の君の美しさを典侍から聞いた帝は、忍音の君に言い寄るが無視される。忍音の君の居所が分からず、憂いに沈むきんつねを帝は見て、忍音の君との仲を疑い、忍音の君に問い詰めるが答えてくれず、典侍も教えてくれない。

帝に口説かれる忍音の君を、偶然きんつねは垣間見て、身を引く決心をする。忍音の君にだけ出家の意思を打ち明け、比叡山に登り、聖に剃髪してもらう。

その後、忍音の君は帝の長男を出産し、その皇子は東宮、そして天皇に即位する。それに伴い忍音の君も后、そして女院にまで登りつめる。そうなるために、きんつねは若くして出家したのだと、世人は噂した。

若君（きんつねの子息）は元服した後、比叡山に住む父と再会して、そのことを忍音の君に報告する。その後も絶えず、父に会いに出かけたとか。

系図①　注（　）の中は別称。［　］内は説明。従来は帝と東宮を別人と見なしたが、本書では同一人物とする（第七十四章の注4、参照）。

内大臣（内の大殿、殿、大殿）＝北の方（上、祖母《うば》君、母上）
　├ きんつね（四位の少将、宰相の中将、中納言、山籠りの中納言、中納言入道、聖）
　└ 桐壺の女御（中納言の御妹、桐壺の御方）

左大将（大将）―姫君

姫君＝きんつね
　├ 若君（侍従、少将、中将、二位の中納言）＝右大臣の中の君
　└ 忍音の君（姫君、母君、女君、古里の人、しのびね、忍音の内侍、承香殿の女御、后、中宮、后の宮、女院）

忍音の君＝東宮（帝、上）＝桐壺の女御
東宮＝弘徽殿
　├ 若宮（東宮、当代の帝）＝左大将の姫君
　└ 宮たち

系図②

故式部卿の宮―尼君（母君、祖母君、尼上、母なる人、母上）

尼君＝中務の宮（故宮）
　└ 忍音の君

その他の登場人物

光家［きんつねの随身］。
左中弁［きんつねの乳母子］。
兵衛の君［左中弁の女房］。
中納言の君・少納言［忍音の君の女房］。
中納言・弁の君［内大臣家の女房］。
典侍［忍音の君の母の知人］。
頭中将・兵衛の佐・権大納言［殿上人］。
院の侍従の内侍［きんつねの恋人］。
横川の聖。
式部卿の宮［第三系統の本文に登場。第七十三章の注1、参照］

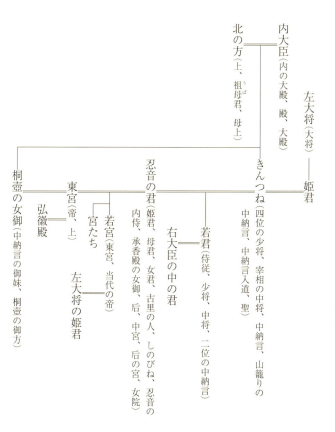

『しのびね物語』注釈

凡例

一、底本は静嘉堂文庫所蔵「しのびね」（松井簡治旧蔵、整理番号五一四・一〇・二一三三〇）を用いた。翻刻するにあたり、読解の便宜を図り、次の諸点に手を加えた。

1、小久保崇明氏・山田裕次氏編『対校「しのびね物語」』（和泉書院、昭和六〇年）にならい、作品全体を八十二章に分かち、各章を適宜、段に分けて通し番号（①以下）を付けた。なお注釈で何章何段かを示すときは、章を漢数字、段を洋数字で表す。例えば第二章の第一段は［二①］となる。

2、句読点を付け濁点を加え、会話や心中語などの部分は「　」『　』で括った。

3、仮名遣いを歴史的仮名遣いに統一し、漢字を仮名に直したり、仮名を漢字に改めたりした。なお底本にある振り仮名はそのまま翻刻し、私が付けた読み仮名（その殆どは底本の仮名書きに基づく）は［　］の中に入れて区別した。

4、底本の傍注は、そのまま本文の右横に翻刻した。頭注は各段の末尾に付けた注釈の項に回して、適宜、句読点や「　」などを付けた。なお、頭注の文章中に付けられた傍線は、そのまま翻刻した。

一、注釈では単なる語釈は避け、源氏物語との関係を指摘することに努めた。単に表現が類似している場合も、参考として指摘した。源氏物語の例文は小学館の日本古典文学全集により、その頁も示した。なお源氏物語本文に主語などを適宜補い、（　）で括った。また他の物語・日記類も同じ叢書から引き、その頁数を記した。当叢書にない物語（宇津保物語・狭衣物語など）は、岩波書店の日本古典文学大系による。

一、底本の本文が極めて独自である場合に限り、同系統の筑波大学附属図書館蔵本（筑波大学本と略称）の本文を参考のため注釈に引用した。

一、注釈した箇所は、古文に通し番号（1以下）を付す。前掲の注釈を後の段で示すとき、例えば第二章第一段1の注を掲示するときは［二①1］と表記する。また、前掲の古文を後の段で示すときも、例えば第二章第一段注1あたりの古文は［二①1］、その前後の古文は［二①1の前］［二①1の後］と表記する。なお各ページの上にも章段を略号で示す。

一、広島平安文学研究会「訳注『しのびね物語』（上）（下）」（「古代中世国文学」4・5、昭和五九年八月、昭和六〇年一二月）と、大槻修氏・田淵福子氏校訂・訳注『しのびね』（『中世王朝物語全集』10所収、笠間書院、平成一一年六月）から訳注を引用した。その際、前者は広島平安文学研究会、後者は『中世王朝物語全集』と称する。

一

[1]その頃、時［とき］の有[2]識［いうそく］と世に[3]ののしられ給ふは、[4]内《内大臣》［うち］の大殿［おほいどの］の[5]四位［しゐ］の少将とかや。まことに[6]光り輝［かかや］き給ふ御さまは、明け暮れ見たてまつる人さへ[7]飽かぬ心地するに、ましてほ[8]のかにも見たてまつる人の、あぢきなき[9]思ひの種となるは、ことわりぞかし。殿《父上》・上《母上》のかなしと思［おぼ］したる御けしき、[10]いづれの君達よりも、すぐれてかしづききこえ給ふ。御妹［いもうと］は[11]東宮の女御、[12]桐壺にぞおはします。とりどりにいと花やかなる[13]御おぼえ、やむごとなき御さまどもなり。

【訳】　その頃、当世の博識者として世間で誉れ高いお方は、内大臣殿の子息で四位の少将であるとか。ほんとうに光り輝いておられるご様子は、朝夕拝見する人まで見飽きない感じがするので、ましてや、ちらっと少将を拝見する女性が、やるせないもの思いの種を抱くのも、もっともであることよ。ご両親が（少将を）愛《いと》しいとお思いであるさまは、ほかのご兄弟よりも格別で、大切にお世話なされている。妹君は東宮の女御で、桐壺におられる。兄妹ともに帝に深く愛され、ご立派な身の上である。

【注】　**1**源氏物語で「その頃」で始まる巻は、紅梅・橋姫・宿木・手習のみで、いずれも新しい話を語り始める時に使用。中世の物語では『石清水物語』『兵部卿物語』等。　**2**頭注「いうしょく　按、源氏さか木の巻に「時のい

うそくと天の下をなひかし玉へるさまことなめれは」。同少女巻、絵合巻、初音巻。又うつほ俊蔭巻、さかの院巻にもみえたり。さて語意は形より芸能にいたるまての事をいへりと花鳥余情にいはれたり」。源氏物語では光源氏を「時の有職と天［あめ］の下［した］をなびかし」（賢木、一三九頁）、夕霧を「天の下並ぶ人なき有職」（乙女、三六頁）「末の世にはあまるまで天の下の有職」（藤裏葉、四三〇頁）、柏木を「時の有職」（若菜下、二七四頁）と称する。**3**「ののしられ給ふ」は誤用。「この世にののしり給ふ光源氏」（若紫、二八三頁）のように、「ののしる」には評判されるという受身の意味がある（桑原博史氏「源氏物語と中世物語」、「国文学解釈と鑑賞」昭和五八年七月）。**4**まず主人公の親から紹介するのが、昔物語の冒頭の定型。**5**『枕草子』「君達は」の段に「四位の少将」を引く。「少将は相当正五位下なるに、四位に叙して其まゝあるを叙留といふ。叙留は是殊恩也。近代人ごとに叙留す。又四位の後拝任又常事也。職原にあり」（春曙抄）。また『住吉物語』（現存本）や『岩屋草子』（『岩屋』の改作本）の男主人公も四位少将で、「平安時代の家柄の高い有力者の子弟というイメージを借りている」（桑原博史氏『住吉物語』解題、中世王朝物語全集11、笠間書院、平成七年）。ただし他の物語の主人公親子は、さらに高い身分官職で始まる（大槻修氏「『しのびね物語』ところどころ」、「甲南国文」35、昭和六三年三月）。**6**最高の美しさ。光源氏は「光る君」、藤壺は「かかやく日の宮」と並び称された（桐壺、一二〇頁）。少将は両人の美を合わせ持つ。時に少将、二十三歳（［七十九③17］参照）。**7**参考「（夕霧は）光いとどまさりたまへるさま容貌［かたち］よりはじめて、飽かぬことなきを」（藤裏葉、四四六頁）。**8**参考「（光源氏を）おほかたにうち見たてまつる人だに、心とめたてまつらぬはなし」（夕顔、二二二頁）。**9**このような「思ひの種」の使い方は、王朝文学には見当たらないと大槻修氏は指摘された（前掲論文）。ただし「もの思ひの種」ならば源氏物語に用例がある。「まいて（浮舟のような）若き人は、（薫に）心つけたてまつりぬべくはべるめれど、数ならぬ身に、もの思ひの種をやいとど蒔かせて見はべらん」（浮舟の母のセリフ。東屋、五〇頁）。**10**光源氏も兄弟の中で、最も父帝に愛された。匂宮（今上帝の第三皇子）も、両親から格別に愛された。11「東宮の女御」を、帝との間に東宮を産んだ女御と解釈すると、「若宮も出でき給はば」［七十四］と矛盾する。また東宮に嫁いだ女御と見ると、ヒロインに帝の寵愛を奪われ「かく押されぬることと、口惜しく思しわびたり」（同章）と齟齬する。これは散逸した古本『しのびね』（平安後期成立）が改訂されたとき、現存本が「不用意に踏襲したことに由来する」と推測される（神野藤昭夫氏「『しのびね物語』の位相」、「国文学研究」65、昭和五三年六月）。また加藤昌嘉氏は「東宮の女御」の用例を調べて、源氏物語では全九例とも東宮の生母を意味するが、『大鏡』『有明の別れ』『小夜衣』では皇太子妃であることを踏まえて、『しのびね物語』も東宮妃であると論じられた。詳細は［七十四4］参照。12桐壺は後宮の中では、帝がいつもいる清涼殿から最も遠いため、光源氏の母、桐壺の更衣のように後ろ盾のない人が住む所であった。しかし光源氏がそこを宿直所《とのゐどころ》にしたので、娘の明石中宮は入内して桐壺に住む。この東宮の女御は桐壺の更衣のように悲劇のヒロインになるのか、それとも明石中宮のように栄花を極めるのか、読者の興味を引く名称。13「御」は東宮への敬意。

二

①

神無月ばかりのことなるに、少将殿は[1]嵯峨野わたりの紅葉ご覧ありて、[2]小倉の裾など心静かに眺めありき給ふほどに、[3]いとよしある[4]小柴垣［こしばがき］の内に、耳慣れぬ程の[5]琴［こと］の音［おと］[6]響き合ひて聞こゆ。[7]少将ノ詞『思ひよらぬ琴［こと］の音［ね］かな。[8]いかなる人の弾くらむ』と、[9]随身［ずいじん］に[10]案内［あない］させ給ふに、

[11]随身ノ詞「御簾〔みす〕掛け渡して、格子〔かうし〕二ヶ間ばかり上げたる内〔うち〕に侍る」と申せば、[12]少将何となくおはして、[13]小柴垣〔こしばがき〕の陰にうち隠れて聞きおはす。

【訳】 十月ごろのことであるが、少将は嵯峨野のあたりの紅葉をご覧になり、小倉山の山裾などを心静かに眺めて歩いておられると、とても趣深い垣根の中に、耳慣れない琴の音色が響き合って聞こえる。『思いがけない琴の音色だなあ。どのような人が弾いているのだろう』と思い、家来に尋ねさせなさると、「御簾を掛け並べて、格子が二間ほど開いている中に（人が）おります」と申すので、ただ何気なく近寄られて、垣根の陰に隠れてお聞きになる。

【注】 **1**嵯峨野は秋の名所。六条院の秋好中宮の庭も、「もとの山に、紅葉〔もみぢ〕の色濃かるべき植木どもをそへて（中略）秋の野を遥かに作りたる（中略）嵯峨の大堰〔おほゐ〕のわたりの野山、むとくにけおされたる秋なり」である（乙女、七二頁）。 **2**伊井春樹氏は『権記』などに基づき、「小倉山の山麓のあたりは平安貴族の遊楽の地」であり、「「小倉の裾」は、山里離れた隠棲の地などではなかった」と指摘された（同氏「『しのびね物語』論―現存本から古本へのまなざし―」、「詞林」25、平成一一年四月）。また中村友美氏は、「小倉の裾」が和歌に詠まれていることにより、「和歌的な表現である」と示された（同氏「『しのびね物語』の引歌」、「詞林」25）。すると和歌では「小倉」に「小暗〔をぐら〕し」を掛けるので、男主人公の心の暗さをも表現するか。また、源氏物語では明石一族ゆかりの地である〔十二②7〕。 **3**人のたしなみが、垣根に表れている。参考「同じ小柴なれど、うるはしくしわたして、きよげなる屋廊などつづけて、木立いとよしある」（北山の尼君の住居。若紫、二七五頁）。 **4**源氏物語では北

山の僧坊（若紫）、野の宮（賢木、七七頁）、小野の山荘（夕霧、三八六頁）と、いずれも都の郊外に見られ、山里のひなびた素朴さが感じられる垣根。**5**筑波大学本は「きんのおと」。琴［きん］の琴［こと］は演奏がむずかしくて、紫式部の頃には廃れていた。男主人公が「耳慣れぬ」と感じたのは、廃れていたから、あるいは演奏方法が古風なためか。源氏物語では光源氏が名手で、他には皇族か旧家の人しか弾かない。光源氏が末摘花に心惹かれた契機も、琴［きん］であった。『しのびね物語』のヒロインは末摘花のような人なのか、読者の関心も高まる。**6**松風と琴の音が響き合うの意か（桑原博史氏「源氏物語と中世物語」、「国文学解釈と鑑賞」昭和五八年七月）。藤井由紀子氏は、明石の君が光源氏から贈られた「形見の琴［きん］」をかき鳴らすと、「松風はしたなく響きあひたり」（源氏物語、松風の巻）に注目して、「「響き合ふ」という言葉は、この松風巻の描写を充分に意識したものであったのだろう」と推測された（同氏「『しのびね物語』の基底―源泉としての『源氏物語』明石一族の物語―」、「詞林」25）。**7**都以外で琴を聞くのは意外。参考「思ほえず、ふる里にいとはしたなくてありければ、心地まどひにけり」（伊勢物語、初段）。「世にありと人に知られず、さびしくあばれたらむ葎の門に、思ひの外にらうたげならん人の閉ぢられたらんこそ限りなくめづらしくはおぼえめ」（帚木、一三六頁）**8**男君が女君の奏でる音色に魅せられるのは、物語の常套手段。『住吉物語』や『宇津保物語』（俊蔭の巻）では、女君の弾く音を男君が聞きつけて再会した。**9**貴人はお忍びでも一人歩きはせず、必ず家来を連れる。**10**中古文では「案内させ給ふ」ではなく、「人入れて案内せさす」（若紫、三一〇頁）であり、また「給ふ」の付いた形は源氏物語には見られない（桑原博史氏「源氏物語と中世物語」、「国文学解釈と鑑賞」昭和五八年七月）。**11**片田舎でも気をつけて、外から人に見られないように気を配る、住人の性格がうかがえる。**12**少将はこの時点ではまだ興味本位で、恋心を抱いていない。**13**光源氏は「かの小柴垣のほどに立ち出でたまふ。人々は帰したまひて、惟光朝臣とのぞきたまへば」、若紫を見つけた（若紫、二七九頁）。それは三月末、山桜が満開のころ、これは十月、紅葉の時節である。

②

日も暮れゆけば、[1]弾《琴ヲ》きさしつ。月やうやうさし出［い］でて、をかしき程に、『何人ならむ。ゆかし[2]』と思して、人の見ぬ方［かた］の[3]簀子［すのこ］に尻［しり］かけて眺めゐ給ふに、[4]おとなしやか《忍音ノ侍女》なる声にて、「[5]いと艶《少将ノ袖ノ》［えん］《香也》なる匂ひかな。いづくより吹きくる風にや」と言へば、少し若き声にて、「[6]姫君の御方に、御火取り召しつるにこそあるらめ」と言ふに、『されば《少将ノ心》こそ。[7]姫君など言ふは』と思して、『[8]見つけられなば頼りにして、言ひも寄らまほし。見あらはさぬ程は、人のかたちも知りがたきことぞかし。されども、[9]琴［こと］の音［ね］に通ひたる有様ならば、などておろかならむ。[10]いかにして見るわざしてむ』と思して、やをら上［のぼ］りて、立て蔀［じとみ］のもとにたたずみ給へど、格子まゐらする人、[11]見もつけで入りぬ。

【訳】　日も暮れてきたので、琴の演奏も止めてしまった。月が次第に山から出てきて、風情も感じられ、（少将は）『どういう人なのだろう。知りたい』とお思いになり、誰にも見られない方の縁側に腰掛けて、あたりを眺めながら座っていらっしゃると、落ちついた穏やかな声がして、「とても優美な香りねえ。どこから吹いてくる風かしら」と言うと、少し若い声で、「姫君のお部屋で、香炉をお使いになっているのだろう」と言うので、（少将は）『思ったとおりだ。「姫君」などと言うのは』とお考えになり、『（私があの女性たちに）もし見つけられたならば、（それをつてに）声も掛けてみたい。（姫君を）見られなければ、その姿も知りがたいものだ。けれども、（あのすばらしい）琴の音色に似ている様子ならば、どうして劣っていようか。なんとかして見たいものだ』とお決めになり、静かに

（縁側から）上がり、目隠し板のそばにたたずんでおられるが、格子を下ろす人は（少将に）気づかず室内に入った。

【注】 1源氏物語で、薫が初めて宇治の姫宮を見たとき、姫君たちが有明けの月のもとで合奏していたのとは対照的（橋姫、一三一頁）。2琴の演奏は、少将の気を引くほど趣深かった。3源氏物語では、ある殿上人が「神無月のころほひ」、紅葉の折に木枯しの女の家を訪れ、「門〔かど〕近き廊の簀子だつものに尻かけて、とばかり月を見る」（帚木、一五四頁）。4「おとなしやか」（落ち着いてしとやかなの意）は王朝文学には見られず、『平家物語』に用例がある（大槻修氏「『しのびね物語』ところどころ」、「甲南国文」35、昭和六三年三月）。5源氏物語でも、浮舟を垣間見ている薫君の芳香に気付いた若い女房が、「あなかうばしや。いみじき香〔かう〕の香〔か〕こそすれ。尼君のたきたまふにやあらむ」と勘違いした（宿木、四七八頁）。6少将と姫君の香りが区別できない女房のセリフ。薫物は自家製で、香りも十人十色。源氏物語では、浮舟の女房が薫大将と匂宮の香りを識別できなかった結果、浮舟の悲劇が起こった。また、高価な薫物が使えることから、姫君の身分や経済状態が推し量られる。7若い女房の不用意な発言により、姫君の存在が露見。参考「（夕顔の存在を）いとよく隠したりと思ひて、小さき子どもなどのはべるが、言〔こと〕あやまりしつべきも、言ひ紛らはして」（夕顔、一二五頁）。また、「姫君」という言葉は「高貴な家柄の娘を称する」（伊井春樹氏、前掲論文）。8今までは人目につかないように「人の見ぬ方」にいたが、姫君がいると分かったとたん、女房たちに見つけられたいと願うようになった、少将の気持ちの変化に注目。9物語では、楽器の音色で人柄を推察することが多い。六条院における女楽の場面（若菜下の巻）参照。また薫の音色が実父（柏木）や祖父（頭中将）に似通うように、弾き方も遺伝する（竹河、六五頁。椎本、一六三頁）。10いつも部屋の奥にいて女房たちに囲まれ、几帳や簾・壁代などで遮られている女君を見るのは至難の業。11この姫君にはまだ男君がいないので、恋人が訪れる夕方になっても、女房たちは外をよく見ないのである。

③

大殿油［おほとなぶら］参る気色［けしき］にて、[1]いづくも仮［かり］の住みかと見えて、[2]したたかならず、あさはかなる住まひなれば、ここかしこ[3]垣間見［かいまみ］歩［あり］き給ふ。[4]隅［すみ］の間［ま］の方［かた］に、[5]細き隙［ひま］見つけてのぞき給へば、人々集まりて、[6]絵にやあらむ、巻物見ゐたり。[7]少し奥のかたに添ひ臥したる人や、もし、姫君といふ人ならむと、目をつけて見給へば、[8]忍音[9]菊のうつろひたる[10]五ばかり、[11]尼上白き袴ぞ見ゆる。[12]髪のこぼれかかりたるは、まづ美しやと、ふと見えたるに、[13]顔はそばみたれば見えず。

【訳】　明かりを灯してさしあげるようで、どこも仮の住まいと思われて、堅固ではなく粗末な家なので、（少将は）あちらこちら覗き見をして歩かれる。部屋の端のほうに細い隙間を見つけてお覗きになると、女房たちが集まって絵であろうか、巻物を見ている。すこし奥のほうで横になっている人が、もしや姫君と呼ばれている人であろうか、と注意してご覧になると、菊重ねのぼかしを五枚ほど着て、（尼君の）白い袴も見える。髪が垂れ下がっているさまは実に美しいなあと、ふと思えたが、顔は横向きなので、はっきりとは見えない。

【注】　**1**参考「かりそめの宿［やどり］」（荒廃した式部卿宮邸。朝顔、四七二頁）。「はかなくもこれを旅寝と思ふかないづくも仮の宿とこそ聞け」（続後拾遺集、巻九、羇旅、五七七、待賢門院堀川）。　**2**参考「（宇治の山荘は）新しうきよげに造りたれど、さすがに荒々しくて隙ありける」（浮舟、一一一頁）。　**3**物語で、男君が女君を見る常套手段。　**4**参考「南の隅［すみ］の間［ま］より格子叩き、ののしりて入りぬ」（空蝉、一九三頁）。　**5**参考「やをら上［のぼ］り

て、格子の隙［ひま］あるを見つけて寄りたまふ」（匂宮が浮舟を初めて垣間見たとき。浮舟、一一一頁）。**6**匂宮が浮舟をのぞいたとき、女房たちは裁縫をしていた。**7**女性たちの中で姫君と判断したのは、少し奥にいてくつろいでいるから。また女房たちは、主人の前では唐衣と裳を着用するので、姫君と区別できる。**8**傍注の「忍音」はこの「姫君」を指す。頭注「きくのうつろひたる　女宦《（官カ）》飾抄曰、移菊衣、表中紫、裏青」。季節に合った装いで、姫君のセンスの良さが窺える。神無月と菊と紅葉の取り合せは、「神無月のつごもりがた、菊の花うつろひ盛りなるに、紅葉［もみぢ］の千種［ちぐさ］に見ゆる折」（伊勢物語、八一段）にも見られる。**9**王朝人は、白菊が寒さで薄紅に変色するのも賞美した。参考「秋をおきて時こそありけれ菊の花うつろふからに色のまされば」（古今集、巻五、秋下、二七九、平貞文）。この場合は裕福ではないため、色あせたのを着ているとも解釈できる。尼君も「白き衣のなえばめる着て」［二④2］とある。**10**参考「菊の濃く薄き八つばかりに」（更級日記、三二八頁）。**11**頭注「按、きくのうつろひたるは姫君の衣にて、白き袴は尼上なり」。第六章にも姫君は「赤き袴」、尼上は「白き袴」とある。なお婚礼の夜、花嫁（大将の娘）とその女房たちは「白き袴」を着用［二十二5］。参考「（姫君は）白き袴を好みて着たまへり。」（堤中納言物語「虫めづる姫君」、四五一頁）。**12**長い黒髪が、美女の第一条件。**13**浮舟の顔は匂宮が初めて垣間見たときに見えたのに対して、この姫君はすぐには見えず、読者にも気を持たせる設定。

④

[1]四十《ヨソチ》余りなる尼君の、[2]白き衣のなえばめる着て、寄り臥して、絵物語見ゐたり。[3]「目のかすみて、小さき文字は見えぬぞ、いとあはれ。[4]積もる年の徴［しるし］にこそ。[5]火、明［あか］くかかげむや」と言ふに、小さき童［わらは］の寄りて、[6]ことごとしくかかげたれば、きらきらと見ゆ。奥なる人《忍音也》、[7]腕［かひな］を枕にして

ゐ給へれば、「大殿籠《侍女ノ詞》［おほとのごも］るにや、さらば[8]読みさしてむ」と言ふに、少《忍音》し起き上がりて、「さもあらず。よく聞き侍るを」とて、[9]少しほほ笑［ゑ］みたる顔の言はむかたなく美しければ、胸うち騒ぎて、あさましき[10]までまもらるるに、『いかなる人の、[11]かかる山里には[12]忍びて居たらむ』と、[13]あはれにて出［い］づべき心地もせず。

【訳】四十歳過ぎの尼君は、白い衣で着なれたのを着て、（脇息に）寄りかかって絵物語を見ている。「目がかすんで、小さい字が見えないのが、とてもつらくて。年をとったせいだろう。灯を明るくしておくれ」と言うと、小さい子どもが近寄り、大げさにともし火をかき立てて明るくしたので、輝いて見える。奥にいる人は、腕を枕にしていらっしゃるので、（そばにいた女房が）「お休みになったのかしら。それならば（物語を）読むのをやめよう」と言うと、（姫君は）すこし起きあがって、「そんなことは、ありません。よく聞いていますのに」と言って、すこし微笑んでいる顔が言いようもなくかわいらしいので、（少将は）心が落ちつかず、自分でもあきれるほど、（姫君を）じっと見つめてしまい、『どのような人が、こんな山里でひっそり暮らしているのだろうか』と思うと、しみじみとして、帰る気もしない。

【注】**1**尼削ぎだから一目で尼とわかる。若紫の尼君も「四十余［よ］ばかり」だが、「中の柱に寄りゐて、脇息［けふそく］の上に経を置きて、いと悩ましげに読みゐたる」（若紫、二八〇頁）。この尼君が経ではなく絵物語を読んでいるのは、源氏物語のパロディ化。**2**源氏物語では、若紫が「白き衣［きぬ］、山吹などの萎［な］えたる着て」い

た（若紫、二八〇頁）。**3**「目のかすみて」という言い方は、王朝物語には見当たらず、『日葡辞書』などに用例がある（大槻修氏「『しのびね物語』ところどころ」、「甲南国文」35、昭和六三年三月）。参考「はた目［め］暗［くら］うて経よまず」（紫式部日記、二四六頁）。**4**参考「ゆきつもる年のしるしにいとどしく千歳［ちとせ］の松の花さくぞ見る」（金葉集二度本、巻五、賀、三二九、宇治前太政大臣）。**5**参考「いにしへは、車もたげよ、火かかげよ、とこそ言ひしを、今やうの人は、もてあげよ、かきあげよ、と言ふ」（徒然草、二二段）**6**嗜みのある女房ならば、姫君があからさまに見られないように明るさを抑える。**7**匂宮が浮舟をのぞき見たときも、浮舟の「君は腕［かひな］を枕にて、灯［ひ］をながめたる」（浮舟、一二二頁）。**8**当時の姫君は物語の絵を見ながら、女房などが本文を音読するのを聞いていた。その有様は、国宝源氏物語絵巻・東屋の巻に描かれている。**9**本当はうたたねか考え事をしていたが、朗読者に気を使って嘘［うそ］をつき、照れ隠しで微笑んだ。姫君の心やさしく素直な性格が知られる。**10**光源氏も若紫を初めて見たとき、藤壺に似ているので「まもらるるなりけり」（若紫、二八二頁）。**11**このあたりは、『伊勢物語』初段の「この男、かいま見てけり。思ほえず、ふる里にいとはしたなくてありければ、心地まどひにけり」に似る。**12**頭注「しのひてゐたらん　按、「ゐたらん」は「物すらん」の誤なるへし」。**13**光源氏も若紫を見いだして、「あはれなる人を見つるかな」（若紫、二八三頁）と思った。

⑤

絵、見果てて人々さしのき、「なほ《又少将ノ袖ノ薫》、めづらしき匂ひのするかな。ここもとに焚［た］き給ふ香［かう］の香［か］には[1]似ざめり」と言へば、御格子まゐらする童、「先［さき］に外［と］へ出でて侍れば、さと、[2]くゆりかかる心地し侍る」と言ふに、[3]おそろ《少将》しくて立ち退き給ふ。

【訳】絵巻物を最後まで見て、女房たちは（姫君のそばから）下がり、「やはり、すばらしい匂いがするなあ。こちらで焚いておられるお香の香りとは、似ていないようだ」と言うと、さきほど格子をお下げした童が、「さっき外に出ていますと、さっと香りが押し寄せてくる気がしました」と言うので、（少将は）気がとがめて立ち退きなさった。

【注】1前の女房は少将の香りを姫君のと勘違いしたが［二②］、これは違いがわかる女房のセリフ。2参考「（空蝉の女房は）探り寄りたるにぞ、いみじく匂ひ満ちて、顔にもくゆりかかる心地するに、（相手が光源氏だと）思ひよりぬ」（帚木、一七六頁）。3頭注「おそろしくて　按「おそろしくて」の上に「さすかに」なとの詞、脱たるか」。少将は光源氏や匂宮と異なり、慎重に行動するタイプ。

三

①
つくづくと《少将ノ心》思ひ続くるに、『かくて日数も経［へ］ば、もしかりそめに[1]物忌みなどに籠［こも］りて、立ち帰らむ時、[2]行く方［へ］も知らでは、いかがすべからむ』。さらば[3]見では、えあるまじく、面影恋しかるべければ、[4]そのわたりなる人に尋ねさせ給へば、「さして《人ノ答》いかなる人とは、詳しく知り侍らず。八月《ハツキ》ばかりより、忍びておはします。今年［ことし］の内は、かくて過ごし給ふべきやうに、うけたまはり侍る」と言ふ。

【訳】（少将は）しみじみと思い続けて、『このように日も過ぎていけば、もしも仮に（姫君が）物忌みなどで（嵯峨野に）籠っていて、（都に）帰ってしまったとき、行く先も分からなくては、どうしようか』。そう思うと、会わないではいられないほど（姫君の）面影が恋しいので、そのあたりにいる人に尋ねさせなさると、「はっきりとどういう人か、くわしくは知りません。八月ごろより、こっそりおられます。今年中はこのまま、お暮らしになるように伺っております」と言う。

【注】1頭注「物いみなとにこもりて　按「こもれるにて」と有しを誤れるなるへし」。姫君の屋敷は都にあり、たまたま外出先の嵯峨野で物忌みにあったと、少将は考えた。光源氏も夕顔の住居について、「いづこをはかりとか我も尋ねん、かりそめの隠れ処[が]とはた見ゆめれば、いづ方[かた]にも、いづ方にも、移ろひゆかむ日を何時[いつ]とも知らじ」と考えた（夕顔、二二七頁）。2参考「ありと見て手には取られず見ればまた行く方も知らず消えし蜻蛉[かげろふ]」（宇治の姫宮や浮舟を蜻蛉にたとえた薫の歌。蜻蛉、二六四頁）。3参考「（光源氏は夕顔を）見ではえあるまじく、この人の御心に懸[かか]りたれば」（夕顔、二二六頁）。「（薫は中の君を）さらに見ではえあるまじくおぼえたまふ」（宿木、四一八頁）。4光源氏も惟光に、夕顔の素性を調べさせたところ、惟光が「隣のこと知りてはべる者呼びて、問はせはべりしかど、はかばかしくも申しはべらず。いと忍びて、五月[さつき]のころほひより、ものしたまふ人なんあるべけれど、その人とは、さらに家の内の人にだに知らせず、となむ申す」と答えたのに似る（夕顔、二二七頁）。

②　いかさまにも、ことの気色［けしき］ゆかしければ、また《少将》立ち返りて、『誰とか尋ぬべからむ』と思ひ煩ひ給ふに、「中納言《侍女ノ詞》の君や、こちへ参り給ひね」と言ふ声につきて立ち《少将ノ》寄り給ひて、[1]随身《光家》して、「ここに人の、[2]月に引かれてあくがれ[3]侍る。[4]御宿申さむや」と言はせ給ふ。[5]いと《中納言ノ君》思ひかけぬ狩衣［かりぎぬ］姿の男なり。『いかなる人にておはすらむ。このあばら屋には、いかでか明かし給ふべき』と休らふに、君《少将》、さし寄り給ひて、[6]「いと苦しからぬ者にて侍る。ただ、ここの御簾［みす］の前に、[7]御宿直［とのゐ］申し侍らむ。夜も更けぬれば、[8]行くほど侍らじ」と、のたまふ御気色、世の常の人とも見えず[9]美しければ、「申し《中納言ノ君》侍らむ」とて入りぬ。

【訳】（少将は）ぜひとも事情を知りたいので、また（嵯峨野へ）戻って、『誰を尋ねれば、よかろうか』と思い悩んでいらっしゃると、「中納言の君、奥へ参上してください」と言う声に引かれて、（少将は）近づかれて、家来に命じて、「こちらにいる人は、月に誘われて、さ迷っています。ここに泊めてください」と言わせなさる。まったく思いがけない狩衣姿の男性である。（女房は）『どういうお方だろうか。このあばら家で、どうして夜をお明かしになれようか』とためらっていると、少将は近寄られて、「まったく遠慮されるほどの（高貴な）者では、ございません。ただ、ここの御簾の前で宿直いたしましょう。夜も更けたので、行くあてもありません」とおっしゃるご様子は、世間並みの人には見えず心引かれるので、（女房は）「（主人に）申し伝えましょう」と言って、（奥へ）

入った。

【注】 1相手に直接声をかけず、家来に伝言させるのが貴人のたしなみ。なお傍注の「光家」という名は、物語では［四十四③9］に初出。 2「月」は姫君を暗示するか。参考「いさよふ月にゆくりなくあくがれんことを、女は思ひやすらひ」（夕顔、一二三三頁）。 3「あくがれ侍る」の後に筑波大学本などは「家路も忘れて夜ふけ侍る」の一節あり。参考「この里に旅寝しぬべし桜花散りの紛ひに家路忘れて」（古今集、巻二、春下、七二、よみ人知らず）。 4頭注「御やと申さんや　井関隆子云、「申さんや」にては自他わかたす。申させ玉はんや又は申させ玉はなんやなと、有へし」（小字の「ん」は後筆。傍線は写本のまま）。井関隆子（生没一七八五〜一八四四年）の実家（庄田家）も嫁ぎ先（井関家）も、代々徳川家に仕えた旗本。特定の師には就かず、真淵・宣長・千蔭などの著書について学ぶ（深沢秋男氏『井関隆子日記』解題。勉誠社、昭和五三年）。 5参考「内には、思ひも寄らず、狩衣姿なる男」（光源氏の命令で、末摘花の邸宅を惟光が訪れたところ。蓬生、一三三六頁）。 6少将は身分を隠している。光源氏も夕顔を訪れるときは「御装束［さうぞく］をも、やつれたる狩の御衣［ぞ］を奉り、さまを変へ」ていた（夕顔、一二一七頁）。 7光源氏も若紫の邸宅を訪れ、「宿直人［とのゐびと］にて侍らむ」と申し出た（若紫、三一八頁）。 8頭注「いくほと　按「いくほとも」と有へし」。「幾程《いくほど》も」ならば「どれほども（ここには）おりません。（すぐ退出します）」と訳せる。 9源氏物語で「うつくし」と賞された成人男子は、光源氏・夕霧など数人しかいない。

③

尼君にしかじかの事、語り聞こゆ。「[1]かうばしかりつるも、これにやおはすらむ。[2]このあたり、たたずみありき給ひつらめ。[3]用意なきけはひ聞きやし給ひぬらむ」と、ささめく。「[4]いかで情けなく返し奉らむ」とて、あたりうち払ひ、[5]御褥［しとね］さし出［い］でたり。[6]尼上ヨリノ詞「露もたまらぬ庵［いほり］なれど、『旅はさこそ』と、思し許し給へ」とて、[7]中納言ノ君いと慣れたる[8]若［わか］う人［びと］出でたり。まづ嬉しく、[9]端［はし］の方［かた］にうち眺めてゐ給へる御さまの、月の光に[10]輝きて、[11]目もあやに驚かる。

【訳】　尼君にこれこれの事と、お伝えする。（尼君は女房に）「良い香りがしたのも、ここにいらっしゃったからだろうか。このあたりを、さ迷い歩かれたようだ。うちとけた様子をお聞きになっただろうか」と、ささやく。「どうして無愛想に、お返しできようか」と言って、あたりを片づけて、敷物を差し出した。「（すき間風が吹いて）露もたまらない庵ですが、『旅はこのようなもの』と、お思いになってお許しください」と（尼君の言葉を伝えて）、とても接待に慣れている若い女房が出てきた。（少将は）まず嬉しくなり、端の方で外を眺めて座っておられるお姿は、月の光に輝いて、まぶしいほど立派で驚くほどだ。

【注】　1以下の内容は、宇治の姫君たちが合奏をしていたとき、薫に初めて面会を申し出されたときの動揺した気持ちに似る。「かく見えやしぬらんとは思しも寄らで、うちとけたりつる事どもを聞きやしたまひつらむ、といといみじく恥づかし。あやしく、かうばしく匂ふ風の吹きつるを、思ひがけぬほどなれば、驚かざりける心おそさよ、と心もまどひて恥ぢおはさうず」（橋姫、一三三頁）。　2頭注「このあたりたゝすみ　按「このあたり」の下に「をこそ」の三字脱たるか」。　3光源氏が近くに来ていると知らされた尼君も、「いとあやしきさまを、人や見つらむ」

と案じた（若紫、二八三頁）。4光源氏が急に尼君を見舞いに訪れたときも、「帰し奉らむはかしこしとて、南の廂［ひさし］ひきつくろひて入れ奉る」（若紫、三一〇頁）。5光源氏が末摘花邸を訪れたときも、「御褥うち置きひきつくろふ」（末摘花、三五五頁）。薫が宇治の姫君を初めて尋ねたときも、「御褥さし出づるさまも、たどたどしげなり」（橋姫、一三三頁）。6参考「吉野山峰の嵐の激しさにささの庵［いほり］は露もたまらず」（夫木抄、巻三十、雑、一四三六〇、六条院大進）。歌ことばを用いて会話できるほど、尼君は教養が深い。7女房の善し悪しは、女主人の評価につながる。最初に男君の接待をする女房が不慣れだと、女君の第一印象が悪くなる。宇治の姫君の「山里びたる若人どもは、さし答［いら］へむ言の葉もおぼえで」とは大違い（橋姫、一三三頁）。8底本は「わかう人」。「若人［わかうど］」と読むか。9参考「（薫は浮舟の隠れ家を訪れて）里びたる簀子の端つ方にゐたまへり」（東屋、八四頁。「国宝源氏物語絵巻」に描かれた場面）。10前出「まことに光り輝き給ふ御さま」［一］。11参考「（光源氏が和歌を）のたまふ御もてなし、声［こわ］づかひさへ目もあやなるに」（若紫、二九五頁）、「（光源氏は）いと目もあやにこそ清らにものしたまひしか」（若菜上、一九頁）。

④

[1]一目［ひとめ］も見知り奉らねども、[2]なつかしげにうち語ひ給ふ。[少将ノ詞]「行く方［へ］もなく迷ひ侍りつるに、うれしき[3]旅寝をもしつるかな。同じくは、[4]導き果て給へかし」とて、[5]少しほほ笑［ゑ］み給へば、[6中納言ノ君]「なほ奥へは、おはしますべき所も侍らぬものを」と[7]おぼめけば、[8少将ノ詞]「うちつけに思ふこと聞こゆるは、浅きやうなれども、[9]この世ならぬことにや。[10]世に立ち舞ふべき心地も、し侍らぬを」とて、

　[11]世《少将》の常の色とや思ふひまもなく[12]袖の時雨に[13]染むる紅葉［もみぢ］を

とて、散りくる紅葉［もみぢ］を[14]手まさぐりにし給へば、ただかく、

　さら《中納言ノ君》ぬだに晴れ間［ま］少なき山里に[15]袖の時雨をなにと添ふらむ

「御心慰み給ふべき[16]紅葉の色も、侍らぬものを」と、[17]おほかたに言ひなせば、「うたても《少将ノ詞》、のたまひなすかな。[18]おぼろけにては尋ね参らぬものを。これも[19]昔の契りと、思しなせかし。[20]数ならぬ身なれば、ことわりぞ」と、[21]年月［としつき］思しそめたるやうに[22]言ひなし給ふ。

【訳】（女房たちは少将を）まったく存じていないけれども、（少将は）親しみやすくお話しになる。「行くあてもなく、さ迷っていましたが、うれしい旅寝をすることだなあ。同じことなら、最後まで私の道案内をしてください」と言って、少し微笑んでいらっしゃるので、「（嵯峨野で）さらに奥へは、お行きになれる所もございませんのに」と答えてはぐらかすと、（少将は）「突然、（姫君への）思いを申すのは、浅はかなようだが、（姫君に引かれたのは）前世からの宿命だろうか。（姫君に会えないと）この世で生きていけそうな気もしません」と言って、

　ありきたりの色と思うのですか。乾く間もなく袖に降る時雨に染まる紅葉（のように血の涙で染まった私の袖）を。

と言って、散りそうな紅葉を手でもてあそんでいらっしゃるので、（女房は）ただ次のように（返歌した）。

　ただでさえ晴れ間が少ないこの山里に、袖の時雨をどうして添えるのですか。

「お心のお慰めになるような紅葉の色（のような女君）も、ございませんのに」と、社交儀礼としてうまく言いつく

ろうので、（少将は）「わざと情けなく、おっしゃるなあ。いい加減な気持ちでは、尋ねて参らないのに。これも前世からの約束だと、ご判断ください。取るに足りない我が身なので、（断られるのも）当然だなあ」と、まるで長年、思いを寄せていたかのように巧みにおっしゃる。

【注】 **1**都内に住む女性ならば、有名な少将を何かの機会に見て知っている。知らないのは世間との付き合いがあまりなく、世情にうといから。 **2**まず女房たちに気に入られるように振る舞うことが必要。そうしないと、女君へ伝言を頼んだり手紙を渡したりしてもらえない。薫も「いと細やかになつかしう言ひて、うたて男々［をを］しきけはひなどは見えたまはぬ人なれば、けうとくすずろはしくなどはあらねど」であった（椎本、一八九頁）。 **3**光源氏が初めて若紫の尼君に贈った歌（「初草の若葉の上を見つるより旅寝の袖も露ぞ乾かぬ」）にも、「旅寝」がある（若紫、二九〇頁）。 **4**光源氏が初めて若紫の女房に声をかけたときも、「仏の御しるべは、暗きに入りても、さらに違［たが］ふまじかなるものを」と仏教用語を用いた（若紫、二九〇頁）。 **5**姫君の手引きを頼む、意味深長な表情。 **6**少将は部屋の「端の方」に対して奥と言ったが、女房は機転をきかして、わざと嵯峨野の奥にすり替え、貴人が訪れる紅葉の名所は、これより奥にはないと答えた。 **7**相手の本意がわかっていながら、はぐらかして答えるのは、女房に必要な才覚。こういう優れた女房を持つ女君は、物語のヒロインとして合格。 **8**光源氏が若紫の女房に初めて頼んだときも、「げに、うちつけなり、とおぼめき給はむもことわりなれど」（若紫、二九〇頁）、また若紫の世話を尼君に初めて申し出たときも、「うちつけに、あさはかなりと御覧ぜられぬべきついでなれど」と、言い訳した（若紫、二九一頁）。 **9**現世で起こる事柄は、すべて前世で既に決められていると考えられていた。光源氏が若紫を所望したときも、「いかなる契りにか、見たてまつりそめしより、あはれに思ひきこゆるも、あやしきまで、この世の事にはおぼえ侍らぬ」と言った（若紫、三一二頁）。 **10**恋死［こいじに］しそうだと訴えるのは常套

手段。柏木も女三の宮への愛執について、「つひに、なほ世に立ちまふべくもおぼえぬもの思ひの一方［ひとかた］ならず身に添ひにたるは、我より外［ほか］に誰かはつらき」と自省した（柏木、二八〇頁）。「もの思ふに立ち舞ふべくもあらぬ身の袖うちふりし心知りきや」（光源氏が藤壺に贈った歌。紅葉賀、三八五頁）。**11**参考「世のつねに思ひやすらむ露ふかき道のささ原分けて来つるも」（匂宮が中の君に送った後朝の和歌。総角、二六〇頁）。表現が類似した歌では、「世のつねの色とも見えず雲ゐまで立ち登りたる藤波の花」（宿木、四七二頁）、「世のつねの紅葉とや見るいにしへのためしに引ける庭の錦を」（藤裏葉、四五三頁）。**12**「袖の時雨」は勅撰集に十数首あり、時雨に涙を暗示する。紅涙の意も含むか。参考「九月にもなりぬ。野山のけしき、まして袖の時雨を催しがちに」（椎本、一八三頁）。**13**和歌の世界では、時雨が木々を紅葉させる。参考「白露も時雨もいたくもる山は下葉残らず色づきにけり」（古今集、巻五、秋下、二六〇、紀貫之）。**14**手にした物に思いを寄せて歌を詠むのは、よくある粋な行為。参考［十11］。**15**返歌する際、相手の歌と同じ言葉を使うのが常套手段。ただし返歌の方には女君の涙も含ませて、男君に見捨てられ悲恋に終わるという、おきまりの詠み方。また、すぐに返歌できる女房がいることから、その主人（姫君・尼君）の教養の高さが知られる。**16**贈歌にも見られる言葉だが、裏の意味は男君の思いから女君の容姿にすり替えている。「『建礼門院右京大夫集』にも女が〈紅葉〉に表象されている例が見られる。」（大倉比呂志氏「『しのびね』論補遺」、「学苑」七七一、平成一七年一月）。**17**贈歌の意図に気づかないふりをするのが、女房の心得。**18**訪問こそ愛情の印、という訴え方はよくある。「うちつけに浅き心ばかりにては、かくも尋ね参るまじき山のかけ路［ぢ］に思うたまふるを」（宇治の大君に対する薫のセリフ。橋姫、一三四頁）。**19**二人は赤い糸で結ばれている、と思いこみなさいと説得する。恋愛も前世からの定めと考えられていた。「おぼえなきさまなるしもこそ、契りあるとは思ひたまはめ」（空蟬に初めて会った時の光源氏のセリフ。帚木、一七八頁）。柏木も女三の宮との仲を「昔の契り」と考えた（若菜下、一五〇頁。柏木、二八七頁）。**20**断られるのは自分のせいだと言って、実は冷淡な相手を恨むのも、口説き方の一つ。「数ならぬ身を見まうく思し棄［す］てむもことわりなれど」（伊勢に下向する六条御息所に対する光源氏の言葉。葵、二五頁）。「数ならずとも、御耳馴れぬる年月も重なりぬらむ」（夕霧が落葉の宮に訴えたセリフ。夕霧、三九三頁）。**21**光源氏も初対面の空蝉に、「うちつけに、深からぬ心のほどと見たまふらん、ことわりなれど、年ごろ思ひわたる心の中［うち］も聞こえ知らせむとてなん」（帚木、一七五頁）。また偶然契りを結んだ軒端荻に向かっても、「たびたびの御方違へにことつけたまひしさまを、いとよう言ひなしたまふ」（空蝉、二〇〇頁）。末摘花に対しても、「年ごろ思ひわたるさまなど、いとよくのたまひつづくれど」（末摘花、三五六頁）。**22**口説き上手な「色好み」の面目躍如。このあたりは「おほかたに言ひなせば」「のたまひなすかな」「思しなせかし」「言ひなし給ふ」と、「なす」がよく使われ、恋の駆け引き場面。

⑤

昨日［きのふ］、今日［けふ］見初［そ］めて、のたまふやうにもなければ、[1]『いかにして《中納言ノ君ノ心》、かかる人おはしますと聞き給ひけむ』とおぼつかなし。まめやかに《少将ノ》責め給へば、[2]尼上は、『いと思ひかけぬ事にもあるかな。さて[3]誰［たれ］とも知らぬ人に、とかくいらへ聞こえむにもあらず。[4]なべてならぬ御様は、[5]夜目［よめ］にもしるければ、このごろ《尼上ノ心》世にめで[6]ののしられ給ふ大殿［おほいどの］の四位の少将殿にや、おはすらむ。[7]さては、[8]かばかりのかたちし給へる人は、おぼえざめり。とまれかくまれ、かく[9]数ならぬ身を、ときめき給ふ人の[10]見過ぐし給ふべきにもあらず。[11]ものはかなき御さまにて、[12]人におとしめられ給はむも、いといとほしきことにもあるべきかな』など、思し煩ふ。

【訳】　昨日か今日、一目ぼれしておっしゃっている様子でもないので、（女房は）『どのようにして、このように姫君がいらっしゃると（少将は）お聞きになったのだろう』と、不審に思う。（少将が）熱心に催促されるので、尼君は、『まったく思いも寄らないことだなあ。でも、誰とも知らない人に、あれこれお返事するわけにもいかない。並々でないご様子は、夜見ても明らかなので、このごろ世間で称賛され有名でいらっしゃる内大臣の子息、四位の少将殿でいらっしゃるのだろうか。そのほかに、これほど容姿が優れたお方は、思いつかないようだ。ともかく、このように取るに足りない身の上の姫君を、ちやほやされている御曹司が、いつまでも愛してくださるはずもない。（姫君が）日陰者になり世人に軽蔑されることになれば、とても気の毒なことだなあ』など、お心を砕かれる。

【注】　1姫君一行は嵯峨野に二か月前に「忍びて」来た［本章①］。光源氏が若紫の件を初めて言い出したときも、尼君は「かの若草を、いかで聞い給へることぞ」と不審がった（若紫、二九一頁）。　2今までは「尼君」だったが［二④］［三③］、「尼上」の方が姫君の保護者としての重要な地位が読者に伝わる。なお少将のセリフの中では「尼上」［本章⑥］［六］、姫君のセリフでは「尼君」［五③］と使い分けられているが、地の文では「尼君」［本章⑦］［五④］［七②］と「尼上」［五①］［七②］が混在する。　3少将はまだ自己紹介をしていない。よって正式なプロポーズではないので、以下、姫君は妾扱いかという悩みが述べられる。　4服装や言葉遣い、しぐさや家来の様子などから、身分が知られる。　5「尼上が「夜目にもしるき」とすぐさま判じたというのは、顔などもどこかで見知っていたに違いなく、そうすると彼女は都を日常生活の場とし、高貴な人物の消息にも通じていたことを意味する。」

（伊井春樹氏、前掲論文）。参考「カンのおとゞ『夜目［よめ］にも著［しる］くぞ』と聞［きこ］え給へば」（宇津保物語、蔵開上、二六五頁）。**6**「ののしられ給ふ」［一3］、参照。**7**頭注「さては　按「さらては」と有し成へし」。**8**光源氏も同様に賞された。「（北山の）年老いたる尼君たちなど、まださらにかかる人の御ありさまを見ざりつれば、『この世のものともおぼえたまはず』と聞こえあへり」（若紫、二九八頁）。**9**尼君の悩みは、薫に言い寄られた娘（浮舟）の将来を案じる母（中将の君）と共通する。「（薫が浮舟に）まめやかに御心とまるべき事とも思はねば、（中略）人の御ほどのただ今世にあり難［がた］げなるをも、数ならましかばなどぞ、よろづに思ひける」（東屋、一一頁）。「まいて（浮舟のような）若き人は、（薫に）心つけたてまつりぬべくはべるめれど、数ならぬ身に、もの思ひの種をやいとど蒔かせて見はべらん」（浮舟の母のセリフ。東屋、五〇頁）。**10**末長く世話をして、連れ添って一生を過ごす、という意味。**11**少将がやがて名門の女性と結婚する将来のことまで、尼君は思案する。身分違いの不釣り合いな結婚は、結局、不幸をもたらす。**12**尼君は姫君を、日陰者にはしたくない。浮舟の母も浮舟の婿には、「二心［ふたごころ］なからん人のみこそ、めやすく頼もしきことにはあらめ」と考えた（東屋、三〇頁）。

⑥

またうち返し、『[1]宿世［すくせ］は何にもよらぬことなれば、かくてつくづくとおはしまさむを、見たてまつる我さへ悲しければ、とにもかくにも、[2]かひある御さまを見置きて、[3]いかにもならばやとこそ思へ。いかなるべきにかあらむ。何さまにも[4]御いらへなからむは、便［びん］なかるべし』とて、「[5 尼上ヨリノ答]かく仰せらるべき人も侍らぬを、『もし[6]所違［ところたが］へにや侍らむ』と、たどられ侍る」とあれば、「[7 少将ノ詞]なほざりに思ひて、うち出［い］づべきことにも侍らず。かく仰せらるるなむ、[8]なかなか浅くおぼえ侍る」と、いとねんごろに聞こえ給へば、[9]言《尼君》ふべき言の葉もなくて、「いかにも、ただ今は思ひわき侍らず。かく[10]数ならぬ身ひとつをうち頼む人なむ侍れども、さやうに御覧じ入［い］るべき様［さま］にも侍らず。この[11]二月［ふたつき］ばかり[12]物の怪［け］に煩ふこと侍りて、いとど[13]心の闇にさへ[14]見苦しく侍るを、[15]今ちと思ひ沈めて、ともかくも聞こえさせむ」とのみいらへ給へば、「《少将ノ詞》いと心憂くも、おぼめかしのたまひなすかな。[16]ほのかに見たてまつり[17]し夕べより静心［しづごころ］なきを、まづ[18]自《忍音ノコト也》［みづか］らの御言［こと］こそ難［かた］からめ。いとなめげなれども、[19]人づてには御心遣［づか］ひも[20]苦しからむ。尼上に、ただ暗き程の紛れに対面賜［たまは］らむ」と、切［せち］に逃［のが］るべくもあらず聞こえまつはし給へば、さのみ否［いな］み給はむも、[21]人柄便［びん］なければ、[22]な《尼上》よらかなる衣［きぬ］ひき着て、[23]障子細目［ほそめ］に開けて[24]ゐざり出で給ふ。

【訳】　また思い返して、『この世のことは前世で定められたものなので、（姫君が）こうしてもの寂しくしていらっしゃるのを拝見する私までも悲しくなるので、とにかく（姫君が結婚して）育てたかいがあるご様子を見ておいて、私はどうなってもよいと思うが、（結婚後は）どうなることだろうか。いずれにせよ（少将に）お返事しないのは、失礼だろう』と考えて、（尼君が）「こうおっしゃる（あなたにふさわしい）女性もおりませんので、『もしかして場所を間違えられたのでは』と、思い悩んでいます」と言うと、（少将は）「いい加減な気持ちで言い出せることではありません。このようにおっしゃられると、かえって浅はかに思われます」と、たいそう熱心に申し上げなさるので、（尼君は）言い返す言葉もなく、「どうも今のところは判断できません。このようにつまらない我が身しか頼る者がいない人はおりますが、そのように（あなたに）ご覧に入れるほど（美人）でもございません。この二か月ばかり病にかかりまして、ますます親のひいき目で見ても、見苦しうございますので、もう少し落ち着いてから、あれこれ申し上げましょう」とだけお答えになるので、（少将は）「つらいことに、わざと、はぐらかしておっしゃるなあ。（私が姫君を）ちらりとお見受けした夕べより、心が静まらず、（とはいえ）まっ先に姫君からお言葉をもらうのは許されないだろう。たいへん失礼ながら、人づてでは、せっかくのご配慮も無駄になるだろう。尼上に暗闇に紛れて、お会いしたい」と、熱心に断りきれないほど、しきりにお願いされるので、ひたすらお断りになるのも、（少将の）人柄を考えると不都合なので、（尼君は）柔らかな衣を着て、襖を細く開けて、膝で進み出られる。

【注】 **1**参考「宿世など言ふめるもの、さらに心にかなはぬ物に侍るめれば」（総角、二五五頁）。「宿世など言ふらむものは目に見えぬわざにて、親の心にまかせ難し」（若菜下、二五四頁）。 **2**浮舟の母も玉の輿を願い、「わが娘も、かやうにて（貴人に）さし並べたらむにはかたはならじかし、（中略）なほ今より後［のち］も心は高くつかふべかりけり」と思案した（東屋、三八頁）。 **3**尼君は姫君の幸福な結婚生活を見届けた後、身を引くつもりである。若紫の尼君も、「（幼い若紫を）いみじう心細げに見たまへおくなん、願ひ侍る道のほだしに、思ひたまへられぬべき」と言って、光源氏に託した（若紫、三二一頁）。なお『中世王朝物語全集』では「私も死にたいというもの。」と訳す。 **4**貴人に返事をしないのは失礼。例「（末摘花が源氏に返歌しないので、乳母子の侍従は）いと心もとなう、かたはらいたしと思ひて、さし寄りて聞こゆ」（末摘花、三五七頁）。また返事が遅れると、男をじらす駆け引きかと思われる。例「久しくなりて、わざとめいたるも苦しうて」（橋姫、一三四頁）。 **5**返歌した女房も、「御心慰み給ふべき紅葉の色も、侍らぬものを」と答えた［本章④］。光源氏が若紫に初めて歌を送ったときも、女房は、「さ

らにかやうの御消息〔せうそこ〕うけたまはり分くべき人もものしたまはぬ」と答えた（若紫、二九〇頁）。**6**浮舟も薫からの手紙を、「所違へ」だと言い逃れて突き返した（浮舟、一六九頁。夢浮橋、三七九頁）。もし求婚に同意しても、一度は婉曲に断るのが礼儀。**7**以前のセリフ「うちつけに思ふこと聞こゆるは、浅きやうなれども」〔本章④〕よりも、断言した言い方に変化。ただし尼君に直接話すときは、「うち出〔い〕づる程は浅き様〔やう〕に侍れども」と前の言い方に戻る〔本章⑦〕。**8**女性側を非難して困らせるのも、恋愛戦術の一つ。「（私の思いを）なほかう思し知らぬ御ありさまこそ、かへりては浅う御心のほど知らるれ」（落葉の宮に訴える夕霧の会話。夕霧、三九五頁）。**9**口では尼君よりも、世馴れた若い少将の方が上手。**10**光源氏に若紫を所望されて、尼君が断ったセリフに似る。「あやしき身ひとつを、頼もし人にする人なむ侍れど、いとまだ言ふかひなきほどにて、御覧じ許さるる方も侍りがたげなれば、えなむ承〔うけたまは〕り留〔とど〕められざりける」（若紫、二九二頁）。**11**嵯峨野に引っ越してきたのは二か月前〔本章①〕。「尼君の都の住まいはもはやなくなってしまい、八宮が宇治に隠棲していたように、彼女たちも嵯峨が残された唯一の場所になっていたのであろうか。」（伊井春樹氏、前掲論文）。**12**若紫は幼稚さを理由に断ったが、この姫君はもう大人なので、仮病を口実にした。**13**「人の親の心は闇にあらねども子を思ふ道にまどひぬるかな」（後撰集、巻十五、雑一、一一〇二、藤原兼輔）。光源氏も夕霧を見て、「中将の朝明〔あさけ〕の姿はきよげなりな。ただ今はきびはなるべきほどを、かたくなしからず見ゆるも、心の闇にや」と言った（野分、二六七頁）。**14**ただし源氏物語では、やつれの美もある。紫の上は病死する直前、「こよなう痩せ細りたまへれど、かくてこそ、あてになまめかしきことの限りなさもまさりてめでたかりけれ」（御法、四九〇頁）。**15**頭注「いまちと　按、此ちと、いふは、すこしなといはん意なるへし。すゑにも、あまたみゆ」。「ちと」は平安文学には見当たらず、中世語か（桑原博史氏『中世物語の基礎的研究　資料と史的考察』風間書房、昭和四四年。大槻修氏「『しのびね物語』ところどころ」、「甲南国文」35、昭和六二年三月）。**16**姫君の病気を否定するため、本人を垣間見たことを白状する。また姫君の噂だけ聞いて恋しているのではない誠実さを示す。なお光源氏は、若紫を垣間見たことを尼君に打ち明けていない。**17**参考「その夕べより乱り心地かきくらし」（女三の宮を見た柏木の手紙。若菜上、一四〇頁）。**18**男君が女君と直接話せるのは、仲が深まってからのこと。**19**今までの尼君とのやり取りは、女房を介して行われた。参考「なほ人づてならで（若紫に）聞こえ知らせばや。」（若紫、三一六頁）。「いかならむ世に、人づてならで（藤壺に）聞こえさせむ。」（紅葉賀、三九九頁）。「人づてならで、物越しに（朧月夜に）聞こえ知らすべき事なんある。」（若菜上、七一頁）。「かかる人づてならで、（女三の宮に）一言をものたまひ、聞こゆる世ありなむや。」（若菜下、一四五頁）。**20**自分は、人づての扱いを受けるような下衆［げす］ではないと主張する。このあたり、光源氏が初めて若紫の尼君と、直接話したいと頼んだ箇所に似る。「かうやうの伝［つて］なる御消息は、まださらに聞こえ知らず、ならはぬことになむ」（若紫、二九一頁）。**21**若紫の尼君も光源氏に対面をせがまれて、「まめやかにのたまふ、かたじけなし」と判断して応じた（若紫、二九一頁）。**22**家にいるときは、真新しい衣よりも着馴れて柔らかい方が好まれた。「白き御衣［ぞ］どものなよよかなるに」（雨夜の品定めにおける光源氏の服装。帚木、一三七頁）。**23**恋人通しではないので鍵を掛けないが、末摘花が光源氏に会ったときは、「二間［ふたま］の際［きは］なる障子、手づからいと強く鎖して」（末摘花、三五五頁）、宇治の大君も「廂の障子をいとよく鎖［さ］して、（薫に）対面したまへり」（総角、二五三頁）。**24**平安女性は膝行した。しかしこの風習も鎌倉時代になると、「むかし女房のやうにゐざりありきしも、をかし」のように古風になる（弁内侍日記、寛元四年［一二四六］十一月二十二日）。

⑦

少将 少し[1]居直り給ひて、[2]少将ノ詞「うち出［い］づる程は浅き様［やう］に侍れども、[3]心の底の深さをかごとにてなむ尋ね参りぬるを、ただうちつけの好き心と思しめしなすなむ嘆かしく侍る」と、いと[4]らうたげなる御声にて、さ[5]すがに恥ぢらひてのたまへば、御《尼上》いらへ聞こえにくけれど、「かく思しより給ふも、こ[6]の世ならぬこととは思[7]ひ給ひながら、人[8]にも似ぬ身の程をはばかり侍る」など言ひ交はし給ふほどに、やうやう月も傾［かたぶ］き、明け方近くなるに、殿より御[9]迎への者ども参りつどひて、昨[10]夜［よべ］より尋ね奉りたるよし申して、女[11]御殿も昨日［きのふ］まかで給へるに、とくとく帰りおはすべきよしなど、さまざまにこ[12]とごとしげに申しなすに、尼君、『さればこそ、大殿［おほいどの］の御子におはすれ』と知[13]り果てぬ。

【訳】（少将は）少し居住まいを正されて、「突然言い出すと、軽はずみなようでありますが、思いの深さを口実にしてお尋ねしたのに、ただの好色心とお片付けになるのは情けないことです」と、たいそう若々しいお声で、そうは言うものの恥ずかしがっておっしゃるので、（尼君は）お返事しにくいけれども、「そのように（姫君を）お思いになられましたのも、宿命とお考えですが、ほかの女性とは似ていない身の上なので遠慮いたします」などと互いにお話しになるうちに、しだいに月も西に沈み、明け方近くなると、内大臣殿からお迎えの者たちが参り集まって、「（少将を）昨夜からお捜ししている」と申して、「（妹の）女御殿も昨日、里帰りされたから、すぐにお帰りになるように」などと、いろいろ大げさにお伝えするので、尼君は『やはり内大臣殿のご子息でいらっしゃった』と分かった。

【注】1相手が女房か尼君かで、少将の態度も異なる。「御息所ゐざり出でたまふけはひすれば、（夕霧は）やをら

ゐなほりたまひぬ」（柏木、三二八頁）。**2**少将が女房に声を掛けたときの出だしも、「うちつけに思ふこと聞こゆるは、浅きやうなれども」〔本章④8〕。参考「うちつけに浅き心ばかりにては、かくも尋ね参るまじき山のかけ路〔ぢ〕に思うたまふるを」（薫のセリフ。橋姫、一三四頁）。**3**参考「女院、大原におはします（中略）ふかき心をしるべにて、わりなくてたづねまゐるに」（建礼門院右京大夫集、二四〇）。**4**「らうたげ」は源氏物語では殆ど女性に用いられ、男性は五例しかなく全て未成年者（少年か幼児）に使用。**5**青年らしい一途さと恥じらいが感じられる。**6**少将も「この世ならぬことにや」と言った〔本章④9〕。**7**「給へ」とする伝本もあり、その場合「思ひ」の主語は尼君になる。**8**類例「数ならぬ身」〔本章⑤9（尼君の心中）〕〔本章⑥10（尼君のセリフ）〕。**9**光源氏が北山に出かけた翌朝も、「御迎への人々参りて（中略）内裏〔うち〕よりも御とぶらひあり」（若紫、二九四頁）。家来の一人が、嵯峨野から内大臣邸に戻り通報したか。あるいは現存本『しのびね物語』では少将の単独行為であるが、「多くの記録が存するように、もとは人々とともに赴き、そこでかいま見した姫君が心にとまり、（中略）それとなくとどまる理由を口実にして、都へは帰らなかったのかも知れない。」（伊井春樹氏、前掲論文）とも考えられる。**10**貴人の周囲にはいつも女房や家来が控えていて、一晩でも無断外出すると大騒ぎになる。光源氏も夕顔の宿に泊まった翌日、「内裏〔うち〕」（父帝）にいかに求めさせたまふらんを、いづこにも尋ぬらん」と気遣った（夕顔、二三七頁）。**11**東宮の女御、少将の妹〔一①〕。**12**「使者の口上には、父大臣の強い意向が示されており」（伊井春樹氏、前掲論文）、この父親の性格が、物語の展開に大きな影響を及ぼす。浮舟に近づいた匂宮を引き離すときも、母后の病を「御使の申すよりも、いま少しあわたたしげに申しなさせば」と誇張した（東屋、五九頁）。**13**頭注「しりはてぬ　按、地の詞なれは、しりはて給ひぬと有しなるへし」。

⑧　母上《少将》[1]の御消息もありなどすれば、わづらはしくて、「さは《少将》、この[2]紅葉［もみぢ］の折、過ごさず必ず参り来む。とかく[3]さし放たせ給ふ御気色［けしき］の、いと本意［ほい］なくなむ。[4]数ならずとも、今は常にこそ参らまほしけれ」とて、なほ出でやり給はねば、[5]御車、廊に寄せて声作《少将ノ従者》［こわづく］りゐたるに、あわたたしくて出で給ふ。

【訳】（少将は）母上からのご伝言などがあるのも煩わしくて、（尼君に）「それでは、この紅葉が散る前に、必ず参ろう。このように、よそよそしくされるご様子は、とても残念で。（私は）一人前ではないが、今後は絶えず参りたいものだ」と言って、まだお帰りにならないので、（家来が催促の）咳払いをするので、後ろ髪を引かれる思いで出られた。

【注】1匂宮が宇治に忍び歩きした折も、母后の命令で殿上人が大勢迎えに来た（総角、二八四頁）。2光源氏も北山を立ち去る時、「いまこの花のをり過ぐさず参り来む」と僧都に言った（若紫、二九五頁）。3光源氏も北山を去った翌日、尼君宛の手紙に「もて離れたりし御気色のつつましさに」と記した（若紫、三〇二頁）。4前出「数ならぬ身」［本章④20］。5光源氏がひそかに朧月夜を訪れた翌朝も、「廊の戸に御車さし寄せたる人々も、忍びて声作りきこゆ」（若菜上、七六頁）。匂宮が宇治の中の君に会いに行った翌朝も、「人々いたく声作り、もよほしきこゆれば」（総角、二七四頁）。従者は貴人に直接話しかけられないので、牛車を廊下に寄せ「声作る」ことで催促す

る。

⑨　京におはし着きたれば、殿・上など、[1]久《少将ノ》しくこもりおはしつるに、[2]珍しく思したる様［さま］の[3]あはれにおぼえ給ふ。女御殿《少将》の御前に参り給ひければ、いと匂ひやかに[4]気高きものから愛敬［あいぎゃう］こぼれて、さらに[5]ただ今の世にはありがたく見え給ふにも、『かの《忍音君》ほのかなりし[6]火影は、[7]劣るまじく見えし』と、心にかかりて恋しくおぼえ給ふ。

【訳】（少将が）都の（自邸に）お戻りになると、ご両親などは（少将が）長い間、不在でいらっしゃったので、（少将を）目新しくお思いである様子を（少将は見て）しみじみと思われた。（少将が妹の）女御のお部屋に参られると、（女御は）たいそう美しく気高いながらも魅力があふれて、まったく今の世には（これほどの美人は）めったにいないとご覧になるにつけても、『あのほのかな灯影に照らされた（姫君の）姿は、（女御に）引けを取らないように見えた』と、心残りで恋しくお思いになる。

【注】1「久しくこもり」の主語は、寵愛が深いため里下がりが許されなかった女御［一］とも解釈できるが、文脈からすると少将の方が適切。少将が「久しくこもり」とは、宮中での物忌みか（伊井春樹氏、前掲論文）。2参考「（狭衣中将に対して父関白は）今日はまだ見たてまつりたまはざりつればにや、めづらしきにほひ添ひたまへる

心地して、うち笑みてぞつくづくとまぼられさせたまふ」（狭衣物語、巻一。伊井春樹氏、前掲論文）。**3**これほど息子を気遣ってくれる両親に内緒で外出したので、自責の念に駆られ、親の愛情が普段よりも身にしむ。**4**参考「（宇治の大君は）限りなくあてに気高きものから、なつかしうなよよかに、かたはなるまで、なよなよとたわみたるさまのしたまへりしにこそ」（東屋、六七頁）。この一節の描写は、匂宮とその姉宮（女一の宮）、宇治の中の君の関係に似る。「（女一の宮の）限りもなくあてに気高きものから、なよびかにをかしき御けはひを、（匂宮は）年ごろ二つなきものに思ひきこえたまひて、またこの御ありさまになずらふ人世にありなむや、（中略）（中の君は）らうたげにあてなる方の劣りきこゆまじきぞかしなど、まづ思ひ出づるにいとど恋しくて」（総角、二九三頁）。**5**参考「（匂宮は）当時［たうじ］の帝・后のさばかりかしづきたてまつりたまふ親王［みこ］、顔容貌［かたち］よりはじめて、ただ今の世にはたぐひおはせざめり」（蜻蛉、二一一頁）。**6**姫君の姿［二④］が強烈に焼き付いている。**7**匂宮も浮舟と初めて契った後、朝帰りして中の君に会い、二人を比較している。「めづらしくをかし、と見たまひし人（浮舟）よりも、また、これ（中の君）はなほあり難きさまはしたまへりかし」（浮舟、一二八頁）。

四

その後［のち］も、度々［たびたび］ねんごろに御消息［せうそこ］聞こえ給ふに、[1]母君《尼上》も思し煩ひて、[2]『かく、ものはかなき御様をなかなかにとは思へど、行末［ゆくすゑ］のことは[3]御宿世に従ふことなれば、かくてつくづくとおはしまさむに、[4]明日［あす］をも知らぬ命のはかなきに、むなしくもなりなば、いかなる[5]あやしの者か馴れ寄り《忍音上二》奉らむ。[6]しばしにても、かかる人にこそさし並べて見たてまつりたけれ』と思し弱りて、はしたなき御返しも、し給はず。

【訳】その後も（少将は）たびたび熱心に、お手紙を差しあげなさるので、（姫君の）母君も思い悩まれて、『このように（母親しかいない）頼りないご様子では、かえって（少将と結婚）しないほうが良いとは思うが、将来のことは運命に逆らえないので、こうして（姫君が）もの寂しくしておられるうえに、私の命ははかなくて明日死ぬかもしれず、私が死ねば、どんな下衆《げす》が（姫君に）馴れ馴れしく近寄って来るかもしれない。少しの間でも、このような貴公子と結婚していただきたい』と思うと気が弱くなられて、そっけないお返事もなさらない。

【注】**1**今までは「尼君」「尼上」と呼ばれていたが、ここで初めて姫君の母であることが明かされる。また母の立場や役割を強調した呼称。**2**以下の悩みは、前の描写［三⑤⑥］に似る。参考「繰り返し使われる「ものはかなき」状況は、具体的には、この一族が確固たる後見者であるはずの両宮をいずれも失ってしまっていることに起因する。だが、姫君の高貴な血筋に、明石一族の物語を重ね合わせるとき、そこには別の理由が自ずと見えてこよう。しのびね一族もまた、政治的に排除された、駆逐された一族なのである、と。」（藤井由紀子氏、前掲論文）。**3**参考「宿世といふなる方につけて、身を心ともせぬ世なれば」（総角、二三六頁）。**4**若紫の尼君も自ら「おのがかく今日［けふ］明日［あす］におぼゆる命」と言った（若紫、二八一頁）。**5**宇治の八の宮も同じことを心配して、姫君たちに「おぼろけのよすがならで、人の言［こと］にうちなびき、この山里をあくがれたまふな」と訓戒した（椎本、一七六頁）。当時は、「ほどほどにつけて、思ふ人に後［おく］れたまひぬる人は、高きも下［くだ］れるも、心の外［ほか］に、あるまじきさまにさすらふたぐひだにこそ多くはべるめれ。それみな例のことなめれば」であった

（総角、二四〇頁）。**6**浮舟の母も薫を見て、「この御ありさまを見るには、天［あま］の川を渡りても、かかる彦星［ひこぼし］の光をこそ待ちつけさせめ」と願った（東屋、四八頁）。

五

① さて、[1]三十日［みそか］[2]わたりに、い《少将ノ》と心ことに[3]薫り満ちて、うち化粧［けさう］じておはしたり。かくと御消息あるに、御《尼上ノ方ニ》心設［まう］けし給へることなれば、驚き顔にもあらず入れ奉る。尼上、出で給ひて、「[4]かばかり御心を、とどめ給ふべき人にもおはせず、いと、[5]ものはかなき様［さま］を御覧じがたうこそ侍らめと、[6]思ひ給ひながら、さのみ、とかくためらひ侍らむも、いと便［びん］なき事と思ひ給へ憚りてなむ」とのたまふ様［さま］の、[7]気高くうち匂ひたる様、いみじう見ゆるに、『い《少将ノ心》かにも、ただ人にはあらじ』と、思したり。

【訳】 そして月末のころに、（少将は）格別な薫りをたきしめて着飾って来られた。前もって（今夜の結婚について）お便りがあり、（尼君は）あらかじめ用意されていたので、驚かずに（少将を）お入れする。尼君がお出になられて、「（姫君はあなたが）これほど気に留めてくださるほどの女性ではありませんし、たいそう頼りない身の上（の姫君）

をご覧に入れますのも、いかがなものかと思われますが、そうむやみにあれこれ（結婚を）ためらいますのも、とても不都合なことだと考え遠慮いたしまして」とおっしゃる（尼君の）様子は、気高く美しく立派に見えるので、（少将は）『なるほど、並の人ではなさそうだ』と、お思いになった。

【注】 **1**太陰暦では大の月は三十日、小の月は二十九日。 **2**頭注「三十日わたり　按、「わたり」ははかりの誤なるへし」。 **3**匂宮が六の君と結婚したときも、「いかでめでたきさまに待ち思はれん、と心げさうして、えならず薫きしめ給へる御けはひ言はん方なし」であった（宿木、三九四頁）。また光源氏も朝顔の姫君を訪れるとき、「なつかしきほどに馴れたる御衣［ぞ］どもを、いよいよたきしめ給ひて、心ことに化粧［けさう］じ暮らし給へれば」と、念入りに準備をした（朝顔、四六九頁）。 **4**前出「かく仰せらるべき人も侍らぬ」［三⑥5］。 **5**前出「ものはかなき御様」［四2］。 **6**筑波大学本は「思ひ給へなから」。［三⑦7］参照。 **7**もし母親が下品ならば、姫君に傷がつく。光源氏が明石の尼君と対話したときも、尼君の話しぶりを「けはひよしなからねば」と思い、尼君が和歌を「わざとはなくて言ひ消つさま」を「みやびかによしと聞」いた（松風、四〇二頁）。

②

夜うちふくるままに、[1]御格子引き上げて、入り給へるに、[2]紅梅《忍音上》の七ばかりに、[3]青き単［ひとへ］、唐綾［からあや］の小袿［こうちぎ］着給へる様、よそにて仄かに見しよりも、[4]近まさりはたとへむ方なし。とかく、もののたまふに、あさましく恥づかしげなる様の、言ひ知らずらうたくて、『かかる《少将ノ心》人を知らずして[5]外様［ほかざま」にもなりなば、口惜しかるべきこと』と、思さる。草子地 御志［こころざし］の浅からぬも、6行く末あぢきなきことなりかし。

【訳】夜が更けるにつれて、御格子を引き上げて（少将が）お入りになると、（姫君は）紅梅重ねを七枚ほど着て、いちばん下に青い衣、いちばん上に唐綾の小袿をお召しになる様は、遠くからかすかに見たときよりも、近くで見たほうが美しく、例えようもない。（少将が）あれこれお話しになると、（姫君が）ひどく恥ずかしがる様子は、言いようもなくかわいらしくて、『このような女性を知らないまま、（もし姫君が）ほかの男性と結婚していたら、残念なことだ』と、お思いになる。（少将の）ご愛情が深いのも、この先、困ったことであるよ。

【注】1寝殿造の格子は上下二枚に分かれるが、これは簡素な一枚戸の形式。2頭注「こうばい　紅梅衣。面紅梅、或紅。裏紅、或蘇芳、或紫。自十一月至二月、祝時用之由、見諸抄」。今は十月末だが十一月に準じて、また祝い事なので着用。3単は一番下に着るが、ほかの衣より一回り大きいので、裾や端は外から見える。4宇治の中の君も「容貌［かたち］よりはじめて、多く近まさりしたり」と、匂宮は思った（総角、二七〇頁）。5薫も宇治の姫君について、「宿世ことにて、外ざまにもなりたまはむは、さすがに口惜しかるべう、領［りゃう］じたる心地しけり」と考えた（椎本、一七五頁）。6この結婚は少将の両親が関知していないので、少将の愛情が深ければ深いほど、将来の悲劇は深刻になる。

③

夜明けて御格子など参るに、日のけざやかにさしいでたれば、御簾[1]《少将》［みす］・几帳引き上げて見[2]《忍音上ヲ》給ふに、今朝はまだ[3]つくろひ給はぬ程の御顔の[4]うち赤み給へるは、さらにこの世のものとも見えず。髪、[5]丈［たけ］に少しあまりて、[6]髪［かん］ざし・額［ひたひ］つきの貴［あて］に美しさは、[7]女御の君にもなほたちまさりてやと思すも、わが[8]《少将ノ》志［こころざし］の浅からぬ[9]見なしにやと、[10]人にも見せまほしく、[11]つくづくと見るに、なほ類［たぐひ］あらじと思へば、そばみ《忍音ノ上ノ》給へるを引き向けて、「など、《少将ノ詞》[12]かく憎しと思すらむ。まろは少しの[13]隔ても、今より[14]はもの憂かるべきを、[15]近き所へ渡し奉らむ」と、いとなつかしくのたまへば、「尼君《忍音上ノ詞》には、いかでか離るべき」と、いと幼げにのたまへる様［さま］、若う美しければ、うち《少将》笑ひて、「いと幼くこそおはしけれ。それも御身に添ひてこそ、おはせめ。[16]頼りなくては、いかが」とのたまへば、『ただ、《忍音上ノ》かくてこそ』と思したる気色［けしき］の、らうらうじくなつかしければ、その日も[17]立ち返り給はず。

【訳】　夜が明けて御格子などをお上げすると、朝日が明るく差し始めたので、（少将は）御簾や几帳の帷子《かたびら》を引き上げて（姫君を）ご覧になると、今朝はまだ身づくろいされていない様子で、お顔が少し赤くなっておられるのは、まったくこの世の人とも見えない（ほど美しい）。髪は背丈より少し長く、頭から額にかけての上品な美しさは、（妹の）女御の君よりさらに優れているなあ、とお思いになるのも、（姫君への）愛情が浅くない思いこみのせいだろうかと（思われ）、（姫君を）人にも見せたくて、しみじみと見ると、やはり（姫君と）並ぶ女性はいないと思うので、（姫君が恥ずかしがって）横を向いていらっしゃるのを自分の方に向かせて、（少将が）「どうして、このように私をいやだとお思いなのだろうか。私は（あなたと）少し離れていても、（結婚した）今からはつらく感じるので、（自邸に）近い所へ移っていただこう」と、とても親しみ深くおっしゃると、「尼君と、どうして別れられましょうか」と、とても幼げにおっしゃった（姫君の）様子は若くかわいらしいので、（少将は）思わず笑って、「ほんとうに幼くていらっしゃるなあ。尼君もあなたに付き添って行かれますよ。頼れる人がいないと困るでしょう」とおっしゃるので、『まったく、このままで（いたいのに）』とお思いになる様子が上品で心引かれるので、その日も（少将は自邸に）お帰りにならない。

【注】 **1**簾を引き上げるのは女房などの仕事で、ふつう貴人はしないが、この場合は二人きりのまま早く女君を見たいから。光源氏も夕顔を廃院に伴った翌朝、「日たくるほどに起きたまひて、格子手づから上げたまふ」（夕顔、二二三五頁）。 **2**正式な結婚ならば、新婦を日の光で見られるのは、三日間通い続けて、三日目の夜の宴会（露顕《ところあらはし》）が終わり四日目の朝。［二十三③14］［二十六1］参照。しかし院政期になると、一日通えば結婚は成立するようになる。「近代露顕一夜也。仍無二後朝使一云々」（江家次第）。 **3**参考「粉黛トテ、ヲシロイベニヲヌリツケテ、眉ヲ作リナドスル也。其中へ、楊貴妃ノ更ニツクロハズシテ行玉へバ、惣ノ飾立タル女房ハ、一向顔色ナシ。」（長恨歌抄。米田真理子氏「『しのびね物語』の構造―「長恨歌」を視点として―」、「詞林」26、平成一一年一〇月）。 **4**化粧していない顔を見られて恥じらい赤面。参考「女は寝起き顔なむ、いと良き」（能因本枕草子、「職の御曹司の西面の」段。三巻本は傍線部が「かたき」）。「殿おはしませば、寝くたれの朝顔も時ならずや御覧ぜむと、引き入る」（枕草子、「関白殿、二月二十一日に」段）。 **5**髪は背丈より少し長いのが理想的。参考「（女三の宮の髪は）七八寸ば

かりぞ余りたまへる」（若菜上、一三三頁）。**6**参考「（若紫が）いはけなくかいやりたる額つき・髪ざし、いみじううつくし」（若紫、二八一頁）。**7**女御との比較は前出［三⑨］。匂宮も宇治の中の君を三日めの朝見て、姉宮と比較して、「女君（中の君）の御容貌［かたち］のまほにうつくしげにて、限りなくいつきすゑたらむ姫宮（姉宮）もかばかりこそはおはすべかめれ、思ひなしの、わが方ざま（姉宮）のいといつくしきぞかし」と思った（総角、二七二頁）。**8**いわゆる「あばたも、えくぼ」の類。参考「（光源氏の夕顔への）御志一つの浅からぬに、よろづの罪、許さるるなめりかし」（夕顔、二三一頁）。**9**参考「（光源氏が太っても貫禄がついたと思われるのは、明石の君の）あながちなる見なしなるべき」（松風、四〇七頁）。**10**参考「（宇治の大君は）日ごろにすこし青みたまへるしも、なまめかしさまさりて、ながめ出だしたまへるまみ額つきのほども、見知らん人に見せまほし」（総角、三〇一頁）。ただし女性は成人すると、家族や夫・恋人以外には顔を見せないのが普通。惟光は幼い息子にさえ、娘に近寄ることを厳禁した（少女、五九頁）。**11**頭注「つく〳〵とみるになほたくひあらしとおもへは　按、少将の心のうちを地よりいへるなれは「つく〳〵と見玉ふに」云々、「おもひ玉へは」と有へし」。**12**姫君が恥じらって横を向いているのを、少将は自分を嫌ってそっぽを向いていると、冗談で言った。**13**心の隔たりと、離れて暮らすことの意を掛ける。**14**頭注「ものうかるへきを　按「ものうき」といへる詞を、たゝうき事に転しいへり」。**15**少将の両親はこの結婚をまだ知らず認めていないので、親の家には姫君を連れて行けない。薫も宇治にいた浮舟を、三条宮（薫の住居）の近くに移そうとした（浮舟、一三五頁）。**16**「頼りなくては、いかが」を、広島平安文学研究会は「そんなにあなたが頼りないんだから、一人にしてはおけません」、『中世王朝物語全集』は「頼る人がいなくてはね」と訳す。私案は「知らぬ所、頼りなくおはせむ」［七②］を参考にして、「頼りになる人（尼君）がいなくては、あなたはどうしますか（困るでしょう）」。**17**正式な結婚ならば最初の三日間は、まだ暗い時分に帰らなければならない。匂宮も宇治にいた浮舟と初めて契った翌朝、「出で給はん心地もなく、飽かずあはれなるに、またおはしまさむことも難［かた］けれど」と思い、帰京しなかった（浮舟、一一八頁）。

④

[1]いと遠き道のほどをしも、通ひ歩［あり］き給ふべき事の、[2]所せき御身には、[3]いと大事［だいじ］なるべきと思して、[4]渡し奉らむことをのたまふ。また御迎への者、[5]参りぬ。さまざまと語らひおきて出で給ふ。「この程、[6]日次［ひっいで］など見せて、御迎へ参らせむ」と、尼君にも細々［こまごま］とのたまひ置きて出で給ふ。

【訳】たいへん遠い道のりにもかかわらず、（姫君のもとを）行き来なさることは、高貴なご身分ではたやすくないとお考えになられて、（姫君に都へ）移っていただこうとおっしゃる。また、お迎えの家来が参上した。（少将は姫君と）いろいろ親しく語り合って、（部屋を）お出になる。「そのうち、日時などを見計らって、お迎えしよう」と、尼君にも詳しく言い残されて、お帰りになる。

【注】**1**匂宮も宇治にいる中の君と結婚した明朝、「道のほども、帰るさはいと遥けく思されて、心やすくもえ行き通はざらむことの、かねていと苦しきを」と悩んだ（総角、二五八頁）。**2**薫も宇治にいる浮舟を思いやりながら、「所せき身のほどを、さるべきついでなくて、かやすく通ひ給ふべき道ならねば」、なかなか行けなかった（浮舟、九八頁）。**3**頭注「いとだいし成へき　按「成へし」の誤也」。**4**前出［本章③15］。光源氏も明石から大堰

［おほゐ］川のほとりに引っ越した明石の君に向かって、「ここにも、いと里離［ばな］れて、渡らむことも難きを、なほかの本意ある所（二条の東院）に移ろひ給へ」と勧めた（松風、四〇〇頁）。また匂宮も、宇治の中の君と結婚して三日めに、「常にかくは、えまどひ歩［あり］かじ。さるべきさまにて、近く渡し奉らむ」と、新妻に語った（総角、二七一頁）。 **5**「参りぬ」の箇所、筑波大学本は「まいらぬおりとおほして」。 **6**当時は爪切りのような些細なことまで、すべて暦の吉凶に従った。たとえば『九条殿遺誡』参照。

⑤
殿《父上ノ方》へおはしたるに、「など、かく[1]遥かなる道のほど、[2]軽々［かろがろ］しく通ひ歩［あり］き給ふらむ」とむつかり給へば、『されば《少将ノ心》よ』と[3]今よりさへ心苦しく思して、[4]かしこまりて立ち給ふ。若き女房などは、「いかなる御事に[5]静［しづ］心なく、あくがれ歩［あり］き給ふらむ」など、ゆかしがり聞こゆれば、「[6]世《少将ノ詞》の常ならぬ紅葉に引かれて」とて、うちほほゑみ給へるに、[7]愛敬［あいぎゃう］はこぼるばかりにて、[8]匂ひを散らし給へるさまの、[9]げに《草子ノ地》好き給はざらむも、さうざうしからむと見えたり。

【訳】（少将が）帰宅されると、（父上が）「なぜ、これほど遠い道のりを、軽々しく通い続けておられるのだろう」と、小言をおっしゃるので、（少将は）『思ったとおりだ』と、今からもう気がかりに思われて、恐縮して席を立たれる。若い女房などは、「どのようなことにお心を奪われ、ずっと思いこがれておられるのだろう」など、知りたくなりお尋ねすると、（少将が）「並々ならぬ紅葉に心引かれて」と答えて、ほほえまれると、（少将の）魅力はあふれるほどで、優雅さを漂わせておられる様は、なるほど女性にお心をお寄せにならないならば、それも物足りないだろうと思われた。

【注】 1姫君は洛外に住んでいたので、身分の低い女性だと内大臣は思いこんだ。2匂宮の宇治通いについても、「軽々［かろがろ］しき御ありさまと、世人［よひと］も下［した］に誹［そし］り申すなり」（総角、二九一頁）、また「人に知られさせたまはぬ御歩［あり］きは、いと軽々［かるがる］しく」と言われた（浮舟、一二六頁）。3頭注「今よりさへ　按、こゝのさへは衍文なるへし」。4父親には楯突かず、小言を聞き終わってから席を立つ、少将の従順な態度。5源氏物語では、夕顔の元に通う光源氏を見て、女房たちが、「見苦しきわざかな。このごろ例よりも静心なき御忍び歩きのしきる中にも」と嘆き合った（夕顔、二五五頁）。6「世の常の色とや思ふ（中略）紅葉を」［二④少将の和歌］。「〈紅葉〉は女君の表象として記号化されていた」（大倉比呂志氏の前掲論文）。7妹の桐壺も「愛敬こぼれて」［三⑨］。光源氏も「御指貫［さしぬき］の裾［すそ］まで、なまめかしう愛敬のこぼれ出づる」（松風、四〇六頁）。8参考「（夕霧は）あざやかにもの清げに若う盛りに匂ひを散らしたまへり」（夕霧、四五七頁）。9色好みは、物語で男主人公になる条件の一つ。「（もし光源氏が）好き給はざらんも情けなく、さうざうしかるべしかし」と、惟光は思った（夕顔、二一七頁）。また宮中でも、「（光源氏が）情けなからぬほどにうち答［いら］へて、まことには乱れ給はぬを、まめやかにさうざうしと思ひきこゆる」女房もいた（紅葉賀、四〇七頁）。逆に薫は、「世の常のすきずきしさも見えず、いといたう静まりたるをぞ、ここかしこの若き人ども、口惜しうさうざうしきことに思ひて、言ひ悩ましける」であった（竹河、五八頁）。

六

さて、[1]御乳母《少将ノ》〔めのと〕に、「大方〔おほかた〕ならずとも、女の装束〔しゃうぞく〕一下〔ひとくだ〕り」とのたまへば、承りて、[2]紅葉襲〔かさね〕十ばかりに赤き袴・濃き紅〔くれなゐ〕の単〔ひとへ〕・御小袿〔こうちぎ〕など、いと美しくして奉る。「尼上の御装束も」とのたまへば、[3]梔子〔くちなし〕・縹〔はなだ〕など、白き袴に添へて[4]奉るに、霜月二、三日の頃、[5]良き日見せて、[6]御乳母子《少将ノ》〔めのとご〕の左中弁なる家にのたまひ仰せて、とり計らひ、しつらひて、[7]御簾〔みす〕・几帳〔きちゃう〕・屏風・褥〔しとね〕などやうの物ども、こしらへて運ばるるに、御達《少将ノ方ノ女房》〔ごたち〕なども、『さばかりにあるべし』と心得て、「[8]おぼろけの人にはあらじ。誰ばかりにかあらむ。[9]左大将の姫君を、殿の御気色〔けしき〕賜〔たまは〕らせ給ふに、煩〔わづら〕はしきことやあらむ」と、下にわぶめり。

【訳】さて、（少将はご自分の）乳母に、「並でなくても良いから、女性の衣装を一揃え（用意しなさい）」とおっしゃるので、ご承諾して、紅葉襲を十枚ほどに赤い袴、濃い紅色の下着、礼服などを、とても美しく仕立てて差しあげた。（少将が）「尼君の衣装も」とおっしゃるので、くちなし色（少し赤みがかった濃い黄色）や濃い藍色などの衣に、白い袴を添えて差しあげて、十一月二、三日の頃に、吉日を選んで、（少将の）乳母の息子である左中弁の家に（引っ越せるようにと）命じられ、手段を講じて部屋を整え、御簾・几帳・屏風・敷物などのような物を用意して（左中弁の家に）運ばせると、（少将の）女房たちなども、『やはり、そうだったんだ』と心得て、「（少将が迎える相手は）並大抵の女性ではなかろう。いったい誰だろうか。左大将が自分の娘を（少将の妻に）と、内大臣のご機嫌を伺っておられるのに、面倒なことになるだろうか」と、（女房たちは）内心、困っているようだ。

【注】 1光源氏も玉鬘を引き取る前に、「御装束、人々の料［れう］などさまざま」贈った（玉鬘、一一七頁）。薫も宇治の姫君たちのために、「さまざまなる女房の装束、御乳母などにものたまひつつ、わざともせさせ給ひけり」（総角、二八一頁）。一方、何一つ不自由のない生活しか知らない匂宮は、このような「こまかなる内々のことまでは」（宿木、四二九頁）気がつかないのに対して、薫は八の宮家の零落ぶりを見て以来、「なべての世をも思ひめぐらし、深き情けをも習ひ給ひにける」（宿木、四三〇頁）。 2季節に合った衣装。頭注「紅葉かさね十はかり　仮字装束抄云もちりもみち　あをきこきうすき二、きなるやまふき、くれなゐ、裏はすはう、くれなゐ、山吹、こきうすきくれなゐのひとへ。女官飾抄云、紅葉重八、黄三、山吹薄濃一重、紅薄濃一重、蘇芳一。按「十はかり」は大かたの数をいへるのみにて、かならす十と限りたるにはあらす」。 3光源氏も出家した空蟬に、「青鈍［あをにび］の織物、いと心ばせあるを見つけ給ひて、御料にある梔子の御衣［ぞ］、聴色［ゆるしいろ］なる添へ給ひて」送った（玉鬘、一三〇頁）。 4嫁の実家は婿の衣服も用意する。少将が取り計らうのは、特別の配慮。 5前出「日次［ひついで］」など見せて、御迎へ参らせむ」［五④6］。 6匂宮も浮舟を急遽引き取るため、「わが御乳母の、遠き受領［ずらう］の妻［め］にて下［くだ］る家、下［しも］つ方にあるを、「いと忍びたる人、しばし隠いたらむ」と語らひ給ひ」用意させた（浮舟、一五四頁）。 7夕霧も落葉の宮を一条宮に移したとき、「壁代［かべしろ］、御屏風、御几帳、御座［おまし］など」まで用意した（夕霧、四四七頁）。当時の日用品については、「よしなしごと」（『堤中納言物語』所

収）に列挙されている。 **8**光源氏が若紫を自邸の二条院に迎えたときも、人々は「誰ならむ。おぼろけにはあらじ」と、ささめく」（若紫、三三一頁）。 **9**匂宮も両親に内緒で宇治の中の君と結婚する前から、夕霧の娘との縁談があり、宇治への通いを親に禁じられた（総角、二九二頁）。

七

①

[1]また、忍びやかに《忍音ノ方へ少将》おはして見給ふに、[2]またこのほどに[3]光さし添ひて[4]珍しきに、『あはれ、同じくは、[5]殿《父上》・上《母上》の御心に違［たが］はぬことにて、心安くうちとけて、[6]殿へも渡《少将ノ方へ》してみばや』と思すぞ、[7]せめてもの御志［こころざし］なる。

【訳】また、（少将は姫君の所に）こっそりと来られて（姫君を）ご覧になると、また見ない間に美しさが加わり、すばらしいので、（少将が）『ああ、同じことならば、わが両親からお許しを得た結婚をして、気がねせずくつろいで、（左中弁の家ではなく自邸に）移ってもらいたい』とお思いになるのが、せめてものお心づかいである。

【注】**1**頭注「またしのひやかに　按「又」の字、衍字なるへし」。 **2**参考「（紫の上は）少しほど経て見奉るは、またこのほどにこそ匂ひ加はりたまひにけれ、と見えたまふ」（玉鬘、一一三頁）。 **3**少将も「光り輝き給ふ御さ

ま」［一］で、夫婦ともに最高の美しさ。まさに理想のカップルであるがゆえに、仲を引き裂かれる悲劇は一段と哀れ深い。**4**参考「（紫の上は）去年［こぞ］より今年［ことし］はまさり、昨日［きのふ］より今日［けふ］は珍しく、常に目馴れぬさま」（若菜上、八二頁）。「（玉鬘は）一夜ばかりの隔てだに、また珍しうをかしさまさりておぼえたまふありさま」（真木柱、三六一頁）。**5**両親の許可を得ていないので、正式な結婚ではない。**6**匂宮も、中の君を宇治から都へ移したいと思い、母（明石の中宮）に二人の仲を認められ、二条院（匂宮の私邸）に迎えてもよいという許可を得たが、正式な結婚ではないので、中の君は西の対に移された（総角、三三〇頁）。**7**嵯峨野に置いたままでは、姫君が日陰者になる。

②

尼上も、[1]御調度［てうど］どもなど、元［もと］よりのは[2]昔びたるもあれば、いと[3]用意加へて待ち奉りつれば、[4]少将ノ目安く御覧じわたす。かの[5]御装束ども奉りて見給ふに、[6]なほ[7]美しと見給ひ聞こえ給へば、御車に乗り給ふ。[8]尼君、『此度［こたび］は、いかが』とためらひ給へども、「知らぬ所、頼りなくおはせむ」とて、そそのかし聞こえ給へば、げに姫君の御事も心苦しくて出で給ふ。一両には[9]殿と姫君、乗り給ふ。一両には、尼君・[10]少納言と言ふ若人［わかうど］の御乳母、乗りけり。左中弁ノ家ニおはし着きて見給ふに、所せき御用意どもの[11]世の常ならず、左中弁[12]走り回るも、頼もしげなり。

【訳】尼君も、婚礼道具など、前々からある物のなかには古めかしくなった物もあるので、さらに十分整えて、（少将を）お待ちしたので、（少将は）見渡して見苦しくないとお思いになる。（少将が乳母に用意させた）あのお召し物を（姫君に）お着せして（少将が姫君を）ご覧になると、さらに美しいと感嘆され、お話しされてから、お車にお乗りになる。尼君は、『今回はどうしようか（乗らないでおこうか）』と、ためらっていらっしゃると、（少将が）「（尼君が同行しないと姫君は）見知らぬところで、頼る人もいずにお暮らしになるだろう」と言って、お勧めになるので、（尼君は）なるほど姫君のことも気がかりで出発される。一台の車には少将殿と姫君、もう一台には尼君と少納言という若い乳母が乗った。（左中弁の家に）到着されてご覧になると、たくさんの支度は世間並以上で、左中弁が走り回っているのも、頼もしく思われる。

【注】**1**当時も娘が結婚する際、道具類を一通り用意する。たとえば浮舟の異父妹のときも、「調度を設［まう］け」た（東屋、一四頁）。**2**参考「御調度どもも、いと古代に馴れたるが昔様［むかしやう］にてうるはしき」（蓬生、三一八頁）。**3**明石の姫君が入内するときも、「御調度どもも、もとあるよりも整へて」盛大に用意された（梅枝、四〇六頁）。また玉鬘の裳着［もぎ］の折も、光源氏が「その御設［まう］けの御調度の、こまかなる清らども加へさせ給ひ」て用意した（行幸、二八七頁）。**4**尼君の趣味の良さを窺わせる。浮舟の母は、夫の常陸介が娘のために作らせた婚礼調度品のうち、「さまことにやうをかしう、蒔絵［まきゑ］・螺鈿［らでん］の細やかなる心ばへまさりて見ゆる物」は、浮舟のために取り隠し、「劣りのを、「これなむ良き」」と夫に見せた（東屋、一五頁）。**5**光源氏も女性たちに、新調した正月用の晴れ着を配り、正月に見て回った（玉鬘・初音の巻）。**6**頭注「なほうつくしと　按「なほ」の詞、俗意に用ゐたり。「いとゝ」なと、あらまほし」。**7**頭注「うつくしと見給ひ　按「見給ひ」のあひたに「いざと」なとの詞、脱したるか」。**8**薫が宇治へ浮舟を連れ出したときも、弁の尼に同行を求めたところ、

「こたみはえ参らじ」と一度は断られたが、薫が「「かしこも標［しるべ］なくては、たづきなき所を」と責めてのたまふ」ので、同車した（東屋、八六頁）。**9**頭注「とのとひめきみ　按「少将との」と有し成へし」。今まで「殿」は内大臣の呼称であったが、ここは少将を指す。結婚して一家の主になったことを示すか。光源氏も「殿」と呼ばれるのは、葵の上が亡くなり二条院に戻ってから（賢木、一三〇・一三二頁）。**10**頭注「少納言　按「少」は「中」の誤にて、さきに見えたる中納言の君也」。**11**参考「宵うち過ぎてぞ、おはし着きたる。見も知らぬさまに、目も輝くやうなる殿造り」（宇治から中の君が匂宮邸に到着した場面。早蕨、三五四頁）。**12**光源氏が夕顔を廃院に伴ったときも、「預かりいみじく経営［けいめい］し歩［あり］く」（夕顔、二三四頁）。左中弁が懸命に働くのは主君のため、また主君に気に入られるため。

八

かくて《草子地》心やすく、[1]明け暮るるを知らず。[2]見るままに[3]愛敬なつかしう、気高き事の尽きせぬも、ありがたき事なり。

明くる《十一月也》月より、[4]ただならず《忍音上妊身》成り給ひて悩み給へば、めづらしく嬉しきものから、[5]苦しく思しまどふ。[6]御祈りなども、さまざまにせらる。

[7]大殿《少将ノ父上》聞き給ひて、「いと悪［あ］しき事にもあるかな。[8]大将のことは良き後ろ[9]見なれば、受け引き聞こえしに、かかる人に思ひつきぬること」と、むつかり給ふ。母君《少将ノ》、[10]心苦しく思して聞きおはす。

【訳】（少将は）こうして落ち着いて、月日がたつのも忘れている。（姫君を）見るにつれて、かわいらしく親しみやすく、この上もなく気品があるのも、すばらしいことである。

翌月から、ご懐妊されて苦しんでおられるので、珍しく嬉しいことではあるが、（安産かどうか少将は）不安でご心配である。安産のための加持祈禱を、いろいろなされる。

（少将の父の）大殿はそれをお聞きになり、「まったく困ったことだなあ。大将家との縁談は、（大将が）優れた後見人だから、お引き受けしたのに、（少将は）このような女にうつつを抜かしていることよ」と、ぶつぶつおっしゃる。（少将の）母君は、気がかりになられ聞いていらっしゃる。

【注】**1**参考「（宇治の中の君は亡き大君が）恋しくわびしきに、いかにせむと、明け暮るるも知らずまどはれたまへど」（早蕨、三三五頁）。**2**頭注「見るまゝに　按、地の詞なれは「見給ふ」と有し成へし」。**3**少将の妹である女御も、「いと匂ひやかに気高きものから愛敬こぼれて、さらにただ今の世にはありがたく見え給ふ」［三⑨］。少将が姫君に惹かれた一因は、自分の妹に似ていたからか。［五③7］参照。**4**参考「ただにもおはしまさで」（若菜下、二〇六頁）、「心苦しきさまの御心地に悩みたまひて」（葵、一四頁）、「心苦しきけしきありて悩みけり」（明石、二五二頁）。以上、明石女御・葵の上・明石の君の懐妊。**5**当時は産婦・乳児の死亡率が高く、不安。また妊婦が悪阻で辛そうなのが、心苦しい。生まれた子は私生児になる心配もあるか。第九章の第二文や［十6］参照。**6**安産祈禱。当時も医者はいたが、僧侶の方が頼りにされた。**7**内大臣を指す。今までは「殿」であったが、少将が「殿」と呼ばれてからは［七②9］、区別するため「大殿」と呼ぶ。ただし少将の心中では「殿」［十二①］、地の文でも「殿」［十三②］［十七］になる。**8**「左大将の姫君」［六9］との縁談。**9**参考「親王［みこ］たちは、御後見からこそ、ともかくもあれ」（夕霧の娘との結婚を渋る匂宮に対して、母中宮の説教。宿木、三七〇頁）。**10**父親は政治

家の立場から息子の将来を考えるが、母親は恋愛面から息子を支持する。両人の違いは後にも見られる［十八④13］。

九

明くる年の八月に、[1]美しき若君ぞ、生まれ給へる。心《少将ノ》ひとつには、いかでと思しながら、御親達［おやたち］の受け引き給はぬことなれば、思す限りの儀式のなきを、飽かず思しめす。[2]いづかたにてか《若君ノ少将ト忍音上ニ似玉ヘハ》、おろかなるべき。日に添へて[3]引き伸ぶるやうに、[4]夜光りけむ玉かと見ゆる御さまを見給ふに、いとど御志［こころざし］増さる。

その秋、司［つかさ］召しの事ありて、[5]中将《少将》にて宰相をかけ給へり。いとど気高き気［け］さへ添ひ給へる御さまの美しさのみ増さるに、『[6]同じくは心安く、思ふことなくてあらばや』と御心のうちに嘆かしきは、かの大将の御事を思せばなりけり。

【訳】 翌年の八月に、かわいらしい若君がお生まれになった。（少将は）自分一人でなんとかして（息子の誕生を盛大に祝おう）とお思いになるが、ご両親がお認めにならない結婚なので、思う存分の盛大な儀式ができないのを不満に思っておられる。若夫婦のどちらにとっても、（この若君は）おろそかにできない。（若君は）日に日に引き伸ばすように成長して、古代中国で夜に光った玉のように（輝いて）見えるご様子を（少将が）ご覧になると、姫君へのご愛情はますます深まる。

その秋、人事異動があり、（少将は）中将に昇進され宰相も兼任された。（姫君は）ますます気品も加わり、可憐さも増さるので、（中将は）『同じことなら安心して、悩まずに過ごしたい』と、お一人で嘆いているのは、あの大将家とのご縁談をお思いになるからであった。

【注】 **1**若君の両親も「美し」（［二③］［三②］等）。「登場人物を造型するに際し、決まって「うつくし」「けたかし」といったコトバを反復・重畳する。」（加藤昌嘉氏「『しのび物語』のコトバの網―王朝物語世界の中の―」、「詞林」25、平成一一年四月）。**2**広島平安文学研究会の訳は、「どちらに似てもすばらしいはずの若君は、日ごとに」、『中世王朝物語全集』の訳は、「この若君のどこに不足な点があろうか」。私案は「若夫婦のどちらにとっても、この若君は粗末に扱えない」。**3**参考「（明石の女御出生の男御子は）日々に、物を引き伸ぶるやうにおよすけたまふ」（若菜上、一〇三頁）。『竹取物語』のかぐや姫にも見られる、小さ子異常成長譚の型。**4**明石の姫君も、「夜光りけむ玉の心地して」（松風、三九三頁）。中国で珍重された夜光珠。**5**中将は従四位下、宰相（参議の唐名）は正四位下に相当。**6**匂宮も六の君と結婚した後、「（六の君の方から）かごとがましげなるも、わづらはしや。まことは、（中の君と二人で）心やすくてしばしはあらむと思ふ世を、思ひの外［ほか］にもあるかな」とこぼした（宿木、四〇〇頁）。

十

その年も明けぬ。若君[1]二つになり給ふ。[2]いと大きに美しき事たとへむ方なきを、「(少将ノ心)いかなる[3]帝［みかど］の御娘［むすめ］を[4]得ざらん」とのたまふとも、ただ今は心うつろふべくも覚えず。ただ心にかかる事なくて、若君うち愛して、『[5]一期［いちご］は暮らすべきもの』と思しめすぞ、御もの[6]思ひの種とあぢきなき。

【訳】　その年も明けた。若君は二歳になられた。とても大きくなり、かわいらしいことは例えようもないので、（もし帝が）「（姫君と別れなければ）どの内親王とも結婚できないだろう」とおっしゃっても、今は（姫君から）心変わりしそうにも思われない。まったく気にかかることもなく、若君を愛して、『一生、このまま暮らそう』とお考えなのが、悩みの種になるのは困ったことだ。

【注】　**1**数えで二歳、満で四か月余り。**2**参考「（薫は）五十日［いか］のほどになりたまひて、いと白ううつくしう、ほどよりはおよすけて、物語などしたまふ。」（柏木、三一〇頁）。**3**宇治の大君が忘れられない薫も、帝から女二宮の降嫁を許すと言われたが断り（宿木、三六八頁）、「帝の御むすめを賜はんと思ほしおきつるもうれしくもあらず。」と考えた（同巻、三七八頁）。**4**頭注「えさらん　按「えさらん」は「えさせん」の誤成へし」。本文が「得させん」ならば、「（もし帝が）「どの内親王と結婚させよう」とおっしゃっても」と訳せる。**5**「一期」は王朝物語には見られず、平家物語などの軍紀物語に用例が多い。大槻修氏「『しのびね物語』ところどころ」（「甲南国

文」35、昭和六三年三月）参照。 6前出「思ひの種」［一9］、「行く末あぢきなきことなりかし。」［五②6］。両親に認められた結婚ではないので、中将の愛情が深いほど困ったことになる。「語り手は将来の不穏なありようのことばをとどめる。やがて訪れる、二人が運命に翻弄される姿が予示されている」（伊井春樹氏、前掲論文）。

十一

[1]五月五日の日、内裏《中将》［うち］よりまかで給ひて、[2]薄色［うすいろ］の[3]直衣［なほし］、しどけなく着なし、添ひ臥し給ふに、姫君《忍音上》は、[4]菖蒲［さうぶ］の五、[5]樗［あふち］の[6]唐衣［からぎぬ］など引き繕ひてゐ給へるに、今見つけたる心地して、[7]度毎［たびごと］に[8]驚かるる御さまをつくづくとまぼり給ふに、すべて[9]輝く心地のすれば、[10]菖蒲のいと長きを[11]手まさぐりにして、

君《中将》と我とよ[12]どのはかれじ長きねのためしに引ける今日のあやめに

「同じ御心ならば」とて、うちやり給へば、[13]少し恥ぢしらひ給ひて、

[14]数《忍音上》ならぬ憂き身を知ればあやめ草いつも袂[15]にねぞなかれける

と[16]言ひ消［け］ち給へるに、美しき御さまどもの、[17]さし《中将ト忍音上ト》並び給へるは見るかひありてめでたきに、[18]母君《尼上》うち涙ぐみて見奉り給ふ。

【訳】五月五日の日に、（中将は）宮中から退出され、薄紫色の直衣を無造作に着て、（姫君に）寄り添っておられると、姫君は菖蒲襲を五枚に、樗襲の唐衣を着こなしておられ、（中将は姫君を）たった今、見つけた（ような新鮮な）感じがして、見るたびに、はっと驚かれる（ほど美しい）お姿をじっと見つめておられると、何もかも光り輝くような気がするので、菖蒲の（根が）とても長いのを手に持って、

淀野の草が枯れないように、あなたと私の寝室が離れ離れになることはないでしょう。長い例として引き抜いてきた今日の菖蒲のように（私たちの仲は末長く続くでしょう）。

「（あなたが私と）同じお心ならば」と言って、菖蒲を床に置かれると、（姫君は）少し恥じらわれて、

物の数でない、つらい我が身の上を知っていますので、菖蒲がいつも根ごと流れるように、いつも私の袂には涙が流れ、声をあげて泣いています。

と、口ごもられたが、美しい若夫婦が並んでいらっしゃるご様子は見栄えがしてすばらしく、尼君は涙ぐまれて拝見なさる。

【注】1宮中では端午の節会があり、饗宴・騎射［うまゆみ］の儀式などが催される。2頭注「うす色のなをし名目抄曰、薄色、経紫、緯白。按、薄色といへるは紫に限りたる名目也」。源氏物語で「薄色」を着るのは、女性のみ。3参考「（光源氏は）直衣ばかりをしどけなく着なしたまひて、紐などもうち捨てて、添ひ臥したまへる」（帚木、一三七頁）。4頭注「さうふの五　仮字装束抄曰、あをきこきうすき、こうばいこきうすき、白きす丶しのひとへ」。5頭注「あふちのから衣　物具装束抄曰、面薄色、裏青」。「菖蒲」も「樗」も折節にあった衣装。一昨年の十月末に、やや季節はずれの紅梅襲を着ていた［五②2］のとは対照的。中将の援助を得ていることが知られる。参考「五月五日に成ぬれば人々菖蒲［さうぶ］・楝［あふち］などの唐衣［ぎぬ］・表着［うはぎ］なども、をかしう折

知りたるやうに見ゆるに」（栄花物語、巻六かがやく藤壺、二〇八頁）。**6**「唐衣」は正装用の衣装。一般に女君は、自邸にいるときは着ない。中将の「しどけなく着なし」と対照的。ちなみに中宮定子が裳・唐衣を着用したのは、女院に敬意を表したとき（枕草子「関白殿、二月二十一日」段）。**7**参考「（薫は）時々見たてまつる人だに、たびごとにめできこゆ」（東屋、四八頁）。**8**参考「年ごろ目馴［めな］れたまへる人の、おぼろけならむがいとかく驚かるべきにもあらぬを、なほたぐひなくこそはと見たまふ」（光源氏から見た紫上。若菜上、八二頁）。**9**参考「（光源氏は）目も輝く心地する御さま」（若菜上、七六頁）。**10**根合［ねあはせ］に使用。その有様は「逢坂越えぬ権中納言」（『堤中納言物語』所収）に詳細。**11**男君が手元にある物に寄せて、変わらぬ愛を歌うのは常套手段。前出「散りくる紅葉を手まさぐりにし給へば」［三④14］。光源氏も「箱の蓋［ふた］なる御くだものの中に、橘のあるをまさぐりて」和歌を詠んだ（胡蝶、一七七頁）。**12**「よどの」に「夜殿」（寝所）と「淀野」（京都市伏見区にある淀付近の野原）、「かれじ」に「離れじ」と「枯れじ」、「ね」に「寝」と「根」を掛ける。**13**乙女のような初々しさ。いくら見ても見飽きない、新鮮な魅力にあふれるのが、物語の主人公の条件。**14**尼君も娘の姫君を「数ならぬ身」［三⑤9］と考えていた。**15**「ねぞなかれ」に「音ぞ泣かれ」と「根ぞ流れ」を掛けるのは、よく使う詠み方。根まで流れる菖蒲草は、憂き身（浮き身）の象徴。たとえ相思相愛でも、相手が信じられないと読み返すのが、女歌の定型。**16**女性のたしなみ。参考「（明石の尼君は和歌を）わざとはなくて言ひ消つさま、みやびかによしと（光源氏は）聞きたまふ。」（松風、四〇三頁）。参考「本末［もとすゑ］惜しみたるさまにてうち誦［ずむ］じたるは、深き筋［すぢ］思ひ得ぬほどの、うち聞きにはをかしかなりと耳もとまるかし。」（常夏、二三九頁）。**17**参考「（光源氏と紫の上が）うちとけ並びおはします御有様ども、いと見るかひ多かり。」（玉鬘、一一三頁）。**18**「尼君」「尼上」ではなく、「母君」と呼ぶのは今までに一例のみ［四1］。「「尼君」「尼上」といった呼び方から、「母君」となり、さらに「母上」へと展開する」（伊井春樹氏、前掲論文）。

十二

①

若君《草子地》は[1]日に添へて美しくなり給ひて、[2]片言うちまぜて物［もの］のたまふを見るたびに、[3]御宿世［すくせ］の程もあはれなり。「吾子《若君ノ詞》［あこ］は、いつか[4]内へ参る《参内也》べき」と、のたまふさまのらうたければ、『殿《中将ノ父上》も御覧じなば、[5]ことわりとぞ思さむ。かくていつまでか、[6]忍びたるさまにて籠［こも］りおはすべき。[7]三条なる所しつらひて、軽々しからずもてなし聞こえむ』と思す。

【訳】　若君は日に日にかわいらしくなられ、舌足らずでお話しになるのを見るたびに、宿命をしみじみと深く感じる。「ぼくは、いつ御所へ参上するのか」と、おっしゃる様子が愛らしいので、（中将は）『父上も（この子を）ご覧になれば、（この結婚は）当然だとお思いになるだろう。こうしていつまで忍び妻のように、潜んでおられなければならないのか。三条にある家を立派に整えて、丁重におもてなししよう』とお決めになる。

【注】　1筑波大学本は「光添へて」。前出「夜光りけむ玉かと見ゆる御さま」[九]。若君の母も「光さし添ひて」[七①3]。　2明石の姫君は二歳九か月で、「片言の、声はいとうつくしうて」（薄雲、四二四頁）。この若君は満一歳足らずなので、まだ片言を「うちまぜて」。　3広島平安文学研究会の訳は、「中将は大殿から祝福されぬこの不

遇な若君の運命がいたわしい。」」、『中世王朝物語全集』の訳は、「ご宿縁の深さも身に染みて感じられる」。私案は「若君誕生が前世で決まっていたと思うと、感に堪えない。」。**4**子供は大人の真似をしたがる。若紫も「雛[ひひな]の中の源氏の君つくろひ立てて、内裏[うち]に参らせなどしたまふ。」（紅葉賀、三九三頁）。藤原道綱が父兼家の言い草を覚えて、「今、来[こ]むよ」と言ったように、この若君も父中将のセリフを真似たか。「ここなる人（道綱）、片言などするほどになりてぞある。（兼家が）出づとては、かならず「いま来むよ」といふも、聞きもたりて、まねびありく。」（蜻蛉日記、一五〇頁）。**5**孫を見て息子（または娘）の結婚を認めるのは、今も昔も同じ。**6**光源氏も明石の君の誕生を聞いて、引き取る準備を始めた。「『あやしき世界にて生まれたらむは、いとほしうかたじけなくもあるべきかな。このほど過ぐして迎へてん』と思して、東の院急ぎ造らすべきよし、もよほし仰せたまふ。」（澪標、二七六頁）。「いかにせまし。隠ろへたるさまにて生ひ出でむが、心苦しう口惜しきを、二条院に渡して、心のゆく限りもてなさば、後のおぼえも罪免[まぬか]れなむかし。」（松風、四〇四頁）。**7**参考「中納言（薫）は、三条宮造りはてて、さるべきさまにて（大君を）渡したてまつらむ、と思す」（総角、二八〇頁）。薫が浮舟を迎えるために新造した屋敷も、薫が母（女三の宮）と住む三条宮の近所。「造らする所、やうやうよろしうしなしてけり。（中略）三条宮も近きほどなり。明け暮れおぼつかなき隔ても、おのづからあるまじきを、この春のほどに、さりぬべくは渡してむ。」（薫が浮舟に話したセリフ。浮舟、一三五頁）。他に藤壺や左大臣（葵の上の父）の邸宅も、三条宮と呼ぶ。中将は若君を、高級住宅地に移そうと考えた。

②

[1]しめやかなる夕つ方、御乳母《中納言ノ君》を召して、「さても《中将ノ詞》、いかなる人の御子にておはするぞ。海人[あま][2]の子と

聞き奉るとも、おろかに思ふべきにもあらず。心深く隠し給ふこそ[3]つらけれ」とのたまへば、「[4]何《中納言ノ君詞》にかは隠し給はむ。いつの程にまた、御名のりをし給はん。この母君《忍音上ノ》は、[5]故式部卿の宮の御子におはします。[6]かすかなるさまにておはせしを、[7]中務［なかつかさ］の宮[8]忍びて[9]通ひおはし侍りしに、やがてこの君《忍音上》生まれ給ひしを、[10]いと《中務宮》かしづき給ふべき御心おきての侍りしかども、[11]うせ給ひて、[12]跡なく成り給ひしかば、『いかが、もてなし聞こえむ』と、思しわづらひつるを、かくおぼえぬことのおはしつれば、[13]仏の御助けとこそ見たてまつれ」と聞こゆれば、いと《中将》どあはれに、『いづかたも[14]親王［みこ］の筋にて、かく[15]気高き所はたぐひなきぞかし』と、いよいよ御志まさるべし。

【訳】もの静かな夕暮れ、（中将は姫君の）乳母をお呼びになり、「それにしても、（姫君は）どのような人の娘でいらっしゃるのか。身分が低い者の子とお聞きしても、おろそかに扱うことはしない。思慮深く隠しておられるのは心苦しい」とおっしゃるので、「どうして隠しておられましょうか。折を見て（姫君自ら）名のられるでしょう。この（姫君の）母君は、亡き式部卿の宮のご息女でいらっしゃいます。（式部卿の宮が亡くなり）ひっそりと暮らしておられたとき、中務の宮がこっそり通ってこられまして、やがてこの姫君がお生まれになり、（中務の宮は姫君を）たいそう大事に養育されるお心積もりがおありでしたが、（中務の宮も）亡くなられ後ろ盾がなくなりましたので、『どのようにお育てしようか』と、お困りでしたが、このように（中将と結婚という）思いがけないことがありましたので、仏のお助けと感謝しております」と申し上げると、（中将は）ますます愛しくなり、『（姫君は）ご両親とも皇族の血筋で、このように気高い点は並ぶものがないのだ』と思うと、いっそうご愛情が増さるようだ。

【注】 1光源氏が夕顔の素性を右近から聞いたのも、「右近を召し出でて、のどやかなる夕暮れに物語などしたまひて」の時（夕顔、二五七頁）。 2「海人」に「尼」を掛ける。「白波の寄する渚に世を過ぐす海人の子なれば宿も定めず」（和漢朗詠集、下、遊女、七二二。新古今集、雑下、一七〇一、読み人知らず）を踏まえる。夕顔も光源氏に「海人の子なれば」と答えた（夕顔、二三六頁）。 3光源氏も右近に、「さばかりに思ふを知らで隔てたまひしかばなむ、つらかりし」と言って恨んだ（夕顔、二五八頁）。 4以下の表現は、光源氏に答えた右近のセリフに似る。「などてか深く隠しきこえたまふことははべらん。いつのほどにてかは、何ならぬ御名のりを聞こえたまはん」（夕顔、二五八頁）。 5四品以上の親王（源氏物語では紫上の父親）が任じられた。 6親に早く先立たれたか。若紫の母親も、父親（按察大納言）に早く先立たれた。 7明石の君の母方の曾祖父も中務の宮で、嵯峨野に山荘がある（藤井由紀子氏、前掲論文）。 8姫君は正式な結婚により、生まれたのではない。そのため不幸な境遇で育ち、男主人公に見出され愛されるというのが、物語の定型。若紫も父式部卿宮が「忍びて語らひつき」て生まれた（若紫、二八七頁）。 9頭注「おはし侍りしに　按「おはしはへる」といへる語例なし。「おはせしを」と有しなるへし」。 10参考「（若紫の母を）故大納言、内裏［うち］に奉らむなど、かしこういつきはべりしを、その本意［ほい］のごとくもものしはべらで、過ぎはべりにしかば、ただこの尼君ひとりもてあつかひはべりしほどに」（若紫、二八七頁）。「（桐壺の更衣は）生まれし時より、思ふ心ありし人にて、故大納言、いまはとなるまで、ただ、「この人の宮仕への本意、かならず遂げさせたてまつれ。」」（桐壺、一〇六頁）。 11光源氏をはじめ桐壺更衣・藤壺・若紫・玉鬘・女三の宮・宇治の大君と中の君など、主要人物は片親を亡くしている。 12「かつてのはなやかな宮家再興」の希望も「はかなくついえさってしまった」（伊井春樹氏、前掲論文）。 13明石の入道も光源氏に向かって、「わが君、かうお

ぼえなき世界に、仮にても移ろひおはしましたるは、もし、年ごろ老法師〔おいほふし〕の祈り申しはべる神仏の憐〔あはれ〕びおはしまして、しばしのほど御心をも悩ましたてまつるにやとなん思うたまふる。」と語った（明石、二三四頁）。また末摘花にとって光源氏の援助は、「おぼえず神仏〔かみほとけ〕の現はれたまへらむやうなりし御心ばへ」であった（蓬生、三二六頁）。**14**片親か両親が宮家出身であることが、物語の主人公の条件。若紫も「御子の御筋」（若紫、二八七頁）。**15**参考「（明石の）女御の御宮たち、はた、父帝の御方ざまに、王気〔わうけ〕づきて気高うこそおはしませ」（柏木、三二二頁）。

十三

①

秋にもなりぬ。左大将の姫君《中将ニ》の事、まめやかにのたまひて、「殿《父上ノ》の御気色よろしくは、この[1]霜月にと思へど、御心も知り侍らず、なかなか、[2]人をかしきことやあらむ」と申し給へば、「さらに《中将ノ心》、思し止〔と〕まるまじき[3]事」と、受け引き聞こえ給ふ。大将《草子地》も、[4]かく思す人ありとは知り給ひながら、[5]それにてこそあらめ。かく惜〔あたら〕しき人をよそに見むは、[6]口惜しかるべく思し立ちて、『内へ参らせん』と思したれど、『ただ今、桐壺《中将ノ妹君ノ女御》の御方、[7]並びなくて時めき給へば、なかなか[8]押し消たれ給はむも、本意〔ほい〕なかるべし。[9]宮仕への本意違〔たが〕はば、[10]この中将にこそ』と、思しなりぬるなりけり。

【訳】秋になった。左大将の姫君との婚礼を（左大将は内大臣に）熱心におっしゃって、「内大臣殿のご意向がよろしければ、この十一月にと思うが、（中将の）お気持ちも知りませんでして、かえって人に笑われることがあろうか」と申し上げなされると、（内大臣は）「決して断念されることはない」と、お引き受けされる。左大将も、（中将には）このように愛しておられる女性がいるとはご存じではあるが、それはそれとして、このように立派な中将が我が娘と結婚しないのは残念だ、とご決心されて、（以前は）『（娘を）入内させよう』とお考えであったが、『今は桐壺の女御が、ほかの誰よりも帝に愛されておられるので、（娘を入内させても）なまじっか（女御に）圧倒されてしまうのも、不本意なことだろう。宮仕えさせる望みが叶えられないならば、この中将と（結婚させよう）』とお決めになったのである。

【注】**1**『拾芥抄』によると、結婚の忌月は三五六八九月。**2**頭注「人をかしき　按、こは当時の俗語か。おそらくは「いとほしき」と有しなるへし」。もし中将が若君とその母を愛するあまり、左大将の姫君の元に通わなくなると、左大将家は世人に笑われ面目を失う。**3**体言止めは、内大臣の強気の表れ。左大将があれこれ状況を仮定して悩み、ためらいがちに言うのに対して、内大臣は即座にきっぱりと断言する。**4**夕霧も娘の六の君を匂宮と結婚させたとき、「（匂宮は中の君という）思す人持［も］たまへれば、と心やましけれど」と思った（宿木、三九〇頁）。**5**頭注「それにてこそあらめ　按「それ」といふ詞の重りしを脱せし成へし」。底本に「それは」を補い、「それはそれにてこそあらめ」で解釈する。若君の母の素性を内大臣は知らず［五⑤1］、左大将も身分の低い女性と思っている。**6**夕霧も薫を「よそ人に譲らむが口惜しきに」、娘婿にと考えた（早蕨、三五六頁）。**7**光源氏も玉鬘に宮仕えをさせようと思ったが、夕霧は「中宮かく並びなき筋にておはしまし、また弘徽殿やむごとなくおぼえことにてものし給へば、いみじき御思ひありとも、立ち並び給ふこと難［かた］くこそ侍らめ。」と諫めた（藤袴、

三二七頁）。**8**玉鬘も娘を冷泉院に嫁がせたものの、中宮などから妬まれ、「限りなき幸ひなくて、宮仕への筋は思ひよるまじきわざなりけり。」と嘆いた（竹河、九九頁）。**9**参考「この人（桐壺の更衣）の宮仕への本意、かならず遂げさせたてまつれ。」（桐壺、一〇六頁）。**10**参考「按察［あぜち］の北の方（雲居雁の実母）なども、かかる方（娘が入内ではなく夕霧と結婚）にてうれしと思ひきこえたまひけり。」（藤裏葉、四三七頁）。「我（薫の君）にても、よしと思ふ女子［をむなご］持たらましかば、この宮（匂宮）をおきたてまつりて、内裏にだにえ参らせざらましと思ふに」（宿木、四〇五頁）。

②

殿《父上》は中将、呼び聞こえ給ひて、「大将こそ、しかじか《姫君ノ事》のたまへれ。[1]いと良き事。ただ今、[2]世の固めとなるべき[3]下形［したかた］なれば、何につけても頼もしき《左大将ハ》人なるを、思し《中将ノ》なびかぬなむ[4]悪［あ］しき事」とのたまへば、[5]御顔うち赤めて、「かく《中将ノ詞》数ならぬ身に、あまたかかづらはむは、[6]取るかたなくや思さん。まかり通《忍音上ニ》ふ所ありとは、知らせ給はぬやらむ。幼《若宮》き者の侍れば、見捨てがたくて」とのたまへば、「[7]世《父上ノ詞》にあること、隠れなければ知る《左大将モ》らめど、さてもあれと思へばこそ、のたまふらめ。[8]よろしき際［きは］の人の、[9]ただ一所［ひとところ］、隙間［すきま］なくて過ごす慣らひならばこそあらめ」とのたまふ。言《中将》ひのがるべきやうもなければ、[10]かしこまりて立ち給ふ。

【訳】内大臣殿は中将をお呼びになられ、「左大将が、結婚についてお話しになった。とても良いことだ。（左大将は）今の世で柱石になる素質があり、どんなことでも頼れる人だから、（この縁談に）同意されないのは悪いことだ」とおっしゃるので、（中将は）頬を紅潮させて、「このように一人前でない私が、大勢の女性と関わりを持つと、（左大将は）取り柄がないとお思いになろう。（私に）通っている女性がいることを、（左大将は）ご存じないのだろうか。幼い子どもがおりますので、見捨てにくくて」とおっしゃると、（内大臣は）「この世で起こることは、隠しようがないので（左大将も）知っていようが、それでも構わないと思うから（娘との縁談を）提案されるのだろう。まずまずの身分の男性が一人の妻とだけ、ずっと一緒に暮らすのが世間の習わしならば、それでもよいが（そんなことはなかろう）」とおっしゃる。言い逃れようもなくて、恐縮して席を立たれる。

【注】**1**息子に有無を言わせぬ語調。左大将への返事も「さらに、思し止まるまじき事」と体言止め［本章①3］。**2**柏木も、「つひには世の固めとなるべき人なれば、行く末も頼もしけれど」と言われた（若菜上、三〇頁）。**3**鬚黒も、「人柄もいとよく、朝廷［おほやけ］の御後見［うしろみ］となるべかめる下形なるを」と評された（藤袴、三三四頁）。**4**結婚するのは「いと良き事」、しないのは「悪しき事」と言い切る。**5**高揚した気持ちがすぐ表れる一途さ、初《うぶ》さ。参考「（光源氏が空蟬の返事を持って来なかった小君を）怨じたまへば、顔うち赤めてゐたり。」（帚木、一八三頁）。**6**夕霧も娘を匂宮と結婚させる前に、匂宮が宇治から中の君を二条院に引き取ったので、「いとものしげに思したり」（早蕨、三五五頁）。**7**参考「忍ぶとも世にあること隠れなくて」（夕顔、二四三頁）。「人のもの言ひ隠れなき世なれば」（夕霧、四〇一頁）。「よろづ隠れなき世なりければ」（浮舟、一五〇頁）。**8**「よき際の人」が多妻なのは当然で、「よろしき際」も同様と説く。**9**隆姫を愛する藤原頼通も、二の宮の降嫁を渋ったが、父道長に、「男［をのこ］は妻［め］は一人［ひとり］のみやは持たる、痴［しれ］の様［さま］や。」と叱られた（栄花物語、巻十二、

三六六頁）。 10 父親の前ではいつも「かしこまりて立ち給ふ。」で逆らわない［五⑤4］。

十四

我［わ］が方［かた］へおはして、いつものやうに若君愛し、興［きょう］じもし給はず、もの思したる様［さま］にて、つくづくと眺めおはするを、姫君《忍音上》[1]あやしと思せど、[2]知らぬさまにておはするに、[3]若君走りおはして、御膝《中将ノ》にゐて笑ひ遊び給へば、御顔《若君ノ》つくづくとうちまぼりて、涙の落つるを紛らはし給ふに、姫君、『いかにも、ただ事にはあらず。かく[4]要［えう］なき者なれば殿《父上》[5]のいさめ給ふにや』と、心得給ふにつけても、物のみあはれなり。

日も暮れぬれば御几帳の内に入り給ひて、ただ[6]長き契りのみし給ふ。姫君《忍音上》も常より物思したる様［さま］なれば、『かく心《中将ノ》苦しきことの、[7]色に見ゆるにや』と思して、いとど御心の[8]変はり給ふまじきことをのみ、のたまへども、ただ《忍音上ノ》うちしめり給へる様の、[9]らうたければ、『いかなる[10]巌［いはほ］の中にも、げに心にかなはぬ世ならば、引き具してこそ過ぐさめ』と思すも、浅からぬ御志なり。

【訳】（中将は）姫君の元へ帰られて、いつものように若君を愛したり、かわいがったりもなさらず、もの思いにふけっておられる様子で、しんみりと沈んでいらっしゃるので、姫君はおかしいとお思いになるが、気づかない振りをなさっていると、若君が走って来られて、（中将の）お膝の上で笑いながらお遊びになると、（中将は若君の）お顔をしみじみと見つめて、涙がこぼれるのを紛らわしていらっしゃるので、姫君は、『まったく、並大抵の事ではない。このように（私は）つまらない者なので、内大臣殿が（中将を）戒めなさったのだろうか』と、お気づきになるにつけても、何もかももの悲しい。

日も暮れたので、（中将は姫君のいる）几帳の内側にお入りになって、ひたすら末長く添い遂げることばかり約束される。姫君もいつもより、もの思いにふけっておられる様子なので、（中将は）『このように（私の）心配事が、顔に出たのだろうか』と気づかれて、ますますご愛情が薄れることはないとばかりおっしゃるが、ひたすら思いに沈んでおられる（姫君の）様子が愛しいので、（中将は）『どんな岩の中でも、ほんとうに思い通りにならない世の中ならば、（姫君を）伴なって暮らそう』とお決めになるのも、並々ならぬご愛情である。

【注】 **1**参考「（末摘花を見舞うと嘘をついて、実は朧月夜に会うための用意をしている光源氏を紫の上は）あやし、と見たまひて、思ひあはせたまふこともあれど、姫宮の御事（女三の宮の降嫁）の後［のち］は、何ごとも、いと過ぎぬる方のやうにはあらず、すこし隔つる心添ひて、見知らぬやうにておはす。」（若菜上、七二頁）。**2**女性の嗜みとして、雨夜の品定めにおいても、「すべて、心に知れらむことをも知らず顔にもてなし、言はまほしからむことをも、一つ二つのふしは過ぐすべくなんあべかりける。」（帚木、一六六頁）と説く。**3**「知らぬさま」をしている姫君の気遣いとは対照的な、子供の無邪気さ。光源氏が須磨に行く前に、左大臣邸を訪れた場面に似る。「（若い女房たちまで）涙にくれたり。若君はいとうつくしうて、ざれ走りおはしたり。源氏「久しきほどに忘れぬこそあはれなれ」とて、膝に据ゑたまへる御気色、忍びがたげなり。」（須磨、一五六頁）。**4**紫の上も光源氏と正式に結婚していないので、女三の宮の降嫁に悩み、「（孤児という）身のほどなるものはかなきさまを、（光源氏に）見えおきた

てまつりたるばかりこそあらめ」と嘆いた（若菜上、八一頁）。中の君も男子出産により、匂宮の妻として公認されてからも、「（匂宮が中の君を）ものはかなきさまにて見そめたまひしに、（匂宮が）何ごとをも軽［かろ］らかに推しはかりたまふにこそはあらめ」と悩んだ（浮舟、一三〇頁）。5参考「（桐壺帝は弘徽殿の女御の）御諌［いさ］めをのみぞ、なほわづらはしう、心苦しう思ひきこえさせたまひける。」（桐壺、九五頁）。6参考「（六の君との結婚が決まった）宮（匂宮）は、常よりも、（中の君に）あはれになつかしく、起き臥し語らひ契りつつ、この世のみならず、長きことをのみぞ頼めきこえたまふ。」（宿木、三七四頁）。7参考「忍ぶれど色に出でにけりわが恋は物や思ふと人の問ふまで」（百人一首、平兼盛）。8女三の宮の降嫁が決まった光源氏は紫上に、「いみじきことありとも、御ため（紫の上のため）、あるより変はることはさらにあるまじきを、心なおきたまひそよ。」と言った（若菜上、四六頁）。9参考「（女三の宮の降嫁で悩む紫の上は）うちながめてものし給ふ気色、いみじくらうたげにをかし。」（若菜上、五七頁）。10光源氏も須磨にいく前、紫上に「なほ世に赦［ゆる］されがたうて年月を経ば、巌［いはほ］の中にも迎へたてまつらむ。」と言った（須磨、一六四頁）。引歌「いかならむ巌の中に住まばかは世の憂きことの聞こえこざらむ」（古今集、巻十八、雑下、九五二、読み人しらず）。参考「いかならんいはほの中の住家をも尋出て、いてかくしきこへん」（鎌倉時代物語集成『石清水物語』一〇九頁。中島泰貴氏『中世王朝物語の引用と話型』二一一頁、ひつじ書房、平成二二年）。

十五

『まことにうち定まるまでは、[1]姫君にも聞こえじ』と思しわたるに、十月の末の程に、大将は日など定めて、このよし申し給へば、また中将を呼び奉りて、「[2]《父上ノ詞》定められたなれば、逃[3]［のが］るべきことならず。吾《若君》子［あこ］をば、これ[4]へ迎へて育てむ」とのたまへば、いとど《中将》御胸ふたがりて、涙も進み出づれば、すべり[5]出で給ふ。

【訳】（中将は）『（左大将家との縁談は）ほんとうに決まるまでは、姫君にもお話ししないでおこう』とお思いになっているうちに、十月の末頃に、左大将は日取りなど決めて、このことを（内大臣に）申し上げられたので、（内大臣は）再び中将をお呼び出しになり、「もう決まってしまったので、断ることはできない。孫は、ここに迎えて育てよう」とおっしゃると、（中将は）ますます悲しみで胸がふさがり、涙も出てくるので、そっと退出される。

【注】**1**匂宮も六の君との婚礼を、中の君に隠していた。「（匂宮は中の君を）隔てんとにはあらねど、言ひ出でんほど心苦しくいとほしく思されて、さものたまはぬを、女君は、それさへ心憂くおぼえたまふ。」（宿木、三七五頁）。**2**頭注「さためられたなれは　按、かくても聞ゆれと、かうなといふ詞の有しにや」。**3**例によって内大臣の口調は一方的。［十三②14］参照。**4**中将は若君を三条に移す予定だった［十二①7］。**5**参考「（光源氏が）いとなつかしくのたまひつくるを、（柏木は）うれしきものから苦しくつつましくて、言少［ことずく］なにて、この御前［おまへ］をとく立ちなむと思へば、例のやうにこまやかにもあらでやうやうすべり出でぬ。」（若菜下、二六八頁）。

十六

『今は隠《忍音上ニ》すとも、かひあらじ』と思して、姫君にしかじかのこと語り聞こえ給へば、「いと《忍音上》憂きことにこそあらめ」とばかり騒がずのたまへども、[1]つつむ涙のほろほろとこぼれ初［そ］めて、え止［とど］め給はず。「いかなる《中将ノ詞》ことありとも、[2]つゆ変はるまじきを、しばし御覧じ定めざらんほど、心や置き給ふべき。ことわりなれど、げに通ひ歩［あり］くことも叶はずは、いかなる[3]野の末までも引き具し聞こえて、命のあらん程は[4]心安くあらんと思ふを、いかに母君《尼上》などの、ひがざまにのたまふ事ありとも、まろに知らせ給はで[5]心軽［かろ］きこと、思し立つな」と、なぐさめ語らひ給ふ。

明けぬれば、内《中将ノ》へ参り給ふべき日にて、出で給ふ。姫君とみにも起き給はず、涙にひちておはするに、母君《尼上》見奉り給ひて、『こは《尼上詞》、いかなる御様［さま］ぞや。[6]このほど殿の御気色の、もの思はし気［げ］におはしつるをこそ心苦しく思ふに、また、かくはいかに』と思へば胸つぶれて、さし寄り給ひて、「など《尼上詞》かくは、おはするぞ。何事なりとも、我に心おき給ふことあらじ。もし中将殿の[7]御事［こと］、他様［ほかざま］に思しのたまふことやある」とのたまへば、母君の御覧ずるも、[8]かたはらいたければ、起き上がり給ひて、「さ《忍音》やう《上ノ詞》の事ありとも、[9]思ひ沈み侍るべきにもあらず。[10]心地の悪［あ］しければ」とて、涙のところせきを紛らし給へば、『[11]さにこそ《尼上ノ》』と思ふに悲しくて、もろともに泣きゐ給へり。

【訳】（中将は）『今となっては隠しても無駄だ』と思われて、姫君に左大将家との縁談をお話しされると、（姫君は）「たいそう、つらいことですね」とだけ穏やかにおっしゃるが、こらえていた涙がはらはらとこぼれ始めて、抑えきれなくなられる。（中将は）「どんなことがあっても、（私の気持ちは）少しも変わらないが、それをしばらく見定められない間、（あなたは私に）気がねされるかもしれない。それは当然だが、実際に（ここに）通うこともできなくなれば、どんな野原の果てまでもお連れして、私が生きている間は安心して暮らそうと思うので、どんなに尼君などが、夫婦仲は終わりだとおっしゃることがあっても、私に黙って（この家を出るような）軽率なことを決めないでください」と、なだめてお話しになる。

夜が明けると、内裏へ参上されないといけない日なので、お出かけになる。姫君は（悲しみのあまり）すぐにはお起きになれず、涙にくれていらっしゃる。（その様子を）母君は拝見なされて、『これは、どうされたのか。この頃、中将殿のご様子が悩ましげでいらっしゃるのを、心苦しく思うが、（姫君も）また憂鬱そうなのは、どうしてか』と思うと胸騒ぎがして、（姫君に）近寄られて、「なぜ、このようにしておいでなのか。どんな事でも、私に隠し立てをされることはなかろう。もしかして中将殿のことで、ほかの女性に心変わりされて、打ち明けられたことがあるのですか」とお尋ねになるので、母君がご覧になるのも恥ずかしくて、起きあがりなさって、「そのような事があっても、塞ぎこむわけにもいきません。気分がすぐれなくて」と答えて、涙があふれるのをごまかされるので、『やはり、そうだ』と思うと悲しくて、一緒に泣いていらっしゃった。

【注】　1匂宮が六の君と結婚した翌朝の、中の君の様子に似る。「さまざまに思ひ集むることし多かれば、さのみもえもて隠されぬにや、（涙が）こぼれそめてはとみにもえためらはぬを」（宿木、三九八頁）。参考「忍ぶれど、涙ほろほろとこぼれたまひぬ。」（賢木、一二八頁）。　2前出「いとど御心の変はり給ふまじきことをのみ、のたまへども」［十四8］。光源氏も女三の宮の降嫁が決定すると、紫の上の身を案じて、「いとほしく、『このことをいかに思さん。わが心はつゆも変はるまじく、さることあらむにつけては、なかなかいとど深さこそまさらめ、見定めたまはざらむほど、いかに思ひ疑ひたまはん』など、やすからず思さる。」であった（若菜上、四四頁）。　3「野の末、山の奥」という表現は、『平家物語』巻七「福原落」や『しぐれ』『わかくさ』『狭衣の大将』等に見られる。なお、筑波大学本は「野山の末」。八の宮は移り住んだ宇治を、「かく絶え籠［こも］りぬる野山の末」と思った（橋姫、一一八頁）。他には、「命をもみづから棄てつべく、野山の末にはふらかさんにことなる障［さは］りあるまじくなむ思ひなりしを」（幻、五一九頁）のように、命懸けの仏道修業の意味で用いる。「テクストは、「巌の中」［十四10］「野にも山にも」［二十2］「野山の末」といったコトバを以て、既に、出家譚を志向してあった」（加藤昌嘉氏、前掲論文）。参考「いかならむ野山の末にも、二人あらむ」（隆房集、二二一番の詞書。中島泰貴氏『中世王朝物語の引用と話型』二〇頁、ひつじ書房、平成二二年）。　4前出「同じくは心安く、思ふことなくてあらばや」［九6］。　5宇治の八の宮も姫君たちに、「軽々しき心ども使ひたまふな。おぼろけのよすがならで、人の言［こと］にうちなびき、この山里をあくがれ給ふな。」と訓戒した（椎本、一七六頁）。　6頭注「このほととの、按、とののうへに「中将」といふを脱せしかともおもへと、とのはほと、いふもしよりうつりし衍字成へし」。ただし中将も、結婚後は「殿」と称した［七②9］。　7頭注「御こと　按、「御こと」は「このほど」の誤なるへし」。　8紫上も光源氏が女三の宮と結婚した夜、「ふとも寝入られたまはぬを、近くさぶらふ人々あやしとや聞かむと、うちも身じろきたまはぬも、なほいと苦しげなり。」（若菜上、六一頁）と周囲を気にした。　9紫の上も光源氏から女三の宮の降嫁を聞いて

動揺したが、「おのがどちの心より起これる懸想［けさう］にもあらず。堰［せ］かるべき方なきものから、をこがましく思ひむすぼほるるさま、世人［よひと］に漏りきこえじ。」と考えて自制した（若菜上、四七頁）。10参考「（明石の君は光源氏の手紙を見て）さし出でむ手つきも恥づかしうつつましう、人の御ほどわが身のほど思ふにこよなくて、心地あしとて寄り臥しぬ。」（明石、二三八頁）。11娘が何も言わなくても母親には分かり、言葉では慰められず、一緒に泣くことで辛さを分かち合った。

十七

その程にもなれば、殿の内にも御装束《中将ノ》［さうぞく］の事など急ぎ給ふ。大将殿にも、[1]内《姫君ヲ》へ参らするも、かばかりこそ[2]心は尽くさめと思ふほど、[3]清らを尽くし給ふ。中将は何事も、[4]目にも耳にも入［い］らず、ただひたすらうち籠［こも］りて、[5]もろともに涙よりほかの事なし。姫君《忍音上》は、『をこがましく、[6]さのみ思ひ沈みて見え奉らじ』と、さらぬ気色にもてなし給へど、[7]心に思ふ事、などか見えざらむ。

[8]殿《父上》は若君迎へ奉らんとて、[9]日まで定め給へば、『これ《中将心》さへなくて、[10]なほいかに[11]つれづれ《忍音上ノ》ならん』と、いたはしく[12]思せば、また、『[13]若君を見給ひては、母君の事をさのみ情なく思し捨てじ』[14]と思へば、かつは嬉しくて、「吾子《中将ノ詞》［あこ］をこそ、迎へむとのたまへば、さ心得［こころえ］給へ。御つれづれこそ心苦しかるべけれ」とのたまへば、また《忍音ノ上》これさへ悲しくて、生まれ給ひし日より、[15]片時［かたとき］立ち去る事もなくて慣ら

ひ給へば、恋しかるべけれども、『殿[16]へおはしては、人と成り給はんも良きこと』と思し慰めて、御装束などこしらへ給ふ。

【訳】婚礼の日も近づいたので、内大臣家でも（中将の）ご装束のことなど用意なされる。左大将も、（娘を）宮仕えさせるときに、これほど心を尽くすだろうかと思うほど華美を極めなさる。中将は何事も、目にも耳にも入らず、ただずっと（姫君の元に）閉じこもって、（姫君と）一緒に泣くしかない。姫君は、『みっともないほど、むやみに思い沈んでいるようには見えないようにしよう』と、さりげない様子で振る舞われるが、悩んでいることが、どうして顔に出ないことがあろうか。

内大臣は若君をお引き取りしようとして、日取りまでお決めになるので、（中将は）『若君までいなくなれば、（姫君は）いっそうどんなに寂しくなるだろう』と、気の毒にお思いになるが、また、『（内大臣が）若君をご覧になれば、姫君のことをあれほど薄情にお見捨てにはならないだろう』と思うと、嬉しくもなり、（姫君に）「若君を引き取ろうとおっしゃるので、そのように覚悟してください。お寂しくなるのが気がかりです」とおっしゃるので、（縁談に加え）また、若君のことまで悲しくて、（若君が）お生まれになった日から、少しの間も離れ離れになることもなくて、馴れ親しんでこられたので、（若君を手放すと）恋しくなるにちがいないけれども、（姫君は）『（若君が）内大臣家にいらっしゃって、成人なされるのも良いことだ』と自らを慰められて、（若君の）お衣装などを用意される。

【注】 1参考「（玉鬘の大君が参院するとき）おほかたの儀式などは、内裏［うち］に参りたまはましに変はることな

し。」（竹河、八五頁）。「三条殿（雲居雁）腹の大君を、春宮［とうぐう］に参らせたまへるよりも、この御事（六の君と匂宮の婚礼）をば、（夕霧が）ことに思ひおきてきこえたまへるも、宮（匂宮）の御おぼえありさまからなめり。」（宿木、四〇九頁）。　2参考「（夕霧は匂宮を婿として迎えるため）六条院の東の殿［おとど］磨きしつらひて、限りなくよろづをととのへて待ちきこえたまふ」（宿木、三九〇頁）。　3参考「（夕霧は匂宮との婚礼儀式について）今宵の儀式いかならん、清らを尽くさんと思すべかめれど、限りあらんかし。（中略）限りある事を飽かず思しければ、物の色、しざまなどをぞ清らを尽くしたまへりける。」（宿木、四〇三頁）。　4参考「人（浮舟の女房たち）は、みな、（上京の準備に）おのおの物染め急ぎ、何やかやと言へど、（自殺を決意した浮舟は）耳にも入らず。」（浮舟、一八五頁）。　5姫君は尼君とも「もろともに泣きゐ給へり。」［十六11］。　6姫君の心境は、匂宮が六の君と結婚した時の中の君に似る。「日ごろも、いかでかう思ひけりと見えたてまつらじと、よろづに紛らはしつるを」（宿木、三九七頁）。「女君は、日ごろもよろづに思ふこと多かれど、いかで気色に出ださじと念じ返しつつ、つれなくさましたまふことなれば、ことに聞きもとどめぬさまに、おほどかにもてなしておはする気色、いとあはれなり。」（宿木、三九一頁）。　7前出「かく心苦しきことの、色に見ゆるにや」［十四7］。参考「（女三の宮の降嫁以後、紫の上は）ことに触れて、心苦しき御気色の下［した］にはおのづから漏りつつ見ゆるを、事なく消ちたまへるもあり難く（光源氏は）あはれに思さる。」（若菜上、八三頁）。　8以前は「大殿」［八7］と呼ばれていた。　9光源氏も明石の姫君を二条院に移す日取りを、陰陽師に選ばせた。「日などとらせたまひて、忍びやかにさるべきことなどのたまひ掟［おき］てさせたまふ。」（薄雲、四二二頁）。　10頭注「なほ　按「なほ」ははの誤なるへし」。　11光源氏も娘を手放した明石の君を気遣った。「山里のつれづれ、ましていかに、と思しやる」（薄雲、四二五頁）、「山里のつれづれをも絶えず思しやれば」（同、四二八頁）。明石の君も、「（娘を）手を放ちてうしろめたからむこと。つれづれも慰む方なくては、いかが明かし暮らすべからむ。」と悩んだ（薄雲、四一九頁）。　12頭注「おほせは　按ははどの誤なるへし」。**13**紫の上も明石の姫君を引き取ってからは、その愛らしさに免じて、明石の君を許した。「女君（紫の上）も、今はことに怨［ゑ］じきこえたまはず、うつくしき人（明石の姫君）に罪ゆるしきこえたまへり。」（薄雲、四二七頁）。「上（紫の上）はうつくしと見たまへば、をちかた人（明石の君）のめざましきもこよなく思しゆるされにたり。」（同、四二九頁）。**14**頭注「おもへは　按、地の詞なれは「おもひ給へは」と有し成へし」。**15**明石の入道も、上京する孫娘と別れる朝、「袖より外［ほか］に放ちきこえざりつるを、見馴れてまつはし給へる心ざまなど、（中略）片時見たてまつらでは、いかでか過ぐさむとすらむ」と迷った（松風、三九三頁）。**16**参考「（明石の君は娘を）放ちきこえむことは、なほいとあはれにおぼゆれど、君の御ためによかるべきことをこそは、と念ず。」（薄雲、四二一頁）。

十八

①

明日［あす］とての日は、もろともに例のつきせぬ事どものたまふ。姫君《忍音上》は若君を御膝［ひざ］に置きて、ただめざめと泣き給へば、[1]御顔うちまぼりて、「何《若君ノ詞》を泣き給ふぞ。[2]小車［をぐるま］のほしきか」とて、美しき御手にて御涙をかき払ひ給へば、せんかたなくて、「吾子《忍音上》［あこ］を見るまじきほどに、恋しからむことを思ひて泣くぞ」とのたまへば、「など《若君詞》見給ふまじき。よくも見給へ」とて、御顔さし当て給へば、忍ぶ《忍音上》べき心地もせず、むせかへり給へば、中将も涙にくれて物ものたまはず。

[3]祖母《尼上》［うば］君もこれを見給ひて、声も立つばかり泣きおはす。[4]『《尼上心》若君を見奉るに、[5]老いも忘れて、[6]明け暮れの慰めに思ひつるに、いかでか過ぐすべき』と、思し迷［まど］ふもことわりなり。中将殿は、「さのみな嘆き給ひそ。[7]三条なる所しつらひ果てなば、渡し奉りて、心安くあらむ。まかり通ふ所ありとも、[8]まろが心こそあらめ。心苦しくな思し入［い］りそ。吾子［わこ］をば常［つね］に具して、見せ奉るべし。三条へ渡りなば、吾子《若君》［あこ］をも一所［ひとところ］にて見せ奉らん。ただ今は、『まづ殿へ《父上ノ方》』とのたまへば、[9]ついで見せ奉らんと思ふぞ」とのたまへば、『《忍音上心》今こそかくのたまふとも、珍しき方［かた］に[10]御心移りなば、思し絶えんかし』と思ふに、あはれ少なからず。

【訳】（若君が内大臣家に引き取られるのが）明日になり、（中将は姫君と）一緒にいつものように夫婦仲が絶えないことを約束される。姫君は若君をお膝の上に置いて、ただほろほろと涙を流してお泣きになるので、（若君は姫君の）お顔を見つめて、「何を泣いておられるの。小車が欲しいのか」と、かわいいお手で（姫君の）涙をぬぐわれるので、（姫君は）どうしようもなくて、「坊やを見られない間、恋しくなることを思って泣いてるのよ」とおっしゃると、「なぜ、ご覧になれないの。よく見てください」と、お顔を（姫君に）押し当てなさるので、（姫君は）こらえきれず激しくむせび泣かれるので、中将も涙にくれて何もおっしゃらない。

　尼君もこれをご覧になり、声をあげてお泣きになる。（尼君が）『若君を拝見すると、年を取るのも忘れ、毎日、もの思いの心が晴れると思っていたのに、（若君がいなくなれば）どうして過ごせようか』と思い悩まれるのも、もっともなことである。中将殿は、「むやみにお嘆きにならないでください。三条に家を用意して、室内のしつらいが済めば、引っ越していただき、安心して暮らせよう。ほかに（左大将家など）通う所ができても、私の思いは変わらない。胸をつまらせ思いつめないでください。若君をたえず連れてきて、お見せしよう。三条の家に移れば、若君もそこでお見せしよう。今のところは、（内大臣が）『まず内大臣邸へ（若君を連れてこい）』とおっしゃるので、この機会に（若君を内大臣に）お見せしようと思うのです」とおっしゃるが、（姫君は）『今はこのようにおっしゃるけれども、新妻にお心が移れば、（私のことは）愛してくださらなくなるだろう』と思うと、とても悲しい。

【注】　**1**母子の会話は、出家を決意した藤壺と東宮（時に六歳、後の冷泉帝）との会話に似る。「藤壺「（東宮に）御覧ぜで久しからむほどに（中略）」と聞こえたまへば、（東宮は藤壺の）御顔うちまもりたまひて、（中略）藤壺「（中略）見たてまつらむこともいとど久しかるべきぞ」とて泣きたまへば」（賢木、一〇七頁）。　**2**子供の玩具。参考「東間置㆓宮御料遊具等㆒、手鞠付銀枝、小車鶴舞、有蓋小車、作馬等類也」（長秋記、保延元年［一一五六］三月二十七日）。　**3**「祖母君」の呼称は初出。孫の若君が物語の中心になったため。今までは「尼君」「尼上」「母君」［四1］。　**4**明石の入道も孫娘との別れを悲しんだ。「あひ見で過ぐさむいぶせさの、たへがたう悲しければ、夜昼思ひほれて、同じことをのみ、「さらば若君をば見たてまつらではべるべきか」と言ふよりほかのことなし。」（松風、三九二頁）。　**5**参考「（明石の入道は光源氏を）ほのかに見たてまつるより、老［おい］忘れ齢［よはひ］のぶる心地して、笑みさかえて」（明石、二二四頁）。「尼君、（光源氏を）のぞきて見たてまつるに、老［おい］も忘れ、もの思ひもはるる心地してうち笑みぬ。」（松風、四〇一頁）。「今日［けふ］は老［おい］も忘れ、うき世の嘆きみなさりぬる心地なむ」（光源氏に対する女五の宮のセリフ。朝顔、四六二頁）。「翁［おきな］、心地悪［あ］しく苦しき時も、この子を見れば、苦しきこともやみぬ。腹立たしきこともなぐさみけり。」（竹取物語、五二頁）。　**6**参考「かの人（藤壺）の御かはり

に、（若紫を）明け暮れの慰めにも見ばや、と思ふ心深うつきぬ。」（若紫、二八四頁）。大宮も孫娘（雲居雁）と引き離されて、「うれしうこの君（雲居雁）を得て、生ける限りのかしづきものと思ひて、明け暮れにつけて、老のむつかしさも慰めんとこそ思ひつれ。」と嘆いた（少女、四五頁）。**7**前出［十二①7］。**8**広島平安文学研究会の訳は、「それが私の本心からの事ならお嘆きになるもよかろうが、事情やむをえずというわけだから、私を悲しませるほど嘆いたりなさいますな。」、『中世王朝物語全集』の訳は、「所詮は私の愛情次第。一途に思い詰めてはいけませんよ。」。私案は「私の心次第です。心苦しく思いつめないでください。」。参考「御心にてこそ侍らめ。」［五十九①13］。**9**頭注「ついて　井関隆子云ついてはゐての誤ならん」。筑波大学本は「つゐてに」。**10**中の君も夫（匂宮）と六の君の婚約を聞いて、「（夫は私に対して）目に近くては、ことにつらげなることも見えず、あはれに深き契りをのみしたまへるを、にはかに変はりたまはんほど、いかがは安き心地はすべからむ。」と心配した（宿木、三七三頁）。匂宮が六の君と結婚した翌朝、中の君の女房も同じ事を言った。「（匂宮は）天［あめ］の下［した］にあまねき御心なりとも、おのづからけおさるることもありなんかし。」（宿木、三九五頁）。

②

夜明けて、若君の御迎へに御車参りぬ。[1 若君ヲ]美しげに仕立て奉りて見給へば、さらにたぐひなく[2]美しく、このみ恋しかるべきを、『いかがせん』と思し迷［まど］ふ。

御車寄せたれば、[3 忍音上]母君抱［いだ］きて、御車寄せまでおはしたるに、[4 母上ト]「もろともに乗らん」と泣き給へば、まづ中将乗り給ひて、抱［いだ］き乗せ奉り給ふ。[5]しりに[6]御乳母［めのと］乗りけり。「母君と乗らん」とて泣き給ふ御声、はるかに車過ぐるまで聞こゆれば、姫君はそのまま泣き伏しておはします。尼上も[7]人目も知らず泣き給ふに、さらに忍ぶべき心地もせず。

ややためらひて、母君《尼上》、「あな心憂［う］や。など、さのみ、かくはおはするぞ。これも力なきことと、思しなし給へ。[8]数ならぬ身には、思ひ定めし事ぞかし。あはれな[9]りとも、[10]故宮《忍音上ノ父宮》おはしましかば、かく人に[11]あなづられ奉らじ」とて、[12]慰むる我［われ］も涙にかきくれて、言ひもやり給はず。

【訳】　夜が明けて、若君をお迎えするお車が参った。（姫君は若君を）愛らしく着飾らせてご覧になると、いっそう並ぶものがないほどかわいらしく、何もかも愛しいので、『どうしようか』と思い悩まれる。

お車を（車寄せに）停めて、姫君が（若君を）抱いて、お車寄せまでおいでになると、（若君は）「（母君と）一緒に乗りたい」と言って、お泣きになるので、まず中将が乗られて、（若君を）抱いてお乗せなさる。後ろに（若君の）乳母が乗った。「母君と乗りたい」と言ってお泣きになるお声は、遥か向こうに車が過ぎ去るまで聞こえるので、姫君はそのまま泣き伏していらっしゃる。尼君も人目も気にせず泣かれて、まったくこらえきれない。

ようやく落ちついて、尼君は、「ああ、つらいことよ。なぜ、これほど、このように（不幸で）いらっしゃるのか。これも、仕方がないことだと、あきらめてください。とるに足りない身の上（の私たち）では、覚悟していたことですよ。かわいそうな目にあっても、亡き宮が生きておられれば、このように人に軽んじられることはなかろうに」と言って、（姫君を）慰めている自分も涙にくれて、言葉も途切れがちでおられる。

【注】 **1**若君、二歳。以下の叙述は、光源氏が明石の姫君（時に三歳）を迎えに来た場面に似る。「（姫君は）いと美しげにて前にゐたまへる」（薄雲、四二三頁）。 **2**頭注「うつくしくことのみ　按、ことはものの誤にてうつくしき《（マヽ）》は衍成へし」。 **3**「寄せたる所に、母君みづから抱きて出でたまへり。」（薄雲、四二三頁）。 **4**「片言［かたこと］の、声はいとうつくしうて、袖をとらへて、乗りたまへと引くも」（薄雲、四二四頁）。 **5**牛車の定員は四名。前が上席。 **6**参考「乳母、少将とて、あてやかなる人ばかり、御佩刀［はかし］、天児［あまがつ］やうの物取りて乗る。」（薄雲、四二四頁）。 **7**普段は「人目」を気にするのが貴婦人の嗜み。 **8**中の君も夫（匂宮）と六の君の婚約を聞いて、「（自分は）数ならぬありさまなめれば、必ず人わらへにうき事出で来んものぞとは、思ふ思ふ過ぐしつる世ぞかし。」と悩んだ（宿木、三七三頁）。 **9**頭注「なりとも　按、なはさの誤なるへし」。 **10**六位の夕霧も、「故大臣［こおとど］（夕霧の祖父）おはしまさましかば、戯［たはぶ］れにても、人には侮られはべらざらまし。」と嘆いた（少女、六三頁）。 **11**頭注「あなつられたてまつらし　按、「たてまつらし」は「たまはし」を誤れるか」。 **12**［十六11］参照。

③

中将は殿へおはして、若君、御乳母抱［いだ］き奉りて参るに、殿《父上》・上《母上》御覧じて、「美しき稚児［ちご］の様［さま］かな。宰相[1]の幼かりしに違［たが］はぬこそ、らうたけれ」とて、祖母［うば］君《中将ノ母上》、御《若君ヲ》膝［ひざ］にかき置き奉り給へば、少しも怖[2]［お］ぢ給はず、うち見、笑［わら］ひみ見まゐらせて後［のち］ぞ、母君《忍音上》のおはせぬを思すにや、今ぞうち[3]ひそみ給ふ。

中将は姫君《忍音上》の[4]御様〔さま〕の心苦しく御覧じ置きつれば、[5]立ち返りおはしたり。ありつる《忍音上ハ》ままにて起きも上がり給はず。中将はせんかたなく思して、とかくこしらへ慰め給ふ。若君の御事〔こと〕語り聞こえ給へば、また顔うち引き入れて泣き給へば、「よし《中将ノ詞》、さのみな思し入〔い〕りそ。『つひには、思ふ様〔さま〕に同じ所にて見む』と思して、慰み給へ」など、一日〔ひとひ〕慰め給ふ。

殿へ参り給へば、見《若君》つけ給ひて、「父〔てて〕のおはしたり。母君は」とて、[6]珍しと思したれば、か《中将》き抱きて、「母君呼びて参らせん」とのたまへば、「いつおはすべきぞ。恋しきに」とて、うちひそみ給へば、こ《若君》こ《モ》もかし《忍音上モ》こも心苦しく、[7]『いかなりし契りにて、かく物思ふらむ』と思ひ続くるに、あぢきなし。

【訳】　中将が内大臣邸に到着されて、若君は乳母がお抱きして参上すると、内大臣夫妻はご覧になり、「かわいらしい子どもだなあ。中将の幼いころにそっくりで愛らしい」と言って、内大臣夫人がお膝の上にお乗せになられると、（若君は）少しも人見知りされず、（夫人を）ふと見ては笑い、じっと拝見してのち、母君がおられないことに気づかれたのか、今になってべそをかかれる。

中将は姫君のご様子を痛々しくご覧になっていたので、すぐに戻られた。（姫君は）先ほどのままで、起きあがることもなさらない。中将はどうしようもないとお思いになり、あれこれなだめすかして、お慰めになる。若君のことをお話しなされると、（姫君は）また顔を袖の中にうずめて、お泣きになるので、「ああ、そうむやみに思いつめないでください。『いつかは思い通りに、同じところで（若君と）暮らせるだろう』とお考えになって、気を紛らわせてください」など、一日中、なだめておられる。（中将が）内大臣邸に参上されると、（若君が中将を）見つけられて、「父上がいらっしゃった。母君は」と言って、いつもと違うとお思いなので、（中将は若君を）抱いて、「母君をお呼びしよう」とおっしゃると、「いつ、来られるの。会いたいなあ」と言って、べそをかかれるので、若君のことも姫君のことも気がかりで、『どういう宿縁で、このように悩むのだろう』と思い続けるが、どうすることもできない。

【注】1もし若君が母親似であれば、祖父に愛されなかったかもしれない。2人見知りをしない、人懐っこさ。姫君による躾の良さの表れ。3参考「（明石の姫君は）やうやう見めぐらして、母君の見えぬを求めて、らうたげにうちひそみ給へば、乳母召し出でて慰め紛らはしきこえ給ふ。」（薄雲、四二五頁）。4頭注「御さまの　按、のはをの誤なるへし」。5光源氏が十二月に明石の姫君を引き取って後、明石の君を訪れたのは、その日ではなく同じ「年の内」であった（薄雲、四二七頁）。6今までは母親と一緒で父親が時々訪れていたのに、今は母親がいず父親とよく会えるので、「珍し」と思った。7参考「命をかけて、何の契りにかかる目を見るらむ。」（夕顔を死なせた光源氏の心境。夕顔、二四三頁）。

④

母上《中将》の御前［まへ］に参り給へば、うち見上[1]げ給ひて、「など《母上詞》、このほどは痩[2]せ給へる。殿《父上》は『のたまふ事、受け引き給はぬ』とて、御気色［けしき］の悪[3]［あ］しければ、聞くに自［みづか］らもいと心苦しくこそあれ。何事も力[4]なき事なれば、御心にまかせて見給へかし。『御[5]後ろ見なくとても、怠々［たいだい］しかるべきにもあらず』と思へども、『なほ世に[6]面立［おもだ］たしきやうに』と思しなすにこそ」とのたまへば、「[7]必ず《中将ノ》しも《詞》[8]女に労［いたは］らるるが、猛［たけ］き事にも侍らず。大将の勢ひを借らずとても、人にあなづらるるべき身にもなければ、[9]幾程［いくほど］なき世に、幼き者をも心安く見むと思へば、いみじきあたり《左大将ノ方モ》も何とも覚えず」とて、[10]御顔匂ひて涙のこぼるるを、[11]扇［あふぎ］にて紛らはし給ふ御さまを、母上はまことにあはれに思す。[12]『すぐれたる人《母上ノ心、忍音上ハ》にこそあるらめ。かく心を留［とど］むるは、おぼろけの人にはあらじ。いかに若君、恋しと思すらん』と、[13]これさへ中将の御ゆかりと思せば、いといとほしく心苦しく思しやる。

【訳】（中将がご自分の）母君のおそばに参られると、（母君は中将を）見上げなさって、「どうして、この頃、痩せていらっしゃるのか。内大臣殿は、『（中将は左大将が）言ってくださる縁談を承知されない』と言って、ご機嫌が悪いので、それを聞くと私もとても、つらくなる。何ごとも、どうにもできないものなので、（内大臣の）お心に従ってごらんなさいな。『（中将に左大将のような）後見人がいなくても、不都合なことはなかろう』と（私は）思うが、（内大臣は）『（中将を）さらに世間で晴れがましく（してやろう）』と思いこんでおられるからね」とおっしゃると、（中将は）「必ずしも妻（の実家）に目を掛けてもらうのが、心強いことでもございません。左大将の威を借りなくても、世人に軽んじられるような身の上でもないので、このはかない世の中で、幼い若君を気がねせず世話しようと思うと、（左大将のような）権力者も何とも思わない」と言って、お顔を赤らめて、涙がこぼれるのを扇でお隠しになるご様子を、母君はほんとうにかわいそうだとお思いになる。（母君は）『（若君の母親は）優れた人なのだろう。このように（中将が）心引かれるのは、並の女性ではなかろう。（その女性は）どんなに若君を恋しいとお思いだろうか』と、姫君までも中将にゆかりのある人と思われると、とても気の毒でかわいそうだと思いやっておられる。

【注】 1母子とも座っているが、息子の方が座高が高い。 2やつれの初出。以後、［三十九③19］［四十一5］［四十二9］［五十3］と繰り返し語られる。 3このあたりの文章は、「大殿聞き給ひて、「いと悪［あ］しき事にもあるかな。大将のことは良き後ろ見なれば、受け引き聞こえしに、かかる人に思ひつきぬること」と、むつかり給ふ。母君《少将ノ》、心苦しく思して聞きおはす。」［八］と、傍線部分が共通。 4前出「これも力なきことと、思しなし給へ。」［本章②］（尼君のセリフ）。中将の母も同じ言葉を使用。 5源氏物語では、博士の娘と結婚した式部丞［しきぶのじょう］が妻から漢詩文を教わるが、権門の子弟には学のある妻は必要ないと述べる。「君達［きむだち］のため、はかばかしくしたたかなる御後見［うしろみ］は、何にかせさせたまはん。」（帚木、一六二頁）。 6父親は政治力、母親は夫婦愛を重視する。一方、浮舟の母は「（浮舟を）いかでひきすぐれて面だたしきほどにしなしても見えにしがな」（東屋、一二頁）、「面だたしう気高きことをせん」（同、一七頁）と考えた。 7中将は父親には黙っているが［十三②10］、母親には本音を打ち明ける。 8参考「（身分に）限りありて、とざまかうざまの後見［うしろみ］まうくるただ人（普通の女）は、おのづからそれ（夫）にも助けられぬるを」（若菜下、二五五頁）。 9参考「いくばくならぬこの世の間［あひだ］は、さばかり心ゆくありさまにてこそ、過ぐさまほしけれ。」（朱雀院のセリフ。若菜上、二二頁）。 10興奮して顔が赤くなる、ナイーブな青年の一途さ。参考「（朱雀帝に恨まれて朧月夜は）顔はいとあかくにほひて、こぼるばかりの御愛敬［あいぎゃう］にて、涙もこぼれぬるを」（澪標、二七〇頁）。 11参考「（中の君は）涙ぐまるるが、さすがに恥づかしければ、扇を紛らはしておはする」（宿木、四五四頁）。 12明石の中宮も、宇治の大君を亡くした薫の哀傷の深さから、匂宮が愛する中の君も優れた人だろうと推測した（総角、三三〇頁）。 13内

大臣は姫君を縁談の障害と考えるが、北の方は母親の立場から、また中将への溺愛から姫君に同情する。

十九

若君は祖母《中将ノ母上》［うば］君に、いとようなつき給ひて[1]、この頃となりてはことさらに光添ひて[2]美しく生［お］ひ立ち給へば、見るたびごとに、袖のみ露けき心地す[3]。

【訳】若君は（父方の）おばあ様に、とてもよく懐かれて、近頃はますます美しさが増して、かわいらしく成長されるので、（中将は若君を）見るたびに、袖はいつも涙で濡れている感じがする。

【注】1参考「（明石の姫君は実母と別れて）しばしは人々求めて泣きなどしたまひしかど、おほかた心やすくをかしき心ざまなれば、上（紫の上）にいとよくつき睦［むつ］びきこえたまへれば、いみじううつくしきもの得たりと思しけり。」（薄雲、四二五頁）。2前出「光添へて」［十二①1］（筑波大学本）。忍音の姫君も「光さし添ひて」［七①3］。光源氏も「御容貌［かたち］、昔の御光にもまた多く添ひて」（幻、五三五頁）。3内大臣邸で、ただ一人中将だけ、若君と引き離された姫君を偲び沈んでいる。

二十

かくて明け暮るる程に、十一月にもなりぬ。[1]十六日《左大将婿入》と定められたれば、日数の過ぐるにも心憂く《中将》、いづ《忍音上》か《ヲ》たへも引き具して、[2]野にも山にもあくがれまほしく思せど、『ただ今はまづ親に従ひ聞こえて、後［のち］はとまれかくまれ、憚［はばか］るべきにもあらず、[3]三条へ渡《忍音上ヲ》して、あなづらはしからずかしづき聞こえむ』と思して、ただ姫君にもかくぞ聞こえ給ふ。

【訳】このように月日がたつうちに、十一月にもなった。（婚礼の日は）十六日と決められたので、日が過ぎてゆくのも（中将は）つらく、どこにでも（姫君を）連れて、野原でも山でもさ迷いたいとお思いになるが、『今は取りあえず親に従って、結婚した後はどうなろうとも、遠慮することもないので、（姫君を）三条の屋敷に移して、世間から軽んじられないようにお世話しよう』とお考えになり、すぐ姫君にもそのようにお話しなされる。

【注】1匂宮が六の君と結婚したのは八月十六日（宿木、三九〇頁）。2「いづくにか世をば厭［いと］はむ心こそ野にも山にもまどふべらなれ」（古今集、巻十八、雑下、九四七、素性）。参考「野山の末」［十六3］。なお、室城秀之氏『うつほ物語　全』（おうふう、平成七年）は、「されど、『野にも山にも』とこそ言ふなれ」（「内侍のかみ」巻、四〇五頁）の箇所に、「うち頼む人の心のつらければ野にも山にもいざ隠れなむ」（歌仙家集本『素性集』）、今井源衛

氏・春秋会『我身にたどる姫君』（桜楓社、昭和五八年）は、「野にも山にもあくがれぬべくぞはべるや」（巻三、一九三頁）の箇所に、「心のみ野にも山にもあくがれて道こそなけれ雪の曙」（続後拾遺集、冬、津守国夏）を引く（この二例は、加藤昌嘉氏の前掲論文による）。　**3**前出［十二①7］［十八①7］。

二十一

①

すでにその日《十六日也》にもなりぬれば、中将は日暮らし臥し給ひて、[1]引き繕［つくろ］ひ給ふ事もなし。日暮れゆけば、殿[2]《父上》より、「早々［はやはや］渡り給へ」と呼び聞こえ給へば、つらく思して起きも上がり給はず。折節［をりふし］霰［あられ］降り、寒き夜なるに、[3]別れん空［そら］もおぼえず。姫君、

[4]霰降り冴［さ］ゆる霜夜に置き別れ[5]今宵［こよひ］ばかりや[6]限りなるらん

とて忍べども、せきあへ給はず。中将、

いかでかは限りなるべき我宿の[7]心いたやの[8]霰降るとも

「《中将ノ詞》さらば暁は、[9]とく参らん。[10]慣らはぬ御一人寝［ひとりね］こそ心苦しけれ。参らん程は、尼上の御辺［あた］り近くおはせよ」とのたまひて、「慣らはで[11]一人寝［ぬ］るは、もの恐ろしき心地するぞ」などのたまへば、[12]衣［きぬ］引き被［かづ］きて、物ものたまはず。なほ出［い］でもやり給はねば、「とく、とく」と、御前［ごぜん］

などそそのかし聞こゆ。

【訳】ついに婚礼の日になったが、中将は一日中、横になられて、身だしなみも整えなさらない。日が暮れてゆくので、内大臣より（家来を介して）、「早く（左大将家へ）お行きなさい」とお呼びになられるので、（中将は）つらく思われて起き上がりもされない。折も折、あられが降り寒い夜なので、（姫君を）残して別れる気にもなれない。姫君は、

あられが降り冷える霜夜に（あなたは私を）あとに残して別れ、（私たちが会うのは）今夜が最後になりましょうか。

と詠んで、こらえようとするが、涙を抑えきれずにいらっしゃる。中将は、

どうして（今夜が）最後になりましょうか。心を痛めて、我が家の板屋にあられが降っても。

（中将は）「それでは明朝は、早く戻って参ろう。慣れない独り寝をなさるのが気がかりだ。（左大将家に）参る間は、尼君のおそば近くにいてください」とおっしゃって、（中将は）「（私も）慣れていないので、独り寝は不安な気がする」などおっしゃると、（姫君は）頭から衣をかぶって、何もおっしゃらない。それでも（中将は）なかなかお出かけにならないので、「早く早く」と、女房たちなどが催促し申し上げる。

【注】1「「ひきつくろ」わないことこそが、左大将の姫君との結婚、そして内大臣の意向に対する〈かすかな抵抗〉を意味する」（中川照将氏「『しのびね物語』における人物の属性」、「詞林」25、平成一一年四月）。2匂宮も六の君との婚礼の夜、十六日の月が空に上がっても行かなかったので、夕霧は息子の中将を使いに寄こした（宿木、三

九〇頁）。 3匂宮も中の君の元にいて、「らうたげなるありさまを見棄てて出づべき心地もせず、いとほしければ、よろづに契り慰めて」であった（宿木、三九一頁）。 4悩みを秘めて口にしないが、和歌では本音を吐露する。 5類歌「会ふことも露の命ももろともに今宵ばかりや限りなるらん」（平家物語、巻十、内裏女房。三角洋一氏「改作物語の和歌」、「東京大学教養学部人文科学科紀要」81、昭和六〇年三月）。「あられふりしもさゆる夜にをきわかれ身にたましいもなくなくそ行」（しぐれ。松井澄子氏「「しのびね」物語の変貌―現存本「しのびね」と「しぐれ」との比較―」、「平安文学研究」63、昭和五七年七月）。 6参考「さらば今日［けふ］こそは限りなめれ」（左馬頭が指喰いの女に言ったセリフ。帚木、一五〇頁）。 7「いたや」に「板屋」と「痛」を掛ける。 8霰の降る寒い時でも帰って来ますよ、の意。 9匂宮も中の君に、「いま、いととく参り来ん。独り月な見たまひそ。心そらなればいと苦し。」と声をかけて出かけた（宿木、三九一頁）。 10紫の上も、光源氏が女三の宮と結婚して「三日がほどは、夜離［が］れなく渡りたまふを、年ごろさもならひたまはぬ心地に、忍ぶれどなほものあはれなり。」であった（若菜上、五七頁）。ただし貴人の周りには、女房が夜も控えている。 11先の「御一人寝」は姫君、この「一人寝」は中将自身。大将の姫君と共寝しない事を暗示。 12泣く時のしぐさ。『伴大納言絵詞』下巻にその姿が描かれている。参考「（紫の上は光源氏に対して）いよいよ御衣［ぞ］ひき被［かづ］きて臥したまへり。」（新枕をかわした翌日。葵、六四頁）。

②

御車に乗り給ひても、ただ涙のみ塞［せ］きがたくて、おはし着きても、とみにも[1]御前《父上ノ》へも参り給はず。殿は、「いかに、いかに」とのたまへば、[2]端［はし］の方［かた］につい居［ゐ］給ふ。「など《父上ノ詞》、引きも繕［つくろ］ひ給はぬ」と、御気色［けしき］悪［あ］しければ、中納言と言ふ女房、御鏡台［きゃうだい］奉る。方々［かたがた］

へ向きて御顔見給ふに、[3]御眉もうち匂ひて御目も泣き腫［は］れたれば、『[4]我ながら、かく思ふべきことか』と思へども、憂きことは限りなし。

御前なる弁の君と言ふ女房、「人はみな、[5]かけてもかへる慣らひにこそ侍れ。[6]めざましき御もてなしこそ心苦しけれ」と申せば、「何《中将ノ詞》とかや、[7]あまりの嬉しさに物も覚えでこそ」とて、[8]うちほほ笑［ゑ］み給へば、言はん方［かた］なく美しげなり。良《草子地》しと言ふとも、これに[9]さし並び給はむ女房は、かたはらいたくと見えたり。

[10]御《中将》眉ばかり引き直して、[11]ひとうち眺めておはす。殿《父上》は[12]焚［た］きしめたる御装束ども着せ奉りて、[13]自［みづか］らここかしこ引き直しなどし給へば、心ならず出［い］で給ふ。

御前［ごぜん］など、[14]おびたたしく引き続きて出で給ふさま、思す事なくはめでたかるべき事なれども、『いづくへ行くらん』と[15]夢路に迷［まど］ふ心地して、おはし着き給ふ。

【訳】（中将は）お車に乗られても、ひたすらあふれる涙を抑えられず、（内大臣邸に）着かれても、すぐには（内大臣の）おそばに参ることもなさらない。内大臣は、「どうした。どうした」とおっしゃるので、（部屋の）入り口付近でそのまま座っておられる。「なぜ、身支度もされないのか」と、ご機嫌が悪いので、中納言という女房がお鏡をご用意する。（中将は）あちらこちらを向いて、お顔をご覧になると、眉も涙に濡れて輝き、目も泣き腫れているので、『自分でも、これほど深く悩むことか』と思うが、つらいことはこの上もない。

おそばにいる弁の君という女房が、「人は皆、（新しい女性に）思いを寄せても（前の女性のもとに）帰るのが、世の習わしでございます。心外なお振る舞いは（両家に対して）気の毒です」と申すと、（中将は）「どういうわけか、あまりの嬉しさに何も考えられなくて」と言って、ふと微笑まれると、（そのお顔は）言いようもなく愛らしい。どんなに優れた女性でも、この中将の横にお並びになる奥方は、恥ずかしくなるだろうと思われた。

（中将は）眉だけ整えて、明かりをぼんやりと見ておられる。内大臣はお香を焚きしめたお召し物を（中将に）お着せして、自らあちこちを取り繕ったりなさるので、（中将は）しぶしぶお出かけになる。

先駆けの家来などは非常に多くて続々とお出になるご様子は、悩み事がなければ、すばらしい事であるが、（中将は）『どこへ行くのだろう』と夢の中をさ迷う感じで（左大将邸に）ご到着になる。

【注】 **1**不本意な結婚を強制する父に会いたくないから。また泣き顔を父に見られたくないから。 **2**父親のいる部屋の中央に進まないのは、厳父への恐れと反抗心の表れ。参考「（光源氏は）端の方に突［つ］いゐたまひて、（明石の君に）風の騒ぎばかりをとぶらひたまひて、つれなく立ち帰りたまふ。」（野分、二六九頁）。 **3**眉が涙に濡れてつやつや輝いている様子。前出「御顔匂ひて涙のこぼるる」［十八④10］。 **4**もはや自制しようにもできないほどの悩み。 **5**頭注「かけてもかへる　按、「かけても」の下に詞多有しを脱せしなるへし。かくては聞えかたし」。筑波大学本は「か《本ノ》けても帰る」。第二系統の本文は「かけてもかゝる」。広島平安文学研究会の訳は、「自ら望んででも、立派な家の世話になるのが例でございます。」」。『中世王朝物語全集』の訳は、「程度の差こそあれ、少しはそういう思いをするものなのでございますよ。」」。 **6**中将が今夜の結婚に乗り気でないのは、両家にとって良くないことだと諭した。第三者の発言により、内大臣の仕打ちは良識に叶い、中将の振舞いが常識外れであることが指摘

され、中将の孤独が際立つ。**7**本音を隠して話すのは、貴人のたしなみ。母君には本心を打ち明けたが［十八④7］、女房にはポーカーフェイス。**8**照れ隠しの笑い。**9**「さし並び給はむ」には尊敬語の「給ふ」があるので、この「女房」は妻の意か。また、「並ぶ」は夫婦を指す。例「（源氏が玉鬘と）さし並びたまへらんはしも、あはひめでたしかし」（胡蝶、一七一頁）。「（源氏が紫の上を）さし並び目離［か］れず見たてまつりたまへる」（若菜上、六七頁）。**10**眉墨で描いた引き眉が涙でぼやけたため。前出「御眉もうち匂ひて」［本章②3］。夕霧が雲居雁と結婚するとき、「心づかひいみじう化粧［けさう］じて」（藤裏葉、四二八頁）、「静心［しづごころ］なく、いよいよ化粧じ、ひきつくろひて出でたまふ」（同、四三六頁）とは対照的。参考「凡彼御代（鳥羽院）以前ハ男眉ノ毛ヲヌキ髭ヲハサミ金ヲ付ル事一切無レ之及二末代一毎度驕飾ノ至也」（海人藻芥、応永二七年［一四二〇］成立）。**11**頭注「ひとうちなかめて　按、「ひと」は「火を」と有しなるへし。源氏松風巻に、御心のうちにはいとあはれに恋しうおほしやらるれは火をうちなかめてことにものものたまはす」（松風、四一二頁）。**12**参考「御衣［ぞ］どもなど、いよいよたきしめさせたまふものから」（光源氏が女三の宮と結婚したとき。若菜上、五七頁）。「えならず焚きしめ給へる御けはひ言はむ方なし。」（匂宮が六の君と結婚したとき。宿木、三九四頁）。**13**内大臣自ら、最後の点検をしている。この婚礼に寄せる、内大臣の熱意の表れ、および息子に有無を言わせぬ強制が窺える。光源氏も息子の夕霧が雲居雁と結婚しに行くとき、二藍の直衣は軽すぎると忠告して、自分の衣装を持たせた（藤裏葉、四二八頁）。**14**「おびたたし」は平安時代の女流文学には、あまり使われない。**15**参考「うきながら猶おどろかぬわが身かな夢路に迷ふ心地のみして」（治承三年右大臣家歌合、二十九番、述懐、資忠）。

二十二

かしこの御有様［ありさま］言はんかたなく、大将殿の[1]心を尽くし給ひけんほど表れて、[2]目も輝く心地す。[3]女房三十人ばかり、[4]白き衣・[5]白き袴にて並み居［ゐ］たり。事《規式》ども果てて夜更［ふ］くるほどに、御《中将》几帳［みきちゃう］押しやりて見給《大将ノ姫君ヲ》へば、松襲［がさね］十ばかりに白き袴ぞ見ゆる。[6]まづ居丈［ゐたけ］の程ものものしく、額はれて目大きに色はあくまで白く、[7]親の目に良しと思ふらんと見えたりしも、まづ、古里《忍音上》［ふるさと］の人には、[8]言ひ並ぶべきかたなし。大殿籠［おほとのごも］りても、古里《中将ノ心》［ふるさと］の人の、いかに[9]慣らはぬ一人寝［ひとりね］を、つれづれと思ひ臥し給ふらん。『[10]男の心は定めなければ、今こそ[11]疎［おろ］かならず言ふとも』と思へる気色の、[12]言はぬに[13]しるく見えつるを、思し出［い］づるに悲しければ、のたまふべき言の葉も覚えず。

まづ髪《左大将ノ姫君》の様［さま］も[14]こはごはとして、手あたり[15]太く、[16]よく肥えて盛りと見ゆるに、[17]かの人《忍音上》、薄物［うすもの］の御衣［おんぞ］もなほ[18]重げに、[19]あえかなる様［さま］を思し出［い］づるに、恋しきこと譬［たと］へなし。

【訳】　左大将邸のご様子は言いようもなく（立派で）、左大将殿のご尽力の跡が表れて、まばゆいばかりである。

女房が三十人ほど、白い衣に白い袴を着て並んで座っている。儀式が終わり夜も更けたころ、（中将は）几帳を押し動かして（新妻を）ご覧になると、松襲を十枚ほどに白い袴が見える。まず（目に入ったのは）座高が高くどっしりとしていて、額が広く、目が大きく、肌の色は限りなく白く、親の目から見れば美しいと思うだろうと見えたが、何はともあれ、なじみの姫君とは比べようもない。（中将は）お休みになっても、残した姫君はどんなに慣れない独り寝をやるせなく思い、横になっておられるだろうか。『男心は変わりやすいので、今になって疎略には扱わないと言っても』と悩んでいた心中が、口に出さなくても、はっきり表れていたことを思い出されると悲しくなり、（新妻に）おっしゃる言葉も思いつかない。

　実に髪の状態もごわごわとして、手で触った感じが太くて、よく肥えて女盛りと見えるが、なじみの姫君が薄手のお召し物でさえ重そうで、弱々しい様子を思い出されると、恋しさは例えようもない。

【注】 **1**前出「大将殿にも、内《姫君ヲ》へ参らするも、かばかりこそ心は尽くさめと思ふほど、清らを尽くし給ふ。」［十七1］。 **2**参考「宵うち過ぎてぞ、おはし着きたる。見も知らぬさまに、目も輝くやうなる殿造り」（宇治から中の君が匂宮邸に到着した場面。早蕨、三五四頁）。 **3**匂宮が結婚した六の君にも、「よき若人ども三十人ばかり、童［わらは］六人かたほなるなく」いた（宿木、四〇九頁）。 **4**頭注「しろき衣　按、婿取などに白きさうぞくするは、いつのほとよりか、はしまりけむ。ふるきものにいまた見す」。参考「御いろなほしは三日めにて候。そのうちは、かみさま、御とものにようばう衆、いづれもしろきをめされ候」（伊勢貞陸《さだみち》［足利十代将軍義稙の政所執事］著『よめむかへの事』）。「人の妻むかへの事（中略）先初日より二日まで男女ともに白色を著すべし。三日めには色直しとて色ある物を著候」（伊勢貞頼著『宗五《そうご》大艸紙《おおぞうし》』大永八年［一五二八］成立）。 **5**普段の袴は紅色。出産のときは白。前出の「白き袴」［二③11］［六］は尼君用。 **6**以下の描写は末摘花に似る。「まづ、居丈［ゐだけ］の高く、を背長［せな

が」に見えたまふに、（中略）色は雪はづかしく白うて、さ青［を］に、額つきこよなうはれたるに、なほ下［しも］がちなる面［おも］やうは、おほかたおどろおどろしう長きなるべし。」（末摘花、三六六頁）。 **7**参考「（軒端荻を）むべこそ親の世になくは思ふらめと、（光源氏は）をかしく見たまふ。」（空蟬、一九四頁）。 **8**参考「（女三の宮は）限りなき人と聞こゆれど、（紫の上ほど優れた女性は）難［かた］かめる世を、と（光源氏は）思しくらべらる。」（若菜上、六三頁）。 **9**前出「慣らはぬ御一人寝」［二十一①10］。 **10**参考「男［をとこ］といふものは、そら言［ごと］をこそいとよくすなれ。思はぬ人を思ふ顔にとりなす言の葉多かるもの」（総角、二八八頁）。 **11**参考「（匂宮が）おろかならぬ事どもを尽きせず契りのたまふを（中の君は）聞くにつけても、（男は皆）かくのみ言［こと］よきわざにやあらむ」（宿木、四二二頁）。 **12**思ったとおり言わないのが、貴人のたしなみ。「知らぬさま」［十四2］の注釈、参照。 **13**前出「心に思ふ事、などか見えざらむ。」［十七7］。 **14**「こはごは」は源氏物語では紙・衣・声・気性などに使用し、髪を形容した例はない。 **15**大将の姫君は末摘花に似ていたが、「太く、よく肥えて」は異なり、末摘花は「痩せたまへること、いとほしげにさらぼひて、肩のほどなどは、いたげなるまで衣［きぬ］の上まで見ゆ。」（末摘花、三六六頁）。 **16**参考「（軒端荻は）いと白うをかしげにつぶつぶと肥えて、そぞろかなる人の、頭［かしら］つき額つきものあざやかに、まみ、口つきいと愛敬［あいぎゃう］づき、はなやかなる容貌［かたち］なり。」（空蟬、一九四頁）。 **17**頭注「かの人　按、「人」の下にのもし脱たる成へし」。 **18**臨終の床にある宇治の大君も、衰弱して夜具の重さに堪えられず、「衾［ふすま］」を押しやりて、中に身もなき雛［ひひな］を臥せたらむ心地して」であった（総角、三二六頁）。参考「体弱力微、若レ不レ任二綺羅一」（長恨歌伝。広島平安文学研究会の注）。 **19**女三の宮も「細くあえかにうつくしくのみ見えたまふ」（若菜下、一七六頁）、宇治の大君も「もとより、人に似たまはずあえかにおはします」（総角、三〇六頁）。逆に六の君は、「人のほど、ささやかにあえかになどはあらで、よきほどになりあひたる心地したまへる」（宿木、三九四頁）。

二十三

①

鶏[1]［とり］の音［ね］待ちつけて、出［い］で給ふ。わが御方［かた］へおはしたるに、姫君[忍音上]は夜もすがら寝給はざりけると見えて、御袖[2]のいたく濡［ぬ］れて、ひややかとしたる[3]手あたり[4]いと心苦しくて、「今宵[5][中将詞]［こよひ］の御つれづれは、いかに思しつる。まろは夢[6]の心地して、ただ何事をも思ひ分かざりつれば、ありつる人[左大将姫君]もあやし[7]と思ひつらん。夢[8]にや見給ひつる」とのたまへば、

　憂き事[忍音上]を心一つ[9]に思はずは慰む[10]程の夢も見てまし

と言ひ紛らはし[11]給ふ様の、なほ人[12]を見るにもありがたき心地[13][忍音上八]して、類［たぐひ］なく覚え[14]たり。

　まどろまで[15][中将]見えつる夢の悲しさを慰む程や君に語らん

「我ながら[16]、あまりにこそ覚ゆれ。いと、かく思ふ人もあらじ」など、いろいろに語らひ給ふ。

【訳】（中将は）鶏の鳴き声を待ち構えて、（左大将邸を）出て行かれる。自邸にお帰りになると、姫君は一晩中、寝ておられなかったと見えて、お袖が涙でたいそう濡れて、ひんやりとした手触りはとても痛々しくて、（中将は）「昨夜のやるせなさは、どのように思われましたか。私は夢のような気がして、もう何事も判断できなかったので、

左大将の姫も変だと思っただろう。（私を）夢に見られましたか」とおっしゃるので、

　つらいことを私独りで悩むことがなければ、気が晴れるような夢も見られますのに。

と、言い紛らわしておられる様子は、やはり新妻と見比べても優れている気がして、並ぶものがないように思われた。

　うとうとと眠ることもなく、悲しい夢を見ましたが、そのつらさが紛れるほど、あなたと語りましょう。

「我ながら（あなたへの愛は）度が過ぎていると思われる。まったく、これほど（あなたを）愛する人はいないだろう」など、いろいろ言い交される。

【注】 **1**光源氏も女三の宮と結婚して三日めの夜、紫の上が気になり、「鶏の音待ち出でたまへれば、夜深きも知らず顔に急ぎ出でたまふ。」（若菜上、六二頁）。**2**参考「（紫の上は）すこし濡れたる御単衣［ひとへ］の袖をひき隠して」（同巻、前例の続き）。**3**「ひやひや」は中世語か。**4**まだ薄暗い時分なので、手で触って初めてわかった。和歌を詠み交わしたあと、「明けて後［のち］見給へば」とある［本章②冒頭］。**5**この「今宵」は、夜が明けてから昨夜のことを指し、ここでは婚礼の初夜を示す。参考「鳥の声はるかに聞こゆるに（中略）からうじて惟光朝臣［これみつのあそん］参れり。夜半暁といはず御心に従へる者の、今宵しもさぶらはで」（夕顔、二四三頁）。**6**前出「夢路に迷ふ心地」［二十一②15］。**7**新郎は新婦に「のたまふべき言の葉も覚えず」［前章13の後］であったから。**8**中将は姫君のことを思っていたから、姫君の夢の中に自分が現れたかと尋ねた。参考「（紫の上が）わざとつらしとにはあらねど、かやうに思ひ乱れたまふけにや、かの（光源氏の）御夢に見えたまひければ」（若菜上、六二頁）。「思ひつつ寝ればや人の見えつらむ夢と知りせば覚めざらましを」（古今集、恋二、五五二、小野小町）。**9**上の句は、姫君一人で思い悩まず、辛苦を中将と分かち合えれば、という意味。**10**「慰む程の夢」とは中将が現れる夢。**11**

中将の愛を疑うという、かなり辛辣な和歌を詠んだが、そこはかとなく言ってソフトに聞こえるようにした。参考「言ひ消ち」［十一16］。**12**この「人」は左大将の娘。**13**光源氏も女三の宮に失望して、「対の上（紫の上）の御ありさまぞなほあり難く」と思う（若菜上、六七頁）。**14**頭注「おほえたり　按、「たり」は「たまふ」の誤なるへし」。**15**広島平安文学研究会の訳は、「まどろみもしないであなたは辛い運命を見つめたとおっしゃるが、それは夢ですよ、その辛さを忘れてしまうくらい、あなたと語り合いましょう。」。『中世王朝物語全集』の訳は、「まどろみもしないのに、心に焼き付いたあなたの面影が、夢に見えたような気がしました。そのあなたへのやるせない思いを、気持ちが慰むほどお話ししたいのです。」。私案は和歌に詠まれた「夢」を「夢の心地」［二十三①6］と同じと解釈して、「まどろみもしないで私が見た夢（のような婚礼）の辛さを忘れてしまうくらい、あなたと語り合いましょう。」。和歌を詠み合うのは、愛情の確認。**16**前出「我ながら、かく思ふべきことか」［二十一②4］。

②

明けて後［のち］見給へば、[1]面痩《忍音上》［おもや］せ給へる御顔の、[2]涙に洗はれたりしも白く[3]輝く心地して、かの花《左大将姫君》やかにもてなしつる人には、並べても言はむかたなきぞ、なほ[4]物思ひの端［つま］なりける。

かの[5]御目移［めうつ］りも恥づかしければ、うちそばみ《忍音上》ておはするに、「など《中将ノ詞》、かくもてなし給ふ。[6]夜［よ］の程に、御心の変はりけるよ」とて引き向け給へば、「[7]夜の間《忍音上詞》［ま］の御心変はりは、御心慣［な］らひにや」とて、少し[8]うちほほ笑［ゑ］み給へるに、[9]今見つけ《忍音上ヲ》たる心地す。「げに《中将詞》かく、[10]ものをも思はせ奉らむとこそ、つゆ思はざりしか。[11]世は憂きものにこそ」とて、うち涙ぐみ給へば、[12]催《忍音上モ》［もよほ］されて、[13]ほろほろとこぼれ初［そ］むる涙の、やがて滞［とどこほ］らず流れ出［い］づれば、［中将詞］「よし、かくな思［おぼ］しそ。[14]もとより[15]ことに思ひきこゆる志［こころざし］は、つひに御覧ぜよ。[16]命こそ知らね」とて、［忍音上ノ］[17]涙にまろがれたる[18]御髪［みぐし］かきやりて、[19]御袖にて御顔をのごひ給へば、恥づかしくてうち伏しておはす。

【訳】　夜が明けてから（中将が姫君を）ご覧になると、面やつれされたお顔が涙に洗われ、ますます白く輝くようで、あの花やかに振る舞っていた新妻と比べても、何とも言いようがない（ほど姫君がすばらしい）のが、やはりもの思いの種であった。

あの新妻を見た目で見られるのが恥ずかしくて、少し横を向いておられるので、（中将は）「なぜ、こういう態度を取られるのか。一晩でお心が変わったことよ」と言って、（姫君のお顔を自分の方に）向けなさると、（姫君は）「一夜でお心が変わるのは、あなたのご性格でしょうか」と言って、少しほほ笑みなされると、たった今（姫君を）見つけた（かのような新鮮な）感じがする。（中将は）「ほんとうに、このようにあなたを苦しめようとは、少しも思わなかった。この世は、つらいものだね」と言って涙ぐまれると、（姫君も）誘われて、はらはらとこぼれ始めた涙がそのまま止まらず流れ出すので、（中将は）「まあ、このように思いつめないでください。初めから特別に（あなたを）お慕いしている（私の）気持ちは、最後までご覧ください。（ただ、私の）命のほどは分かりかねるが」と言って、涙でもつれた（姫君の）御髪を（中将は）手でかき上げて、お袖で（姫君の）お顔を拭われるので、（姫君は）恥ずかしくて、横になっておられる。

【注】　1中将も「痩せ」［十八④2］。参考「こよなう痩せ細りたまへれど、かくてこそ、あてになまめかしきこと

の限りなさもまさりてめでたかりけれ」（紫の上の描写。御法、四九〇頁）。2米田真理子氏は、「このような涙を流して繕わない姿を美しいと見なすこと」は、『夜の寝覚』や『むぐらの宿』にも用例があるので、「『しのびね物語』独自の造形でない」と指摘された（同氏、前掲論文）。3「しのびねの姫君の泣く姿は、「白し」という形容と密接に結び付いている」（米田真理子氏、前掲論文）。［七十九②7］参照。4参考「（紫の上を須磨に）ひき具したまへらむもいとつきなく、わが心にもなかなかもの思ひのつまなるべきをなど（光源氏は）思し返す」（須磨、一五四頁）。参考「御もの思ひの種」［十6］。5参考「（六の君の）御しつらひなども、さばかり輝くばかり高麗［こま］唐土［もろこし］の錦綾をたち重ねたる（匂宮の）目うつしには、（中の君は）世の常にうち馴れたる心地して、人々の姿も、萎えばみたるうちまじりなどして、いと静かに見まはさる。」（宿木、四二五頁）。6以下のやり取りは、匂宮が六の君との婚儀を済ませて中の君の元に帰ってきた場面に似る。「（中の君は涙が）こぼれそめてはとみにもえためらはぬを、いと恥づかしくわびしと思ひて、いたく背きたまへば、（匂宮は）強ひてひき向けたまひつつ、匂宮「聞こゆるままに、あはれなる御ありさまと見つるを、なほ隔てたる御心こそありけれな。さらずは夜［よ］のほどに思し変はりにたるか」とて、わが御袖して涙を拭［のご］ひたまへば、中ノ君「夜の間［ま］の心変はりこそ、のたまふにつけて、推しはかられはべりぬれ」とて、すこしほほ笑みぬ。」（宿木、三九八頁）。7広島平安文学研究会の訳は、「一晩で「お心変りですね」とおっしゃったけど、それは、あなたの真似をしてみましたのよ」。『中世王朝物語全集』の訳は、「一夜の御心変わりは、あなたのお心癖ではありませんか」。『更級日記』の作者は物詣でに行く途中、「花見に行くと君を見るかな」と詠み掛けられ、「千ぐさなる心ならひに秋の野の」（あなたは浮気な性格だから、参籠する私までも秋の野の）と付けた（三二〇頁）。8相手を皮肉ったきつい内容を、ほほ笑みで和らげている。参考「この「ほほ笑み」の表情には、甘え・非難・拗ねなどの気持がにじむであろう。」（宿木、［本章②6］に引用した源氏物語本文の頭注）。9前出「今見つけたる心地して」［十一7の前］。10参考「（夕霧が女三の宮と結婚すれば雲居雁に）にはかにものをや思はせきこえん。」（若菜上、三三一頁）。引歌「かねてよりつらさを我にならはさでにはかに物を思はするかな」（異本紫明抄）。『河海抄』は第二句が「つらさを人の」）。**11**参考「うつせみの世はうきものと知りにしをまた言の葉にかかる命よ」（源氏から空蝉への答歌。夕顔、二六四頁）。**12**一緒に泣くことで、和解する。［十八②12］［二十三30］参照。**13**前出「つつむ涙のほろほろとこぼれ初［そ］めて、えとどめ給はず。」［十六1］。**14**筑波大学本の「こと《ひカ》より」の傍記によれば、「人より」で「ほかの誰よりも」と訳せる。**15**匂宮が六の君と結婚した翌朝、中の君を慰めたセリフに似る。「もし思ふやうなる世（即位すること）もあらば、人にまさりける志のほど、知らせたてまつるべき一［ひと］ふしなんある。たはやすく言［こと］出づべきことにもあらねば、命のみこそ。」（宿木、三九八頁）。**16**参考「命こそ知りはべらね。」（末摘花と別れたときの侍従のセリフ。蓬生、三三二頁）。源氏が女性たちに言った「命ぞ知らぬ」は、「ながらへむ命も知らぬ忘れじと思ふ心は身にそはりつつ」（信明集）の「第三句以下を言外に利かせた」（初音、一五一頁の頭注）。**17**「（光源氏は紫の上の）まろがれたる御額髪［ひたひがみ］ひきつくろひたまへど、いよいよ背きてものも聞こえたまはず。」（朝顔、四七九頁）。**18**参考「（光源氏が紫の上を）御髪をかきやりつつ、いとほしと思したる」（朝顔、四七九頁）。「（夕霧は落葉の宮の）いとうたて乱れたる御髪かきやりなどして、ほの見奉り給ふ。」（夕霧、四六五頁）。「御髪のこぼれかかりたるをかきやりつつ見給へば」（総角、二二四頁）。「黒髪の乱れもしらずうち伏せばまづかきやりし人ぞ恋しき」（和泉式部集）。**19**愛情をこめた仕草。参考「（柏木が女三の宮の）御涙をさへのごふ袖は、いとど露けさのみまさる。」（若菜下、二一八頁）。

③

殿《父上》より、「かの所《大将姫君》へ[1]御文は《後朝文也》、やり給はぬか」とのたまへば、[2]御心にも入［い］らねども書き給ふ。[3]紅［くれな

ゐ〕の薄様〔うすやう〕に、

逢坂《中将》の関にや霧の隔つらむ[4]越えての後〔のち〕もなほ[5]惑〔まど〕ふかな

と書きて、姫君《忍音上》に「[6]偽〔いつは〕りをこそ、し慣〔な〕らひけれ」とて[7]見せ奉れば、「いづれか誠〔まこと〕なる」とて、[8]うち置き給ふ。「なほ《中将ノ詞》、かくのみ[9]心置き給ふこそ心憂けれ」とて、泣きみ笑ひみ語らひ給ふ。

返事〔かへりごと〕を持て参る。見給へば、

[10]逢坂《大将姫君》の関には霧も隔てねど[11]思はぬ道やなほ辿〔たど〕るらむ

「げに《中将ノ詞》、これぞ[12]誠〔まこと〕なる」とて笑ひ給ふ。[13]手も少し悪〔わろ〕きを物めかして書きたり。

その夜も、また車《父上》参りて、「とく出〔い〕で給へ」とあれば、[14]「三日《中将ノ詞》は力なくまかりなん。その後〔のち〕は、ただ心に任〔まか〕すべきに」とて出で給ふ。

【訳】　内大臣殿から、「左大将家へ後朝《きぬぎぬ》のお手紙は、まだお送りしていないのか」とおっしゃるので、送る気もしないが、お書きになる。紅色の薄い紙に、

逢坂の関には霧が立ちこめて、行く手をさえぎっているのだろうか。だから関を越えた後も、まだ霧に迷うことだなあ。（あなたは私を隔てているのだろうか。結婚した後も、私は途方にくれている。）

と書いて、姫君に「嘘をつき慣れてしまった」と言って、手紙をご覧に入れると、「どれが本心なのでしょう」と言って、手紙に手を触れずほっておかれる。（中将は）「やはり、いつもこのように遠慮されるのが心苦しい」と

言って、泣いたり笑ったりして語らっていらっしゃる。

（女房が新妻の）返事を持って参る。（中将が）ご覧になると、

逢坂の関は霧で隔てられることもないが、あなたは思いがけない道に、まだ迷っているのだろうか。（私はあなたを隔てていないのに、あなたは別の女性を愛している。）

（中将は）「ほんとうに、これが真実だ」と言って、お笑いになる。（新妻は）筆跡も少し良くないが、上手らしく見えるように書いている。

その夜も、また（内大臣は）車をご用意して、「早くお出かけください」と伝言があるので、（中将は姫君に）「三日間は仕方なく、（左大将邸へ）参ります。その後は、ひたすら心の赴くままに（します）」と言って、出発される。

【注】　1後朝の文は早く送るほど、愛情が深い証拠になる。　2光源氏も末摘花が気に入らず、後朝の文を送ったのは「夕つ方」であった（末摘花、三五九頁）。　3女三の宮が光源氏と結婚して五日めに送った手紙も、また浮舟が匂宮に送り薫君に見つけられた手紙も「紅の薄様」（若菜上、六五頁。浮舟、一六三頁）。　4逢坂の関を越えるとは、男女が契りを結ぶことだが、中将と大将の姫君が夫婦の縁を結んだかどうかは不明。髪などに触れた［二十二14］程度か。　5霧の中で迷う。また新妻が自分を愛しているのかどうか分からず迷う。たとえ相思相愛でも、自分はこんなに愛しているのに、あなたは冷たいと恨むのが男歌の定型。　6参考「げにいつはり馴れたる人や、さまざまにさも汲みはべらむ。」（物語を「いつはりども」と言った光源氏に対する玉鬘の反発。蛍、二〇三頁）。　7姫君に隠し立てしないことを、態度で示す。「（光源氏は女三の宮からの返書を紫の上に）ひき隠したまはんも心おきたまふべければ、かたそば広げたまへるを」（若菜上、六五頁）。　8手紙を見る気もせず、そのまま放っておく。　9手紙を「置き給ふ」は、私に「心置き給ふ」からだと戯れる。　10中将が詠んだ上の句を否定して、言い掛りだと反

発する。相手と同じ言葉を用いて言い返すのが、返歌の決まり事。[11]忍音の姫君を暗示する。他者には分からないように詠むのが、恋歌の規則。参考「（艶書が）落ち散ることもこそと思ひしかば、昔、かやうにこまかなるべき折節にも、言［こと］そぎつつこそ書き紛らはししか。」（若菜下、二四三頁）。[12]先ほどの姫君のセリフ「いづれか誠［まこと］なる」を受ける。[13]書は人なり。新妻の人柄や教養などが窺われる。参考「（軒端荻が）手はあしげなるを紛らはし、ざればみて書いたるさま、品［しな］なし。」（夕顔、二六五頁）。[14]光源氏も女三の宮と結婚して、「三日がほどは夜離［が］れなく渡り」、新婚三日めの夜、紫の上に「今宵ばかりはことわりとゆるしたまひてんな。これより後［のち］の途絶えあらむこそ、身ながらも心づきなかるべけれ。」と弁解した（若菜上、五七頁）。

二十四

心《大将姫》ことに繕［つくろ］ひたてられて居［ゐ］給へる様［さま］、かの《忍音上》人の涙に沈みて、[1]引きだに繕ひ給はぬ様［さま］に思ひ[2]比［くら］ぶれば、目にも付［つ］き給はず。物などのたまふに、御《大将姫君》いらへ聞こえ給ふ声・気配、少し[3]早りかに、重々しくも聞こえず。御殿油［おほとなぶら］近くて、何[4]［なに］となき様［やう］にて見給へば、いづくも[5]誇りかに、[6]白く、[7]心地よげには見えたれど、[8]らうたく愛敬［あいぎやう］づき、思はしき所のなきぞ、うたてきや。古《忍音上》里［ふるさと］の人に並ぶ程こそなくとも、これも捨てがたき程ならば、いづれをも[9]なだらかにて見るべきぞかし。さらに同じ様［さま］に言ふべき様［やう］もなきは、かの《忍音上》人のあまり優［すぐ］れ給へる[10]目移りには、なべての人いかでかは世の常に思されん。[11]かかる《忍音上》人を見ずは、これも《大将姫君》ただ世の常のとこそ思されめ。髪[12]は丈［たけ］に余りて見ゆれど、品[13]［しな］のなくて、いづくもただ細［こま］やかに、ものものしげ[14]にぞ見ゆる。

【訳】入念に飾り立てられていらっしゃる（左大将の姫の）様子と、姫君の涙にくれて身づくろいさえされていない様子とを比べると、（新妻には）ご興味も引かれない。（中将が）何かおっしゃると、お返事される声や物腰は、少しせっかちで、落ちついているようにも聞こえない。（新妻は）ともし火のそばにいて、（中将が）さりげなくご覧になると、（新妻は）すべて誇らしげで、色白で、なんの屈託もないように見えるが、かわいげで魅力にあふれ、好ましいと思われるところがないのが、気にくわないなあ。姫君に匹敵するとまではいかなくても、この新妻も捨てがたい程度ならば、どちらも角の立たないように扱えるだろうよ。（姫君と）同じと言えそうな点がまったく無いのは、姫君があまりにも優れているので、それに見慣れた目で他の女性を見ると、普通の女性はどうして世間並に思われるだろうか（いや、普通の女性も並以下に見えてしまう）。このような姫君に会わなければ、新妻もごく普通の人と思われただろうに。（新妻の）髪は背丈より長く見えるが、気品がなくて、（肌は）どこも非常にきめ細かで、どっしりとして見える。

【注】1ことさら装っていなくても美しく愛しいのが、ヒロインたる条件。［五③3］参照。2参考「何ごともいとうるはしくことごとしきまでさかりなる人（六の君）の御装［よそ］ひ、何くれに（匂宮は）思ひくらぶれど、（中の君は）け劣りてもおぼえず、なつかしくをかしきも、（匂宮の）志のおろかならぬに恥なきなめりかし。」（宿木、四二五頁）。3近江の君の短所も、「いと舌疾［したど］き」で「声のあはつけさ」（常夏、二三四頁）。参考「ことな

るゆゑなき言葉をも、声のどやかにおし静めて言ひ出だしたるは、うち聞く耳ことにおぼえ」(常夏、二三九頁)。**4**あまり好きになれない女性を、まともに正面から見たくないから。またジロジロ見るほど、中将は厚かましくもない。**5**近江の君も「わがままに誇りならひたる乳母[めのと]の懐[ふところ]にならひたるさま」(常夏、二三九頁)。軒端荻も「にぎははしう愛敬づきをかしげなるを、いよいよ誇りかにうちとけて」(空蟬、一九五頁)、「何の心ばせありげもなくさうどき誇りたりし」(夕顔、二六五頁)。匂宮も六の君に会う前は、「(もし六の君が)もののしくあざやぎて、心ばへもたをやかなる方はなく、もの誇りかになどやあらむ、さらばこそ、うたてあるべけれ」と想像していた(宿木、三九四頁)。**6**前出「色はあくまで白く」[二十二7の前]。**7**参考「(十九歳で出家した、道長の子息、顕信は)人よりことに誇りかに、心地よげなる人柄にてぞおはしましける。」(大鏡、師輔殿、一七九頁)。**8**「(匂宮から見て六の君は)親にては、心もまどはしたまひつべかりけり。ただ、やはらかに愛敬づきらうたきことぞ、かの対の御方(中の君)はまづ思ほし出でられける。」(宿木、四〇八頁)。「(中の君は)愛敬づきらうたきところなどの、なほ人には多くまさりて思さるる」(宿木、四二五頁)。**9**参考「人(六条御息所)のため恥がましきことなく、いづれをもなだらかにもてなして、女の怨[うら]み負ひそ。」(葵、一二頁)。**10**忍音の姫君は「目移り」を気にしていた[二十三②5]。参考「当代[たうだい]の御かしづきむすめ(女二の宮)を得たてまつりたまへらむ人(薫君)の御目移しには、(娘の浮舟は)いともいとも恥づかしく、つつましかるべきものかな。」(東屋、七五頁)。**11**薫も宇治の大君を追慕するあまり、結婚した女二の宮に不満はないが、「なほ、紛るるをりなく、(大君を)もののみ恋しくおぼゆ」であった(宿木、四七四頁)。**12**末摘花も髪だけが取り柄。「頭[かしら]つき、髪のかかりはしも、うつくしげにめでたしと思ひきこゆる人々にも、をさをさ劣るまじう、袿[うちき]の裾にたまりて、ひかれたるほど、一尺ばかり余りたらむと見ゆ。」(末摘花、三六七頁)。**13**軒端荻も「少し品おくれたり。」(空蟬、一九五頁)。参考「女は、身を常に心づかひして守りたらむなんよかるべき。心やすくうち棄てざまにもてなしたる、品なきことなり。」（常夏、二三一頁）。14頭注「もの〱しけにそ見ゆる　按、此下に脱文あるへし」。前出「居丈の程もののしく」［二十二6］。軒端荻も「ありしけはひ（空蝉）よりは、もののしくおぼゆれど」（空蝉、一九九頁）。

二十五

古里《忍音上ノ心》［ふるさと］の人は、『御志［こころざし］こそ[1]変はらずとも、殿の御もてなしに従ひ給はば、遂［つひ］にわが身は頼まるべきにもあらず、[2]尼にも成りてあらばや』と思すにも、[3]若君の恋しさぞわりなきや。

【訳】姫君は、『（中将の）お気持ちは変わらなくても、（中将が）内大臣殿のご指示に従われれば、結局、私は誰も当てにできないので、尼になって過ごしたい』とお思いになるにつけても、若君が恋しいのは、どうしようもないことだなあ。

【注】　1前出「いとど御心の変はり給ふまじきことをのみ、のたまへども」［十四8］。「いかなることありとも、つゆ変はるまじきを」［十六2］。匂宮も中の君に対しては、六の君との結婚後も、「見たまふほどは、変はるけぢめもなきにや」であったが（宿木、三九七頁）、舅の夕霧に遠慮して中の君の元には「え心やすく渡りたまはず」「待遠なるをりをりある」ようになってしまった（同、四〇九頁）。　2中の君は宇治に戻っても、出家するつもりはなかったらしい。「なほいとうき身なめれば、つひには山住みに還［かへ］るべきなめり。」（宿木、三七三頁）、「なほ、

いかで忍びて渡りなむ。むげに背くさまにはあらずとも、しばし心をもなぐさめばや。」（同巻、四一〇頁）、「御みづからも、来［き］し方を思ひ出づるよりはじめ、かの花やかなる御仲らひ（六の君と匂宮との結婚生活）に立ちまじるべくもあらず、かすかなる身のおぼえを、といよいよ心細ければ、なほ心やすく籠りゐなんのみこそ目やすからめなど、いとどおぼえたまふ。」（同巻、四五七頁）。　3参考「（藤壺は）春宮［とうぐう］見たてまつらで面［おも］変はりせむこと（出家すること）あはれに思さるれば」（賢木、一〇六頁）。

二十六

1三日の程は《中将、大将ノ方へ》おはして、その後［のち］はただ明け暮れ籠［こも］りおはするを、殿は聞こしめして、『なほ、いと悪［あ］しき事かな。この人《忍音上》のかくてあらん程は、いかにも御心の定まるまじきを、いかにしても2出［い］ださばや』と思したばかる。

【訳】　中将は三日間は（左大将邸に）通われて、その後はずっと毎日、（姫君と）部屋に籠っておられることを内大臣はお聞きになり、『やはり、非常に悪い事だなあ。姫君がこうして（中将と一緒に）いる限り、どうしても（中将の）お心は（左大将家に）落ち着きそうもないので、どうにかして（姫君を）追い出したい』と思い、計画を立てられる。

【注】　1「三日は力なくまかりなん。その後は、ただ心に任すべきに」［二十三③14］。　2筑波大学本は「いためは

や」。「痛めばや」（痛い思いをさせたい）の意か。光源氏も明石から帰京後、式部卿宮（紫の上の父）には冷淡であった。「この（式部卿宮の）御あたりは、（光源氏は）なかなか情［なさけ］なきふしもうちまぜたまふ」（澪標、二九一頁）。

二十七

廿日《中将、忍音上ノ方ニ》ばかり籠［こも］りおはしければ、「[1]大将殿の辺［あた］りに御気色［けしき］悪［あ］し」と聞き給ふに、か[2]らうじて渡り給へり。久しかりつるほどを恨《大将ノ姫君》めしく思すにや、[3]うちそばみ給へるを、あながちにも語らひ給はず。我《中将》もうち眺めつつ、つくづくと[4]端［はし］の方［かた］におはす。その夜は力なく留［とど］まり給ひて、[5]朝［あした］とく出［い］で給ふ。

【訳】（中将は）二十日ばかり（姫君と）閉じこもっておられたので、「左大将家では、ご機嫌が悪い」とお聞きになり、やっとのことで（左大将邸へ）お行きになった。（左大将の姫は中将の訪れが）久しぶりであることを恨めしくお思いになるのか、横を向いていらっしゃるので、（中将も）むやみに語りかけもなさらない。中将自身も、もの思いにふけって、ぼんやりと部屋の端の方におられる。その夜は仕方なくお泊まりになり、翌朝は早くに出られる。

【注】 1光源氏も、「（女三の宮を）すこしおろかになどもあらむは、こなたかなた（帝と朱雀院）思さむことのいと

ほしきぞや」と気にした（若菜下、二四六頁）。**2**大将の機嫌を損なうと、中将の出世に響く。**3**葵の上も訪れが稀な光源氏に対して、「女君、例の、はひ隠れてとみにも出でたまはぬ」（若紫、三〇〇頁）であり、光源氏が若紫を引き取ってからは「例の、ふとも対面したまはず。」（花宴、四三一頁）。**4**初夜は髪などに触れ［二十二14］、第二夜は火影を見たが［二十四4］、今夜は新婦がいる部屋の中央から離れている。**5**三日間通った後は、夜明け前に帰る必要はない。早く出たのは、愛情がない証拠。

二十八

①

姫君は、「かく《忍音詞》早う出［い］で給はば、殿《父上》の御気色［けしき］悪［わろ］かなるを、[1]今ちとも[2]おはせよかし。自［みづか］らは[3]心安く待ち侍らん。[4]世のわづらはしきこそ[5]苦しけれ」とて、[6]らうたげにうち涙ぐみ給ふ。[7]「吾《中》子《将詞》［あこ］を久しく見ねば、おぼつかなきを[8]見て参らん」とて、殿へおはしたり。

[9]走《若君》り出［い］でて、[10]「母君《中将詞》呼びて参らむよ。今、まろが車に乗りて、そと母君のもとへ」とのたまへば、「殿《若君詞》の叱り給はん」とて、[11]おとなしくのたまへば、涙の尽きせず。

母上《中将》の御前［まへ］にて、[12]「母《忍音上》なる者の、あまりに恋しがり侍れば、かりそめに具して参らん。夕つ方は帰り侍らん」とのたまへば、「殿《母上詞》の、内へ参り給へるひまなれば、[13]さもし給へ。聞き給ひては、悪［あ］しからむ」とのたまへば、御乳母［めのと］・[14]尼君など、[15]そこそことして御車《若君ヲ》に乗せ給ふ。

【訳】　姫君は、「このように早く（左大将邸を）お出になると、内大臣殿のご機嫌は良くないだろうから、もう少し（左大将邸に）いらっしゃいませ。私自身は安心して（中将の帰宅を）お待ちしています。左大将家との仲がやっかいなのは、心苦しい」と言って、いじらしく涙ぐまれる。（中将は）「若君をしばらく見ず、気がかりなので、見に参ろう」と言って、内大臣邸へ出かけられた。

（若君は）走って来て、（中将が）「母君を呼んで参ろうよ。今、私の車に乗って、こっそり母君のもとへ」とおっしゃると、（若君は）「内大臣殿がお叱りになるだろう」と、おとなびておっしゃるので、（中将は）涙が止まらない。

（中将は自分の）母上のおそばで、「（若君の）母である者が、あまりに（若君を）恋しがりますので、少しの間（若君を）連れて参ろう。夕方には帰りましょう」とおっしゃると、（母上は）「内大臣殿が内裏へ参られている間なので、そのようになさい。（このことを内大臣が）お聞きになると、具合が悪いだろう」とおっしゃるので、（若君の）乳母などをせかして、お車にお乗せになる。

【注】　**1**「ちと」は中世語。［三⑥15］参照。　**2**中将に会いたい気持ちを抑えて、中将の立場を気遣う心優しい思慮深さ。ヒロインには感情を抑える理性が必要。　**3**中将が来てくれなくても心配しないのは、中将を信頼しきっているから。また「心安く」ないが、嘘をついて相手を安心させた。紫の上も女三の宮降嫁後は、自己犠牲に徹した。　**4**広島平安文学研究会の訳は、「世間からとかく言われるのが、一番辛いわ」。『中世王朝物語全集』の訳は、「周囲のごたごたはつろうございます」。また「世」を男女の仲と解釈すると、「（大将の姫君との）夫婦仲がやっか

いなのは、（私にとっても）心苦しい」と訳せる。**5**光源氏も女三の宮の所へ通う気がしないものの、朱雀院に気を遣って、「あな苦し、とみづから思ひつづけたまふ。女君（紫の上）も、思ひやりなき御心かな、と苦しがりたまふ。」（若菜上、六三頁）。紫の上も光源氏に、「内裏〔うち〕の聞こしめさむよりも、（女三の宮）みづから恨めしと思ひきこえたまはむこそ、心苦しからめ。我は思しとがめずとも、よからぬさまに聞こえなす人々必ずあらむと思へば、いと苦しくなむ。」と訴えた（若菜下、二四六頁）。**6**感情を抑え理に叶った話を理屈っぽく言わず、可憐に言ったものの、涙は抑えきれない。**7**姫君の願いをまともに受けとめることができず、話をそらし話題を変えた。**8**その場にいたたまれず、逃げ出す口実。**9**前出「若君走りおはして」[十四3]。**10**頭注「はしり出て母君　按、「母君」の下に脱文あるへし。試にいは、「はとのたまへは」なとか」。**11**中将より若君の方が、物事を弁えている。以前、中将に「母君呼びて参らせん」と言われると、「いつおはすべきぞ。恋しきに」と答えて「うちひそみ給」[十八③6の後]の時よりも、事情を理解し知恵づいている。**12**若君を連れ出す理由に、姫君の恋慕を挙げている。しかしながら姫君は中将に頼んでいないし、姫君の依頼[本章①1]とは無関係。この中将の唐突な行為は、父内大臣への反抗の表れか。しかしそれで中将の気持ちが多少晴れても、問題は全く解決しない。光源氏も紫の上と女三の宮との板挟みに苦しみ、朧月夜との密会によって現実から一時的に逃避しようとした（若菜上、六九頁）。**13**中将の母上は息子思いで、また母親の立場から若君を取られた嫁に同情していた[十八④13]。**14**頭注「あま君　按、「あま君」は「うは君」の誤なり」。筑波大学本は「御あま君」。広島平安文学研究会の訳では、「御尼がつ」と解する。参考「御佩刀〔はかし〕、天児〔あまがつ〕やうの物、取りて乗る。」（明石の姫君が紫の上に引き取られたとき。薄雲、四二四頁）。**15**「そこそこ」（副詞）は中世語か。[三十二④11]参照。

②

おはし着きたれば、母君《忍音上》・祖母〔うば〕君《尼上》、夢の心地して、まづ涙ぞこぼれける。この[1]程に美しく[2]大きに成り給ひて、母君の御首〔くび〕に[3]取りつきて、「など《若君詞》吾子〔あこ〕をば、見給はでおはする。恋しくは、おはせぬか」とて、[4]笑ひ戯〔たはぶ〕れ給へば、「恋し《忍音上詞》けれども、え見ぬぞよ」とて[5]泣き給へば、中将も悲しく覚えておはする所に、殿より、「ただ今、殿おはして、[6]若君尋ね給へれば、『大殿籠〔おほとのごも〕りて』と申し侍るを、とくとく」と、[7]母上《中将ノ母上》の御文あり。

急ぎ出〔い〕で給はんとするに、母君《忍音上》は中々〔なかなか〕[8]ありし名残〔なごり〕よりも、ひとしほせん方〔かた〕なくて、[9]人目も知らず抱〔いだ〕きて泣きおはす。[10]祖母上〔うばうへ〕も、「[11]中々〔なかなか〕なる思ひの、増さるべきなめり」とて、声を立てて泣き給ふ。されども叶〔かな〕はぬ事なれば、[12]力なく御車に乗せ奉り給ふに、若君もありしよりは御心つきて、「ただかくて、母君の御もとにあるべきを」とて、泣きに泣き給へる様の悲しさぞ、物にたとへむ方なき。

[13]牛の足も遅くて、おはし着きたり。[14]忍びたる方〔かた〕より降ろし奉りて、殿の御前〔まへ〕に抱〔いだ〕き入〔い〕れ奉り[15]給ふ。北の方《中将ノ母上》、御耳《若君ノ》にさし当てて、「母の御もとへ行き給へること、のたまふなよ」とのたまへば、[16]うちうなづきておはす。

【訳】（中将と若君が）お着きになると、（若君の）母君と尼君は夢のような気がして、まず涙があふれ出た。（若君は）見ない間に、かわいらしく大きく成長なされ、姫君のお首にすがりついて、「なぜ、ぼくをご覧にならずにいらっしゃるの。恋しくはありませんか」と言って、笑って戯れておられるので、（姫君は）「恋しいけれども、見られないのよ」と言って、お泣きになるので、中将も悲しく思われていらっしゃるところに、内大臣邸より、「たった今、内大臣殿がお戻りになり、若君をお捜しになられたので、『（若君は）お休みになって』と申しておりますから、早く早く（お戻りください）」と、内大臣夫人よりお手紙が届いた。

急いで帰ろうとされるが、姫君はなまじっか以前の別れよりも、（今の別れのほうが）いっそうどうしようもなくて、人目も気にせず、（若君を）抱きしめて泣いておられる。祖母君も、「かえって恋しい気持ちが、増さりそうだ」と、声をあげてお泣きになる。けれども思うようにはいかないので、仕方なく（若君を）お車にお乗せなさると、若君も以前（の別れ）よりも勝手が分かり、「ずっとこうして、母君のおそばにいたいのに」と、泣きに泣いていらっしゃる悲しい様子は、たとえようもない。

牛車はなかなか進まず、ようやく（内大臣邸に）到着された。人目につかない所で（車から）降りていただき、（中将は若君を）抱いて、内大臣のおそばにお連れになられる。内大臣夫人は（若君の）耳もとで、「母のお家へ行かれたこと、（内大臣に）おっしゃいますな」とささやかれると、（若君は）うなづいておられる。

【注】 1約一か月ぶりの対面。時に満一歳三か月余り。 2若君は生まれた時から、「日に添へて引き伸ぶるやうに」［九3］。 3嬉しさをストレートに表現した、子供らしい仕草。悩みをこらえ隠す姫君とは対照的。 4若君のセリフは本心を表しているが、会えない事情を弁えていて、冗談めかして言った。この「笑ひ」は、「純真無垢なものというよりはむしろ、両親の「悲しみ」を少しでも柔らげようとする作為的なものであったのではないか。」

（岡田ひろみ氏「不自然な〈笑い〉―『しのびね物語』の世界の変質―」、「近畿大学日本語・日本文学」2、平成一二年三月）。**5**子供は「笑ひ戯れ」、母親は「泣き」と対照的。また敬語は子のセリフにはあるが、母のセリフにはない。若君は笑ってごまかし、また敬語を使う余裕もあるが、姫君にはない。**6**帰宅するとすぐ若君に会いたがるほど、孫に目がない内大臣の溺愛ぶり。**7**急用なのに手っ取り早い伝言にせず、手間のかかる手紙にしたのは、口伝えでは内大臣に聞かれることを警戒したのであろう。**8**若君を手放したとき［十八②］。**9**いつもは「人目」を気にするが、今は我を忘れ若君を手放せず、泣くしかない。**10**頭注「うはうへ　按、「うへ」は「きみ」の誤なるへし」。筑波大学本も「うはうへ」。「「君」よりも「上」と呼ぶ方が敬意の念が強い」（伊井春樹氏、前掲論文）。**11**光源氏も須磨まで訪問してくれた頭中将との別れを惜しみ、「心あわたたしければ、（頭中将が）かへりみのみしつつ出でたまふを、（光源氏が）見送りたまふ気色［けしき］、いとなかなかなり。」（須磨、二〇七頁）。**12**「力なし」の用例は頻出［十八②8の前］［十八④4］［二十三③14］［二十七4の後］。［六十三2］参照。源氏物語は一例のみ。「（末摘花が）この歌よみつらむほどこそ。まして今は（助けてくれる侍従もいず）力なくて、ところせかりけむ。」（行幸、三〇七頁）。**13**頭注「うしのあしもおそくて　或云「おそくて」は「とくて」の誤なるへしといへり。按、こゝは忍音上にはわかれてのちなれは、たゝ殿の方にとくおはさんとおもひ給ふに、例よりも牛のあゆみのいとゝおそきこゝちし給ふをいふなるへし」。筑波大学本は「車もおそくて」。**14**光源氏が忍んで空蟬に会いにいった時も、「人見ぬ方より引き入れて、下［お］ろしたてまつる。」（空蟬、一九二頁）。**15**「給ふ」は中将への敬意。人目につかないよう、中将自ら連れて行く。**16**母親に会ったと言えば叱られることは、若君も了解済［本章①11］。

二十九

何［なに］かとするほどに、その年も返りぬ。[1]春の除目［ぢもく］に[2]中将殿、中納言になり給ひぬ。いよいよ帝［みかど］の御いとほしみにて、人もうらやみ奉るに、大将の御勢ひさへ差し添ひ給へば、ただ今の世には並ぶべき人ぞなかりける。御心《中納言ノ》の内の物思はしさは[3]色に出でじとすれども、帝の御覧じて、「など《勅言》や。この頃は、[4]物思ひのけしき見ゆるは。[5]何事か聞きて、共に思はばや」と仰せられれば、[6]うち《中納言》かしこまりて候ひ給ふ。

【訳】何やかやとしているうちに、その年も暮れた。春の人事異動で、中将殿は中納言に昇進された。ますます（中納言に寄せる）帝のご信頼は厚くなり、他の人も（中納言を）うらやましくお思いする上に、左大将のご権勢までも兼ね備えておられるので、今の世には（中納言に）匹敵する者はいなかった。（中納言が姫君を気づかう）ご心中の心配事は、顔には出すまいとしていても、帝がご覧になり、「どうしたのか。近頃、悩んでいるように見えるが。どういうことか聞いて、一緒に（解決策を）考えたい」とおっしゃられるので、（中納言は）恐縮して（帝のおそばに）控えておられる。

【注】1春の除目は地方官の任命が多く、京官は秋の除目［九5］。男主人公が春に出世した理由は、三通り考え

られる。(1)後続の一節「いよいよ帝の御いとほしみにて」から判断して、恩寵による昇進。あるいは帝の即位によるものか。[四十六2]参照。(2)秋以外の例が、当時の物語に見られる。「春の除目に、権中納言、大納言になりて右大将かけ給へり。」(中世王朝物語全集『風につれなき』一七七頁)、「その冬の頃、大納言にて大将かけ給ふ。」(同『木幡の時雨』六〇頁)、「三位中将は、年返りて中納言になり給ひにき。」(今井源衛氏・春秋会『我が身にたどる姫君』1、七六頁)。以上の例は、加藤昌嘉氏の指摘による。(3)『風葉和歌集』に採られた歌には「中将」とあり、これが最終官職とすると、古本『忍音物語』は中将で終わっていたが、現存本に改作した際、「その年も返りぬ。」と新年を記述した折に中納言にした。 **2**時に二十六歳。源氏物語では夕霧が十八歳の秋に、薫君が二十三歳の秋に、中将から中納言に昇進。中将は従四位下、中納言は従三位相当。 **3**参考「忍ぶれど色に出[い]でにけり我が恋は物や思ふと人の問ふまで」(百人一首、平兼盛)。「(紫の上は)色には出だし給はねど、殿(光源氏)見やり給へるに、ただならず。」(玉鬘、一二九頁)。 **4**中納言に出世させたのに、なぜ悩んでいるのか帝には不審。 **5**帝の発言は、建前は親切心から。本音は人の心を探るのが好きだから。姫君にも「何事をさまで、伏し入り給ふぞ。聞きて、もろともに思はばや」と、声をかけた[三十九①23]。また帝として、解決できることならば聞いてやろうという自信も窺える。ちなみに『狭衣物語』でも、源氏の宮への恋を秘めた狭衣に、東宮が「我には隔てでのたまへ」と声をかけている(巻一、六四頁)。 **6**悩みを分かち合いたいと言われ、恐縮した。

三十

この頃は、姫君《忍音上》の御方[かた]にのみ、籠[こも]りておはすれば、殿《父上》には厳しくのたまふと[1]聞き給ひて、

[2 中納言詞]「さらば、まかりて明日〔あす〕疾〔と〕く参らん」とのたまへば、[3 忍音上詞]「やがて出で給ふは、殿の御心にたがふなるを、二三日もおはせよかし。ここのつれづれは、[4]はや慣らひにたるを」とて、[5]いとうつくしげに聞こえ給ひて[6]添ひ臥し給へる。

[7 忍音上]御髪〔みぐし〕すましつれば、いと多くて、[8]とみに干〔ひ〕もやらねば、[9]方々〔かたがた〕へうちなびかして、また[10]花山吹の御衣〔おんぞ〕に袴ばかり着給ひて、[11]つくづくとながめ給へるさまの、[12]いつよりも驚かれて、また[13]立ち返りつつ、その日もおはせずなりぬ。殿は[14]三条の御所、造り改め給ひて、忍音上ヲ移し給はむとすることも[15]聞こしめして、『ひたぶるにさへ思ふらむよ。かしこへ渡してものめかしなば、大将の思はむ所も[16]軽々〔きゃうきゃう〕なり』と、いとど[17]思し騒ぐ。

【訳】 この頃は、姫君のお住まいにばかり（中納言は）閉じこもっておられるので、内大臣殿が手きびしくおっしゃっていると（中納言は）お聞きになり、「それならば、おいとまして、明日すぐに帰って参ろう」とおっしゃると、（姫君は）「すぐにお帰りになっては、内大臣殿のお考えに背くようなので、二、三日は（左大将邸に）滞在なさいませ。（中納言がいない）ここでの寂しさには、もう慣れてしまったので」と、とても愛らしげに申されて、寄り添って横になっておられる。

髪を洗われたが、たいそう（髪の毛が）多くて、すぐには乾かないので、方々《ほうぼう》へ（髪を）広げて、山吹襲のお召し物に袴だけ着られて、しんみりともの思いにふけっておられる様子は、普段よりも（優美であるので）はっとさせられて、（中納言は）また引き返して、その日も外出されなかった。内大臣は（中納言が）三条の屋敷を改築されて、（そこに姫君を）移されようとする計画もお聞きになり、（内大臣は）『（中納言は姫君を大切にする上に）いちずに愛しているようだなあ。三条の屋敷へ（姫君を）移して、（妻として）一人前に扱えば、左大将が（不機嫌に）思われ、軽々しいことだ』と、（内大臣は）ますます動揺される。

【注】 **1**たまたま漏れ聞いたのではなく、父親か、その周辺の者（母親など）が伝言したのであろう。中納言は親元にいなくても、監視されている。［本章15］参照。**2**父や舅を怒らせると出世に響くことよりも［十八④6］、左大将家に行かないのは姫君のせいだと言われ、姫君の世評が悪くなることを恐れる。**3**以前にも同じセリフあり。「かく早う出で給はば、殿の御気色悪かなるを、今ちともおはせよかし。自らは心安く待ち侍らん。世のわづらはしきこそ苦しけれ。」［二十八①1］。**4**ほんとうは寂しいが、夫の立場を考え自制した［二十八①2］。ただし孤独に慣れるような状況に置かれている、という皮肉・諦め・甘えもこもるか。**5**古女房にならず、いつも可憐であるのがヒロインの条件。**6**頭注「そひふし給へる　按、「給ふ」の誤なるへし」。広島平安文学研究会の訳は、「中納言に添い臥して」であるが、髪が濡れているので脇息などに寄り掛かったか。『中世王朝物語全集』の訳は、「物に添い臥しなさる。」。**7**洗髪にも吉日と凶日があった。参考「今日過ぎば、この月（八月）は日もなし。九、十月はいかでかはとて、仕うまつらせつるを」（東屋、五三頁）。その一節を『花鳥余情』は、「九月はいむ月也。十月はかみなし月にて髪あらふに、はばかる月なるへし。」と注す。**8**参考「女君（紫の上）は、暑くむつかしとて、御髪すまして、少しさはやかにもてなし給へり。臥しながらうちやり給へりしかば、頓[とみ]にも乾かねど、つゆばかりうちふくみ迷[まよ]ふ筋もなくて、いと清らにゆらゆらとして」（若菜下、二三五頁）。**9**少しでも早く乾かすため、あちこちに広げる。**10**頭注「花山吹　仮字装束抄曰うへよりしたまて、みな中らいろの山吹なり。あを

きひとへ」。季節に合った装い［十一5］。参考「宮は中濃き紅梅の十二の御衣に、同じ色の御単、紅の打ちたる、萌黄の御表着、葡萄染めの小袿、花山吹の御唐衣、唐の薄物の御裳けしきばかり引き掛けて」（増鏡、十一、さしぐし、三九五頁）。**11**髪を洗い、季節に合った装いをしても、心は晴れない。参考「心ときめきするもの（中略）頭［かしら］洗ひ、化粧じて、香にしみたる衣［きぬ］着たる。ことに見る人なき所にても、心のうちは、なほをかし。」（枕草子）。**12**洗髪は稀なので、見慣れぬ姿に心惹かれる。参考「（紫の上が）御髪すまし、ひきつくろひておはする、類［たぐひ］あらじと見え給へり。」（若菜上、八〇頁）。「（宇治の中の君の）御髪などすましつくろはせて見奉り給ふに、世の物思ひ忘るる心地して」（総角、五三九頁）。**13**参考「（匂宮は中の君の元を）出でがてに、たち返りつつ休らひ給ふ。」（総角、二七四頁。頭注「去りがてに低迷する体は、後朝の別れを惜しむ常套的表現」）。**14**前出［二十3］。**15**息子の行動を見張り、父親に報告する者がいた。浮舟が住む家を三条宮の近くに薫が建てていることも、薫の従者から匂宮は知る（浮舟、一五四頁）。**16**頭注「きやう〳〵　源氏上若菜巻に、源氏君、鞠の事をのたまへる詞に「かはかりのよはひにて、あやしく見過す、口をしくおほえしわさ也。さるはきやう〳〵なりや」（岩坪注。若菜上、一三〇頁）。縣居翁云、或説に軽々の字音とするはさも有へし」。**17**三条の御所に姫君を渡すと、隠し妻ではなく正妻として世間に公表することになり、左大将家の面目がつぶれるので、内大臣は阻止するため実力行使に出た。

三十一

①

その後［のち］、二三日して暮れほどに、殿より[1]御車参りて、「かくのみ、籠［こも］りおはすること[2]」とのたまへども、この頃となりては、ありしよりいや増［ま］さりなる御志［こころざし］の、いよいよ一夜［ひとよ］のほども離れがたく思しければ、『[3]何事《中納言心》もこの世一世［ひとよ］ならぬ事にてこそ、かくもおぼゆらめ。[4]幾程［いくほど］ならぬ世の中に身を苦しむるも、[5]あぢきなし。[6]ただ心にまかせむ』と思して、「『かしこへ行きたり』と、殿へは聞こえよ」とて、御車を返し給ふ。

そのあくる日、[7]殿より呼び聞こえ給へば、『また例のむつかし』と思しながら参り給ふに、[8]「かく《父上詞》のみおはすること。[9]大将の思ひ給ふらむ所も、[10]かつうは[11]いとほしきを。[12]いづ方［かた］をも、なだらかにもてなして、女の恨みな負はれそ。いと[13]悪［あ］しきことなり。[14]明日［あす］をも知らぬ[15]親の心に違［たが］ひ給ふな」と、さまざまにのたまへば、[16]顔《中納言》うち赤めて立ち給ふ。

【訳】その後、二、三日して夕暮れの頃に、内大臣邸よりお車が参り、「このように、引きこもってばかりおられること（は良くない）」と伝言されるが、近頃は以前よりもいっそう（姫君への）愛情が深まり、ますます一夜でさえも離れにくくお思いになったので、（中納言は）『どんな事も前世からの因縁によることなので、このようにも（姫君が愛しく）思われるのだろう。どれほども生きられない世の中で身を苦しめるのも、つまらない。ただ思いのままにしよう』とお決めになって、「『左大将邸へ行った』と、内大臣殿には申せ」と言って、お車をお返しになる。

その翌日、内大臣からお呼び出しがあったので、（中納言は）『また、いつものように、うっとうしい』とお思いになりながら（内大臣邸へ）参られると、（内大臣は中納言に）「このように（姫君のそばに）引きこもってばかりおられること（は良くない）。左大将が思っておられることも、一方では気の毒で。どちらにも無難に振る舞って、女性の恨みを負うな。（今のままでは）たいへん悪いことだ。明日にも死ぬかもしれない親の心に背いてくださるな」と、いろいろおっしゃるので、（中納言は）顔を赤らめて席を立たれる。

【注】 **1**言っただけでは左大将家に行かないので［三十］、迎えの車を寄越した。 **2**体言止めは、息子に有無を言わせぬ語調［十三②1］。 **3**後出「何事もこの世ひとつならぬ事と思して」［四十五12］。参考「いかなる契りにか、（若紫を）見たてまつり初［そ］めしより、あはれに思ひきこゆるも、あやしきまで、この世の事には覚え侍らぬ。」（光源氏のセリフ。若紫、三一二頁）。「とあることもかかることも、前［さき］の世の報いにこそ侍る」（須磨、一五七頁）。 **4**前出「幾程［いくほど］なき世に、幼き者をも心安く見むと思へば、いみじきあたりも何とも覚えず。」［十八④9］。 **5**参考「あぢきなし歎きなつめそ憂き事に会ひくる身をば捨てぬものから」（古今集、巻十、物名、四五五、兵衛）。「世の中こそ、あるにつけてもあぢきなきものなりけれ、と思ひ知るままに、久しく世にあらむものとなむさらに思はぬ。」（須磨、一八九頁）。 **6**貴族にとって「身を心にまかせず所狭［せ］く」（梅枝、四一六頁）が普通であり、薫も「我は心に身をもまかせず」（蜻蛉、二二三頁）、匂宮も「心に身をも、さらにえまかせず」（浮舟、

一二四頁）と言っているのに、中納言は常軌を逸する行為に走った結果、悲劇が生じる。中納言も自分の出世に響くことは覚悟していたが［十八④］、災難はまず姫君（忍音の君）に降りかかり、それは彼の予想を遥かに越えるものであった。参考「おほかた心にまかせ給へる御里住みのあしきなり。」（宇治へ通う匂宮に対する父帝の小言。総角、二九二頁）。 **7**昨夜、中納言が大将家へ行ったかどうか、内大臣は把握している。中納言の振る舞いは、すべて父親に知られている［三十15］。 **8**前出「かくのみ、籠［こも］りおはすること」［本章①2］。父は同じ事を執拗に繰り返す。 **9**前出「大将の思はむ所も軽々［きゃうきゃう］なり」［三十16］。 **10**頭注「かつうは　按、当時の俗語なるへし」。「かつは」ならば源氏物語にもあり、「かつうは」は平家物語などに使用。「かつうく」（かつ憂く）という伝本もある。 **11**さすがの頑固親父もいつもの命令口調［本章①2］ではなく、情に訴えて息子を説得しようとした。 **12**参考「いづれをもなだらかにもてなして、女の恨みな負ひそ」（葵、一二一頁。［二十四9］に掲出）。 **13**前出［八7］［十三②4］。この箇所、筑波大学本は「いとあしきことなりとも」で、「あしきこと」の内容が底本と異なり、「（たとえ親から頼まれたことが）とても悪いことであっても」と訳せる。 **14**参考「明日知らぬ我が身と思へど暮れぬまの今日は人こそ悲しかりけれ」（古今集、巻十六、哀傷、八三八、貫之）。「長き世を頼めてもなほ悲しきはただ明日知らぬ命なりけり」（匂宮から浮舟への歌。浮舟、一二四頁）。 **15**強情な息子に、孝行心で訴えた。光源氏も夕霧に、「とり誤りつつ見ん人の、わが心に叶はず、忍ばむこと難［かた］き節ありとも、なほ思ひ返さん心をならひて、もしは親の心に譲り」と説教した（梅枝、四一七頁）。 **16**前出「御顔うち赤めて」［十三②5］。普段とは異なり弱腰になった父の態度を見て、今まで父を困らせていたことに気づき恥ずかしくなった。

②

[1]そのままかの所《大将ノ方》へおはしまし給へば、[2]大将もかくのみ途絶え多きを恨めしく思せども、御さまの美しさ[3]によろづの咎［とが］も忘られて、[4]かしづき聞こえ給ふ。しばしうち休みて[5]内へ参り給ふに、今日［けふ］の午［うま］の時より[6]七日のほどは[7]御物忌みとて、外［と］へも出でず、同じく籠［こも］り給ふべき由［よし］のたまはすれば[8]心憂く、[9]『時のほどだに恋しき《忍音上ノ》を、七日のほどをば、いかで過ぐすべき』と、胸ふたがり給ふ。『かく《忍音上》とは知らで、ただ《大将姫君》今のかたに心移りて来［こ］ぬとや思さむ』と悲しければ、文［ふみ］奉り給へども、[10]随身に心を合はせて殿へ取りて、かしこ《忍音上ノ方》へは遣［や］り給はず。

【訳】そのまま（中納言が）左大将邸へお出かけになると、左大将も（中納言の訪れが）いつもこのように途絶えがちであるのを残念にお思いであるが、（中納言の）お姿の立派さにすべての不満もつい忘れて、（中納言を）大切にお世話なさる。（中納言が左大将邸に）しばらく休息してから内裏に参られると、今日の正午から七日間ほどは帝が物忌みであるから、外にも出ず、（帝と）同じく引き籠りなさいと命令されるので、（中納言は）つらくなり、『しばしの間（姫君と会えないとき）でさえ恋しいのに、七日もの間、どうやって過ごそうか』と、胸がふさがるお気持ちである。『（姫君は中納言が）物忌みで来られないとは知らず、新妻に心変わりして来ないのだとお思いになるだろうか』と（思うと）悲しくて、（事情を記した）手紙を差し上げなさるが、（内大臣は手紙を運ぶ）家来と示し合わせて、（手紙は）内大臣が受け取り、姫君には送られないようにされた。

【注】 1父親が強気で臨んだときは反発したが、下手に出られると無下に断れない。「そのままかの所へ」の箇所、筑波大学本は「しぶしぶながら」。 2参考「（光源氏が葵の上に会いに来てくれないので）大殿にはおぼつかなく恨めしく思したれど」（帚木、一三〇頁）。 3参考「（浮舟の）容貌［かたち］の見るかひあり美しきに、よろづの咎見ゆるして、明け暮れの見ものにしたり。」（手習、三一一頁）。 4参考「大臣［おとど］（葵の上の父）も、かく頼もしげなき（光源氏の）御心を、つらしと思ひきこえ給ひながら、（光源氏を）見たてまつり給ふ時は、恨みも忘れて、かしづきいとなみきこえ給ふ。」（紅葉賀、三九五頁）。 5以前宿泊したとき左大将の姫君とは会話もなく［二十七］、もう泊まる気にはなれないが、忍音の君の元に帰ると父や左大将に悪いので、用事はないけれども参内した。 6参考「六日の御物忌」（松風、四〇九頁）。 7帝が物忌みの間、臣下も宮中から出られなくなる。神事などによる物忌みならば前もって分かっているので、中納言が参内するはずがない。これは帝の悪夢、または宮廷内での犬・猫の出産など突発事件によるものか。 8「心憂く」以下、和歌の形式を踏む。 9参考「（光源氏は夕顔に）今朝［けさ］のほど昼間の隔てもおぼつかなくなど、思ひわづらはれ給へば、かつはいと物狂ほしく」（夕顔、二二六頁）。 10内大臣は、文使いの随身を買収した。突然の御物忌みを利用して、すぐ行動に移るとは抜け目がない。中納言が神仏に祈るだけで、忍音の君を捜そうとしない［三十五③10］のと対照的。源氏物語では「内裏［うち］の御物忌さし続きて」（帚木、一三〇頁）の間に、雨夜の品定めが展開したが、この物語では御物忌みが悲劇の発端になる。

三十二

①

その夜《忍音上ノ方へ》[よ]おはせずなりぬるを、『かしこ《大将ノ方》に留[とど]まり給ふ』と思したるに、あくる日も見え給はず。『今日[1][けふ]は、さりとも』と思ふに、文だになければ、『されば[2]こそ』と思しける《忍音上》[3]にも、御心のつらさ遣[や]る方[かた]なし。

【訳】その夜、（中納言が姫君のもとへ）お帰りにならなかったので、『左大将邸にお泊まりなのだ』と（姫君は）お思いになったが、次の日も（中納言は）お見えにならない。（姫君は）『今日こそは、いくらなんでも（戻られるだろう）』と思うが、手紙さえないので、『やはり思ったとおりだ』とお思いになるにつけても、お心の悲しみを晴らすことはできない。

【注】**1**口では夫に「今ちともおはせよかし」[二十八①1]、「二三日もおはせよかし」[三十3]と言ったが、実は一晩来てくれないだけで、もう不安で寂しい。**2**夫の夜離れを内心ずっと心配していた[十六9][十八①10][十八②8][二十二10][二十五1]。**3**頭注「おほしけるにも　按、「おほさるゝ」の誤成へし」。

②

[1]四日といふに、殿より御使ひ《忍音上へ》あり。「[2]中納言は、『[3]かしこに、今しばし侍らむ』と[4]申しつる。よも近きほどは、参り侍らじ。御つれづれなるべければ、[5]いづかたへも立ち出でて慰み給へ。中納言帰り侍らば、[6]御迎へ奉らむ」とあり。姫君聞き給ひて、『「[7]出でよ」とのたまふにこそ』と思すに、『[8]思ひ設けつることなれども、さしも出で給ひし折節まで、[9]浅からずこそのたまひ置きしか。心憂くもありけるよ』と、あさましく恨めしきこと限りなし。尼上も言ふかたなくつらければ、「かかる《尼上詞》憂きことを見むためにこそ、[10]今まで永［なが］らへけめ」と、伏し沈みて泣き給ふ。『[11]かくはしたなくのたまはん所に、[12]一日［ひとひ］も[13]いかで侍るべき。[14]いづ方［かた］へたち隠れ給はん』と[15]思ひめぐらすに、誠や、内の典侍［ないしのすけ］にて侍る人は、尼上のために親しくおはすれば、「ここにちと《尼上ノ消息》、人の『忍びて侍るべき』とのたまふ。御車のついであらば、寄せ給へ。[16]詳しくはみづから」と、聞こえ給へり。

【訳】（中納言の訪れが途絶えてから）四日めの日に、内大臣から（姫君に）御使者が来た。「中納言は、『あちらに、もうしばらくおります』と申してきた。決して近いうちには（姫君のもとに）参らないでしょう。お暇でしょうから、どこへでもお出かけになり、憂さ晴らしをしてください。中納言が帰りましたならば、（姫君を）お迎えしよう」と（伝言が）ある。姫君はお聞きになり、『（内大臣は）「ここを出ろ」とおっしゃっているのだ』とお考えになり、『（こうなるとは）覚悟していたことだが、（四日前に中納言が）お出かけになるまで、愛情深く言い残されたのに。つらいことだなあ』と（思うと）、情けなく恨めしいことはこの上もない。尼君も言いようがないほど悲しくて、「こんなつらい目を見るために、今まで生き長らえていたのだろう」と、嘆きに沈んでお泣きになる。『このように酷いことをおっしゃるこの家に、一日でもどうしておられましょうか。（姫君は）どこにお隠れになるのがよかろうか』と（尼君が）思案すると、そういえば宮中の典侍であります人が（尼君と）親しくしておいでなので、「ここにちょっと、ある人が『隠れておりましょう』とおっしゃる。お車のついでがあれば、寄こしてください。詳しいことは（お会いしてから）私自ら（お話します）」と、申し上げなさった。

【注】 **1**「二三日もおはせよかし」［三十3］と心にもなく言ったが、その期間が過ぎても夫はまだ帰らず、不安は増す一方。それを予想してか、内大臣の使者が来る。物忌みが終わる頃に使者を送ると、姫君が引越の用意に手間取っている間に中納言が帰宅する恐れがある。そこで真ん中の四日めに使者を送れば、追放が最も成功すると当て込んだのであろう。 **2**筑波大学本は「中納言」ではなく「中将」。この年、中納言に昇進したが［二十九］、筑波大学本は［三十二④13］［三十三25］も「中将」で、「中納言」になるのは［三十四1］以後。広島平安文学研究会は、「中納言昇進の時も近衛中将をそのまま兼任していたと知られる。」と解釈する。あるいは古本『忍音物語』が中将止まりであったことを考慮すると［二十九1］、中将を中納言に改作した人が見落としたか。 **3**本当は内裏にいるが、大将家と誤解されるように、わざと「かしこ」と言った。［四十四④7］参照。 **4**内大臣の伝言に見られる敬語は、すべて忍音の君への敬意を表し、中納言に対する敬語はない。これは父親が息子より偉い立場にあることを誇示したからか。父から子への伝言には敬語が使用され［三十四②5］、この方が普通。ちなみに光源氏が、自分の娘（後の明石中宮）を斎宮女御に紹介したセリフ「数ならぬ幼き人のはべる」にも、娘への敬語はない（薄

雲、四五一頁）。 5貴族の女性が寺社に参詣することはあるが、経済力のない姫君には無理。 6心にもないことを言い、気遣っているように見せかけ、体裁を整えるのが貴人の話し方。 7正室側が側室を脅す事は、源氏物語にも例がある（夕顔や、若紫の実母）。「かの恐ろしと思ひきこゆるあたり（薫の正妻）に、心などあしき御乳母やうの者、かう（薫が浮舟を）迎へたまふべしと聞きて、めざましがりて、たばかりたる人もやあらむ」（蜻蛉、一九九頁）。この物語では男主人公の実父が、行動に出る。 8「さればこそ」［本章①2］参照。宇治の中の君も、「かからんとすること（夫の匂宮が六の君と結婚して、夜離れになること）とは思ひしかど、さしあたりては、いとかくやは名残なかるべき。」と嘆いた（宿木、四〇九頁）。 9宇治の中の君も、「（匂宮が）さばかり所狭［せ］きまで契りおき給ひしを、さりとも、いとかくては（途絶えがちのままでは）止まじ」と信じていた（総角、三〇三頁）。 10参考「命長さの、いとつらう思ひ給へ知らるるに」（桐壺、一〇五頁）。「命長きは心うく思う給へらるる世の末にも侍るかな。」（須磨、一五七頁）。 11宮家出身の尼上は、誇りを傷つけられたことが悔しい。若君を引き渡したときも、「故宮おはしまさましかば、かく人にあなづられ奉らじ」と嘆いた［十八②10］。 12尼上の方が娘よりも、あきらめが早い。源氏物語でも落葉の宮の母御息所は、娘が夕霧に捨てられたと早合点した（夕霧、四二〇頁）。 13頭注「いかて侍るへき　按、「侍」は「あ」の字の誤成へし」。 14「都に邸宅があるのであれば、まずはそこに移るのが自然のなりゆきのはずだが、そのような思考はまったくしていない。」（伊井春樹氏、前掲論文）。［三⑥11］参照。 15頭注「おもひめくらすに　按、「おもひ」は「おほし」の誤成へし」。 16使いの者に、事情を詳しく知られたくないので。

③

そのほど[1]見苦しき物ども[2]したためて、御身に添ふべき物とては、[3]御琴・草紙［さうし］の箱・御衾［ふすま］

などやうの物をとり集め給ふに、[4]『思《忍音心》ひ定めし事なれども、[5]かね《中納言ノ》ても[6]変はるけしきの少し見えましかば、[7]憂きと知りても紛れぬべきを、出で給ひしまでさばかり我に[8]知られ給はで、[9]「軽々［かろがろ］しく、ほかへなど思しなるな」とこそ、くり返しのたまひ置きしか。今、かく遠ざかるべき事とは思はざりしを、なほ[10]殿のとりこめ給ひて、かく御使ひはあるにこそ』と、思ひ続け給ふ。『もし、ありしに変はらぬ御心ならば、かく行方［ゆくへ］も知らずなりぬるを、いかが思し嘆かまし』と、すべて[11]夢に夢見る心地して、若君の御事をも、おのづから[12]風のつてにも[13]聞きて[14]慰み給ひしを、[15]『いつぞやおはして、あわたたしく帰り給ひしは、[16]長き別れの始めにこそ』と、泣き伏し給へるも、ことわりなり。

【訳】車が来るまでの間、見られては恥ずかしい物を整理して、姫君がお使いになる品として、お琴、本を入れた箱、夜具などのような物を取り揃えられて、（姫君は）『覚悟していたことだが、（中納言に）前もって心変わりする気配が少しでも見えていたならば、つらいと分かっていても気を紛らわせたのに、（四日前にここを）お出かけになるまで、まったく私には知らせてくださらず、「軽々しく、ほかの所へ（行こう）などとお思いなさるな」と、くり返し言い残された。今このように別れなければならないとは思わなかったが、やはり内大臣が（中納言を）閉じこめなさって、このようにお使いの者が送られてきたのだろう』と、思い続けられる。『もし（中納言が）以前と変わらないお心ならば、このように（私の）行き先も分からなくなってしまうのを、どんなに嘆かれることだろうか』と、何もかも夢の中で夢を見るような気がして、若君のご様子も、自然と風の便りに聞いて、気を紛らわしておられたのに、『いつだったか、（若君がここに）いらっしゃって、あわただしくお帰りになったのが、永久《とわ》の別れの始まり（なのだろう）』と、泣きくずれなさるのも、もっともである。

【注】 1自殺を決意した浮舟も、「むつかしき反故［ほぐ］」（匂宮の手紙類）など破［や］りて」処分した（浮舟、一七七頁）。 2参考「御調度どもは、さるべきはみな、したためおきなどする」（鬚黒の北の方が、玉鬘と結婚した夫に見切りをつけて実家に戻る際。真木柱、三六三頁）。 3姫君の趣味・人柄の表れ。光源氏が須磨に持って行った物も、「さるべき書［ふみ］ども、文集など入りたる箱、さては琴［きん］一つ」であった（須磨、一六八頁）。『枕草子』にも、「つれづれ慰むもの、碁、双六［すぐろく］、物語」とある。 4以下の心理は、「思ひ設けつることなれども」云々［本章②8］と重複する。新しいことは思いつかず、同じ事を繰り返し考えているのは思い詰めている証拠。ただし以前より詳しいのは、家出の準備ができたとたん、張り詰めていた気持ちがほぐれ、考える余裕ができたから。尼上のセリフにも「数ならぬ身には、思ひ定めし事ぞかし。」［十八②8］とあった。 5「かねてよりつらさを我にならはさでにはかに物を思はするかな」［二十三②10に掲出］。参考「（匂宮は中の君に）あまりに馴らはし給うて、にはかに、はしたなかるべきが嘆かしきなめり。」（宿木、四〇一頁）。 6参考「まめ人の心変はるは名残なくなむ」（夕霧、四六七頁）。 7参考「憂きに紛れぬ恋しさの」［三十八29］。 8大将の姫君との結婚も、直前に知らされた［十五1］。 9「まろに知らせ給はで心軽きこと、思し立つな」［十六5］を指す。参考「なかなか人わらへに軽々しき心つかふな」（宇治の八の宮の遺言。総角、二三五頁）。 10夫の心変わりではなく、舅の仕打ちと信じたい気持ちは［十四5］［二十五1］以来。宇治の中の君も、匂宮の途絶えは止むを得ない支障のせいと考えた（総角、二八九頁）。 11参考「たとへば一人［ひとり］ながらへて過ぎにしばかり過ぐすとも夢に夢見る心地してひま行く駒に異ならじ」（堀河百首、述懐、一五七六、源俊頼。千載和歌集に入集）。「うつつにもうつつといかが定むべき夢にも夢を見

ずはこそあらめ」（千載和歌集、雑歌中、一一二八、藤原季通）。「三位中将もこれを御覧じて、夢に夢みる心地して、とかうの事ものたまはず。」（平家物語、十、内裏女房、二四四頁）。「ただかた時の夢にゆめ見る心地して」（鎌倉時代物語集成『我身にたどる姫君』二〇頁）。**12**参考「（紫の上が明石の君との結婚を）風のつてにも漏り聞きたまはむ」（明石、二四八頁）。「風のつてにても、我がかくいみじき有様（末摘花の貧窮）を（光源氏が）聞き付け給はば、必ずとぶらひ出で給ひてん」（蓬生、三三六頁）。**13**参考「（明石の姫君が紫の上に引き取られて以来）尼君もいとど涙もろなれど、かくもてかしづかれ給ふを聞くは嬉しかりけり。」（薄雲、四二六頁）。**14**若君が側にいたときも、「明け暮れの慰め」であった［十八①6］。**15**［二十八②］のこと。**16**参考「これもまた長き別れになりやせん暮れを待つべき命ならねば」（新古今集、恋三、一一九二、藤原知家）。

④

[1]日もやうやう暮れ行くに御車参りてければ、[2]尼上、「[3]さらば出で給へ。[4]いかばかり思すとも、[5]さばかり情けなくはしたなく聞こえ給ふ所には、時の間［ま］も、ものうく侍り。[6]若君を取り離し給ひしより、かかる[7]思ひ定め給はずやありし」とのたまへば、起き上りうち見回し給ふに、[8]この三四年おはしつる所なれば、[9]立ち出づべき心地もせず、言はんかたなくあはれなり。[10]緑の薄様［うすやう］を泣く泣く取り出［いだ］し、思ふこと少し書き給ふ。聞こえまほしきことは多かれども、さのみ書き置きても、をこがましかるべければ、[11]そこそことして出で給ふ。[12]兵衛［ひゃうゑ］の君といへる女房のあるに、「[13]《忍音上ノ詞》もし中納言殿の尋ね給ふ事あらば、

14『殿よりかやうの御使ひ有りしかば、やがて出でにし』と語り聞こえよ」などのたまひても、『もし、ただ15
今もや、ふとおはする』と、なほ休らはるるを、『あな《忍音上ノ心》、いはけなや。我ながら、むげに、うたて、はかなき心にもありけるかな』と思ひつつ、御車に乗り給ふ。

【訳】　日も次第に暮れてきたころ、（典侍が用意した）お車が参ったので、尼君が、「それでは出発なさいませ。どれほど（中納言を）お思いになっても、（内大臣が姫君に）あれほど思いやりがなく、つれなく申し上げられたこの家には、少しの間いるのも、つらいことです。若君を取り上げなされた時から、いつかはこうなると覚悟されませんでしたか」とおっしゃるので、（姫君は）起き上がりあたりを見回されると、この三、四年おられた所なので、立ち去る気にもなれず、言いようがないほど感慨深い。（姫君は）緑色の薄い紙を泣きながら取り出し、思うことを少しお書きになる。（中納言に）申し上げたいことは多いが、あまり書き残しても、みっともないので、あわただしく出発される。兵衛の君という女房は居残るので、（姫君はその女房に）「もし中納言殿がお尋ねになることがあれば、『内大臣殿より、このようなお使いが来たので、すぐに出ました』とお話ししなさい」などとおっしゃっても、『もし、たった今、不意に（中納言が）お帰りになるか』と（思うと）、まだためらわれるが、『ああ、子どもじみているなあ。我ながら、はなはだ情けなく浅はかな心でもあるなあ』と思いながら、お車に乗られる。

【注】　1車の手配に手間取ったから遅くなったというよりは、目立たないように出発するため夕暮れを選んだ。2「尼上」「尼君」の呼称は、これが最後。以後は「母上」になり、母親の立場が強くなる。3出発を促す尼上と、ためらう姫君との関係は、玉鬘と結婚した夫（鬚黒）に見切りをつけて実家に戻る北の方と、鬚黒を慕う娘（真木

柱）に似ている（真木柱、三六四頁）。**4**姫君は夫を信じたいが、尼上は宮家出身の誇りを傷つけられ憤慨［本章②11］。今までは母子同じ気持ちであったが、ここで別々になる。源氏物語でも匂宮が宇治の中の君の元へ通って来なくなると、姉の大君は彼の浮気な性格を恨んだが、中の君はなにか事情があるのだろうと思った（総角、二八八頁）。**5**内大臣からの伝言［本章②2］を指す。**6**［十八②］のとき。**7**姫君も「思ひ定めし事」と考えた［本章③4］。**8**正確には二年数か月。参考「ここら年経たまへる御住みかの、いかでか偲びどころなくはあらむ。」（真木柱親子が実家に帰る折。真木柱、三六六頁）。**9**参考「（真木柱は）うつぶし臥して、え渡るまじと思ほしたるを」（真木柱、三六四頁）。**10**源氏物語には「緑の薄様なる包文［つつみぶみ］の大きやかなるに、小さき鬚籠［ひげこ］を小松に付けたる」（浮舟、一〇一頁）とある。姫君も松に付けたか。松に「待つ」を掛け、また常緑樹の松に不変の愛を込めたか。**11**「そこそこ」（そそくさの意）の用例は近世にある。「そこそことして」の箇所が、第二系統は「こそこそとして」、筑波大学本は「思ふこと片端［かたはし］をだに書き給はずとて」。しかし前文に「思ふ事少し書き給ふ。」とあり、実際に和歌を三首詠んでいるので［三十四］、筑波大学本の本文では矛盾すると考え、「そこそこ（又ハこそこそ）として」に書き替えたか。**12**姫君と一緒に行かないのは、この左中弁（中納言の乳母子［六6］［七②12］）の家の女房だから。**13**筑波大学本は「中納言」ではなく「中将」。［三十二②2］参照。**14**殿に追い出されたと明言するのは、貴族の女性にしては珍しい自己表示。夕顔が、「かの右の大殿よりいと恐ろしきことの聞こえ参［ま］で来しに、もの怖［を］ぢをわりなくし給ひし御心に、せん方なく思し怖ぢて」（夕顔、二五九頁）、黙って「跡もなくこそ、かき消ちて失せにしか。」（帚木、一五九頁）とは異なる。**15**参考「（父の鬚黒は）ただ今も渡りたまはなん、と（真木柱は）待ちきこえたまへど」（真木柱、三六五頁）。

三十三

[1]ほど近ければ、[2]内侍［ないし］の局へ忍びて[3]御車寄せて降り給ふ。そのまま起きも上がらず、[4]うち伏し給ひぬ。[5]母上《尼上》、しかじかのこと[6]語り続けて、泣き給ふこと限りなし。内侍も、「《典侍詞》あな、いとほしや。[7]故宮《忍音上ノ父》のおはしまさましかば、かく憂き事や侍るべき。人には軽［かろ］しめられ給ふまじきを、世は憂きものにこそ侍れ。[8]総［そう］じてこの大殿《中納言ノ父上》［おほいどの］は[9]御心きらきらしく、はなやぎ給へる人にて、世に[10]廃［すた］れ給へる人を思し落としける本性［ほんじゃう］にこそ。大将の姫君の事は知らず。この君《忍音上》は美しくおはせしが、[11]見奉らで年月［としつき］にもなり侍るを」とて、[12]几帳おしのけ給へば、[13]恥《忍音上》づかしくて少し[14]起き直りて、うち[15]そばみ給へるに、[16]髪の[17]行方［ゆくへ］も知らずうちやられたるに、[18]ほろほろとこぼれかかりて[19]乱れたる筋なく、いとこちたし。御顔も[20]眉のほどもなく[21]涙に洗はれたりしが、白くこまやかにいと[22]美しく、[23]見るにうち驚かるる心地のすれば、[24]御髪［みぐし］をかきやりて、「《典侍詞》さのみ難［むつか］しき事、思し入［い］りそ。おのれ侍らん限りは、人をかしくは、しなし奉らじ。げに、[25]中納言殿のわりなく思すらんも、ことわりの御様［さま］なり。[26]我が御心と、とだえ給ふことは侍らじ。いかにも[27]殿の厳しくのたまひて、え出で給はぬにこそあらめ」とのたまへば、[28]恥《忍音上》づかしくも[29]悲しくも思して、いとど涙の降り落つれば、[30]内侍もほろほろとうち泣

きて見奉り給ふ。
「[31]我《典侍詞》が身は年を積もりて、宮仕へも堪へがたく侍れば、代[32]はりに出［いだ］し奉らん。人目をも御覧じて、御心も慰み給へ」などのたまへど、『とてもかくても《忍音上ノ心》、世に立ちまふべき事は心憂し。ただありし嵯峨[33]に、尼[34]に成りてこそ過ぐさまほしけれ』と思せば、宮[35]仕へも何とも思されず。

【訳】（典侍がいる宮中は）すぐ近くなので、典侍の部屋へこっそりお車を寄せて（車から）降りられる。（姫君は）そのまま起き上がれず、横になられた。尼君は（典侍に）今までのことを話し続けて、はなはだしくお泣きになる。典侍も、「まあ、気の毒に。亡き宮が生きておいでならば、こんなつらいことは起きましょうか。人に軽んじられることはありませんのに、この世はつらいものでございます。だいたいこの内大臣殿は、お人柄が派手好みで、栄えておられる人で、没落なさった者を軽蔑する性格で。（私は）左大将のご息女は知りません。この姫君は愛らしくいらっしゃったが、拝見しないで何年にもなりますね」と言って、（典侍が）几帳を押しやられると、（姫君は）恥ずかしくて、少し起き上がり居ずまいを正して、ちょっと横を向いておられると、髪の裾も気にせず放っておかれたが、（髪が）はらはらとこぼれかかって、乱れた毛筋もなく、（髪は）とても豊かだ。お顔も、引き眉が消えて涙で濡れていたが、色白の肌はきめ細かで、とても美しく、（その姿を）見ると（美しさに）思わず驚くほどなので、（典侍は姫君の）御髪をかきのけて、「そうむやみに憂鬱なことを、思いつめなさるな。私がおります間は、人に笑われないようにいたしましょう。なるほど中納言殿が（姫君を）格別に愛しておいでなのも、もっともなご様子だ。（中納言が）ご自分の意志で（姫君のもとへ）通われなくなることはないでしょう。たしかに内大臣殿が（中納言に）

厳しくおっしゃって、（そのため中納言は）お出かけになれないのだろう」と言われると、（姫君は）恥ずかしいとも悲しいとも思われて、ますます涙がこぼれるので、典侍もはらはらと泣いて（姫君を）拝見なされる。
（典侍は姫君に）「私は年を取って、宮仕えもつらくなりましたので、（私の）代わりに（宮中に）出仕していただこう。（宮廷人の）出入りもご覧になり、お心を慰めてください」などおっしゃるが、（姫君は）『いずれにせよ、（私が）世に出て人と交わるのは、つらいことだ。すぐに以前いた嵯峨野で尼になって過ごしたい』とお考えなので、宮仕えのことは何ともお思いにならない。

【注】 **1**姫君が今までいた左中弁（中納言の乳母子）の家は、内裏に近い。ただし源氏物語の乳母子の家は、惟光が五条（夕顔、一〇九頁）、匂宮の乳母が「下つ方」（下京の意）（浮舟、一五四頁）で宮中から遠い。 **2**内侍の局は、承香殿〔四十四①3〕の馬道側〔四十九18〕。今は「御物忌み」〔三十一②7〕で中納言も内裏から出られないのに、外からは入れたか。ただし触穢中でも立ったままならば、穢れに触れたり移したりしないとされていたので、物忌み中の御所にも入れたか。参考「内裏〔うち〕より御佩刀〔みはかし〕持て参れる頭の中将頼定、けふ伊勢の奉幣使〔みてぐらづかひ〕、（宮中に）帰るほど、（頼定は）昇るまじければ、立ちながらぞ、（母子ともに）平らかにおはします御有様奏せさせたまふ。」（紫式部日記、一七四頁）。 **3**牛車のまま内裏に入れたか。輦車《てぐるま》（桐壺、九八頁）を許された者以外は、「例の、筵道敷きて降るる」（枕草子、「大進生昌が家に」段）。 **4**精神的・身体的疲労により倒れた。参考「（初瀬詣でから戻った浮舟は宇治の邸に着くと）音もせでひれ伏したり。」（宿木、四七七頁）。 **5**「しばらく「祖母君〔うばぎみ〕」「尼上」と呼ばれていたが、ここでまた「母上」となる。」（広島平安文学研究会の注）。「母君」の初出は〔四1〕。 **6**娘より年配で疲労も大きいが、話す余裕はある。また全部うち明けて、ストレスを発散しようとしたか。 **7**尼上と同意見〔十八②10〕。妹は匂宮に捨てられたと思い込んだ大君も、「（父宮が生存して）人並々に

もてなして、例の、人めきたる住まひならば、(匂宮も)かうやうにもてなし給ふまじきを」と嘆いた(総角、二八九頁)。**8**「総じて」の用例は、『平家物語』『太平記』に見られる(大槻修氏「『しのびね物語』ところどころ」、「甲南国文」35、昭和六三年三月)。**9**内大臣の性格は、源氏物語の頭中将に似ている。「人柄いとすくよかに、きらきらしくて、心もちゐなども賢くものしたまふ。」(少女、二五頁)。「おとなび給へれど、なほ花やぎたるところ付きて、もの笑ひしたまふ」(柏木、二八四頁)。**10**参考「(頭中将は)いとものきらきらしく、かひあるところ付き給へる人にて、良し悪[あ]しきけぢめも、けざやかにもてはやし、またもて消ち軽[かろ]むることも、人に異なる大臣なれば」(常夏、二一八頁)。筑波大学本は「すたれ」の箇所が「すぐれ」(優れ)で、その訳は「その目がねにかなわねば、世にすぐれたお人でも評価なさらない御性格。」(広島平安文学研究会)になる。**11**典侍が姫君を見るのは久しぶり。ということは母の尼上との再会も久方ぶり。典侍は長年、宮仕えをしていたので、なかなか会えなかったのであろう。源氏物語で右近が、長谷寺で十七年ぶりに巡り合った玉鬘を光源氏に会わせたように、この典侍が姫君を帝に引き合わせることになる。**12**貴族の女性は、普通は初対面で顔を見合うことはしないが、典侍は今や親代わりであり、また、あのかわいい女の子がどういう娘に成長したか見たかったから。光源氏も初対面の玉鬘の顔が見たくて、「親の顔はゆかしきものとこそ聞け」と言って、「几帳すこし押しやり給ふ。(玉鬘は)わりなく恥づかしければ、側[そば]みておはする様体[やうだい]など、いとめやすく見ゆれば」であった(玉鬘、一一三頁)。**13**恥ずかしいのは、「うち伏し」て[本章4]化粧もきちんとしていないから[本章20]というよりも、知らない人に顔を見られるから。**14**「伏し」たままでは、これから世話になる典侍に失礼だから。**15**典侍に顔をまともに見られたくないので。[本章12]の例文、参照。**16**美人の第一条件は、髪の長さ。そこで髪の説明から始まる。その描写と次の一節とは、傍線部分がほぼ一致する。「(亡き紫の上の)御髪のただうちやられ給へるほど、こちたくけうらにて、つゆばかり乱れたるけしきもなう、つやつやとうつくしげなるさまぞ限りなき。灯[ひ]のいと明[あ]かきに、御色はいと白く光るやうにて」（御法、四九五頁）。**17**同じ表現が後出［三十九①12］［四十四③6］［四十七23］。参考「裳の裾、衣の袖、ゆくらむ方も知らず」（紫式部日記、一六九頁）。「御顔も身も、つゆばかり隠れなきに、御髪は行方も知らず、つやつやとたたなはりいきて」（狭衣物語、四、四二〇頁）。**18**「ほろほろとこぼれかかりて」の主語を広島平安文学研究会は涙とするが、髪でよかろう。参考「（光源氏が玉鬘を）引き寄せたまへるに、御髪のなみ寄りて、はらはらとこぼれかかりたる」（野分、二七一頁）。**19**参考「（葵の上は）御髪の乱れたる筋もなく、はらはらとかかれる」（葵、三八頁）。「髪は梳［けず］ることもし給はでほど経ぬれど、迷ふ筋なくうちやられて」（総角、三〇一頁）。**20**引き眉も、涙で消えた。参考「暁に顔づくりしたりけるを、泣きはれ、涙にところどころ濡れ損なはれて、あさましう、その人となむ見えざりし。」（紫式部日記、一七二頁）。**21**「内侍が出仕を勧めるのも、しのびねの姫君の涙で濡れた顔を見たことがきっかけであった」（米田真理子氏、前掲論文）。類似表現「面痩せ給へる御顔の、涙に洗はれたりしも白く輝く心地して」［二十三②1］。**22**化粧する気も起こらず、素顔のままでも美人であるのが、物語のヒロイン。参考「（宇治の大君は）ここら久しく悩みて、ひきもつくろはぬ気配の、心とけず恥づかしげに、限りなうもてなしさまよふ人にも多うまさりて、細かに見るままに、魂［たましひ］も静まらむ方なし。」（総角、三一七頁）。**23**「いつよりも驚かれて」［三十12］。**24**愛情のしぐさ。また顔を見るため。「御髪かきやりて」［二十三②18］。**25**筑波大学本は「中納言」ではなく「中将」。［三十二②2］参照。**26**姫君と同意見［三十二③10］。匂宮も宇治行きを母中宮に制止され、中の君に「思ひながら途絶えあらむを、いかなるにか、と思すな。」と語った（総角、二七一頁）。**27**姫君と同意見［三十二③10］。実際には御物忌みのため中納言は内裏にいるのに、典侍が知らないのは、典侍も忌みの期間、自分の局に籠っていたからか。**28**典侍の発言内容は、姫君も考えていたことだが、夫婦仲について初対面の女性に言われたので恥ずかしい。**29**今までは茫然として伏せっていたが、他人に言われ、改めて悲しくなった。**30**一緒に泣くことで、忍音の君の味方になる。源氏物語では頭中将が光源氏に対抗していた間は泣かないが、和解後は泣いた（玉上琢彌氏『源氏物語評釈』行幸、八六頁）。**31**頭注「わか身はとしを　按、「を」は「も」の誤成へし」。**32**光源氏も玉鬘に、尚侍［ないしのかみ］を勧めた。「尚侍宮仕へする人なくては、かの所の政［まつりごと］しどけなく（中略）ただ今、上にさぶらふ古老の典侍［すけ］二人」（行幸、二九二頁）。清少納言も、「なほ、さりぬべからん人の娘などは、さし交じらはせ、世の有様も見せ習はさまほしう、内侍のすけなどにてしばしもあらせばや、とこそおぼゆれ。」と主張した（枕草子、「生［お］ひ先［さき］なく」段）。**33**「彼女にとっての嵯峨は、故郷のように懐かしい、悲しみを癒す隠れの場所」（伊井春樹氏、前掲論文）。また嵯峨は中将と知りあい、幸せなひと時を過ごせた、思い出深い大切な所。**34**「尼にも成りてあらばや」［二十五2］。宮仕えをして積極的に生きようという未来指向ではなく、消極的で懐古的なのは、王朝物語の主人公によく見られる姿勢。**35**典侍の慰めは姫君には却ってつらく、宮仕えに慣れた老女と深窓の令嬢との相違が際立つ。参考「宮仕へする人をば、あはあはしう悪［わる］きことに言ひ思ひたる男［をとこ］などこそ、いと憎けれ。げに、そもまた、さることぞかし。」（枕草子、「生ひ先なく」段）。

三十四

①

[1]まことや中納言は、[2]七日の御物忌みも果てければ、まづ大将殿へも大殿《父上》［おほいどの］へもおはせで、急ぎおはし《忍音ノ方へ》たれば、[3]例ならず下ろし籠めて人の気色［けしき］もなければ、[4]格子手づから上げて入りて見給へば、[5]取りしたためたる気色にて人もなし。[6]『こは、いかに』と胸うち騒ぎて、兵衛召して、「[7]いづくへぞ」と問

ひ給へば、ありしままに聞こゆれば、御心もくれて、さらに物も覚え給はず、心憂きこと限りなし。とにかくに殿の恨めしく、『我を世に[8]あらせむと、し給ふことなれど、この君を失ひて行方［ゆくへ］も知らずなりなば、いかにも憂き世には立ちまふべき我が身かは』と、伏し沈みて泣き給ふこと限りなし。[9]忍音上ノ書き置き給ふ物を兵衛取り出［い］でて見せ奉れば、[10]目を押ししぼりて見給ふ。

忍音上「たち返り契[11]りて出［い］でし面影[12]を憂き身に添へて我ぞ出でぬる

[13]同かきくれて行くべき方［かた］もおぼえぬに涙[14]ばかりぞ先に立ちける

同なでしこの露[15]のゆかりも枯[16]れぬれば葉は散り散りになるぞ悲しき

なからん後［あと］に、[17]忘れ草や茂からん」と、書き紛らはし給へるに、すべて声も立てあへぬ心地して、むせかへり給ふこと、[18]見る目も暗［く］るる心地して、[19]左中弁は悲しく見奉りて、「ありし嵯峨にやおはすらむ。訪ね参らん」とて、[20]「文を賜はりて」と申せば、[21]中納言ノ文詞「あさましき事は、なかなか夢[22]かとのみたどられて」と、[23]定かならず書きて出［いだ］し給へり。

中納言ノまめやかに髪[24]も痛く、身も熱きまで泣きこがれ給へば、片時[25]［かたとき］も命さへ危うきを、『など、かく物[26]思ひの端[27]［つま］となりし事を、見そめけん』など、ありし秋[28]の[29]サガノ紅葉見玉セシ時也夕べさへ恨めしき心地す。

【訳】そういえば中納言は、七日間の（帝の）物忌みも終わり、まっ先に左大将邸へも内大臣邸へも行かれず、（姫君のもとへ）急いでいらっしゃったところ、いつもと違って格子をすべて下ろしていて人の気配もしないので、（中納言は）格子を自分で上げて入ってご覧になると、片づけられた様子で誰もいない。『これは、どうしたことだ』と胸騒ぎがして、兵衛を呼んで、「どこへ（行かれたのか）」とお尋ねになり、（兵衛が）ありのままに申すと、（中納言は）お心も乱れ、まったく何もお感じになれず、つらいことはこの上もない。なにかにつけ内大臣殿が恨めしく、『（内大臣は）私を出世させようと（考えて）なされたことだが、この姫君を失って行方不明になったならば、私はつらい世の中に、とても立ち交じれない』と、嘆きに沈んで泣かれることは、この上もない。（兵衛は姫君が）書き残された手紙を取り出して（中納言に）お見せすると、（中納言は）涙を押し絞ってご覧になる。

「（私に）くり返し約束して家を出られた（あなたの）面影を、つらい我が身に添えて、私はここを出ます。

日が暮れ、涙にかき暮れて、行き先も分からないのに、涙だけが先に出てきます。

露のゆかりである撫子《なでしこ》が枯れると、葉が散り散りになるように、我が涙のゆかりである若君が（私から）離れてしまったので、母の私も散り散りになるとは悲しいことです。

私がいない後に、（中納言の心に）忘れ草は茂るだろうか」と、書き紛らしておられるので、（中納言は）まったく声も出せない気がして、激しくむせび泣かれる様子を、はたで見ていても目もくらむ心地がして、左中弁は悲しく拝見して、「（姫君は）かつての嵯峨野におられるだろうか。（私が）お訪ねしよう」と言って、「（姫君への）手紙をいただいて」と申すと、（中納言は手紙に）「驚きのあまり、かえって（これは）夢かとばかり（思い）途方にくれて」と、ぼうぜんとして書いて、（左中弁を嵯峨野に）お出しになった。

　ほんとうに頭も痛く、体も熱っぽくなるまで泣いて（姫君を）お慕いになり、わずかの間に命までも危うくなり、『なぜ、このような悩みの種になったことに、（私は）関わるようになったのだろうか』など（思うと）、（姫君を垣間見た）かつての秋の夕暮れまでもが恨めしい気になる。

【注】 **1**小林美和子氏が、「『まことや』によって展開される話は、どちらかと言えば、物語中の主流派の主人公に関するものではなく、傍流派の人々に関するものではないかと推測されるのである」（「複線型叙述の物語構造に於る効果」、「国語と国文学」昭和五〇年一二月）と説かれたのを受けて、藤井由紀子氏は、「きんつねは、しのびね姫君が内侍となる可能性を示唆されるやいなや、傍流派の人物として物語の背景へと後退させられてしまい、遂には出家へと追いやられてしまうのである」と解された（同氏、前掲論文）。 **2**「七日のほどは御物忌み」［三十一②6］。 **3**参考「（落葉の宮の本邸は）いとどうち荒［あば］れて、未申の方の崩れたるを見入るれば、はるばると下ろし籠めて、人影も見えず」（夕霧、四三八頁）。「またの日（狭衣は飛鳥井姫に）いつしか御文つかはしたるに、門［かど］も鎖して人の音もせぬに、あやしくて叩けば」（狭衣物語、一、一〇九頁）。 **4**いつもは家来にさせるが、早く開けたい一心で。［五③1］参照。 **5**「見苦しき物どもしたためて」［三十二③1］。 **6**「兵衛の君といへる女房」［三十二④12］。 **7**気が動転して、短文しか言えない。 **8**前出「なほ世に面立たしきやうに」［十八④6］。後出「世にあらせむと思へば」［三十五①11］、「世にあれと思すとも」［三十五②9］。 **9**「緑の薄様を泣く泣く取り出し、思ふこと少し書き給ふ。」［三十二④10］。 **10**参考「（葵の上に先立たれた父大臣は、光源氏の手習いを）目を押ししぼりつつ見たまふ」（葵、五八頁）。「（柏木に先立たれた父大臣は、畳紙に書かれた和歌を）目も見えずやと、押ししぼりつつ見たまふ。」（柏木、三二四頁）。 **11**頭注「契りていてゝし　按、「いてし」は「いにし」の誤成へし」。参考「忘れじと契りて出でし面影は見ゆらんものを古里の月」（新古今集、羇旅、九四一、良経。定家十体・自賛歌・桐火桶にもあり）。「月影に契りて出でし面影を忘れず忍ぶ古里の空」（建保二年七月禁裏歌合、四二、菅原淳頼）。 **12**参考「（光源氏は）道すがら（紫の上の）面影につと添ひて、胸も塞［ふた］がりながら、（須磨行きの）御舟に乗り給ひぬ。」（須磨、一七八頁）。

13「かきくれて」に、日が暮れて・悲しみに暮れて・涙にかき暮れてを掛ける。参考「世に知らずまどふべきかな先に立つ涙も道をかきくらしつつ」（浮舟と別れ際の匂宮の歌。浮舟、一二七頁）。14「思ひわび恋路に迷ふしるべには涙ばかりぞ先に立ちける」（堀河院艶書合、二四四、忠教）。「いづちとも出づべき方もおぼえぬに何と涙の先に立つらん」（平家物語［中院本］、巻一、祇王祇女事）。以上の二首は、三角洋一氏の指摘による（「改作物語の和歌」、「東大教養学部人文科学科紀要」81、昭和六〇年三月）。［四十五6］参照。15参考「袖ぬるる露のゆかりと思ふにもなほうとまれぬ大和なでしこ」（紅葉賀、四〇二頁）。16「枯れ」に「離［か］れ」、「葉は」に「母」を掛ける。17参考「世に亡くなりなむは言はむ方なくて、やうやう忘れ草も生ひやすらん」（須磨、一八二頁）。18広島平安文学研究会は「女君の文を見る目の前が全く暗くなってしまう気持ちで」と訳すが、「心地して」に敬語がないことから、中納言ではなく左中弁の心境と解釈できる。「見る目」は［本章②4］にも用例あり。参考「（右大臣は娘の朧月夜と光源氏の密会を目撃して）目もくるる心地すれば」（賢木、一三八頁）。19左中弁は、この家の主［七②12］。20頭注「ふみを給て　按、「ふみ」の上「御」の字を脱し、「給ひて」は「給へ」の誤なるへし」。21気が動転して、短文しか書けない。［本章①7］参照。22参考「しばしは夢かとのみ辿［たど］られしを」（桐壺帝から、亡き桐壺更衣の母への伝言。桐壺、一〇四頁）。「かげろふのほのめきつればゆふぐれの夢かとのみぞ身をたどりつる」（後撰集、恋四、八五六、読み人知らず）。「ほのかにも見しは夢かとたどられてさめぬ思ひやうつつなるらん」（新葉集、恋四、九〇五、祥子内親王）。23心が「定か」でないので、文章や文字も「定か」でない。24頭注「かみもいたく　按、「かみも」は「かしら」と書しを誤れるなるへし」。参考「御髪も痛く、身も熱き心地して」（夕顔、二四七頁）。「頭［かしら］痛し」（蓬生、三四五頁。柏木、二七〇頁）。25参考「（父宮薨去の折は）片時も（この世に）とまらじと思ひしかど」（総角、三〇三頁）。26参考「（紫の上を須磨へ）ひき具したまへらむもいとつきなく、わが心にもなかなか物思ひの端「つま」なるべきをなど思し返す」（須磨、一五四頁）。27頭注「つまなり《ママ》しことを　按、「つまなる」

とあるへし」。28「神無月ばかりのこと」［二①］なので、暦の上では冬。しかし紅葉を見に行ったので、「ありし秋」と表現したか。源氏物語でも「神無月の二十日あまりのほど」の行幸（藤裏葉、四五〇頁）を、「この秋の行幸」（若菜上、一七頁）と表現している。29参考「（夕顔と知り合った）はかなかりし夕べより、あやしう心にかかりて、あながちに見奉りしも（中略）つらう覚ゆる。」（夕顔、二五八頁）。

②

日暮れて後［のち］、帰《左中弁》り参りて、ゆめゆめ思ひよらぬよしを申しけるに、いとどかき暗［く］れて、1引き被［かづ］きて2伏し給へる。3枕より余る涙は所狭［せ］きに、4見る目もいかがとぞ覚［おぼ］ゆる。殿よりは、「けふまでの5物忌みなれば、出で給ふらん。とく渡り給へ」と御使ひあれば、うとましく心憂くて、「乱り心地の悪［あ］しく侍る」とて、参り給はず。母上は、6『この事《忍音上ノコト》を思し入［い］りてこそ』と7心苦しくて、立ち返り御使《母上ヨリ》ひあり。「いかなる御心地ぞ。8御台［みだい］など、こなたにて参れ」とあれども、引《中納言》き被［かづ］きて起きも上がり給はず。その夜はさながら、涙にひちて明かし給ふ。

【訳】日が暮れてから、（左中弁は）帰り（中納言のもとに）参って、まったく（姫君の居場所は）見当もつかないことを申したところ、（中納言は）ますます心が沈み、頭から衣をかぶり横になられた。枕からこぼれる涙はあふれて、そばで見ていても、どうなるのかと思われる。内大臣殿からは、「今日までの物忌みなので、（中納言は宮中を）

出られただろう。早く（内大臣邸へ）お帰りなさい」と、お使いが来たので、（中納言は）いとわしくつらくて、「気分が悪いのです」と言って、（内大臣邸には）参られない。（中納言の）母君は、『姫君のことを（中納言は）深く思いつめておられるのだろう』と（思うと中納言が）気の毒で、折り返し（今度は母君の）お使いが来る。「どのようなご気分ですか。お食事などは、こちらで召しあがりなさい」とあるが、（中納言は）衣をかぶり、起き上がりもされない。その夜はそのまま涙にぬれて、お明かしになる。

【注】 1泣くときの仕草。［二十一①12］参照。 2頭注「ふし給へる　按、「給へる」は「給へり」の誤なるへし」。 3参考「御枕より雫ぞ落つる。」（夕霧、四〇八頁）。「しきたへの枕よりくる涙にぞうきねをしつる恋のしげきに」（古今和歌六帖、第五、枕、三二三二）。 4「見る目」に海松［みる］を掛けるか。参考「しきたへの枕の下に海はあれど人をみるめは生［お］ひずぞありける」（古今集、恋二、五九五、紀友則）。 5頭注「物いみ　按、「物」の上、「御」の字を脱せしなるへし」。 6姫君の失踪は物忌みの四日めで、中納言の帰宅は七日め。その三日の間に、誰かが内大臣夫妻に失跡を報告したのであろう。［三十15］参照。 7父親は姫君について触れないが、母親は同情。両人の対比は前出［十八④6］。 8夕霧に言い寄られ悩む落葉の宮に対して、母御息所は「なほ渡らせたまへ」（夕霧、四〇九頁）と声を掛け、「御台などこなたにて参らせたまふ。」（同、四一〇頁）。

三十五

①　明けぬれば、「殿の御心[1]もとながらせ給ふ」とて、たびたび[2]人参りけれど、立ち出でても泣きはれたる顔も慎[3]ましくて、日[4]を暮らして起き上がり給ひて、御装束奉り給ひて出で給ふ。殿におはしまして、端[5]［はし］の方［かた］につい居給へば、小鬢[6]［こびん］などもうち含み[7]て、泣きしをれ給へるさまを御覧じて、「[8]父上ノあさましきことかな。[詞]よしなき[9]者に心をうつして、大将[10]もいかに心地あしく思すらむ。世[11]にあらせむと思へば、かく心憂き[12]こそ。親[13]の思ふばかり、子は思はざりけるよ」とて、かつはむつかりのたまへば、ともかくも申[14]し給はで立ち給ふ。

【訳】　夜が明けると、「内大臣殿は（中納言が来ないので）もどかしく思われています」と言って、何度も（内大臣の）使者が（中納言のもとに）参上したが、（中納言は）外出しても泣きはれた顔（を人に見られるの）も恥ずかしくて、昼間を過ごして（夕方に）起きられて、お召し物に着替えられて、お出かけになる。（中納言は）内大臣邸に着かれて、（内大臣がいる部屋の）端に、ちょっとお座りになると、髪なども（乱れて）ふくらみ、泣いてしょんぼりされている様子を（内大臣は）ご覧になり、「あきれたことだなあ。つまらない女性にうつつを抜かして、左大将もどれほど不愉快にお思いだろうか。出世させてやろうと思うから、このようにつらいことを（したのに）。親が（子を）思うほど、子は（親を）思っていないのだなあ」と言って、一方では怒って文句を言われるので、（中納言は）何とも申されず席を立たれる。

【注】 **1**広島平安文学研究会は「父の殿が御心配だ」と訳すが、息子の気分・体調を気遣う母親［前章②7］と違って、父親は自分の命令「とく渡り給へ」［前章②5］に息子が従わず不機嫌なので、「父殿がいらだっておいでだ」（『中世王朝物語全集』）の訳の方がよかろう。 **2**息子が来るまでは何度も執拗に使者を送り、親に従わせようとする。 **3**昨日は父親に会う気もしなかったが、今日は行く気になった。ただし泣き腫れた顔が気になるだけ。「（夕霧は）うち腫れたるまみも、人に見えんが恥づかしきに」（少女、五二頁）。 **4**泣き腫れた顔を、昼間見られるのは恥ずかしいので。また夕方になれば、腫れも少しはおさまる。 **5**部屋の中央にいる父親の前に行く気がしない。父に会いたくもないし、また泣き顔を見られたくもない。「端の方につい居給ふ」［二十一②2］参照。 **6**頭注「こひん 按、「こ」は「御」の誤りなるへし」。 **7**髪の乱れは、心の乱れ。衣服は着替えたが、整髪まではする気になれず。あるいは整えたつもりだが、茫然としてきちんとできていない。 **8**父親は息子に同情するどころか、不満を抱く［本章①1］。 **9**姫君の家柄を知らず、田舎に住んでいた身分の低い者と思い込んでいる［五⑤1］。左大将も同意見か［十三①5］。 **10**父の口癖で、一言めには大将のことを言う［三十16］［三十一①9］。 **11**前出「我を世にあらせむと、し給ふことなれど」［三十四①8］。 **12**頭注「心うきこそ 按、「こそ」は「こと」の誤りなるへし」。 **13**当時の諺。「親の思ふばかり子は思はぬ事の心うさよ。」（菊地仁氏等『住吉物語』四六頁、桜楓社、昭和六一年）。その頭注に例文として、「あはれ親の子を思ふやうに子は親をおもはざりけるよ」（保元物語、中巻）と「おやのおもう程は、思さざりけり」（中将姫絵巻）を引く。「親の思ふ程にはなかりける。」（新日本古典文学大系『しぐ

れ』三五頁。この例は箕浦尚美氏「『しぐれ』考」、「詞林」25、平成一一年四月にて指摘）。「親の思ふほど子は思はぬ、うらめしさよ。」（室町時代物語大成『狭衣』九〇頁）。「親の心を子、知らず」（日本古典文学大系『義経記』三五一頁）。「親は子を思うても子は親を思はず」（内閣文庫蔵『源氏肝要』明石の巻）。**14**無言の抵抗。また父の言い分の方が世間の常識に合うので、言い返せない。以前も「かしこまりて立ち給ふ。」［十三②10］。

②

母上の御前に参り給へば、[1]「さても《母上ノ詞》、[2]ありし人の[3]おはせざんなるこそ心苦しけれ」とのたまへば、[4]「『[5]殿《中納言ノ詞》の御方より、きびしく御使ひの侍る』とて、行方［ゆくかた］知らず侍りけるにこそ。幼き者の侍れば、たとひまかり《大将姫君》通ふ所ありとも、いづくにも忍びて置き侍らんとこそ思ひつれ。母なる人《尼上》も、添ひて侍りつる。[6]なほなほしき際［きは］の人にも侍らざりつるを、いかにまろを[7]軽々［きやうきやう］なりと思ひ[8]侍りつらん。[9]世《父上ノ》にあれと思すとも、人の[10]宿世［すくせ］は知らぬ事にて侍るものを」とて、[11]うちうつぶきて、涙を紛らはし給へば、母上もいと悲しく思したり。[12]御台［みだい］なにくれと、[13]ひしめきて参るも[14]うるさくて、押し《中納言ノ》のけて、つくづくと眺めおはするに、人々も心苦しく見奉る。

【訳】（中納言が）母君のおそばに参られると、（母君は）「それにしても、いつぞやの女性がおられないらしいとは、気がかりだ」とおっしゃるので、（中納言は）「『内大臣の方から、手きびしいお使いが来ました』といって、行方も分からなくなりまして。幼い子がいますので、たとえ（左大将邸のような）通う所がありましても、（姫君を）どこかにでも隠して置こうと思っていましたのに。（姫君の）母にあたる人も、（姫君に）付き添っております。（姫君は）いやしい身分の人でもありませんのに、どうして私を軽率（に姫君を捨てる人）だと思ったのでしょうか。（内大臣は私を）出世させようとお考えだが、人の運命は分からないものでございますのに」と言って、うつむいて、涙を紛らわしておられるので、母君もとても悲しくお思いになった。お食事などをあれこれ騒ぎ立てて（中納言に）差し上げるのも、わずらわしくて、（中納言は食事を載せた台を）退けて、しみじみともの思いに沈んでおられるので、人々も心配になり（中納言を）拝見する。

【注】　**1**父親は出世、母親は家庭や愛情を重視［前章②7］［十八④6］。**2**もはや忍音の君を過去の女性と見て、「ありし人」と表現したか。内大臣家にとって、中納言の北の方は左大将家の娘である。**3**頭注「おはせさんなる按、「ん」は衍字なり」。**4**中納言は父親には無言だが［本章①14］、母親には長々と話す。［十八④7］参照。**5**前出［三十二④14］。**6**父親は忍音の君を「よしなき者」［本章①9］と思い込んでいたので、母親も嫁を貴人とは考えていなかったであろう。すると、ここで初めて妻の素性を打ち明けたことになる。中納言が知ったのも若君誕生後であるが［十二②］、もっと早く両親に知らせれば、忍音の君は追放されなかったかもしれない。しかし失踪しなければ物語は展開しないので、忍音の君の家柄を夫もその両親もかなり後に知る、という設定。**7**忍音の君に「軽々しく、ほかへなど思しなるな」［三十二③9］と繰り返し言った中納言が、「軽々なり」と勘違いされるという不条理。忍音の君は大将の姫と違って子供がいるし、身分も大将家に劣らず、また母親（尼君）もいるのに、なぜ家出したのか中納言には不可解。結局、自分が信頼されていなかったからと思い込み、妻の立場が理解できない。**8**忍音の君を「なほなほしき際の人」ではないと言いながら、中納言は忍音親子に対して敬語を用いていな

い。**9**前出［本章①11］。**10**前出［三⑥1］。参考「ゆくすゑの宿世を知らぬ心には君にかぎりの身とぞいひける」（大和物語、六二段）。「ゆくすゑの宿世も知らずわがむかし契りしことはおもほゆや君」（大和物語、一二四段）。「宿世などいふめるもの、さらに心にかなはぬものにはべるめれば」（総角、二五五頁）。**11**うつむいたのは、泣き顔を母親に見られないようにするため。**12**前出［前章②8］。**13**源氏物語には無い言葉。人ではなく物の例ならば、『枕草子』に「物のひしめき鳴る」（三巻本、「無徳［むとく］なるもの」段）、「（碁盤を持ち上げるのは）片つ方なればひしめく」（能因本、「職の御曹司におはします頃、西の廂に」段）とある。「向かひにゐられたる別当［べたう］の行幸に参るとて、出で立ちのひしめかるる気色も聞こゆるに」（待賢門院堀河集、一二四）。**14**母の気配りが却って「うるさくて」、「押しのけて」無言の拒否。参考「（夕霧に言い寄られ悩む落葉の宮を気遣って、母御息所は）御台などこなたにて参らせたまふ。物聞こしめさずと聞きたまひて、とかう手づからまかなひ直しなどし給へど、触れ給ふべくもあらず。」（夕霧、四一〇頁）。

③

若君おはして、「[1]例の母君、[2]呼びておはせよ」とのたまへば、とにかくにかき乱れて、[3]我が御方［かた］におはして泣き給ふ。『[4]かく心《中納言ノ心》ならぬ障りありとも知らで《忍音上八》、[5]ただ我が心の変はりたるとこそ、思しつらめ。いづくに、いかにしておはすらむ。[6]たとひ世を背くとも、いづくにありと知られでは、[7]無量劫［むりゃうごふ］を経［ふ］とも、[8]心の澄むことあらじ』と思せば、[9]やがても背き給はず。大将殿へも、かき絶え音［おと］もし給はず。ただ[10]神仏にも、「ありどころ知らせてたび給へ」とのみ祈り給ふ。

【訳】若君が出てこられて、「いつものように、母君を呼んでいらっしゃい」と言われるので、（中納言は）あれやこれやと心が乱れて、自分のお部屋に行かれて、お泣きになる。『（姫君は）あのような（帝の物忌みという）やむを得ない事情があったとも知らず、すっかり私が心変わりしたと、お考えになったのだろう。（姫君は）どこにどうして、おいでだろうか。たとえ（私が）出家しても、（姫君が）どこにいるか分からないのでは、無限の時を経ても、我が心が澄むことはなかろう』とお思いになると、すぐには出家なさらない。左大将邸へも、まったくお尋ねにならない。ひたすら神仏にも、「（姫君の）居場所を知らせてくださいませ」とだけ、お祈りされる。

【注】**1**若君はまだ満一歳半ほどで事情が分からず、父親の様子が普段と違うことに気づかず、まっ先におねだりをする。**2**実際には母を呼んだのではなく、母親の元に行ったのだが、まだ舌足らずで上手に表現できない。**3**若君を見ると一層つらくなり、「いつものやうに若君愛し、興[きょう]じも」する［十四1の前］気になれず、自室に逃げた。**4**「七日の御物忌み」［三十四①2］を指す。**5**以前にも「かくとは知らで、ただ今のかたに心移りて来ぬとや思さむ」［三十一②9の後］と心配したが、その不安は的中した［三十二②8］［三十二③4］。**6**夫婦は一蓮托生。現世で会えないならば、出家して極楽往生すればよい。忍音の君も出家を願った［三十三34］。**7**参考「我於無量劫不為大施主」（無量寿経）。「今よりは入道し、まめに勤め侍るべければ、無量劫を経ても、さりとも願ひは叶ひなんとぞ」（狭衣物語、四、三八九頁）。**8**参考「（亡き紫の上を偲ぶ光源氏は）心には、ただ空をながめたまふ御気色の、尽きせず心苦しければ、かくのみ思し紛れずは、御行ひにも心澄まし給はんこと難[かた]くや」（幻、五二六頁）。**9**「（重病の紫の上を見捨てて出家しても）なかなか山水の住みか濁りぬべく、（光源氏は出家を）思し滞[とどこほ]る」（御法、四八〇頁）。**10**「尋ね侍ることのなければ」［四十一12］。「姫君の出奔の後に、すぐさま彼は出家という進むべき道を模索していたともいえるようで、姫君の栄花と男君の悲嘆による出離は、物語の基本

構造になっていたのであろう。」（伊井春樹氏、前掲論文）。一方、『住吉物語』の男君は、女君の失踪先を捜し回った。

三十六

かの姫君《忍音上》は[1]日に添ひて、[2]御湯［ゆ］をだに参り給はず。『さりとも中納言の志［こころざし］は、むげに[3]変はらじを、[4]関守［せきもり］の固［かた］きにこそ』と思せば、『[5]今ははや、[6]なきとや知り給ひぬらん』と、[7]干［ひ］る世［よ］なく思しこがれたり。

【訳】あの姫君は日が経つにつれ、お薬をさえお口にされない。『いくらなんでも中納言のお気持ちは、まったく変わっていないだろうが、（内大臣という）関所の番人が厳しいから』とお思いになると、『今はもう（姫君は）いないと（中納言は）思いこまれただろうか』と（思うと）、涙の乾く間もなく、恋しさでお心が乱れた。

【注】**1**参考「（紫の上は）ただ日に添へて弱りたまふ」（若菜下、二〇八頁）。**2**死ぬ覚悟。参考「（宇治の大君は）御湯など参らせ奉り給へど、つゆばかり参る気色もなし。」（総角、三〇九頁）。「（浮舟は）つゆばかりの湯をだに参らず。」（手習、二八五頁）。**3**以前は「もし、ありしに変はらぬ御心ならば」［三十二③10の後］と仮定条件であったが、典侍にも同じ事を言われ［三十三26］、今では「変はらじを」と、より強く確信するに到る。**4**同じ事を以前も考え［三十二③10］、典侍も言った［三十三27］。参考「関守の固からぬたゆみ」（若菜上、七七頁）。「人知れぬわ

が通ひ路［ぢ］の関守は宵々［よひよひ］ごとにうちも寝ななむ」（伊勢物語、五段）。**5**頭注「いまははや　按、「はや」の下「よに」などの詞を脱せしなるへし」。**6**忍音の君が「無き」（世間から姿を隠した）、あるいは「亡き」（死んだ）と中納言が早合点して諦め、愛情が冷めることを恐れた。**7**「昼夜［ひるよ］なく」（昼も夜も、の意）とも解釈できるが、その場合は「夜昼」［四十五1］と表現するので、ここは「（涙の）干る世なく」（葵、五六頁。澪標、三〇八頁。薄雲、四四三頁。御法、四九九頁など）による。

三十七

あるとき内侍、上の[1]御髪［みぐし］梳［けづ］りに参り給へるに、[2]うちしめり何［なに］となき[3]御物語の[4]ついでに、「ここに物《典侍詞》思ひ慰まで沈み伏して侍る若き《忍音上》人の様［さま］を、見給へ扱ひ侍る。[5]みづから年も寄りて、宮仕へも苦しくさぶらふに、代はりにもと思ひ侍るを、みづからはただ『[6]尼になりてん』とのみのたまへど、見る目の[7]あたらしさになん」と、[8]残りゆかしげに奏し給へば、[9]うち笑はせ給ひて、「その《勅言》[10]物思ひこそ、むつかしけれ。[11]疾［と］く参らせよや。[12]まろ慰めなば、少し[13]思ひ忘れもぞする」とのたまへば、「まづ《典侍詞》、[14]むつかしき事の筋に[15]思しなすなん。[16]ただ今は、いかなる御慰めにも紛るまじげなる様［さま］にて侍る」と申せば、まことに[17]ゆかしと思したり。

【訳】　あるとき典侍が、帝のご整髪にご奉仕された折に、落ちついた雰囲気の中、たわいもないお話のついでに、（典侍が帝に）「私の部屋で心が晴れず、うちしおれています若い女性の世話をしております。私は年も取り、宮仕えもつらくなりましたので、（私の）代わりにもと思いますが、本人はひたすら『尼になってしまおう』とばかりおっしゃるが、見た目には（尼にするには惜しいほど）美しくて」と、その続きが聞きたくなるよう帝に申されると、（帝は）お笑いになり、「その悩みこそ、わずらわしい。すぐに出仕させなさい。私が慰めてあげれば、少しは気が晴れるかもしれない」とおっしゃると、（典侍は）「なんといっても、（懸想するという）面倒なことに見なされては（困ります）。今は、どのようなお慰めにも、気が紛れることはなさそうな様子でございます」と申すので、（帝は）ほんとうに会いたいとお思いになった。

【注】　1帝の整髪は、典侍の仕事。光源氏に言い寄った「年いたう老いたる典侍」も「上の御梳櫛［けづりぐし］にさぶらひける」（紅葉賀、四〇八頁）。　2重要な話を落ち着いてするのに相応しい雰囲気。また会話内の「物思ひ慰まで沈み伏して侍る若き人」にも合う。ちなみに雨夜の品定めも、「しめやかなる宵の雨」の折（帚木、一三一頁）。　3黙って整髪するのは、帝に対して失礼。帝が気に入る話をするのも、女房の勤め。　4末摘花のことを大輔命婦が光源氏に初めて語った時も、「もののついでに」（末摘花、三四一頁）、「さうざうしき宵居［よひゐ］など、はかなきついでに」（同、三五二頁）であった。　5前出「我が身は年を積もりて、宮仕へも堪へがたく侍れば、代はりに出だし奉らん。」［三十三31］。この根底には、「内大臣に一矢報いようとする意図があったのではなかろうか。」と、大倉比呂志氏は指摘された（前掲論文）。　6前出「ただありし嵯峨に、尼に成りてこそ過ぐさまほしけれ」［三十三33］。　7参考「（浮舟が）几帳の帷子［かたびら］の綻［ほころ］びより、御髪をかき出だし給へるが、いとあたらしくをかしげなるになむ、（阿闍梨は）しばし鋏をもて休らひける。」（手習、三三六頁）。　8宮仕えに慣れた老女だけ

あって、帝の気を引くため、わざと言い残した。参考「命婦かどある者にて、（光源氏に末摘花の琴の音色を）いたう耳ならさせ奉らじと思ひければ」（末摘花、三四三頁）。**9**典侍の意図・魂胆がわかったから。**10**若い女性を扱いかねている典侍の悩み。あるいは典侍のセリフ「ここに物思ひ慰まで」や帝のセリフ「まろ慰めなば、少し思ひ忘れもぞする」［本章12］の「（物）思ひ」と同じと解釈すると、忍音の君の悩み。**11**典侍は仄めかしただけなのに、帝はすぐ乗り気になり命令する。優柔不断な貴人が多い王朝物語では珍しい。源氏物語では匂宮に似ている。**12**どんな女性も自分に靡くという、帝として、また好色人としての自信に満ちたセリフ。悩んでいる中納言に対しても、「（悩み事を）聞きて、共に思はばや」［二十九5］と声をかけ、慰めようとした。参考「（光源氏に）靡ききこえずもて離れたる（女性）は、をさをさあるまじきぞ、いと目馴れたるや。」（末摘花、三三九頁）。**13**物語の美男美女は見ただけで、誰もが悩み事を忘れ心が慰む。「（夕霧は）もの思ひの慰めにしつべく、笑［ゑ］ましき顔の匂ひ」（夕霧、四三四頁）。「（宇治の中の君を見ると）世の物思ひ忘るる心地」（総角、二三三頁）。**14**帝が発言した「むつかしけれ」を受けて、反論する。**15**頭注「おほしなすなん　按、「なん」は「とも」の誤なるへし」。「思しなす」の主語を忍音の君とすると、訳は「とにかく面倒な悩みにとりつかれておられるようで」（広島平安文学研究会）。「思しなす」の「なす」に注目して帝が主語と解釈すると、「むつかしき事の筋」は「かけかけしき筋」（懸想めいたこと、の意）［三十八20］と同じ意味になり、恋愛沙汰になることを典侍が心配したセリフと解釈できる。参考「例の、軽［かる］らかなる（匂宮の）御心ざまに、（中の君に）もの思はせむこそ心苦しかるべけれ。」（総角、二五一頁）。**16**帝の自負をあっさりかわし、帝をじらす。**17**典侍の思うつぼ。典侍のペースに、帝はすっかり乗せられた。光源氏も、なかなか靡かない女性に心惹かれた。参考「（光源氏は自分に）つらき人しもこそと、あはれに覚え給ふ人の御心ざまなる。」（葵、五一頁）。

三十八

その[1]後［のち］は上へのぼるたびに、「さて《勅言》思ひは、少[2]し薄くなりぬるにや。いかなることを、さまでは思ひこがるらむ。少[3]し聞きて、ことわらばや」と切［せち］[4]にのたまへば、内侍もかたじけなく、ふと[5]思ひ出づるままに奏したるに、この《忍音》御さまの日[6]に添へて沈みたまへば、いかなるべきにかと心苦しくて、几[7]帳押しのけて、「など《典侍詞》、さ[8]のみ、かくは思し入［い］るぞ。『人[9]のつらきは』とこそ申し侍れ。なかなか安く思しなして、少[10]し晴れ晴れしくおはせよ。大殿《中納言ノ父上》［おほいどの］[11]聞き給はんにも、少し甲斐［かひ］[12]あるさまにてこそよく侍らめ。中納言殿もまことに御志［こころざし］変はらずは、かやうの縁［よすが］ありと知らせ給はぬこ[13]とあらじに、尋[14]ねこそし給ふらめ。ともかくもい[15]ぶせきは、う[16]つろふ方の深きにこそ侍らめ。さ[17]のみむつかしく思し沈まで、物[18]なども見入れたまへ。上《御門》に、『しかじかの人侍る』と奏し侍れば、『疾［と］[19]く参らせよ』とのみ仰せらる。そのかけかけしき筋[20]ならばこそあらめ、みづから去年［こぞ］より申しつれど、御[21]いとま許［ゆ］りがたきに、代[22]はりに参り給ひて、少し慰め給へ」とて、涙[23]に濡れたる御髪［みぐし］梳［と］[24]きくだし、し[25]をれたる御衣［おんぞ］替[26]へ奉りなどするに、『宮《忍音ノ心》仕へも慣らはねば、すべき心地もせず。また、い[27]つしか世にありと聞かれ奉らんも、中納言殿の思さんこと慎［つつ］まし。人[28]目［ひとめ］見ても慰むべき思ひならばこそあらめ、[29]憂きに紛れぬ恋しさの、[30]寝［ぬ］れば夢、[31]覚［さ］むれば面影立ち添ひて、忍ばんとすれども忍ばれぬを、かくては[32]幾程［いくほど］あるべき心地もせねば、[33]行ひ《仏道ノ》をもせばや』とのみ思せば、内侍ののたまひ慰むるも恨めしくて、ただ[34]引き被［かづ］きて伏し給へるに、[35]母上も見給へ扱ひて、「《尼上ノ詞》内侍の思さん所も、[36]かつは、[37]かたはらいたくは思さずや。[38]人のつらきを思ふこそ、[39]をこがましけれ」と、せめて[40]忘れ給ふやうにと思して、とかくのたまへど、それにつけても[41]恥づかしく、ただ[42]涙ならでは流れ給はず。

【訳】その後は（典侍が）帝のもとへ参るたびに、（帝が）「さて（その女性の）悩み事は、少しは軽くなっただろうか。どのようなことを、そこまで思い悩んでいるのだろうか。少し（わけを）聞いて、明らかにしたい」と熱心におっしゃるので、典侍もありがたく思い、ふと思い出したまま帝に申し上げたが、この（姫君の）ご様子が日増しにふさぎこんでいかれるので、どうなるのだろうかと（典侍は）気がかりで、几帳を押しずらして、（典侍は）「なぜ、こうも思いつめてばかりいるのですか。『人のつらきは』と申します。むしろ穏やかになろうと思われて、少しは晴れやかになってください。内大臣が（あなたのことを）お聞きになっても、少しは聞いたかいがあるようでいるのが良いでしょう。中納言殿もほんとうにお気持ちが変わらないならば、私のような縁者がいることを、お知りにならないことはないでしょうから、（あなたを）お捜しになるでしょう。なにはともあれ気がかりのは、（中納言が）心変わりした（新妻の）方が（あなたよりも中納言が寄せる）愛情が深いのかもしれません。そんなにうっとうしく思いつめないで、物などもご覧ください。帝に、『こういう人がいます』と申しましたところ、『早く出仕させなさい』とばかり、おっしゃいます。ご寵愛のことならば困るが、私自身、去年より（退職を帝に）お願いしているが、辞職のお許しはむずかしいので、私の代わりに参内されて、少しは気晴らしをしてください」と言って、涙で濡れた髪を櫛ですき、濡れたお召し物を着替えたりなどしてさしあげるが、（姫君は）『宮仕えにも慣れていないので、する気も起こらない。また、いつかは（私が）宮中にいると中納言殿に聞かれて、誤解されるのも恥ずかしい。宮廷人の出入りを見たぐらいで、心が晴れるような悩み事ならばよいが、つらさにも紛れないほど恋しくて、寝ると夢に（中納言が現れ）、目が覚めると彼の面影が寄り添って、こらえようとしてもできなくて、このままでは生きていけそうもないので、勤行もしたい』と、しきりにお思いになり、典侍が慰めてくださるのも恨めしくて、ただ衣を頭からかぶって横になっておられると、母君も（姫君の）お世話を持て余して、「典侍がお考えの出仕の話も、（恨めしい）一方では、（断ると）申し訳ないとお思いになりませんか。冷たい中納言を（いつまでも）忘れないとは、みっともない」と、ひたすら（中納言を）お忘れになるようにと（母君は）お思いになり、あれこれおっしゃるが、（姫君は）それにつけても恥ずかしくて、ひたすら涙にくれておられた。

【注】 **1**「左大将の姫君にかわって帝が登場し、男をめぐる三角関係から、女をめぐる三角関係への状況の変化があり、物語叙述の視点も男君から女君へと転回させられてきている。この物語の題号〈しのびね〉は、この間の人間関係に由来する。」（神野藤昭夫氏「『しのびね物語』の位相―物語史変貌の一軌跡―」、「国文学研究」65、昭和五三年六月）。 **2**忍音の君を心配しているように聞こえるが、本心は会って話したい。 **3**帝は中納言にも、「何事か聞きて、共に思はばや」［二十九5］と語りかけた。ただし中納言とは「共に」悩みを分かち合う仲。忍音の君に対しては「ことわ」る指導役。 **4**帝はすぐのめり込むタイプ。参考「例の、さまざまなる御物語聞こえかはし給ふついでに、（薫は匂宮に）宇治の宮の事語り出でて、見し暁の有様など詳しく聞こえ給ふに、宮はいと切にをかしと思いたり。」（橋姫、一四五頁）。 **5**典侍は「何となき御物語のついでに」［三十七3］話しただけ。 **6**「日に添ひて」

［三十六1］参照。**7**以前も二人の間に几帳があった［三十三12］。前回は初対面なので、几帳越しに会う方が普通だが、今回は日数が経っているのに、まだ忍音の君は典侍にうち解けず避けている。**8**「さのみな難しき事、思し入りそ。」［三十三24の後］と同じことを言うのは、忍音の君の有様が変わらないから。**9**広島平安文学研究会は引歌として、「身の上に知らずしもあらじ人のため人のつらきはつらきものぞと」（伊勢大輔集）を引く。それによると、「中納言のためあなた（忍音の君）がつらい思いをすると、私（典侍）もつらいことを、あなたは自分の身の上で知らないことはなかろう。」となる。すなわち忍音の君がいつまでも塞ぎ込んでいると、帝も含め周囲の者まで心苦しくなるので、晴れ晴れとしてほしい、と頼んだ。参考「心には我が心だに任せねばことわりなれや人のつらきは」（今撰和歌集、恋、一四六、実清）。「我が身だに思ふにたがふ物なればことわりなりや人のつらきは」（太皇太后宮大進清輔朝臣家歌合、二五番右、師光）。**10**参考「ときどき晴れ晴れしうもてなして、おはしませ。」（少将の尼が浮舟を慰めたセリフ。手習、三一四頁）。**11**内大臣も宮仕えしているので、忍音の君が宮中にいることを知るのは、時間の問題。**12**広島平安文学研究会の訳は、「しっかりしておいでの方がよろしいでしょうに。」。ここは精神面でしっかりしているに留まらず、社会的地位においてしっかりしている、すなわち典侍として仕えることも含むであろう。長年宮仕えしていて帝にも信頼されている典侍は［本章21］、内大臣に対しても強気で、内大臣に負けず張り合いなさいと勧める。「内侍が明確に意識していなくても、そこに内大臣の女君追放という〈いじめ〉に対する〈報復〉が隠されているのではなかったのか。」（大倉比呂志氏の前掲論文）。**13**頭注「ことあらしに　按、「ありとも」とありしを誤りしにや」。底本は「あらしに《りとも》」。**14**中納言も宮仕えしているので、熱心に捜せば忍音の君が宮中にいることぐらい、すぐ分かるはず。しかし中納言は自室にこもって神仏に祈るのみ［三十五③10］［四十一12］。**15**以前は「（中納言が）我が御心と、途絶え給ふことは侍らじ。」［三十三26］と言って慰めたのに、まだ来ないのは大将の姫君に心変わりしたからだと、忍音の君がもっとも恐れることを残酷にも言うのは、もう中納言のことは忘

れて宮仕えしなさいと勧めるから。帝に背くのは良くないし、また帝の希望を叶えれば典侍もお褒めにあずかり、念願の退職［本章21］も認められる。**16**参考「山姫の染むる心は分かねども移ろふ方や深きなるらん」（総角、二四七頁）。**17**［本章8］の繰り返し。**18**「物」は二通りに解釈できる。ひとつは食物。例文「はかなき御菓子［くだもの］だに御覧じ入れざりし」（総角、三〇六頁）。もう一つは物語。忍音の君は「草紙の箱」［三十二③3］を持ってきた。当時の姫君は絵を見て、女房が朗読するのを聞いていたので、「物なども読みたまへ」ではなく、「見入れたまへ」と言った。参考「つれづれ慰むもの、碁、双六［すぐろく］、物語」（枕草子）。**19**「とく参らせよや。」［三十七11］。**20**頭注「そのかけ〳〵しき　源氏若菜上下巻、其外巻々に多くみえたる詞にて、いつれも心をかくる事にて男女の間の事にいへり」。参考「宮仕へなど、かけかけしき筋ならばこそは、（玉鬘は尚侍になることを）思ひ絶えたまはめ。」（真木柱、三四四頁）。それが帝の本心であることは、典侍は百も承知だが［三十七15］、本当のことを言うと相手が出仕をますます嫌がるので嘘をついた。**21**典侍は帝に信任されているので、後継者として信頼できる者を推薦しないと、辞職は許されない。**22**「代はりに出し奉らん。人目をも御覧じて、御心も慰み給へ」［三十三32］。**23**髪の毛は、涙に濡れると固まる。参考「梳［けづ］る事もをさをさし給はず、涙にまろがれたるは、いとあはれなり。」（真木柱、三五二頁）。「（落葉の宮は母御息所の元へ）渡りたまはむとて、御額髪［ひたひがみ］の濡れまろがれたる引き繕ひ、（夕霧に引っ張られて）単衣［ひとへ］の御衣［ぞ］ほころびたる着替へなどしたまても、とみにもえ動い給はず。」（夕霧、四〇七頁）。**24**典侍は「上の御髪梳り」［三十七1］をしているので、慣れている。**25**忍音の君は、「物思ひ慰まで沈み伏して」［三十七4の後］何日も着たきりで、化粧もせず。**26**まだ忍音の君は宮仕えを承諾していないのに、もうはや晴れ着を着せて出仕の準備をさせる。有無を言わせずてきぱきと世話をするあたり、さすが世馴れた老女房。また着替えさせて、少しでも憂鬱な気分を晴らそうとした。参考「心ときめきするもの、（中略）頭［かしら］洗ひ化粧［けさう］じて、香［かう］ばしう染みたる衣［きぬ］など着たる。ことに見る人なき所にても、心の内はなほいとをかし。」(枕草子)。**27**宮仕えすると、いやでも人目に触れ中納言を捨てて帝を選んだのかと誤解されるのがつらい。**28**「人目をも御覧じて、御心も慰み給へ」[三十三32の後]。**29**参考「(光源氏は密通した女三の宮に対して)憂きに紛れぬ恋しさの苦しく思さるれば」(若菜下、二四九頁)。「恋しさのうきに紛るるものならばまた再びと君を見ましや」(後拾遺集、恋四、七九二、大弐三位)。「かくばかりうきに紛れぬ我が恋の心をとむる関守《せきもり》もがな」(宝治百首、二六三〇、按察)。**30**参考「ぬれば夢さむれば向かふ面影に慣れてもよその物思へとや」(壬二集、後度百首、恋、一七三)。「ぬれば夢さむればうつつとにかくに昔わするる時のまもなし」(李花集、七九〇)。**31**恋人の夢を見るのは、恋人を思いながら寝たから。参考「思ひつつ寝[ぬ]ればや人の見えつらむ夢と知りせば覚めざらましを」(古今集、恋二、五五二、小野小町)。「うたた寝に恋しき人を見てしより夢てふものは頼みそめてき」(古今集、恋二、五五三、小野小町)。**32**参考「幾程ならぬ世の中」[三十一①4]。**33**尼になる希望[三十七6]が叶えられないならば、もうすぐ死にそうなので、せめて勤行をして極楽往生できれば一蓮托生が叶う。中納言も同じ事を考えた[三十五③6]。**34**泣く仕草、[二十一①12]参照。また、これ以上、典侍の慰めを聞きたくないから「引きかづ」いた。**35**「尼上」よりも母親の立場が強調される。[三十三5]参照。**36**母上は娘が典侍を「恨めしく」思う気持ちも、また典侍の厚意も理解できる。ただ帝や典侍の機嫌を損なうと、この局を追い出されるかもしれないことを心配する。**37**理屈よりも、義理と人情で訴えるが、ますます忍音の君を追い詰めることになる。**38**「人のつらきは」[本章9]と同じ引歌を受ける。参考「身のうきを人のつらきと思ふこそ我とも言はじわりなかりけれ」(拾遺集、恋五、九四五、よみ人しらず)。**39**内大臣家に若君を取られ娘は捨てられたことが、宮家出身の尼君の誇りを傷つけた[十八②10][三十二②11]。**40**皇族である尼君は、貴族の子弟よりも帝に愛されるほうがよいと考えた。参考「かしづかんと思はむ女子[をむなご]をば、宮仕へにつぎては、親王[みこ]たちにこそは見せたてまつらめ。ただ人の、すくよかになほなほしきをのみ、今の世の人のかしこくする、品なきわざなり。」（蛍宮と孫娘の真木柱との結婚を承認した式部卿のセリフ。若菜下、一五三頁）。家を追い出されたときから内大臣を嫌っていたが、今では中納言も疎んじるようになったか。もともと娘を入内させるのが宮家の願いであったので［十二②10］、帝の寵愛を受けて内大臣家を見返したくなったか。「祖父と父宮との姫君への望みは入内であり、かがやかしい宮家の再現であってみれば、中納言の北の方に納まるのでは満足できることでもなかった。」（伊井春樹氏、前掲論文）。**41**母親とは言え、夫婦仲のことを言われたから。［三十三28］参照。なお「恥づかしく」の箇所、筑波大学本は「恥づかしく悲しく」。この本文ならば、典侍に言われ「恥づかしくも悲しくも」［三十三28］思ったときと同じ心境。母だけは自分の味方と思っていたのに、今や母親も典侍側につき孤立している。**42**唯一の理解者と信じていた母親に裏切られ、泣くしかない。以前は「（中納言と）もろともに涙よりほかの事なし。」［十七5］、「（母君は姫君を）慰むる我も涙にかきくれて」［十八②12］、「内侍もほろほろとうち泣きて」［三十三30］だったが、今は一人で泣くしかない。

三十九

①

上《御門》はこの事を聞こしめしてより、「いかに、いかに」と[1]責めさせ《典侍ヲ》給へど、内侍は「ただ[2]千引［ちびき］の石を動かす心地のみして侍る」と奏し申せば、「い《勅言》と、[3]いぶせき事かな」とて、[4]みづから渡らせ給ふ。[5]筵道［えんだう］など参る音すれば、内侍もかたじけなくて、[6]母上は隠れ給ふ。御《御門》几丁[7]押しやりて御覧《忍音上ヲ》ずれば、いよいよ[8]衣〔きぬ〕引きかづきておはするに、「こは《勅言》、いかに。いと[9]珍かなる事なり。みづから渡りなば、[10]喜びに起き給はんことこそあらざらめ、いと埋〔うづ〕もれ給へる、便無〔びんな〕のわざや」とて、[11]衣〔きぬ〕引きのけ御覧ずれば、[12]髪の行方〔ゆくへ〕も知らず[13]ひれ伏して、いとど忍びがたげに泣き給ふを、かき起こし給ひて[14]顔を御覧ずるに、[15]泣き赤めたるとおぼえて、色は[16]花々〔はなばな〕と[17]白く、[18]ひきも繕〔つくろ〕はぬ[19]分け目・[20]髪〔かん〕ざしあてやかに、美しきこと言ふよしもなきを、[21]うち驚かれ給ひて、『今までこれを、同じ雲居〔くもゐ〕の内ながら見ざりつる、[22]わが怠〔おこた〕り』と、くやしきまで御心うつろひて、「何事《勅言》をさまで、伏し入り給ふぞ。[23]聞きて、もろともに思はばや」とのたまへば、いと《忍音上》ど恥づかしくて涙のこぼれ落つるを、御袖《御門ノ》にて[24]打ち払ひ、「こは《勅言》いかに。まろをさへ、泣き濡らし給ふよ。[25]忌むなる物を」とて、とにかくに[26]慰むばかりのたまはすれど、[27]つゆ慰む気色〔けしき〕もなきを思し煩ひて、「[28]いかなる人を恋ひ給ふらむ。[29]片思ひぞよ。もろ恋ならましかば、かばかり沈み給はじ。[30]思はぬ人を思ふは、我のみ[31]苦しき」と仰せらるれば、『この事《忍音ノ心》、知ろしめしたるにや』と、心の鬼にかたはら痛くて、[32]顔を引き入れて泣き給へば、「[33]さても《勅言》、あな苦しや」とて、

【訳】　帝は姫君のことをお聞きになられてからは、「どうだ。どうだ」と（典侍を）お責めになるが、典侍は、「ただもう千人で引けるほどの巨岩を動かすような感じです」とお答えすると、「実に気がかりなことだなあ」と、自

らお出ましになる。筵《むしろ》をお敷きする物音がするので、典侍も恐縮して、母君はお隠れになる。（帝は）几帳を押しのけてご覧になると、（姫君は）ますます衣をかぶっておられるので、（帝は）「これは、どうしたことか。まったく珍しいことだ。私が来れば、お礼（を申すため）に起き上がることは、なさらなくてもよいが、さらに（衣に）埋もれられるとは困ったことよ」と、衣を引きのけて（姫君を）ご覧になると、髪の（乱れ）具合も分からずうつ伏せになり、ますますこらえにくそうにお泣きになるのを、（帝は）抱き起こしなさって顔をご覧になると、泣いて赤くなったと思われて、顔色はあでやかで白く、取り繕わなくても髪の分け目や額際《ひたいぎわ》は優美で、美しいことは言いようもないので、（帝は）驚かれて、『今までこの人を、同じ宮中の中にいながら見なかったのは、私の手落ちだ』と、後悔されるほどお心が引かれて、「どんなことを、そこまで思いつめておられるのか。聞いて、一緒に考えたい」とおっしゃるので、（姫君は）ますます恥ずかしくて涙がこぼれ落ちたのを、（帝は）お袖で払い、「これは、どうしたことか。私まで涙で濡らせなさるよ。（涙は）不吉だというのに」と、あれこれと（姫君の）心が晴れるようにおっしゃるが、少しも（姫君の）心が晴れる様子もないので、（帝は）お困りになって、「どんな人を恋い慕っておられるのだろうか。片思いだよ。相思相愛ならば、こんなにも、ふさぎこまれないだろうに。（自分を）愛してくれない人を愛すると、自分が苦しいだけだ」とおっしゃるので、（姫君は）『中納言との仲を、（帝は）ご存じなのだろうか』と、気が咎めてきまりが悪く、（衣で）顔を隠してお泣きになるので、（帝は）「それにしても、ああ胸が痛むなあ」とおっしゃり、

【注】　1光源氏も末摘花に会いたくて、「命婦を責めたまふ」（末摘花、三五一頁）。　2参考「あが恋は千引きの石を七ばかり首にかけむも神のまにまに」（万葉集、巻四、七四三、大伴家持）、「いかにせん千引きの石は砕くとも人の心はゆるぎげもなし」（左近権中将俊忠朝臣家歌合、十二番右、仲実）。「惜しからで投げもやられぬ我が身こそ千引

きの石の類[たぐひ]なりけれ」(永久四年百首、石、源忠房)。「千引の石を動かしてといふ心は、千人して動かすとも動くまじけれども、仰の重ければ出づるといふ理[ことわり]なり。」(新日本古典文学大系『岩屋の草子』二四九頁)。「御門御覧じて「いかに」と宣旨ありければ、「千引の石を動かして」とぞ申しけり。」(新日本古典文学大系『しぐれ』二九頁)。「岩木よりけに靡きがたき」(夕霧、四六四頁)。**3**なかなか女性が靡かないと、かえって心引かれる。[三十七17]参照。参考「大臣(光源氏)、例の思しそめつること絶えぬ御癖にて」(朝顔、四五九頁)。「口惜しくて過ぎぬるを思ひつつ、え止[や]むまじく思さるれば、(光源氏は朝顔の姫君に)さらがへりてまめやかに聞こえたまふ。」(朝顔、四六七頁)。**4**一般に懸想するときも、また会いに行くときも、必ず女君の女房を介して行うが、帝は直接行為に出るほど積極的で情熱的。「姫君のことが気になって、帝自ら姫君の部屋に乗り込む。かなり強引な振舞いだが、姫君のもとでは懸命に慰めようとするだけである。『夜の寝覚』の帝闖入事件のような荒々しさはない。」(広島平安文学研究会の注)。**5**参考「筵道まゐるなど言ふほどもなく、うちそよめきて(帝が定子の元に)入らせ給へば」(枕草子、「淑景舎、春宮に参り給ふほど」段)。**6**中納言が忍音の君に懸想したときは、まず母上が相手をしたが[三⑥⑦]、宮家出身の母上は公達[きんだち]よりも帝に愛されることを望み、また自分たちを追い出した内大臣を見返すためにも[前章40]、帝の接近を黙認した。**7**帝は遠慮せず積極的。どんな女性も自分に靡くという自信あり[三十七12]。「几帳おしのけ」[三十三12]参照。**8**帝に顔を見られないようにするため。参考「(光源氏が紫の上を)のぞき給へば、いよいよ御衣[ぞ]ひき被[かづ]きて臥し給へり。」(葵、六四頁)。**9**後宮の女性は帝から寵愛を受けることを切望し、帝のお出ましを願うので、忍音の君のように帝を拒否するのは「珍か」。**10**広島平安文学研究会は、「起きあがったりなさらないまでも、喜んでくれるだろうに」と訳すが、この「喜び」は帝のお出ましを感謝するお礼と解釈できる。参考「(玉鬘は帝に)顔をもて隠して、御答[いら]へも聞こえ給はねば、
帝「あやしうおぼつかなきわざかな。(三位に叙せられた)喜びなども、思ひ知り給はんと思ふことあるを、聞き入

れ給はぬさまにのみあるは、かかる御癖なりけり。」」（真木柱、三七七頁）。**11**帝は積極的で強引。参考「（夕霧は落葉の宮の）埋［うづ］もれたる御衣［ぞ］ひきやり、いとうたて乱れたる御髪［みぐし］かきやりなどして、ほの見奉り給ふ。」（夕霧、四六五頁）。**12**「髪の行方も知らずうちやられたるに」［三十三16］。**13**帝の前なので恐縮して「ひれ伏し」た、というよりは、顔を見られないようにするため。参考「（光源氏が近づいたので藤壺は）やがてひれ伏し給へり。「見だに向きたまへかし」と、心やましうつらうて、引き寄せ給へるに」（賢木、一〇二頁）。**14**「男が女の顔をあらわに見るのは情交の一歩手前の行為。」（総角、二二四頁、「御髪のこぼれかかりたるを掻きやりつつ見たまへば」の頭注）。**15**参考「（泣きべそをかいた若紫は）顔はいと赤くすりなして立てり。」（若紫、二八〇頁）。「中納言（夕霧）も、（泣いて顔をこすり）気色ことに顔すこし赤みて、いとど静まりてものし給ふ。」（藤裏葉、四四八頁）。**16**参考「（宇治の中の君は）御顔はことさらに染め匂はしたらむやうに、いとをかしく花々として」（総角、三〇一頁）。**17**「御顔も（中略）白くこまやかにいと美しく」［三十三22］。**18**化粧していなくても美人であるのが、ヒロインの条件。［三十三22］参照。**19**参考「（中宮定子の）御額あげさせ給へりける御釵子［さいし］に、分け目の御髪のいささか寄りてしるく見えさせ給ふさへぞ、聞こえんかたなき。」（枕草子、「関白殿二月廿一日に」段）。「御顔も身も、つゆばかり隠れなきに、御髪は行方も知らずつやつやとたたなはりいきて、額髪の少しかかりたる御分け目、かんざしなども、中々いとかう細かには久しう見たてまつり給はざりつれば、珍しう嬉しうて、つくづくとまもり聞こえ給ふに」（狭衣物語、四、四二〇頁）。「（姫君は）髪のかかりよりうちはじめ、分け目・髪状［かんざし］・肩のわたり・さしあゆみたる姿、にほひ・愛敬はうつるばかりにて」（中世王朝物語全集『木幡の時雨』三四頁）。**20**参考「（雲居雁の）御髪の下がり、髪ざしなどの、あてになまめかし。」（少女、三〇頁）。「（若紫の）いはけなく掻いやりたる額つき、髪ざし、いみじう美し。」（若紫、二八一頁）。**21**典侍も「見るにうち驚かるる心地」［三十三23］がした。「しのびねの姫君の美しさは、はじめきんつねの視線の先にのみ顕現するものであった。以後、その視線は内侍から帝へと停滞することなく引き継がれていった。そして、それらの人物によって、しのびねの姫君の美しさは、涙に濡れた顔に認められるのである。視線の主体を変更しつつ、物語は展開する。すなわち、自己主張の少ないしのびねの姫君にとって、涙は、場面を展開させるための重要な役割を担っていたのである。」（米田真理子氏、前掲論文）。**22**宮廷内の美人は残らず見た、という色好みの自負が傷ついた。まさに灯台もと暗し。**23**中納言にも「何事か聞きて、共に思はばや」［二十九5］、典侍にも「少し聞きて、ことわらばや」［三十八3］。帝の口癖か。**24**袖で女性の涙を拭くのは、愛情表現。「（中将は忍音の君の）涙にまろがれたる御髪かきやりて、御袖にて御顔をのごひ給へば」［二十三②17］参照。参考「（柏木は女三の宮の）御涙をさへのごふ袖は、いとど露けさのみまさる。」（若菜下、二一八頁）。**25**参考「涙のほろほろとこぼれぬるを、今日は（薫の五十日の祝いで）事忌［こといみ］すべき日をと押し拭［のご］ひ隠したまふ。」（柏木、三一三頁）。「今日は言忌［こといみ］して、な泣いたまひそ。」（紅葉賀、三九三頁）。**26**色好みは雄弁。参考「例のいづこの御言の葉にかあらむ、（源氏は花散里に）尽きせず語らひ慰めきこえたまふ」（澪標、二八九頁）。「（匂宮は）言の葉多かる御本性なれば、（偶然見つけた浮舟に）何やかやとのたまふに」（東屋、五五頁）。**27**典侍の予想どおり、「ただ今は、いかなる御慰めにも紛るまじげなる様［さま］にて侍る」［三十七16］。**28**これほどの美人を泣かせた男が、誰か知りたい。帝はその男に対して、興味と嫉妬を抱いた。後出「ねたきものから、あはれに御覧ず。」［本章③18］。**29**帝は忍音の君を自分に靡かせるため、片思いだと断言し、その恋人を忘れるように諭す。源氏物語では浮舟が薫よりも匂宮を好きになるように、匂宮は浮舟に向かって薫は正室を愛していると語り（浮舟、一四五頁）、また舟上で浮舟を抱き続けながら「いみじく思すめる人（薫）は、かうはよもあらじよ。」と話した（同、一四七頁）。**30**引歌「行く水に数かくよりもはかなきは思はぬ人を思ふなりけり」（古今集、恋一、五二二、よみ人しらず）。**31**頭注「くるしきと　按、「くるしき」の下に「を」の字を脱せしなるへし」。**32**泣き顔を見られないようにする。**33**何も言わなくても、泣くことで片思いだと分かる。筑波大学本は「さても」ではなく「さりや」。参考「（娘を手放す明石の君が）えも言ひやらずいみじう泣けば、（光源氏は）さりや、あな苦しと思して」（薄雲、四二四頁）。

②

[1]日も暮るれば、帰らせ給ひても、『なほ、いかにすべき』などと思し煩ひて、内侍を召して、「《勅言》この人に目、離つな。いみじく物思ひたる様［さま］あるを、[2]鋏［はさみ］など取り隠せ。ただ今はいかなりとも、[3]慰むべき気色［けしき］もなきを、[4]よく言ひ教へよ」と仰せらるれば、『[5]されば よ。御心の移ろひにけり』と見奉りて、「《典侍ノ詞》[6]みづからの慰めに寄らじと見奉るを、[7]なほ御慰めにこそ」と申せば、「《勅言》何事をかくは思ひ惚れたらん。[8]そこに知らぬ事あらじ。聞かせよ」とのたまへば、「《典侍ノ詞》心に入れて[9]問ひ侍る事も侍らねば、自［みづか］らまた、[10]問はず語りも何［なに］かし侍らむ」と奏するに、

【訳】 日も暮れたので、（帝は）お帰りになられても、『それにしても、どうしようか』などと思い悩まれて、典侍をお呼びになり、「あの人から目を離すな。たいそう思い悩んでいる様子なので、鋏《はさみ》などは隠しておきなさい。今はどうしようとも、（姫君の）気が晴れる気配もないが、よく言って聞かせなさい」と（帝が）おっしゃるので、（典侍は）『やはりそうだ。お心が（姫君に）移ったのだ』と拝見して、（典侍が）「私が（姫君を）慰めても心を寄せてくれないと拝察しますので、やはり（帝が）お慰めになるほうが」と申すと、（帝は）「どんなことに悩んで、こ

れほど放心しているのだろうか。あなたが知らないことはなかろう。私に教えなさい」とおっしゃるが、（典侍は）「親身になって尋ねますこともございませんので、（姫君）自らもまた、聞かれないのに話し出すでしょうか」と申して、

【注】 1女御や更衣たちの手前、忍音の君の元で夜を過ごせない。 2忍音の君の出家希望は、帝も典侍から聞いていた［三十七6］。参考「御鋏などやうの物はみな取り隠して、人々（落葉の宮の女房たち）の守［まも］りきこえければ」（夕霧、四四九頁）。 3「まろ慰めなば、少し思ひ忘れもぞする」［三十七12］と豪語していた帝も、「つゆ慰む気色もなきを思し煩ひて」［本章①27］、典侍のセリフ「ただ今は、いかなる御慰めにも紛るまじげなる様にて侍る」［三十七16］を認めざるをえない。 4忍音の君を預かり世話している典侍の方が、帝より説得力があると認め、出家などせず帝に靡けと言い聞かすように頼む。 5典侍の予想どおり。参考「例の、さまざまなる御物語聞こえかはし給ふついでに、（薫は）宇治の宮の事語り出でて、見し暁の有様など詳しく聞こえ給ふに、宮（匂宮）いと切［せち］にをかしと思いたり。されば よ、と御気色を見て、いとど御心動きぬべく言ひ続けたまふ。」（橋姫、一四五頁）。 6典侍は匙を投げたので、帝に慰め役を譲るというのは建前で、本心は帝の執着心を確認した上で、さらに帝の気を引き再び試みるよう、そそのかす。 7頭注「見たてまつる 按、「たてまつる」は「たまふる」の誤なるへし」。 8素性も身の上も不明の女性を典侍が預かるはずがないので、事情を隠していると帝はにらんだ。 9典侍は尼君から事情を聞いて知っているのに［三十三］、知らないふりをしたのは、帝の気を引き煽りたてるため。 10参考「世にある人の上とてや、問はず語りは聞こえ出でむ。」（玉鬘のことを隠していたと紫の上に恨まれ、光源氏の答え。玉鬘、一二〇頁）。

③

その朝［あした］、中納言あまりの思ひに慰めかねて、[1]内わたりに[2]たたずみ歩［あり］きて眺めおはする程に、霜月ばかりの事なるに雪、霰降りて[3]荒るる日、[4]笛うち吹きておはすれば、帝［みかど］[5]聞こしめして、「[6]（中納言）きんつねか、こなたへ」と召せば、参り給ふ。[7]龍胆［りんだう］の浮き織物の[8]直衣［なほし］、いと[9]花やかにひき繕ひ給へども、自［みづか］らの気色［けしき］いつとなくもの思したる様［さま］にて、ともすれば眺めうちしつつ[10]涙を浮け給へば、帝、『あやしく、[11]この頃は、もの心細げに見ゆるは、なほただにはあらじ。何事ならん』と思すに、『[12]もし、この心を尽くす人の事をや思ふらむ。またここなる人（忍音上）も、いといたう思ひ沈みたるは、もし飽［あ］かぬ別れなれば、思ひ離れがたきにや。大将の娘に、この頃となりて通ふなるを、さやうの乱れに思ひうんじて、この内侍を知るべきにや、迷ひ出づらむ。もしさもあらば、互ひに思ふらんは理［ことわり］ぞかし。[13]われも女ならましかば、中納言には、いかなる[14]蝦夷［えぞ］が島までも、慕ひ行くべき心地こそすれ。またこの人も、[15]男の心迷ひぬべき様［さま］なれば、いづかたも、わりなき物思ひも[16]理［ことわり］にこそ。[17]まろが言ふ事になびかぬも、これに深く心を留［とど］めけるにこそ』と思しよるに、ねたきものから、[18]あはれに御覧ず。「（勅言）いみじくこそ、[19]思ひやせられたれ。さてしも見まほしき様［さま］のしたるこそ、[20]わりなけれ」とて、[21]ほほゑませ給へば、『（中納言）心のうちに思ふことの、[22]あらはに見ゆるにや』と、[23]いとど催［もよほ」されて、涙の落ちぬれば、『[24]さりや。いかさまにも物思ふにこそ』と[25]心苦しく御覧じて、「[26]恋をし恋ひば」と、御くちすさび給ふ[27]御気色[けしき]、いとなまめかしく気高くおはしますを、『いと美し』と見奉り給ふ。

【訳】その翌朝、中納言はあまりにも苦しい思いに耐えきれず、宮中のあたりをさ迷い歩いて、物思いにふけっておられるうちに、十一月ごろのことで、雪や霰《あられ》が降って天気が荒れている日、笛をちょっと吹いていらっしゃると、帝がお聞きになり、「（笛を吹いているのは）きんつねか。こちらへ」と、お呼びになるので、（中納言は）参上なさる。（中納言は）竜胆襲《りんどうかさね》で文様が浮き出た織物の直衣で、たいそう花やかに身なりを整えていらっしゃるが、自らの様子はいつもお悩みのようで、どうかすると物思いにふけりながら、涙を浮かべておられるので、帝は、『妙に近ごろ、なんとなく心細そうに見えるのは、やはり普通ではないようだ。（悩みは）どんなことだろう』と思われて、『もしや、私が夢中になっているあの女性のことを（中納言は）思っているのだろうか。また、ここにいる女性も、とてもひどく物思いに沈んでいるのは、もしや（中納言を）愛したまま別れたので、あきらめにくいのだろうか。大将の娘に（中納言は）近ごろ通っているそうだが、そのような三角関係に悩み疲れて、この典侍を頼りに（宮中に）さ迷い出てきたのだろうか。もしそうならば、（中納言と）互いに愛し合っているのは、当然であるなあ。私も女ならば、中納言を慕って、どんな僻地でも付いて行ける気がする。また、この女性も、男がうつつを抜かすほどの有様なので、二人とも、どうしようもない物思いに悩まされるのも、もっともなことだ。私が言うことに（あの女性が）従わないのも、この中納言に深く未練を残しているからだろう』とお気づきになると、（帝は中納言を）憎らしいけれども、しみじみとご覧になる。（帝は中納言に）「ひどく悩んでやつれられたが、それでも見たいほどすばらしいとは、訳が分からない」と言って、ほほえまれたので、（中納言は）『私が心の中で思っていることが、顔色に表れたのか』と思うと、ますます悲しみが増さり、涙がこぼれたので、（帝は）『やはりそうだ。どう見ても悩んでいるようだ』と気の毒にご覧になって、（帝が）「恋をし恋ひば」と吟じられるお姿が、とても優美で上品でいらっしゃるのを、『とても立派だ』と（中納言は）拝見される。

【注】　**1**泣き顔を親に見られるのも恥ずかしい人が［三十五①3］、気晴らしに人目につく御所へ行くのは不自然である。しかし帝と忍音の君との関係はこれ以上進展せず、また三角関係の三人が出会うのは内裏しかないので、ここで中納言を登場させ、読者は固唾を飲む。なお類似した場面が、『狭衣物語』に見られる。源氏の宮への恋を秘めて痩せた狭衣が、同じく源氏の宮に恋焦がれる東宮の元に参内し、東宮に図星を指され動揺している（巻一、六四頁）。　**2**意味もなく佇むのは、まだ放心状態だから。　**3**天候も主人公の心情も「荒るる」状態。自然と心理を一致させた描写は、源氏物語に比べると少ない。参考「霜月ばかりになりぬれば、雪霰がちにて」（光源氏に忘れられた末摘花邸の様子。蓬生、三三三頁）。「十二月にもなりぬ。雪霰がちに、（明石の君は娘を手放すので）心細さまさりて」（薄雲、四二一頁）。「年も暮れにけり。雪霰降りしく頃は」（父宮亡き後の姫君たち。椎本、一九五頁）。　**4**中納言が笛の名手であることは後出［本章④1］［四十①3］。得意の笛で自らの心を慰める。　**5**書は人なり、と言うように、楽も人なり。たとえば薫の音色は実父（柏木）に似ていると、玉鬘や宇治の八の宮は思った。「琴［こと］の音［ね］など、ただそれとこそ覚えつれ。」（竹河、六五頁）。「致仕の大臣の御族［ぞう］の笛の音にこそ似たなれ。」（椎本、一六三頁）。　**6**中納言の本名、初出。貴人の名前を呼び捨てにするのは、帝か自分自身のみ。『しぐれ』でも男主人公（少将）を、帝が実名の「さねあきら」で呼ぶ（新日本古典文学大系、三一頁）。ただし帝でも普通は、「帝「中納言の朝臣（薫）こなたへ」と仰せ言ありて、参りたまへり。」（宿木、三六七頁）のように官職名で呼ぶ。「男主人

公の実名を記すのは宇津保物語・落窪物語など平安前期物語の特徴。」（広島平安文学研究会の注）。**7**襲の色目で、表は蘇《す》芳《おう》、裏は青色。秋に用いるが、今は十一月で仲冬。放心状態で、衣装などは無頓着か。参考「（隆家は）表［うへ］の御袴、龍胆の二重織物にて、いとめでたく清［けう］らにこそ、きらめかせたまへりしか。」（大鏡、道隆、二八五頁。閏十月二十七日の御禊）。「若君（寝覚の上の子）は、紫苑の御衣、龍胆の織物の指貫にて」（夜の寝覚、五、五〇六頁）。**8**公卿の日常服。勅許を得ると、三位以上は直衣姿で参内できる。束帯・布袴・衣冠に比べると略装。参考「今日、中納言中将、直衣初出仕」（台記、久寿元年［一一五四］十一月二十五日）。「聴㆓直衣㆒事、聴㆓入立［いりたち］㆒之人、定聴㆓直衣㆒、其外侍読聴㆑之」（禁秘抄、上）。**9**衣服の花やかさとは対照的に、心は暗い。華麗な装いは、内心を隠すカムフラージュ。**10**内裏という公の場でも、涙を自制できない。**11**「この頃は、物思ひのけしき見ゆるは。」［二十九4］。**12**「もし～もし飽［あ］かぬ別れなれば～もしさもあらば」と「もし」を多用しての推測であるが、帝の直感は鋭い。心理描写内で、中納言に対して敬語は使われていない。「多くの物語がそうであるように、ここでも帝は男君と女君の恋の侵入者であり、それと同時に二人の思いの深さを語る第三者的目をもった存在であるといえる。」（広島平安文学研究会の注）。**13**参考「女ならば（薫に）必ず心移りなむと、（匂宮は）おのがけしからぬ御心ならひに思し寄る。」（総角、三二八頁）。**14**「蝦夷が千島」ならば『保元物語』『平家物語』『義経記』『曾我物語』および『拾玉集』に用例がある。「蝦夷が島」は御伽草子「御曹司島渡」に見られる。『易林本節用集』「夷島［エゾガシマ］」。『黒本本節用集』「夷千嶋［エゾガシマ］或作、毛人嶋［エソカシマ］」。庭訓云、松浦鰯［マツライワシ］夷鮭［エゾザケ］無㆓千ノ字㆒。平家十一ノ巻ニ大臣殿［ヲ、イトノ］縦［タトイ］夷千嶋［エソカシマ］ナリトモ、カイナキ命タニアラハト云也。有㆓千字㆒」。**15**参考「（浮舟は匂宮が）見たまひては、必ずさ思しぬべかりし人ぞかし。」（蜻蛉、二〇七頁）。**16**参考「（玉鬘の大君が懐妊して）うち悩みたまへるさま、げに、人のさまざまに聞こえわづらはすも、ことわりぞかし。」（竹河、八九頁）。**17**さすがの帝も、中納言にはかなわないと認める。**18**同じ女性に惚れた男

（中納言）の気持ちがよく分かる。参考「『（薫は浮舟を）おろかには思はぬなめりかし。片敷く袖を我（匂宮）のみ思ひやる心地しつるを、（薫が自分と）同じ心なるもあはれなり。わびしくもあるかな。（浮舟が）かばかりなる本［もと］つ人（薫）をおきて、わが方にまさる思ひはいかでつくべきぞ』と、（匂宮は）ねたう思さる。」（浮舟、一三八頁）。**19**やつれたのは物思いのせいだろうと、図星を指して不意打ちをかけ、真相を探ろうとした。やつれの初出は［十八④2］。**20**ふつうは痩せると醜くなるのに、かえって美しいのは「わりなし」（訳が分からない。立派だ）。やつれの美は源氏物語に多い。「（重病の柏木は）痩せさらぼひたるしも、いよいよ白うあてはかなるさまして」（柏木、三〇四頁）。「（薫は大君を亡くして）いといたう痩せ青みて、ほれぼれしきまで物を思ひたれば（中略）音［ね］をのみ泣きて日数［ひかず］経にければ、顔変はりのしたるも見苦しくはあらで、いよいよものの清げになまめいたるを、女ならば（以下、［本章③13］の例文に続く）」（総角、三二八頁）。**21**帝の意味深長な微笑に、中納言はすぐ気づく。参考「（光源氏の）なほ許されぬ御心ばへあるさまに御目尻［まじり］を（柏木は）見たてまつり侍りて」（柏木、三〇六頁）。**22**誰が見ても中納言は普段と違うのに、自分では自制しているつもりでいた。参考「（浮舟を亡くした匂宮は自分の嘆きを）かしこくもて隠すと思しけれど、おのづからいと著［しる］かりければ」（蜻蛉、二〇六頁）。「忍ぶれど色に出でにけり我が恋は物や思ふと人の問ふまで」［二十九3掲出］。**23**平常心でない自分に気づくと、ますます恋心が募り涙があふれ、帝の御前で泣いてはいけないと思っても、もはや自制できない。**24**中納言が返事しなくても、涙で気づいた。参考「（匂宮は）おし拭［のご］ひ紛らはしたまふ、と思す涙の、やがて滞らず降り落つれば、いとはしたなけれど、匂宮『（薫は自分と浮舟との関係を）必ずしもいかでか心得ん。ただめめしく心弱きとや見ゆらん』と思すも、薫『さりや。ただこのこと（浮舟の死）をのみ思すなりけり。』」（蜻蛉、二〇八頁）。**25**帝は中納言を先ほどは「あはれに御覧ず」［本章③18］。今は「心苦しく御覧じて」と、同情するに到る。**26**頭注「古今、恋一、よみ人しらす　たねしあれは岩にも松はおひにけりこひをしこひはあはさらめやは」。恋い続ければ意中の人にきっと会えるだろう、と励ました。しかし内心では、すぐそばに忍音の君がいるのに気づかないとは、と皮肉ったか。筑波大学本は「恋しき恋の」。27帝の「御気色」を中納言は、警戒しながらも称賛したことになる。ただし「御くちすさび給ふ」で句点を付けると、中納言の「御気色」を帝が讃えたことになる。

④

笛《中納言ニ》そそのかし給へば、[1]盤渉調［ばんしきでう］に[2]吹きたて給ふ。頭［とう］の中将、兵衛の佐［ひゃうゑのすけ］、権大納言なども候ひ給ふ。いろいろ吹き合はせて遊び給ふに、帝も御琴召して、なつかしくかき鳴らさせ給ふ。この[3]忍音の君は聞き給ひて、中納言の笛の音と[4]知り給へば、そぞろに物悲しく、同じ雲居の内ながら知られぬことの心憂くて、[5]引き被［かづ］きて伏し給へり。

【訳】（帝が中納言に）笛をお勧めになるので、盤渉調でお吹き鳴らしになる。頭中将・兵衛の佐・権大納言なども控えておられる。いろいろ合奏して楽しまれるので、帝もお琴をお取り寄せになり、親しみ深い音色で演奏なされる。この忍音の君はお聞きになり、中納言の笛の音だとお気づきになると、むやみに悲しくて、同じ宮中の中にいながら（中納言に）知られていないことがつらくて、衣をかぶってうつ伏せになられた。

【注】 1冬の調子。今は「霜月ばかり」［本章③3の前］で折節に相応しい。ただし源氏物語には五例あるが、冬は「神無月の頃ほひ」（帚木、一五五頁）のみで、他はすべて秋―七月五六日（篝火、二五〇頁）、八月十余日（手習、三

〇七頁）、九月廿余日（宿木、四五五頁）、秋（横笛、三四五頁）―であり、また五例とも夕方か夜（月夜が多い）に演奏される。この物語の時間帯は不明だが、「雪・霰降りて荒るる日」［本章③3］で昼間も薄暗く、源氏物語の暗闇の情況に似る。**2**心の動揺を押さえるため、一心不乱に演奏に集中する。**3**頭注「姫君を「しのひね」と、こ、にはしめていへり」。神野藤昭夫氏は、「ここの呼称出現のしかたは唐突である。」と指摘され、その理由として、「〈しのびね〉の呼称の唐突な出現は、古本段階における〈しのびねの君〉と呼称されてしかるべき場面叙述に現存本がじゅうぶんな配慮なしに凭れてしまった結果であろうか。あるいは逆に〈しのびねの君〉と呼ばれてしかるべき場面を排除しながら、〈しのびねの君〉の呼称は遂に排除しきれなかった、とも考えられる。」と論じられた（同氏「『しのびね物語』の位相―物語史変貌の一軌跡―」、「国文学研究」65、昭和五三年六月）。**4**帝と同様、忍音の君も中納言の笛の音がわかる（［本章③5］参照）。参考「泣きをれば、この男、人の国より夜ごとに来つつ、笛をいとおもしろく吹きて、声はをかしうてぞ、あはれに歌ひける。かかれば、この女は蔵に籠りながら、それにぞあなるとは聞けど、あひ見るべきにもあらでなむありける。」（伊勢物語、六五段）。「それまでの物語中に、しのびねの姫君の前できんつねが笛を奏する場面はなく、それにもかかわらず、しのびねの姫君がきんつねの笛の音と聞き分けるというのは、唐突の感の否めないところであるが、別離以前に、笛にまつわる二人の思い出の場面が想定されることから、しのびねの姫君のこの判別は、藤の宴の場面［七十一］にとっては、重要な伏線となると言えるであろう。」（米田真理子氏、前掲論文）。**5**忍音の君の普段の仕草［三十八34］になってしまったが、ここでは笛の音を聞くことに耐えきれず聞こえないように、また泣き声が漏れたり泣き顔を見られたりしないようにするため「引き被きて伏し」た。

四十

①

事［こと］果てて、帝、[1]例の渡らせ給ひて、[2勅言]「ただ人の物の音［ね］どもの中に、中納言の笛の音ほど[3]なつかしきはなかりつる。[4]もし聞きたまふ事やありし」とのたまへば、[忍音上ノ心]『さればこそ。[5]この事を知ろしめしけるにこそ』と、いとど恥づかしく、物も申さでうつぶし給へば、なほ、[6勅言]「聞き知りたまへるにや」と、たびたび問ひたまふに[7]煩［わづら］はしくて、[8忍音上ノ詞]「いかでかは。ただ今ならでは」と[9]ばかり聞こえたまへば、[勅言]「笛の音［ね］は、今はじめて聞きたまふとも、[10]有り様は見たまひしか」と問ひたまへば、[忍音上]ともかくも[11]聞こえたまはで、ただうつぶきて候ひたまふ。[勅言]「此度［こたび］参りなむ時、[12]見せ奉らんよ。[忍音上ノ]心は知らず、[13]まろは女ならましかば、同じ同胞［はらから］なりとも、必ずただには思ふまじき様［さま］のしたるを」など、いろいろに[14]戯［たはぶ］れさせ給へば、[忍音心]むつかしくて、[15]『世は憂き物なりけり。いかで夜の間［ま］の程に、[16]消えも失［う］せなばや』と思ひ続けたまふに、[17]忍ぶとすれども、涙のほろほろと落つれば、[18御門御心]『さればよ。いかさまにも、もしこのゆゑ』と、いよいよ心得させ給ふ。[勅言]「中納言は[19]この頃、いみじく物思ひたる様［さま］のしるきは、もし御ことをや[20]思ひ、もしさもあらば、同じ雲居にありとばかりは文遣［や］り給へ。[21]まろ伝へむ」など、うちつけにのたまはすれば、いよいよ[22]塞「せ」きかねたるを念じたる様「さま」の色[23]しるければ、「[24]逢坂の関守「せきもり」」と口ずさみ給ひて、とかく心を取らせ給へども、つゆ[25]慰むべくもなし。「ともすれば、この[26]忍び音こそむつかしけれ。少し[27]晴れ晴れしく、もてなして見え給へ。いと[28]まがまがしき御様「さま」は、見る我さへ[29]あぢきなくこそおぼゆれ」などのたまひて、

【訳】　演奏が終わり、帝はいつものように（忍音の君の元へ）お行きになり、（帝は忍音の君に）「臣下が奏でる楽器の音色のなかで、中納言の笛の音ほど心ひかれるものはなかった。もしかして、お聞きになったことはあるか」とおっしゃるので、（忍音の君は）『やはり思ったとおりだ。中納言とのことをご存じだったのだ』と思うと、いっそう恥ずかしくて、何も申さずうつむかれたので、さらに、（帝は）「（中納言の笛の音に）聞き覚えがおありなのか」と、何度もお尋ねになるので、（忍音の君は）いとわしくなって、「どうしてまあ。先ほど以外には（聞いたことがない）」とだけ申されると、（帝は）「笛の音は今初めて聞かれたとしても、（中納言の）姿はご覧になったか」とお尋ねになるが、（忍音の君は）何も申し上げられずに、ただうつむいて控えておられる。（帝は）「今度（中納言が）参上したならば、（彼の姿をあなたに）お見せしようよ。（あなたの）気持ちは知らないが、私が女ならば、同腹の兄妹であっても、きっと心を動かされる（ほど立派な）様子を（中納言は）しているなあ」など、いろいろ冗談をおっしゃるので、（忍音の君は）心苦しくなり、『この世はつらいものだなあ。なんとかして夜の間に（宮中から）消えてなくなりたい』と思い続けられて、こらえようとするが、涙がはらはらとこぼれるので、（帝は）『やはりそうだ。どう見ても、この（中納言の）せいだ』と、ますます納得される。（帝は）「中納言は近ごろ、ひどく思い悩んでい

る様子があらわだが、それはもしかして、あなたのことを思い、もしそうならば同じ宮中にいることだけでも、手紙を送り（知らせ）なさい。私が取り次ごう」など、突然おっしゃると、ますます涙を抑えきれず耐えている様子が、はっきり見えたので、（帝は）「逢坂の関守」と吟じられて、あれこれ（忍音の君の）機嫌をお取りになるが、少しも慰められそうにもない。（帝は）「折にふれて、この忍び泣きはうっとうしい。少しは晴れやかに振る舞ってみせてください。たいそう不吉な（涙にくれる）ご様子では、見ている私まで面白くなく思われる」などとおっしゃって、

【注】 **1**帝と忍音の君との対面場面の描写は、これで二度めだが、「例の」とあるので、訪問が日常茶飯事になっている。 **2**頭注「た丶人のもの、ねともの　按、「た丶人」聞えかたし。こは「こ丶ら」など有しを誤れるならん」。 **3**忍音の君にとっても一番「なつかしき」かと、鎌を掛ける。 **4**帝は自分の推測（「もし」以下〔三十九③12〕）が正しいかどうか、探りを入れる。「もし」は「もし御ことをや思ひ、もしさもあらば」〔本章①20〕にも使用。 **5**以前も「この事、知ろしめしたるにや」〔三十九①31の後〕と、女性の直感で思ったが、今度は中納言が名指しにされたので、「たるにや」という疑問ではなく、「けるにこそ」と確信した。 **6**「聞きたまふ」〔本章①4〕（筑波大学本は「聞き知りたまふ」）、「聞き知りたまへる」と、執拗に同じ質問を繰り返すところに、片意地な性格が知られる。 **7**何度も同じ事を聞かれるので。また返事をしないと、黙認したことになるので。 **8**本当は「中納言の笛の音と知り（筑波大学本は「聞き知り」）」〔前章④4〕であるが、嘘をついた。 **9**育ちの良い姫君には、それ以上の嘘はつけない。これだけ言うのが精一杯。参考「（宇治の中の君は事実を隠して）異様「ことざま」につきづきしくは、え言ひなし給はねば」（浮舟、九八頁）。 **10**帝の追及は、まだ続く。相手を追い詰める心理作戦に、忍音の君は困窮する。 **11**嘘は一度しか付けない、素直な性格。 **12**帝は〔五十〕で実行する。 **13**参考「われ（朱雀院）女な

らば、同じ同胞［はらから］なりとも、（光源氏に）必ず睦び寄りなまし。」（若菜上、二二二頁）。「女（玉鬘）の御さま、げに同胞［はらから］といふとも、すこし立ち退きて、異腹［ことはら］ぞかしなど思はむは、などか心あやまりもせざらむ、とおぼゆ。」（野分、二七一頁）。「われも女ならましかば」［三十九③13］および『伊勢物語』四九段（兄と妹の贈答歌）、参照。**14**帝はふざけて楽しんでいるが、忍音の君には苦痛。**15**典侍も「世は憂き物にこそ侍れ」［三十三8の前］と言った。**16**以前も出家して嵯峨野に住みたいと願った［三十三33］。**17**泣くと中納言との中を自認したことになるが、帝の責めにもはや堪えきれない。**18**「さりや。いかさまにも物思ふにこそ」［三十九③24］と同様、相手の涙で分かった。参考「（朧月夜が涙を）ほろほろとこぼれ出づれば、朱雀帝「さりや。（光源氏と自分と）いづれに落つるにか」とのたまはす。」（須磨、一八九頁）。**19**前出「この頃は、物思ひのけしき見ゆるは。」［三十九4］。「この頃は、もの心細げに見ゆるは、なほただにはあらじ。」［三十九③11］。参考「つれなしづくり給へど、もの思し乱るるさまのしるければ」（若菜下、二四六頁）。**20**頭注「おもひもし　按、「おもへりし」とありしならんか」。「もしさまあらば」［三十九③13の前文］に倣い、この箇所も「思ひもし、さまあらば」ではなく、「思ひ、もしさもあらば」と解釈する。**21**表向きは、引き離された相思相愛の二人を再会させる仲介の役を進んで引き受ける親切さを装うが、内心は真相を突き止めたい。**22**何も言わなくても、涙で分かる。［本章①18］参照。**23**頭注「いろしるけれは　按、「いちしるけれは」なるへし」。**24**忍音の君も「関守（内大臣）の固きにこそ」［三十六4］と考えた。帝も忍音の君の気持ちを察して共感を得ようとしたが、今度は帝が二人の中を妨げる「関守」になっている。なお、「逢坂の関守」を出会いの妨害者（例「たまさかに行き逢坂の関守は夜を通さぬぞわびしかりける」後拾遺集、恋二、六七六、藤原道信）ではなく、「ここでは涙をとどめがたい姫君へのなぐさめの言葉」と見て、「心からうきあふさかのせきもりはなみだのみこそとどめざりけれ」（我身にたどる姫君）のような和歌を引歌として、中村友美氏は想定された（同氏、前掲論文）。**25**「慰むべき気色もなき」［三十九②3］参照。**26**「忍び音」がヒロインの呼称になったように［三十九④3］、普段の所作になっている。**27**典侍も忍音の君に、「少し晴れ晴れしくおはせよ。」［三十八10］と言った。さすがの帝もお手上げで、典侍と同じセリフを言うに到った。**28**涙は「まがまがし」く「忌むなる物」［三十九①25］。参考「（須磨で光源氏に会った筑前守から話を聞き）迎への人々、まがまがしう泣き満ちたり。」（須磨、一九六頁）。**29**忍音の君に手を焼いている帝に同情してほしいと、情に訴える。

②

内侍を召して、「この人の[1]けしき日数ふれども、もの思ひ晴るるけしきのなきは、いと[2]不便［ふびん］なることかな。もし中納言などこそ、わりなく思ふ人のありと聞きしか。また、[3]大将の辺［あた］りへ行き通ふなる。さやうの事ゆゑ、あくがれ出でたる人か。いかにもまろが思ひ合はすること、違［たが］はじとなん思ふ。[4]なほ、まろにな隠しそ。[5]そこに知らぬ事あらじ。[6]隔てありて争［あらが］ふこそ、うたてけれ」など、まめやかに問はせ給へば、『さ《典侍ノ心》のみ隠し奉るべきことかは。かく仰せらるるも[7]かたじけなくて、ありのままにや奏せまし』と思へど、『なほ、ただ今は、確かにそれと[8]知らせ奉らじ』と[9]思ひ返して、姫君《典侍ノ詞》には、[10]「よろづかひなき事に思しなして、上の御覧じ侍らん時、さのみ[11]沈みてな見え奉り給ひそ。いと[12]かたじけなき事とは、思さずや。今はたとへ、御みづからの心ゆきて[13]出だし奉るとも、上の良［よ］しと思しめすまじくは、この身も[14]面目［めいぼく］失ひぬべし。いと便無［びんな］きわざ」と、『[15]げにも』と思ひ給ふべくこしらへ給へども、[16 忍音詞]「世にあらんと思はねば、[17]人のかたじけなきことも知らず」とて、いよいよ[18]伏し沈み給へば、母上も、「いとど、[19]かたはら痛きこと」と諌［いさ］め給ひながら、心のうち思ひやるに、悲しくて泣きおはす。

【訳】（帝は）典侍をお呼びになり、「この人の様子は、日にちが経っても、心の迷いが晴れそうにもないのは、まったく困ったことだなあ。もしや中納言などに、格別に愛する女性がいると聞いたが、また、（中納言は結婚して）大将家へ行き来しているそうだ。そのようなことで、（あの女性は宮中に）さ迷い出てきた人か。決して私の推量は違っていないだろうと思う。これ以上、私に隠すな。あなたが知らないことはなかろう。（私に）隠し立てをして言い訳をするのは、いやだ」など、まじめにお尋ねになるので、（典侍は）『そうむやみにお隠ししなければならないことだろうか。このようにおっしゃられるのも恐れ多いので、ありのままに申し上げようか』と思うが、『やはり今は、はっきり誰それとはお知らせしないでおこう』と考え直して、（典侍は）姫君には、「なにもかも仕方がないことと思いこまれて、帝がご覧になりますときは、そうむやみにふさぎこんでお会いなされますな。たいへん恐れ多いこととは、お思いになりませんか。今はたとえ、ご自身のお気持ち通りに（私があなたを宮中から）お出ししても、帝がそれを構わないとお思いにならなければ、私自身も（帝の）信用を失うだろう。（帝の許可なしに出て行くのは）たいへん不都合なことだ」と、（姫君が）『なるほど』と思われるように諭されるが、（姫君は）「この世に生きていようと思わないので、誰が恐れ多いかも知らない」と言って、ますます物思いに沈まれるので、母君も、「さらに、みっともないこと」と忠告されながら、（姫君の）心中を推し量ると、悲しくてお泣きになる。

【注】 1「けしき日数ふれども、もの思ひ晴るる」の箇所、筑波大学本は「いささか慰む」。その本文は、かつて帝が典侍に言ったセリフの一節「慰むべき気色もなきを」［三十九②3］と重複する。帝と忍音の君の関係は進展せず。 2さすがの帝も匙を投げ、典侍に助けを求めた。「よく言ひ教へよ。」［三十九②4］参照。 3大将の件は、帝も知っている［三十九③12の後］。 4中納言と忍音の君との仲に関する推測は、両人の涙で確認できたが［本章①18］、さらに確信したいため典侍に問いただす。 5以前にも帝は典侍に、「そこに知らぬ事あらじ。聞かせよ。」［三十九②8］と尋ねた。 6帝は典侍を敵に回したくない。一般に恋を成就するには、女君の女房を手なずけることが必要。 7帝と典侍の関係も、「（帝は）切にのたまへば、内侍もかたじけなく」［三十八4］以来、変わらず。 8以前は帝の気を引くため、わざと黙っていた［三十九②9］。今や帝は忍音の君に夢中だが、帝の熱意が一時のものかどうか確認できるまで隠すつもり。 9頭注「おもひかへして 按、こゝは脱文のやうなれと、さにあらす。そうせずといふ詞をふくませたるなるへし」。第二系統の東山御文庫本には長文があるが、内容は今までのと重複する。詳細は本書巻末の解説、参照。 10参考「（女三の宮は光源氏の正室なので）よろづ今はかひなきことと思ひたまへ返せど」（女三の宮に近づいた柏木のセリフ。若菜下、二一五頁）。 11以前から、「もろ恋ならましかば、かばかり沈み給はじ。」［三十九①29］、「いといたう思ひ沈みたる」［三十九③12の後］で変わらない。 12帝の権威・威光を持ち出して、帝に逆らうのは良くないと諭す。しかしながら忍音の君は宮仕えする気はないので、「かたじけなし」とは思っていない［本章②17］。むしろ帝に事情を教えない典侍自身、帝に対して「かたじけなく」［本章②7］思っている。 13具体的には嵯峨野に籠ること［三十三33］。 14母上も、典侍のメンツをつぶすな（「内侍の思さむ所も、かつは、かたはらいたくは思さずや。」［三十八36］）と説教した。典侍が忍音の君の希望を叶えてあげたいと思っても、帝に逆らってまではできない。典侍も退職願いが許可されず［三十八21］、忍音の君と同様、帝に縛られている。 15帝の慰めは独善的で一方的なのに対して、世馴れた典侍は相手が納得するように言い聞かせるが、忍音

の君には通用しない。16貴族の女性にしては珍しく、本音を言い放った。本当に死ぬ気があるらしい。ただしセリフならば、「世にあらんと思ひ給へねば、人のかたじけなきことも知りはべらず」のように敬語を使うのが普通。この一節は心内語で、無言の抵抗を試みたか。17死や出家を切望する者には、逆鱗に触れることなど恐ろしくない。18典侍のセリフ「さのみ沈みてな見え奉り給ひそ。」［本章②11］に反抗した態度をとる。19以前も、「内侍の思さむ所も、かつは、かたはら痛くは思さずや。」［三十八36］）と諫めた。ただし前回は忍音の君だけが泣いたが、今回は親子とも泣く。中納言のことは忘れろと娘に言ったが［三十八40］、死を決意した娘の心境を思うと、もはや言葉を失い泣くしかない。

四十一

中納言は、[1]かき絶え二条へもおはせず、ただありし古里［ふるさと］に、[2]むなしき床［とこ］の上も、その跡と思へばなつかしくて、[3]涙ならでは友も無し。若君も恋しけれども、さし出で給へば［父上ノ方ニ］、殿、「[4]かしこへおはせず」とて、わづらはしくのたまへば、むつかしくて、母上の御方へ参り給へば、いといたう[5]痩せ青み給へるを、心苦しと見給ひて、[6]御台［みだい］など、母上の[7]手づからまかなふやうにして勧め給へど、さらに[8]気色［けしき］ばかりにて、[9]うち置き給へば、苦しくて、「[10]［母上ノ詞］ありし人の御行方［ゆくへ］は、[11]いまだ知らせ給はずや」と問ひ給へば、「[12]［中納言詞］尋ね侍ることのなければ、いかにしてか知り侍らん」と、言ひもあへ給はず、やがて御涙ぐみ給へば、[13]若君もつくづくとまぼり給ひて、「[14]［若君ノ詞］母君は、いづくへおはしけるぞ。あこをば捨てて」と、うつくしげにのたまへば、[15]〈中納言詞〉「まろが無からん折も、恋しかるべきか」とのたまへば、〈若君〉うちうなづきておはする顔の、ただ恋し〈忍音上〉と思ふ人に違[16]〔たが〕ふ所もなければ、『〈中納言心〉あはれ、よしなき[17]山路のほだしかな。世にあるべき身にもあらぬを』と、とにかくに胸の焦がれまさるぞ、いと悲しき。

【訳】　中納言は、まったく二条の大将邸へも行かれず、（姫君と一緒に）以前いた左中弁の家にばかりいて、空しい寝床の上も、姫君の形見と思えば懐かしくて、涙以外には友もいない。若君も恋しいけれども、（若君のいる内大臣邸へ）お出かけになると、内大臣が、「大将家にいらっしゃらない（とは何事だ）」と、うっとうしくおっしゃるのが不快で、母君のおそばへ参られると、（中納言が）とてもひどく痩せて青ざめておられるのを、（母君は）気がかりにご覧になり、お食事などは母君が自ら調えるようにしてお勧めになるが、まったく（食べる）そぶりだけで（箸を）置かれるので、（母君は）心配になり、「以前の女性のお住まいは、まだご存じないのか」とお聞きになると、（中納言は）「捜し求めることをしませんので、どうして知りましょうか」と、最後までおっしゃりきれず、すぐ涙を浮かべられたので、若君も（中納言を）じっと見つめられて、「母君は、どこへいらっしゃったの。ぼくを見捨てて」と、愛らしげに言われるので、（中納言が若君に）「私がいないときも、恋しく思うか」とお尋ねになると、こっくりとうなずいておられる顔が、ひたすら恋い慕う姫君と違うところがないので、『ああ、（若君は）どうしようもない出家の束縛だなあ。（私は）この世にいられる身でもないのに』と、なにかにつけますます思い乱れるのが、たいそう痛ましい。

【注】　1「大将殿へも、かき絶え音もし給はず。」［三十五③9の後］以来、訪問せず。　2頭注「むなしき床　按、

長恨哥のこゝろ有へし」。参考「立ち寄らむ蔭と頼みし椎が本むなしき床になりにけるかな」（椎本、二〇三頁）。**3**参考「我ひとりうき世の嘆くことわりを涙ならでは知る人もなし」（成尋阿闍梨母集、一五三）。「涙よりほかの事なし」［十七5］。「ただ涙ならでは流れ給はず」［三十八42］。**4**父親の小言は［三十五①10］以来、変わらず。**5**左大将家と結婚する前から「痩せ」ていたが［十八④2］、今や「青み」を帯びるほど。参考「（薫は大君を亡くして）いといたう痩せ青みて」（総角、三二八頁）。「（柏木は）いといたく痩せ痩せに青みて」（若菜下、二六四頁）。「（柏木は）いといたう青み痩せて」（柏木、二九三頁）。**6**以前も食事を勧めた［三十四②8］［三十五②12］。母親にできることは、息子が病気にならぬよう気遣うしかない。**7**参考「（落葉の宮に母御息所は）御台など、こなたにて参らせ給ふ。（娘が）物きこしめさずと聞き給ひて、（母は）とかう手づからまかなひ直しなどし給へど、触れ給ふべくもあらず。」（夕霧、四一〇頁）。**8**参考「（桐壺帝は）物なども聞こしめさず。朝餉「あさがれひ」の気色ばかり触れさせ給ひて」（桐壺、一一二頁）。**9**以前に食事を用意されたときは、食膳を「押しのけ」たが［三十五②14］、今は「押しのけ」るだけの体力も気力もない。**10**「ありし人」［三十五②2］参照。**11**やつれ果てた息子を見れば、忍音の君がまだ行方不明であることは聞かなくても分かるが、声を掛けずにはいられないほど息子が不憫。**12**ただ神仏に祈るのみ［三十五③10］。女主人公が都を離れて隠れ住む場合は、男主人公があちこちの寺社に参籠して、神仏のお告げで女君のありかを知るのが物語の型。しかし忍音の君は内裏にいるので、作者は中納言に社寺参りをさせなかったか。**13**若君は祖母によく懐いた［十九1］ので、今も祖母の元にいる。**14**若君、時に満二歳三か月。幼少ながらも事情を理解している。**15**参考「紫の上「まろが侍らざらむに、思し出でなんや」と聞こえ給へば、匂宮「いと恋しかりなむ」」（御法、四八八頁）。**16**父親似であることは前出［十八③1］。**17**「山路」の箇所、筑波大学本は「入る山道」。その言葉は、朱雀院が紫の上に送った和歌に見られる。「背きにしこの世に残る心こそ入る山道のほだしなりけれ」（若菜上、六八頁）。中納言の出家を妨げるのは、忍音の君［三十五③8 9］に若君が加わった。ちなみに「入る山道」「入る山路」の用例は、『苔の衣』秋、『我が身にたどる姫君』三にも見られる（中村友美氏、前掲論文）。『風葉和歌集』にも、「しのびねの中将」の歌として、「せちに思ひける女に、こころにもあらずへだたりにければ、世をそむかんとていささかたちよりて　行末を何契りけんおもひいる山ぢに雲のかかりける世を」（雑三、一三七一）とある。

四十二

[1]せめての心やり所に、ひきつくろひて内へ参り給へり。[2]雪、[3]かきくれて降りければ、御前［まへ］に[4]御遊びあるべきとて、[5]きんつね《中納言》[6]尋ねおはします程なりければ、[7]御気色［けしき］よくて、「今日《勅言》［けふ］の[8]空はいかが」とて、うち御覧ずれば、[9]ありしにもあらず、やせやせとして、[10]いとどなまめかしく、うち匂ひたる目見［まみ］・口つきなどを御目とどめて、まぼられ[11]給ひ、『これに少しも馴れ初［そ］めたらん[12]女は、必ず執［しふ］はとまりなむ』と、[13]色めかしき御心に思されて、[14]外［と］を少し御覧じいだして、

　[15]人知《御製》れず恋をしぐれの初雪は涙の雨に消えやわたらん

[16]とうち誦［ず］じ給ひて、中納言の方［かた］を見おこせ[17]給へる[18]御眼尻［まじり］の、もの恥づかしげに、少し[19]うち笑［ゑ］ませ給へば、[20]『わが心《中納言ノ心》の内、しるく見ゆるにや』と、顔うち赤む心地して、[21]聞きも知らぬやうにて候［さぶら］ひ給ふ。

【訳】（中納言は）努めて気晴らしをしようとして、身だしなみを整えて参内された。空が暗くなり雪が降ってきて、御前演奏をすることになり、中納言を（帝が）お捜しの折であったので、（帝は）ご機嫌が良くて、「今日の空模様はどうか」と言って（中納言を）ご覧になると、以前とは打って変わって、ひどく痩せて、いっそう上品で、つやつやかな目もとや口もとなどに（帝は）目を留めて、じっと見つめられて、『この中納言に少しでも思いを寄せるようになった女性は、きっと執念が残るだろう』と、好色めいたお考えをなされて、外をふとご覧になり、

時雨まじりの初雪が雨に消えていくように、（中納言は）人に知られない恋をして、自分の涙で身が消えてしまうのだろうか。

と口ずさまれて、中納言の方をご覧になる（帝の）目じりがきまり悪そうで、少しほほえんでおられるので、（中納言は）『私の心中が、あらわに見えたのか』と、顔が赤くなる気がして、聞かないふりをして、（帝の）お側におられる。

【注】1第三十七章で典侍が帝に忍音の君のことを話して以来、典侍の忍音の君への説教が［三十八］と［四十②］、帝と忍音の君との出会いが［三十九①］と［四十①］、帝の問いに典侍は知らぬ振りが［三十九②］と［四十②］、と二回ずつあり、本章の記述は［三十九③］と重複する。まず冒頭文は、［三十九③］の出だし「中納言あまりの思ひに慰めかねて、内わたりにたたずみ歩きて眺めおはする程に」に似る。2［三十九③］も「雪、霰降りて」。3天候も中納言の心も「かきくれて」の状態。参考「雪かきくらし降り積もる朝［あした］」（明石の君が姫君を手放す日。薄雲、四二二頁）。「雪のかきくらし降る日、（大君の喪に服す薫君は）ひねもすにながめ暮らして」（総角、三二二頁）。4［三十九④］にも御前演奏があった。5中納言を実名で呼ぶのは［三十九③6］と［五十14］にもあるが、いずれも帝の会話文。地の文で貴人を呼び捨てにするのは珍しい。現存本に改作する前は、帝のセリフで

あったか。**6**中納言は笛の名手［四十①3］。**7**帝が上機嫌になった理由を列挙すると、演奏会に欠かせない存在であり［本章6］、寵愛している中納言［二十九1］が、悪天候にもかかわらず参内していたので。また忍音の君との仲が、帝の推測通りか突き止めたいから。**8**「空」に天候と気持ちを掛ける。空模様を聞いていると見せかけて、中納言の悩みの原因を早速、探っている。**9**以前の「いみじくこそ、思ひやせられたれ。」［三十九③19］、「いといたう痩せ青み給へる」［四十一5］よりも、更にやつれている。**10**参考「（最期の紫の上は）こよなう痩せ細りたまへれど、かくてこそ、あてになまめかしきことの限りなさもまさりてめでたかりけれ」（御法、四九〇頁）。「新中納言のいたく青み痩せたるしも、なまめかしく美しげなれば、「女にて見ましかば」とうち思し召さる。」（中世王朝物語全集『海人の刈藻』巻二、一二三頁）。**11**「れ」は自発の助動詞。御前に伺候する人々の中で、自然に目が止まるほど中納言は抜きんでている。**12**参考「われも女ならましかば、中納言には、いかなる蝦夷が島までも、慕ひ行くべき心地こそすれ。」［三十九③13］。**13**参考「女にては、見棄てて亡くならむ魂［たましひ］必ずとまりなむかしと、色めかしき心地にうちまもられつつ」（葵の上の喪に服す光源氏を見て、頭中将の感想。葵、四八頁）。「（大君を亡くした薫は）音をのみ泣きて日数［ひかず］経にければ、顔変はりのしたるも見苦しくはあらで、いよいよもの清げになまめいたるを、女ならば必ず心移りなむと、（匂宮は）おのがけしからぬ御心ならひに思し寄る」（総角、三二八頁）。**14**中納言とは関係なく、外の景色を歌に詠むふりをするため、わざと目をそらした。**15**中納言を寵愛している帝にさえ知らせず恋をしているとは、と当て擦るが、帝もまた人知れぬ恋をしている。「恋をしぐれ」に「恋をし」と「時雨《しぐれ》」を掛ける。せっかく初雪が降ったのに、みぞれ交じりで溶けやすいうえに、中納言の涙で溶けてしまいそうだ、とも読める。**16**本作品において登場人物の詠歌は十九首あるが、帝の歌はこの一首のみ。しかし『風葉和歌集』には、「しのび音のみかどの御歌」が別に一首あり、これが削られたのは、「三角関係とはいえ帝の比重が相対的に減じ男君と女君との関係に焦点が絞られ、その結果、悲恋と知っての男君の決然たる出家行と女君の男君への愛慕を強く印象づけられる物語へと改作されることになった」と考えられる（神野藤昭夫氏「『しのびね物語』の位相」、「国文学研究」65、昭和五三年六月）。**17**室外を見ながら意味深長な歌を詠んだ後、急に中納言の方を見るという奇襲攻撃に出て、中納言の秘密を探ろうとした。**18**参考「院の御賀の楽所［がくそ］の試みの日参りて、御気色を賜はりしに、なほ許されぬ御心ばへあるさまに御眼尻を見奉りて」（柏木、三〇六頁）。柏木は光源氏の眼尻で死に、きんつねは帝の眼尻で出家に到る。**19**「（帝は中納言に話しかけ）ほほゑませ給へば」［三十九③21］と同じ。**20**中納言の反応も、「心のうちに思ふことの、あらはに見ゆるにや」［三十九③22］と同じ。**21**今までは帝の問い掛けに対して、「うちかしこまりて候ひ給ふ。」［二十九6］や、「いとど催されて、涙の落ちぬれば」［三十九③23］であったが、今は帝を警戒して自制し、ポーカーフェイスで押し通した。

四十三

御遊び[1]果てて、例の[2]しのびねに渡らせ給ひて、聞こえさせ給ふ。「中納言《勅言》のいつとなけれど、ことさら[3]物思ひたる気色［けしき］の見えつるに、思ひ[4]合はする事の筋、思ひ出［い］でらるるを、うらなく[5]語りて[6]慰み給へかし。まろは、[7]物言［ものい］ひせぬ者ぞよ。『人に隠せ』とあらば、いとよく隠してむ。物隠しするは、[8]罪深くなるものを」など、うるさき事ども聞こえ[9]戯［たはぶ］れさせ給へば、例の[10]目《忍音上》をも見合はせ奉らず。

【訳】御前演奏が終わり、（帝は）いつものように忍音の君の元へお行きになり、お話しなされる。「中納言はいつもそうだが、（この頃は）とりわけ物思いに沈んでいるように見えるが、（私の）思い当たる節で、（あなたが）思い出されることを、隠さず話して心を晴らしなさい。私は、口が堅い者だよ。『ほかの人には隠してくださ い』というのならば、必ず隠し通そう。隠し事をすると、罪深くなるのになあ」など、いとわしいことを申しておふざけになるので、（忍音の君は）いつものように（帝と）目を合わせることもなさらない。

【注】 1以前も「事果てて、帝、例の渡らせ給ひて」［四十①1］であった。前回は忍音の君が、中納言の存在に気づいた。今回は逆に、中納言が忍音の君の居場所を知る［四十四］。 2第一・二系統の諸本すべて「しのびね」。「しのびねの君」［三十九④3］を受けた表現。 3以前も帝は忍音の君に、「中納言はこの頃、いみじく物思ひたる様のしるきは」と語りかけた［四十①19］。 4帝は典侍にも、「まろが思ひ合はすること、違はじとなん思ふ。なほ、まろにな隠しそ。」［四十②4］と話した。 5帝は初めて忍音の君に会った時から、「聞きて、もろともに思はばや。」［三十九①23］と言っていた。 6「（帝は忍音の君に）とかく心を取らせ給へども、つゆ慰むべくもなし。」［四十①25］以来、まだ慰安に成功していない。忍音の君が打ち明ければ帝は真相がわかり、忍音の君は心が晴れて一石二鳥とは、帝の身勝手な考え。 7忍音の君は雄弁、帝は沈黙が良いとは矛盾している。 8隠し立ては罰が当たる、と脅かす。 9以前も「いろいろに戯れさせ給はば、むつかしくて」［四十①14］であった。 10返事はおろか、目も向けない。帝との初会では答えず［三十九①］、二度めは嘘をつき［四十①8］、今回は無言。これ以上、帝との仲は進展せず、次章から新たな展開が始まる。

四十四

①

かくて[1]人々はまかで給へるに、[2]中納言の立ちとどまりて、眺め歩〔あり〕き給ふに、[3]承香殿〔しょうきゃうでん〕のあたりを何〔なに〕となき様〔やう〕にて[4]来〔き〕給へば、[5]人の物言ふ声の、しのびしのびに聞こゆれば、あやしくて、『帝〔みかど〕の、この頃は[6]誰〔た〕が参るとも聞こえぬに、この御局〔つぼね〕へしげく渡らせ給へる。いかなる更衣などの、御心にしみたるが候ひ給ふか』と、[7]あやしくて、やをら立ち聞き給へば、上の御声にて、「[8]もの思ふなるは、身の苦しきものぞよ。[9]この忍び音〔ね〕の尽きせぬこそ、あまりいぶせきわざなれ。されど、まろを[10]憎しと思ひ給ふも理〔ことわり〕ぞ。[11]思ひ合はする人の違〔たが〕はずは、げに[12]いかばかりの人にか心を移し給はん。[13]見るままに[14]愛敬〔あいぎゃう〕づき、美しきことの並びなきを、[15]まろ女ならましかば、[16]浄土の迎へなりとも、この人を見捨てて離るべしとはおぼえぬ様〔さま〕のしたるを。なほ、いかなりしことに、かく[17]あくがれ給ふぞ。されど[18]片思ひは、よしなき事。まろは、さやうに物は思はすまじきを」と、[19]つぶつぶとのたまはする御声の聞こゆれば、『なほ、[20]あやしのわざや』と思ひて、[21]隙〔ひま〕を求め給ふに、柱のそばに[22]虫の食ひたる穴のあれば、『もしや見ゆる』とのぞき給ふに、されば上のおはします御側〔そば〕

の奥の方［かた］に、紅梅[23]の濃く薄く重なりたる袖口、青き単［ひとへ］、赤き袴、髪[24]の裾［すそ］のうち広ごりたるやうにて、ほのぼの見ゆる。

【訳】　さて人々は退出されたが、中納言はあとに残り、物思いに沈んで歩いておられて、承香殿のあたりに何気なく来られると、人の話し声がひそひそと聞こえるので、（中納言は）不審に思い、『帝は近ごろ、誰かが入内したとも聞かないのに、このお部屋へしきりにいらっしゃる。どのような更衣などが、お気に召されておそばにおられるのだろうか』と、気にかかり、そっと立ち聞きされると、帝のお声で、「物思いにふけるのは、身に毒だよ。この忍び泣きが絶えないのは、ひどくうっとうしいことだ。けれども私を気に入らないとお思いなのも、もっともだ。（あなたの恋人が私の）思い当たる人に間違いなければ、なるほど（中納言以外の）どんな男性にも心変わりされないだろう。（中納言は）見れば見るほど魅力にあふれ、立派さでは並ぶ者がいないから、私が女ならば、極楽からお迎えが来ても、この人を見捨てて（この世を）離れようとは思われない様子をしているなあ。そうはいっても、どういったことで、このように（宮中へ）さ迷い出られたのか。けれども片思いは、つまらないこと。私は彼のように（あなたを）悩ませることはしないのに」と、ぶつぶつとおっしゃるお声が聞こえるので、（中納言は）『やはり、奇妙なことだ』と思って、すき間をお探しになると、柱のそばに虫食いの穴があり、『もしかして見えるか』と、のぞかれると、すると帝がおられるお側の奥のほうに、紅梅襲で色の濃い衣や薄い衣を重ねた袖口、青色の単衣、赤い袴、髪の先は少し広がっているようで、わずかに見える。

【注】　1恋人や家族がいる者は急いで退出するが、中納言は帰りたい所がない。参考「臨時の祭の調楽に夜更けて、

いみじう霙降る夜、これかれまかりあかるる所にて、（左馬頭は）思ひめぐらせば、なほ家路と思はむ方は、またなかりけり。」（帚木、一五〇頁）。 **2**頭注「中納言の 按、「の」は「は」の誤なるへし」。 **3**本作品と似ている御伽草子『しぐれ』の姫君も、承香殿の女御になる。 **4**筑波大学本は「き、給へは」。 **5**帝の声。 忍音の君は終始、無言。 **6**女御ならば入内の儀式が行なわれ、世に知られる。 **7**「あやしくて」の箇所、筑波大学本は「おぼつかなくて」。 **8**以下のセリフには、従前の文章に似た箇所が多い。冒頭の一文は「思はぬ人を思ふは、我のみ苦しき。」［三十九①30］に近い。 **9**この一文も「この忍び音こそ、むつかしけれ。」［四十①26］に似る。 **10**今までは忍音の君を慰められると自負していたが［三十七12］、成功せず［四十三6］、ついに帝も憎まれ役を自認する。 **11**「思ひ合はする事の筋」［四十三4］と同じ。 **12**「いかなる人を恋ひ給ふらむ。」［三十九①28］の繰り返し。 **13**忍音の君も、「見るままに愛敬なつかしう」［八2］。参考「（光源氏が若紫を）見るままに、いと美しげに生［お］ひなりて、愛敬づき、らうらうじき心ばへいとことなり。」（花宴、四三一頁）。 **14**前出「（少将は）愛敬はこぼるるばかりにて」［五⑤7］。参考「（光源氏は）似るものなく愛敬づき、なつかしく美しきことの並びなきこそ、世にあり難けれ。」（若菜上、二一〇頁）。 **15**前出「まろは女ならましかば、同じ同胞［はらから］なりとも、必ずただには思ふまじき様のしたるを。」［四十①13］。「これに少しも馴れ初めたらん女は、必ず執はとまりなむ。」［四十二12］。 **16**三角洋一氏は、『浜松中納言物語』と『とりかへばや物語』の例を踏まえて、聖衆が来迎しても地上に留まって見たいと思うほど、という表現は、「男君の美しさを強調する常套句であったらしい」と説かれた（同氏「『御津の浜松』私注」、「平安文学研究」60、昭和五三年一一月）。「ただいま極楽のむかへありて、雲の上に乗るとも、立ちかへり、みすぐしがたき御けしきなり」（浜松中納言物語、巻三、二九六頁）。「ただ今極楽の迎へありて雲の輿寄せたりとも、なほとどまりて見まほしき御有様なり」（新日本古典文学大系『とりかへばや物語』巻一、一五七頁）。参考「女にては、見棄てて亡くならむ魂［たましひ］必ずとまりなむかし」（葵の上の喪に服す光源氏を見て、頭中将の感想。葵、四八頁）。

17帝は典侍にも、「さやうの事ゆゑ、あくがれ出でたる人か。」と尋ねた［四十②3］。**18**前出「片思ひぞよ。」［三十九①29］。参考「（夕顔が）つれなくて、つらしと思ひけるも（頭中将は）知らで、あはれ絶えざりしも、益［やく］なき片思ひなりけり。」（帚木、一六〇頁）。**19**帝の忍音の君へのセリフは今までで最も長いが、［三十九①］や［四十①］と内容は変わらず、二人の仲は平行線のまま。そこで中納言の出現により、新しい局面を迎える。**20**後宮の女性は帝の寵愛を望んでいるのに、この女性は拒んでいる。「いと珍かなる事なり。」［三十九①9］参照。**21**中納言が忍音の君を初めて見たときも、「隅の間の方に、細き隙［ひま］見つけてのぞき給へば」［二③4］であったが、その時とは状況が全く異なる。**22**嵯峨野の粗末な住居と異なり、宮殿の造りには「細き隙間」［二③5］など無い。そこで代わりに、虫食いの穴を設定した。**23**中納言と結婚したときも、「紅梅の七ばかりに、青き単」［五②2］。装束は同じだが、情況は異なるコントラストが妙。前回は十月末、今回は十一月［三十九③］か十二月で、ともに冬の季節。**24**以前は手入れもせず、「涙に濡れたる御髪」［三十八23］であったが、今は典侍が「梳きくだし」［三十八24］、癖がなくストレート・ヘア。参考「（明石の姫君の髪は）末のひき広げたるやうにて」（野分、二七六頁）。

②

誰［たれ］とは定かに見えず。[1]のたまひ続くる言の葉、[2]あやしきに[3]胸うち騒ぎて、[4]なほ立ち退［の］かでまぼり給へば、この人を上の[5]御膝［ひざ］に[6]かき寄せて、「《勅言》なほかく心強きは、[7]いと不便［ふびん］なるわざかな。いまだかく人に[8]憎まれて慣らはぬ心にや、[9]めざましき心地こそすれ」とて、乱れかかりたる[10]髪を[11]かきのけ給へば、[12]衣［きぬ］の袖を顔に押しあてて、[13]忍びがたげに泣く様［さま］の、紛《忍音上二》［まが］ふべくもあらぬをと思ふに、胸[14]は音［おと］にも聞こえぬべく騒ぎて、涙さへ進［すす］み出［い］づるを、『なほ僻目［ひがめ］にや』と、目を押しあてて見るに、顔に袖を覆［おほ］ひて、引きも放たねば、「こ《勅言》はいかに。問[15]ふにつらさの勝［まさ］るとかや。ことわりぞ」とて、袖を引[16]きのけ給へば、泣き赤め給へる顔[17]の、ただそれと見[18]なすに、さらに言はん方なく、あさましくも悲[19]しくもおぼえて、しばし立ち給ふに、つゆ靡［なび］き奉る気色［けしき］もなし。

【訳】 誰であるかは、はっきりとは見えない。（帝の）おっしゃり続ける言葉が気になり、胸騒ぎがして、そのまま立ち去らずに見つめておられると、この女性を帝はお膝に引き寄せて、「まだこのようにつれないのは、かえってたいそう愛《いと》しいことだなあ。（私は）まだこのように人に嫌われることに慣れていないからだろうか、いやな気持ちがする」と、乱れて（顔に）かかっている髪を払いのけなされるので、（女性は）衣の袖を顔に押し当てて、こらえにくそうに泣く様子が、（忍音の君だと）見まちがえるはずもないなあと（中納言は）思うと、胸は鼓動も聞こえそうなほどドキドキして、涙まであふれ出るが、『やはり見まちがいか』と、（虫食い穴に）目を押し当てて見ると、（その女性は）顔を袖で覆って離さないので、（帝は）「これはどうしたことか。（私が）声をかけると、つらさが増さるのか。（それも）もっともなことだ」と、（その女性の）袖を引き離されたところ、泣いて赤くなられた顔が、ほかでもなく姫君だと（中納言は）見とどけると、ますます言いようもなく、意外にも悲しくも思われて、（その場に）しばらく立っておられるが、（忍音の君は帝に）まったくなびかれる素振りもない。

【注】 **1**色好みは雄弁。［三十九①26］参照。 **2**この場面に「あやし」は四例も使用。一つめ［四十四①5の後］で不審に思い、二つめ［同①7］で疑問は深まり、三つめ［同①20］で垣間見に至り、四つめの「あやしきに胸うち騒ぎて」で、ますます心は攪乱。参考「あやしといふを眼目の語として畳みかけてつかひたる物也。」（萩原広道『源氏物語評釈』夕顔の巻）。 **3**参考「（夕顔を亡くした光源氏は）頭の中将を見たまふにも、あいなく胸騒ぎて」（夕顔、一六六頁）。 **4**宮中での垣間見は「人目」につきやすいが［本章③8の後］、その危険を犯すほど精神は高揚。 **5**忍音の君が顔を見られないように、ひれ伏す［三十九①13］のを阻止するため。参考「この膝の上に大殿籠れよ。いま少し寄りたまへ。」（光源氏が若紫を誘ったセリフ。若紫、三一七頁）。「（若紫は光源氏の）御膝に寄りかかりて、寝入りたまひぬれば」（紅葉賀、四〇五頁）。 **6**有無を言わせぬ実力行使。参考「（光源氏は藤壺を）引き寄せたまへるに」（賢木、一〇三頁）。 **7**「ふびん」は二通り（不便・不憫）に解釈できる。不便の場合は、「もの思ひ晴るるけしきのなきは、いと不便［ふびん］なることかな。」［四十②2］と同じで、不都合で困った状態を表す。それで訳すと、「かえって具合の悪いことです。」（広島平安文学研究会）、「かえって随分失礼なことじゃないの。」（『中世王朝物語全集』）となる。そうではなく不憫で理解すると、つれない女性に引きつけられる男心になる（［本章②9］の例文、参照）。帝がその性格であることは、［三十七17］参照。 **8**後宮の女性は帝の寵愛を望んでいるので、みな自分に靡くと自負していた［三十七12］。参考「我はかく人に憎まれても習はぬを、今宵なむ初めてうしと世を思ひ知りぬれば」（空蟬、一九一頁）。 **9**参考「人に似ぬ（空蟬の）心ざまの、なほ消えず立ちのぼれりけると、ねたく、かかるにつけてこそ心もとまれと、かつは思しながら、めざましくつらければ、さばれと思せども、さも思しはつまじく」（帚木、一八八頁）。 **10**この辺りの場面は夕霧の垣間見と、文章（傍線部分）も似ている。「（光源氏が玉鬘に）戯れたまふけしきのしるきを、あやしのわざや（中略）と目とまりぬ。（光源氏が）見やつけ給はむ、と（夕霧は）恐ろしけれど、あやしきに心も驚きて、なほ見れば、柱がくれに少し側［そば］み給へりつる（玉鬘）を、（光源氏

が）引き寄せ給へるに、御髪のなみ寄りて、はらはらとこぼれかかりたる」（野分、二七一頁）。**11**源氏物語には「かきのく」の用例は無く、「かきやる」を使用。例「（玉鬘は）顔ももたげたまはねば、（源氏は玉鬘の）御髪をかきやりつつ、恨みたまへば」（蛍、二〇六頁）。参考「御髪をかきやりて」［三十三24］。**12**顔を見られないようにして泣くしぐさ。例「（浮舟は）萎えたる衣を顔に押し当てて、伏したまへり」（浮舟、一八八頁）。**13**「忍びがたげに泣く様［さま］」で正体がわかるとは、忍音の君らしい。**14**「胸うち騒ぎて」［本章②3］より甚だしい。参考「胸つぶつぶと鳴る心地す」（野分、二六七頁。若菜下、二四一頁）。**15**頭注「続古今、雑中、入道前右大臣　秋風もとふにつらさのまさるかななくさめかぬる秋の山里」。詞書は「建長三年（一二五一）九月十三夜、十首の歌合に、山家秋風」であるので、平安時代に成立した古本「しのびね物語」に、この一節は無かったか。あるいは平安時代からある慣用句を、入道前右大臣（藤原定雅）も利用したか。「問ふにつらさのまさる」の用例は『あさぢが露』『海人の刈藻』などにあり、「問ふにつらさ」だけならば『源家長日記』『平家物語』『義経記』『とはずがたり』『小夜衣』『むぐらの宿』などにあるほか、和歌では「忘れてもあるべきものをなかなかに問ふにつらさを思ひいでつる」（続詞花集、恋下、六四七、西院皇后宮）が比較的早い。以上の例は、大槻修氏「『あさぢが露』と『浅茅原の尚侍』」（『ビブリア』51、昭和四七年六月）、中村友美氏「『しのびね物語』の引歌」（『詞林』25、平成一一年四月）、加藤昌嘉氏「涙―「とふにつらさ」―」（国文学研究資料館編『〈水〉の平安文学史』所収、平成一七年）による。**16**以前も「衣［きぬ］引きのけ御覧ずれば」［三十九①11］。**17**以前は帝が「衣引きのけ御覧」になっても［三十九①11］、忍音の君は「ひれ伏して」いたので［同13］、「かき起こ」さないと「顔を御覧」になれなかったが［同14］、今は「御膝にかき寄せて」いるので［本章②5］、「袖を引きのけ」ただけで見られる。と同時に、中納言にも見える。［三十九①14］の注、参照。**18**頭注「見なすに　按、「見なさるゝ」と有しなるへし」。このほか「思ふ」［本章②14の前］、「見る」［同14の後］にも、また帝の動作「かき寄せて」［本章②6］にも敬語がない。源氏物語でも恋の場面では、貴人も「男」「女」と呼び捨てにされ、密会などの臨場感を醸し出したり、恥も外聞もかなぐり捨てた行為を表したりする。玉上琢彌氏『源氏物語評釈』（賢木、五四六頁）参照。**19**「かなしく」の箇所、筑波大学本は「うれしく」。「う（字母「宇」）れ（礼）」と「か（可）な（那）」は類似。〔本章⑤7〕には「うれしくも」とある。

③

ややありて、上は帰らせおはしますが、[1]また立ち返らせ給ひて、「言《勅言》はんかたなき様〔さま〕は、[2]自〔みづか〕らさへ恨めしくこそおぼゆれ。かく人に[3]愚〔お〕れ従ふ人は、あらじと思ふ」など、[4]浅からず思し乱るる御気色〔けしき〕しるければ、ほのかに見ゆるおもかげの恋しければ、[5]また立ち寄りてのぞき給へば、[6]ひれ《忍音》伏《上》して、髪の行方〔ゆくへ〕も知らず泣き給へる様の、[7]やがてうち入りても[8]慰めまほしく思せども、人目も慎ましくて、[9]光家〔みつぃへ〕といふ御随身〔みずいじん〕に[10]御硯召して、御畳紙〔たたうがみ〕に、「[11]あさましき事は、なかなか聞こえむかたなくて、

[12]世《中納言》にあらん心地こそせね行方〔ゆくへ〕なき[13]月の住みかをそこと見しより」と書きて、日の暮るるも遅くて、[14]黄昏時〔たそかれどき〕に[15]立ち寄り給ひて、「[16]中納言の君」と尋ね給ふ。

【訳】しばらくして帝はお帰りになるが、また戻られて、（忍音の君に）「言いようもない（あなたのつれない）様子は、私までも恨めしく思われる。私のようにあなたに愚かなほど従順な人はいないと思う」など、深く思い乱れて

おられるご様子は著しくて、（中納言は）わずかに見える（忍音の君の）面影が恋しくて、再び立ち寄ってのぞかれると、（忍音の君は）身を伏せて、髪の具合も気にせず泣いておられる様子なので、（中納言は）すぐに入って慰めたいともお思いになるが、人目もはばかられて、光家という家来に硯を持ってこさせて、畳紙に、「驚いたことは、かえって申し上げようもなくて、

　この世で生きていく気もしません。行方不明の月の居場所を、そこだと見届けてからは」

と書いて、日が暮れるのも待ち遠しくて、夕暮れに（忍音の君の部屋に）立ち寄られて、（中納言は）「中納言の君」と、声をかけられる。

【注】 **1**参考「（瀕死の桐壺更衣と別れられない帝は）また入らせたまひて、さらにえ許させたまはず。」（桐壺、九八頁）。 **2**参考「身もいと恥づかしくこそなりぬれ。」（空蟬に逃げられた光源氏のセリフ。帚木、一八七頁）。 **3**「折［を］れ従ふ」とも解釈できる。いずれの場合も、帝のように思いやりがあり無理強いしない男はいないとなるが、忍音の君にとっては顔まで見られ、やるせない思い。参考「さらに、かばかりすくすくしうおれて年経る人は、たぐひあらじかし。」（落葉宮に訴えた夕霧のセリフ。夕霧、三八八頁）。「よその人は、かうほれぼれしうはあらぬものぞよ。」（玉鬘を口説く光源氏のセリフ。胡蝶、一八〇頁）。 **4**初めは単なる好奇心であったが［三十七17］、今や「男の心迷ひぬべき様」［三十九③15］の忍音の君に魅了され、帝も中納言に劣らず悩む人になった。 **5**帝が帰りそうになったので、中納言も垣間見の現場を人に見られないよう慌てて覗き穴から離れたが、いま見た忍音の君の姿が焼きついて恋心が押さえられず、危険を顧みずまた覗いた。帝も「また立ち返らせ」［本章③1］、中納言も「また立ち寄りて」、ここに一人の女性に恋い焦がれる二人の男性、という三角関係が成立。 **6**参考「髪の行方も知らずひれ伏して」［三十九①12］。 **7**人目も気にせず入っていきたい衝動に駆られるほど、再会の喜びは大きい。 **8**帝

も終始一貫して、忍音の君を「慰め」ようとした［三十七12〜四十三6］。**9**広島平安文学研究会は、「光源氏の従者惟光から連想した命名か。」と注する。ただし『雲隠六帖』では、惟光の息子を惟秀とし、二条派の注釈（小著『源氏物語古注釈の研究』に翻刻あり）では惟光のモデルを惟行・惟親としたように、古人は惟光の「光」よりも「惟」に注目した。**10**つねに家来は、主人用の文房具を持ち歩いていたらしい。参考「（光源氏の）御車のもと近き惟光、承りやしつらむ、さる召しもや、と例にならひて懐［ふところ］に設けたる、柄［つか］短き筆など、御車とどむる所にて奉れり。」（澪標、二九六頁）。**11**手紙の内容を和歌のみに限定すると、「御畳紙に」の後に、「文をしたためるのだが」（広島平安文学研究会）とか「文を書こうとするが」（『中世王朝物語全集』）の訳文を補わねばならない。そこで「御畳紙に」と「と書きて」の間を手紙文と見て、散文では書ききれない思いを歌に託したと解釈した。**12**今までは忍音の君との再会を期待して出家を延期していたのに［三十五③9］、巡り会えた今、この世に絶望するとは運命のいたずら。**13**「月の住みか」は雲の上。宮中を「雲の上」［本章⑤19］と言い、月も忍音の君も「雲の上」にいる。この一首の趣は、立后した藤壺を思う光源氏の歌「尽きもせぬ心の闇にくるるかな雲ゐに人を見るにつけても」（紅葉賀、四二〇頁）に似る。**14**「人目」［本章③8の後］を忍び、恋人を訪問する時間帯。**15**昔段は家来（光家）に手紙を運ばせるが、ここでは中納言自ら出向いて真相を突き止めるほど、時間的にも精神面でも余裕がない。**16**初出は［三②］。その場には光家［三②1］もいた。登場人物は同じだが、場所・心情は昔と異なる。［本章①21 23］と同じ趣向。

④

夢にも思ひ寄らぬ事なれば、ふと出でたるを控へて、「さても言ひやる方なき御心のつらさは、たとへんかたなし。さばかり[1]『いかなる事を思し寄るとも、まろに知らせで、慌［あわたた］しき事し給ふな』と聞こえ置きしに、さてもいかなる導［しるべ］にて、これには渡らせ給ひけるぞ」とて[2]泣き給へば、いとほしくて、「殿《中納言君詞》の御かたより、[3]きびしき御使ひ侍りしかば、いかが[4]片時［かたとき］も、渡らせおはしますべき。[5]内《中納言ノ》などに候ひ給ふと知り奉りたらば、[6]御消息も聞こゆべかりしかども、[7]大将殿に渡らせ給ふと承りしかば、[8]いかで驚かし奉り給はむ。[9]母上の御縁［よすが］ありて、[10]この御局に忍びて入［い］らせ給ふを、[11]上のほのかに見奉らせ給ひて、[12]なのめならず思［おぼ］し入［い］らるれども、みづからの御気色［けしき］は、いつとなう[13]晴るる世なく、[14]『ありし《昔のイ》嵯峨に、御さまをも変へてあらん』とのみ、泣き焦がれ給ひて、ありしままかきたえて、[15]物も見入れ給はず、見奉るも悲しく思ひ侍る」[16]とて、これも[17]泣きけり。

【訳】（中納言が訪れるとは）夢にも思いよらないことなので、（中納言の君が）ふと外に出てきたのを（中納言は）引き止めて、（中納言の君に）「それにしても言いようのない（忍音の君の）お心のつれなさは、たとえようもない。あれほど、『どのようなことを思いつかれても、私に知らせず軽率なことをなさるな』と（忍音の君に）申し上げておいたのに、それにしてもどのような手引きで、宮中に来られたのか」と言ってお泣きになるので、（中納言の君は）気の毒に思い、「内大臣殿の方から、きびしいお使いが見えましたので、どうして少しの間でも（左中弁の家に）住まれましょうか。（中納言が）宮中などにおられると存じていたならば、お手紙もさし上げられましたが、大将邸にいらっしゃると伺っていたので、どうして（大将邸にいる中納言に）お知らせできましょうか。母君につてがあり、このお部屋にこっそり来られましたのを、帝がちらっとご覧になり、（帝が）格別に思いこがれておられても、姫君のご様子は、いつも気が晴れるときがなく、『昔いた嵯峨野で出家して暮らそう』と言うばかりで、泣きこがれておられて、ずっと（中納言とは）音信普通で、何もご覧にならず、拝見する私も悲しく思っております」と言って、この女房も泣いた。

【注】 **1**［十六5］［三十二③9］を指す。 **2**返事を聞きたいのに、言い終わったとたん泣きだすほど、精神は錯乱状態。 **3**内大臣からの使いは［三十二②1］に登場し、忍音の君の伝言「殿よりかやうの御使ひ有りしかば、やがて出でにし」［同④14］を聞いた中納言も、「殿の御方より、きびしく御使ひの侍る」［三十五②5］と判断した。 **4**尼上も、「一日［ひとひ］もいかで侍るべき。」［三十二②12］、「時の間も、ものうく侍り。」［同④6の前］と言った。 **5**中納言が「御物忌み」で内裏にいたこと［三十一②7］を当時は知らず、大将家に足止めされていると勘違いしていた［三十二③10］［三十三27］。 **6**ただし手紙を宮中に送っても物忌みの間は受け取らないので、中納言に届くのは七日間の忌みが終わってからになる。 **7**内大臣が伝えた「かしこ」［三十二②3］を大将家と誤解して、中納言が心変わりしたと思い込んだ［三十八16］。 **8**中納言の正妻は大将の娘であり、その家にいる夫に他の女性が伝言などできない。 **9**典侍は「尼上のために親しく」［三十二②15の後］、「縁［よすが］あり」［三十八13の前］の人。 **10**典侍は相部屋ではなく、一人部屋であるらしい。長年宮仕えして、帝にも信頼されているので［三十八21］、個室を与えられているのであろう。 **11**帝は何度も忍音の君に迫っているので、「ほのかに見」た程度ではないが、そこまで中納言が知っているとは思わず、あいまいに答えた。ごまかすのも、女房の心得。たとえば夕霧が落葉の宮に近づいたことを、母御息所に尋ねられた女房は、襖に掛け金がかかっていたと嘘をついた（夕霧、四〇六頁）。 **12**これは事実。「浅からず思し乱るる御気色しるければ」［本章③4］。 **13**忍音の君はいつも「もの思ひ晴

るるけしきのなき」［四十②1］で、帝が「少し晴れ晴れしく、もてなして見え給へ。」［同①27］と懇願するほど。**14**「ただありし嵯峨に、尼に成りてこそ過ぐさまほしけれ。」［三十三33］。**15**「物」は食物、または物語。「物なども見入れたまへ。」［三十八18］の注、参照。**16**この女房のセリフの内容は、読者にとっては既知のことばかり。今までにも同じ事が何度も語られたが［四十二1］、ここで要約して、次に新たな局面を迎える。**17**二人とも泣いたことで、互いに許しあう。［三十三30］の注、参照。

⑤

[1]中納言詞「はかなかりける事かな。さても、かくておはしまさば、いと[2]めでたかるべき御事なり。みづからこそ、いかなる[3]野山の末にも[4]閉じこもらめ。この[5]昼、思ひかけず見《忍音上ヲ》奉りつるに、いまだ[6]忘れ給はぬ御心のほどは、[7]嬉しくも[8]いとほしくも思ひ奉れども、上のかばかり、御心に染［し］み初［そ］めたらん[9]ことの、いかにも[10]逃［のが］れ給ふ御事ならねば、しばしこそ思し[11]逃［のが］るとも、さてこそおはせんずらめ。同じ雲居［くもゐ］の内にて、さやうの御勢［いきほ］ひ、御有様を見聞き奉らんも、[12]胸痛かるべし。また[13]世にあること隠れなければ、[14]必ず人も言ひ伝へん事のを[15]こがましきも、さることにて、憂きに紛れで恋しくおはせんこそ心憂けれ。[16]人づてならで今一たび、このほどのいぶせさは、晴るけ侍るまじきかとよ。[17]密［ひそ］かなる所［ところ］にも、たち忍びておはせんを、かく見つけ奉りたらば、いかばかりに嬉しく、[18]親の心をも取り奉りてあるべきを、かく[19]雲の上の御住［す］まひにて、[20]上の御心に染［し］み給へる事なれば、いかに思ふとも甲斐［か

ひ」あるべき事ならず。この事を思しめしあはせて、『[21]常〔つね〕に物思ふ』とのみ、ほのめかして[22]仰せられけるに、いかに[23]をこがましく御覧じけむ」と、かつは[24]心地悪〔あ〕しく、そぞろに[25]涙ぞ尽きせざりける。「まづこの文を奉りて、御返事取りておはせよ」とあれば、参りぬ。

[26]例《忍音上》のひれ伏しておはするを、おどろかし奉れば、[27]例のむつかしき事と思して、[28]聞きも入れたまはぬを、「中《中納言君詞》納言殿の、これにおはしますと[29]聞こしめしける。[30]御文たてまつらん」と申しければ、[31]起き上がりて見たまへば、誠にあり。[32]夢うつつとも思ひわかれず、[33]胸うち騒ぎて、せんかたもなし。「まづ御返事、[34]とくとく」と聞こゆれば、我にもあらず書きたまふ。

「[35]う《忍音君》はの空に[36]あくがれ出〔い〕でし[37]月影は《はなほイ》[38]そこはかとなく影や絶えなん

[39]心《文ノ詞》よりほかの住まひは、日に添へて心憂く」と[40]ばかり書きたまふ。

【訳】（中納言は中納言の君に）「（私と忍音の君は）はかない仲だったなあ。そうであっても、こうして（帝に愛されて）おられるのは、とても喜ばしいことだ。私自身はどんな野山の奥にでも（出家して）籠ってしまおう。今日の昼間、思いがけず（忍音の君を）拝見したが、今も（私を）お忘れでないお気持ちは、嬉しくもあり、かわいそうにも存じるが、帝がこれほど（忍音の君を）愛し初められた以上、どうにも逃れられないことなので、しばらくの間は（私を）思い（帝を）拒まれても、（結局は）帝のご愛情を受け入れられるだろう。同じ宮廷の中にいて、そのようなご寵愛やご様子を見聞きしますのも心が痛むだろう。また世間の出来事は隠せないので、きっと世人も（この三角関係を）噂するだろう。その体裁の悪さは仕方がないこととして、（忍音の君が）悲しみに心が晴れず（私を）恋しく思ってくださるのは、（かえって私には）つらい。人づてではなく、もう一度、（忍音の君に直接話して）これまでの憂鬱さを晴らせないでしょうか。（もし宮中ではなく）人目につかない所に隠れておられるのを、このように見つけましたならば、どれほど嬉しくて、私の親の機嫌も直せたかもしれないが、このように宮中にお住まいになり、帝がお心にかけておられることなので、私がどのように思っても、どうしようもないことだ。（帝は）この事情に気づかれて、（私に）『いつも思い悩んでいる』とばかり、ほのめかしておっしゃっていたが、どんなにか（忍音の君の居場所に気づかない私を）みっともない、とご覧になっていただろうか」と言うと、不愉快になると同時に、むやみに涙があふれて止まらなかった。（中納言が）「まず、この手紙をさし上げて、お返事を受け取ってください」と言うので、（中納言の君は忍音の君のもとへ）参上した。

いつものように伏せておられるので、お声をかけるが、いつもの（帝からの）わずらわしい伝言だと思われて、聞き入れようともされないので、「中納言殿が、（あなた様が）ここにおられるとお聞きになりました。お手紙をお渡しします」と申したところ、（忍音の君は）起き上がってご覧になると、ほんとうに（手紙が）ある。（これは）夢か現実かとも判断できず、胸が騒いで、どうしようもない。（中納言の君が）「まずお返事を早く早く」と申すので、呆然《ぼうぜん》としてお書きになる。

「天空にさ迷い出た月の光が、そこはかとなく消えるように、うわの空で宮中にさ迷い出た私は、そこはかとなく消えてしまうのでしょうか。

不本意な（宮中での）暮らしは、日ごとにつらくて」とだけ書かれた。

【注】　1この一文の口語訳は、「なんとも頼りないことですね。」（広島平安文学研究会）、「軽率なことですねえ。」

（『中世王朝物語全集』）よりも、「（中納言と忍音の君との仲は）はかないことであったなあ。」の方が、今までの出来事を総括し、今後の行方を暗示するにふさわしい。**2**中納言は恋敵が帝とわかるや、争わず初めから身を退くつもり。これでは三角関係にならない。**3**中納言は以前にも「野山の末」[十六3]（筑波大学本）を口にしたが、それは忍音の君と駆け落ちする決意の表現。言葉は同じでも、前回は愛の逃避行、今回は出家。**4**以前も出家を決心したが[三十五③6]、その理由は今回と異なる。[本章③12]参照。**5**帝が夜に来ない理由は、[三十九②1]の注、参照。**6**忍音の君の「つゆ靡き奉る気色もなし。」[本章②末尾]で分かった。**7**一部の写本は「かなしくも」。[本章②19]参照。**8**「いとほし」（気の毒）なのは、帝とはいえ嫌いな男性に言い寄られているから。またこのまま拒み続けると逆鱗に触れ、どんな目に会うかわからないから。**9**頭注「ことの　按、「の」は「は」の誤なるへし」。**10**帝は固執するタイプ。[三十八4][三十九①1][四十①6]。**11**筑波大学本は「のかる」ではなく「こかる丶」。「逃る」でも「焦がるる」でも、次に続く「さて」が指し示す古文は前にはなく、後続から判断すると、「さて」は忍音の君が帝の寵愛を受け入れることを指す。**12**忍音の君も、同じ事を心配した[三十八27]。薫も、匂宮が浮舟を女一の宮に宮仕えさせ、「さて（浮舟が宮の屋敷に）出で立ちたらむを（薫が）見聞かむ、いとほしく。」と思った（浮舟、一六七頁）。**13**前出「世にあること、隠れなければ」[十三②7]。**14**この一文を広島平安文学研究会は難解として、「必ず誰かが私のことを姫君に伝えるようなおせっかいが起きるのもいやですし。世間の噂になってそのつらさを紛らすこともできず、それでもあの方は恋しいお姿でいらっしゃると思うと耐えがとうございます。」と意訳した。『中世王朝物語全集』の訳は、「必ずこのことが人の口の端に上るであろう、そのみっともなさ——しかし、そうしたわずらわしさにもかかわらず、このままでは、なおあの人（忍音の君）を恋しく思われるであろうことがつらい。」（七一頁）。古文の前半は、次の例「忍ぶとも世にあること隠れなくて、内裏に聞こしめさむをはじめて、人の思ひ言はんこと、（中略）をこがましき名をとるべきかな。」（夕顔を亡くした光源氏の自省。夕顔、二四三頁）により、後者の訳の方が適切。古文の後半は後者の訳では話し手（中納言）が主語になり、「おはせ」が自敬語になるのが難点。類似表現「憂きに紛れぬ恋しさ」［三十八29］を参考にして訳した。**15**「をこがましきも、さることにて」の箇所、筑波大学本（『中世王朝物語全集』の底本）は「をこかましさ」。**16**以前も、「人づてには御心遣ひも苦しからむ。、尼上にただ暗き程の紛れに対面賜らむ。」［三⑥19］と頼んだ。依頼の内容は似ているが、環境は大きく異なる。**17**中納言に内緒で勝手に失踪するなど、以前は忍音の君に戒めたのに［本章④1］、今は「密かなる所」に居てくれた方が「嬉しく」とは、皮肉な運命。**18**母親は当初から、息子の味方［三十五②1］。父親も孫を見れば許してくれると思ったが［十二①5］、まだ仲が悪いので［四十一4］、果たして父を説得できるかどうか疑問。**19**［本章③13］参照。**20**「上のかばかり、御心に染み初めたらんこと」［本章⑤8の後］の繰り返し。それほど帝の存在は大きい。［本章⑤2］参照。**21**「勅言いみじくこそ、思ひやせられたれ。」［三十九③19］。また［四十①19］参照。**22**頭注「おほせられけるに　按、こゝの下に「こそ」など有しなるへし」。**23**「をこがましき」世評［本章⑤15］が流れる前から、忍音の君の宮中滞在に気づかない中納言を、帝は「をこがまし」と見ていただろうという推測は、誇大妄想気味。実際の帝は中納言を絶賛し［三十九③13］［四十二12］、忍音にも話した［四十①13］。結局、二人の男性は互いに相手の方が優れ、自分よりも忍音の君にふさわしいと考えている。**24**理性では帝に勝てないと諦めたものの、未練があり気分を損ねた。**25**まだ感情を、理性では押さえきれない。**26**この頃は昼夜を問わず帝が見えるので［四十五1］、いつも身を守る習慣［四十四③6］が身についてしまった。**27**帝の伝言は頻繁にあり、忍音の君にとっては煩わしい限り。**28**忍音の君には味方してくれる女房はいず、孤立している。［四十七17］参照。**29**頭注「きこしめしける　按、「ける」は「て」の誤なるへし」。**30**頭注「御ふみ奉らんと申けれは　按、「たてまつらせ給ふ」とあらねはきこえかたし」。**31**帝の前では「起きだに上がり給はず」［四十七1］、いつも「ひれ伏し」ていたのに、中納言の名を聞くやいなや態度は急変。**32**参考

「宿みれば寝ても覚めても恋しくて夢うつつともわかれざりけり」（後撰和歌集、哀傷、一三八八、読み人知らず）。「かきくらす心の闇にまどひにき夢うつつとは今宵さだめよ」（伊勢物語、六九段）。**33**中納言も忍音の君を垣間見たとき、胸が騒いだ［本章②3 14］。**34**一般に返歌は早いほど礼儀にかない、愛情・好意が深い証拠にもなる。ただし、ここでは急がないと帝に見つかる恐れがあるので、せかした。**35**「うはの空」に天空と、呆然とした様を掛ける。広島平安文学研究会は引歌として、「山の端の心も知らで行く月はうはの空にて影や絶えなん」（夕顔、二三四頁）を引く。**36**「あくがれ」は、帝が忍音の君への問いかけに使用［本章①17］。**37**中納言の歌でも、忍音の君を月に譬えた［本章③13］。恋の歌では女性は男歌と同じ言葉を用いても、内容は変えることが多いが、ここは中納言の歌に合わせて厭世観を詠む。**38**底本では「月影」と「影」が重複するので、傍記本文は前者を変えたか。**39**宮中に居ることも、帝の寵愛を受けていることも、不本意であると弁解。**40**これだけしか書かなかったのは、気が動転して「我にもあらず」だから。また急がないと、いつ帝が見えるか分からないから。

四十五

中納言の君も、『この頃は、御心を取らんとにや。[1]夜昼、上の渡らせ給へば、いかがすべき』と思ひわづらふに、今宵「こよひ」は[2]弘徽殿の参り給へるよし聞こゆれば、よき隙「ひま」と思ひて[3]入れ奉る。[4]互ひの御心の内、なかなか推「お」し量「はか」るべし。[5]かつは恨み、かつは慰め、[6]涙の先立つこと限りなし。

中納言ノ詞
「おはせざりし日より、いかなる[7]山の奥までも引きこもりたく侍りしかども、いづくにいかにして住み給ふらんとだに、[8]御行方［ゆくへ］の聞かまほしさに、今まで世に立ちまふ心の内は、いかばかりとか思しつる。[9]されども、かくて候ひ給へば、御ためは、いとめでたかるべき御ことにもあるかな。かかる[10]御宿世［すくせ］にてこそ、[11]心憂きことも殿《父上》の思しよりけめ。[12]何事もこの世ひとつならぬ事と思して、今は[13]上の御心に従ひ奉り給へ。ゆめゆめ《つゆイ》[14]恨み《めしイ》と、思ひ奉るべからず。[15]吾子［あこ］が事を思し放たで、御心にかけさせ給へ。自［みづか］らは今生《この世イ》［こんじゃう］[16]幾程［いくほど］ならぬことなれば、[17]蓮［はちす］の露をも[18]明らかに、玉と磨［みが］くまでこそ難［かた］からめ、心の限りは行ひて、つひに[19]涼しき道に赴きなば、[20]九品［くほん］の台［うてな］は[21]同じ蓮の座を分けて待ち奉らん。[22]今生の見参［げざん］は、[23]今宵ばかりこそ限りならめ。何［なに］やかやと、もの思し乱れで、候ひ付［つ］き給へ。かくまで[24]近づき奉るも、いと[25]便［びん］なき事なれども、いまだ[26]御心とけぬ事と見奉りしかば、今一たびは何か苦しからましと思ひ侍りてぞや。いかなる[27]野の末にても御《忍》事《音上ノ》の忘れがたさに、[28]念仏も[29]障［さは］りあるべきと思ふこそ、かねてより心憂けれ」と言ひ続けて泣き給へば、まして姫君の御心の内、いかでか[30]悲しく思さであるべき。涙にむせびて物ものたまはず、[31]人目［ひとめ］慎ましければ、[32]暁［あかつき］に中納言殿は帰りたまふ。

【訳】　中納言の君も、『近ごろは（忍音の君の）ご機嫌をとるつもりなのか、夜も昼も、帝がお越しになるので、どうしようか』と思い悩むが、今夜は弘徽殿（の女御）が（帝のもとに）参上されたことを耳にしたので、良い機会だと思って、（忍音の君の部屋に中納言を）お入れした。互いのお心の中は、（作者が説明するよりも）むしろ（読者が）推測してほしい。恨んだり慰めたりしても、涙が先にあふれて絶えない。

（中納言は忍音の君に）「（あなたが）いなくなられた日から、（私は）どんな山奥にも引きこもりたく思いましたが、せめて（あなたが）どこでどのようにして住んでおられるのかだけでも、（あなたの）その後が知りたくて、今までこの世に生きてきた（私の）心中はどうであったかと、思ってくださいましたか。けれども、こうして（帝に）お仕えなさっているのは、（あなたの）ためには、とてもすばらしいことでもあるなあ。こういう運命だから、（私たちの仲を引き裂くような）つらいことも、父の内大臣殿は思いつかれたのだろう。何事も前世からの因縁とお考えになって、今は帝のお心に従ってください。（私はあなたを）少しも恨めしいとは思いません。わが子のことをお見捨てにならず、お気にかけてください。私は現世で、どれほども（生きられ）ないので、（極楽にある）蓮の露を清らかに、玉のように磨くまでに至るのはむずかしいだろうが、心の及ぶ限り修行して、最後には極楽に往生できれば、九品蓮台では同じ蓮の座を（あなたのために）分けてお待ちしよう。現世でお会いするのは、今夜が最後だろう。あれやこれやと思い悩まれず、（帝に）お仕えしてください。（私があなたに）ここまで近づきますのも、まったく不都合なことだが、（あなたは帝に）まだ打ち解けておられないと（私は）拝見したので、もう一度（あなたに会うの）は、どうして差しさわりがあろうかと思いましてね。（私は出家して）どんな野の果てにいても、あなたのことが忘れがたくて、念仏（を唱えるの）も妨げになるだろうと思うと、今から心苦しい」と言い続けてお泣きになるので、まして姫君のお心の中は、どうして悲しくお思いにならないことがあろうか。涙にむせんで何もおっしゃらず、人目が気になるので、夜明け前に中納言殿はお帰りになる。

【注】 1帝のお出ましは、以前は昼間だけ［四十四⑤5］。 2この箇所にのみ登場する人物。系図不明。 3小木喬

氏は、「女にしても、宮仕えして、ことに帝の寵を集めている身、人目をはばからねばならぬ身が、現存本のように、かつての愛人を引き入れるなどという大胆さは、やはり平安朝の女人にはないことであろう。」と指摘された（『鎌倉時代物語の研究』二九頁、東宝書房、昭和三六年）。ただし女房が手引きする点に限れば、王命婦が光源氏を藤壺に、小侍従が柏木を女三の宮に会わせた。**4**草子地。二人の思いは既に述べたので省筆。また読者の想像に任せ、余情を醸し出す。**5**参考「よろづに恨み、かつは語らひたまふ。」（空蝉、一〇三頁）。「よろづに恨み、かつはあはれに契らせたまふ。」（須磨、一八九頁）。**6**「涙ばかりぞ先に立ちける」［三十四①14］。参考「世に知らずまどふべきかな先に立つ涙も道をかきくらしつつ」（匂宮が浮舟に詠んだ歌。浮舟、一二七頁）。「そこはかと知りて行かねど先に立つ涙ぞ道のしるべなりける」（更級日記、三一一頁）。「涙しも先に立つこそあやしけれ背くたびにもあらぬ山路を」（新日本古典文学大系『とりかへばや物語』一五七頁）。「うれしきにもつらきにも、さきだつものはなみだなり」（『京都大学蔵むろまちものがたり』「いはや」下、二十丁裏）。**7**前出「山路」（筑波大学本は「入る山道」）［四十一17］。**8**前出「たとひ世を背くとも、いづくにありと知られでは（中略）と思せば、やがても背き給はず。」［三十五③6］。**9**中納言の君へのセリフ「さても、かくておはしまさば、いとめでたかるべき御事なり。」［四十四⑤2］と同じ。**10**小木喬氏は『むぐら物語』と比較され、中納言が忍音の君に再会して、「かえって因果を説くのは、『むぐら』で、大将の死後、女主人公の生んだ御子が春宮となる段で、「母女御のめでたさに、大将はうせ給にしなりけり。いづくにも、大将殿の上のかかる幸と、世の人言ひののしる。」と、女の果報が、こうなるような因縁になっていたので、そのために大将は死ぬべき運命にあったのだと、宿命観を述べているところ、全く同じ考え方だと言うべきであろう。」（前掲書、二七頁）と述べられた。**11**つらい経験が幸福をもたらすという考えは、源氏物語に見られる。たとえば光源氏は明石で苦労したから、明石の姫君が生まれ（「わが御宿世も、この御事につけてぞかたほなりけり」澪標、二八四頁）、また源氏も生き長らえた（「中ごろなきになりて沈みたりし愁へにかはりて、今までもながらふるなり。」絵合、三八二頁）。**12**この一節の解釈は二通り考えられ、忍音の君が帝に愛されることも前世からの因縁、あるいは中納言との仲は来世まで続く。参考「何事もこの世一世〔ひとよ〕ならぬ事」〔三十一①3〕。**13**忍音の君の入内は、亡き父宮と祖父の願いであった〔十二②10〕。「祖父と父宮にとって、姫君の入内は亡くなる直前まで執念のように抱き続けていたのであろうが、そのために中納言は結果として帝への橋渡しをするという、犠牲者としての役割を演じたといえよう。没落した宇治の八宮の姫君中君は、結婚可能であった薫とは結ばれなく、彼はむしろ仲介役を果たすという、なかば道化的な役割も賦与されるのだが、匂宮と一緒になることによって、将来の栄花を手中に収める運命が訪れる。」（伊井春樹氏「『しのびね物語』論」、「詞林」25、平成一一年四月）。**14**「かつは恨み」〔本章5〕とは逆。その理由は、次の一文で明かされる。**15**中納言が出家し、その父内大臣も死ぬと、若君は出世できないため、中納言は出家に踏み切れなかった〔四十一17〕。しかし忍音の君が帝に愛されているとわかった今、安心して若君を忍音の君に託せる。今や中納言は愛憎を押さえ、冷静に将来を考えている。**16**「幾程ならぬ世の中」〔三十一①4〕。「幾程あるべき心地もせねば、行ひをもせばや。」〔三十八32〕。**17**参考「（紫の上を亡くした光源氏は）今は蓮の露も他事〔ことごと〕に紛るまじく、後の世をと、ひたみちに思し立つことたゆみなし。」（御法、五〇四頁）。「蓮の上の露の願ひ」（若菜上、一〇五頁）。**18**「蓮〔はちす〕の露も明らかに、玉と磨きたまはんことも難〔かた〕し。」（匂宮、一八頁）。「蓮葉〔はちすば〕の濁りに染まぬ心もて何かは露を玉とあざむく」（古今集、夏、一六五、遍照）を踏まえて、煩悩を断つことの難しさを表現したもの。**19**「（宇治の八の宮は）世に心とどめ給はねば、出立〔いでたち〕いそぎをのみ思せば、涼しき道にもおもむき給ひぬべきを」（椎本、一六九頁）。釈迦が生まれた天竺は熱帯で暑いので、極楽は涼しいとされた。**20**「九品の台」は、極楽にある九種類の蓮の台。**21**夫婦は一蓮托生。「（光源氏は紫の上と）後の世には、同じ蓮の座をも分けんと契りかはしきこえ給ひて」（御法、四八〇頁）。「同じ蓮に住むべき後の世の頼み」（若菜上、一一一頁）。**22**筑波大学本は「今生の見参」ではなく、「此世のたいめむ」。

「げざん（見参）」は中世の用語で、「伝統的な表現では「たいめむ」「見たてまつらん事」とあるべきである」（桑原博史氏『中世物語の基礎的研究』一八五頁、風間書房、昭和四四年）。ただし源氏物語にも用例あり。「おほかたには参りながら、この御方の見参に入ること難くはべれば」（薫から女一宮付き女房へのセリフ。蜻蛉、二四五頁）。**23**実際には、もう一度会っている［五十六］。口では道理を説いても、気持ちは未整理。なお『風葉和歌集』所載の詞書「せちに思ひける女に、心にもあらず隔たりにければ、世を背かんとて、いささか立ち寄りて　忍び音の中将」の傍線部分に注目して、改作前は女房を通して歌を送ったぐらいで、現存本のような二度にわたる逢瀬の記述はなかったと推定されている（小木喬氏『散逸物語の研究　平安・鎌倉時代編』笠間書院、昭和四八年）。**24**この一節により、「犯すべからざる宮中で実事＝情交が存した」と、加藤昌嘉氏は指摘された（「『しのびね物語』のコトバの網」、「詞林」25、平成一一年四月）。参考「帝の御妻［みめ］をも、あやまつ類ひ」（若菜下、二四四頁）。**25**帝の寵愛を受けよと言いながら、この逢瀬を帝に知られると不興を買う恐れあり。**26**「つゆ靡き奉る気色もなし。」［四十四②末尾］。**27**「野山の末」［四十四⑤3］。**28**頭注「念仏もさはりあるへき　按、「も」は「の」、「あ」は「な」の誤なるへし」。**29**忍音の君が所在不明の時も［本章8］、居場所がわかった今も、仏道修業の障害になる。出家を決意した中納言にとって、忍音の君はもはや厄介な存在。**30**自ら身を退く中納言の自己犠牲は、忍音の君には却ってつらい。念願の宮中脱出［四十①16］［同②13］に中納言は協力してくれないどころか、自分の存在が中納言の往生を妨げている。**31**「人目も慎ましくて」［四十四③8の後］。参考「（光源氏は朧月夜邸の）ここらの人目もいと恐ろしく慎ましければ、（朝日が）やうやうさし上がりゆくに、心あわたたしくて」（若菜上、七六頁）。**32**暁に帰るのは、秘密の恋。二人の仲は、以前とは異なる。

四十六

仏名[1]［ぶつみゃう］の年の暮れなれば、内わたりも花やかに、今めかしき[2]こと多く、思し紛るる[3]にも、帝はただ、この忍音の君[4]にのみ[5]、御心を尽くさせおはします[6]。

【訳】仏名会が行われる年の暮れなので、宮中もにぎやかで、当世風なことが多く、（人々は）気が紛れておられるが、帝はひたすら、この忍音の君にばかり、お心を傾けていらっしゃる。

【注】**1**本作に似た御伽草子『しぐれ』にも仏名があり、内裏に住む知人の内侍に身を寄せた姫君に、帝は仏名の聴聞を勧め、中将と再会させる。仏名会は十二月十五日から三日間、諸仏の名号を唱え、一年間の罪障を懺悔する法会。**2**「今めかしきこと多く」の一節は、次の傍線部と一致する。「（冷泉帝が即位して）世の中改まりて、ひきかへ今めかしき事ども多かり。源氏の大納言、内大臣になりたまひぬ。数定まりて、くつろぐ所もなかりければ、加はりたまふなりけり。」（澪標、二七二頁）。「東宮」［二］と帝が同一人物である（［七十四4］参照）ならば、この年に即位したか。男主人公が春の除目で中将から中納言に昇進した（［二十九］）のも、御世代わりによるものか。**3**「思し」の主語は、中納言以外の公卿か。他本は「思し」ナシ。参考「何ごとにつけても、紛れずのみ月日に添へて（光源氏は亡き紫の上を）思さる。」（幻、五三一頁）。**4**「忍音の君」という呼称は、ここと［三十九④3］の二例のみ。その後は「忍音の内侍」になる［六十八35］。**5**帝の寵愛が忍音の君に集中するという描写は、［七十七

6」まで続く。　**6**以前も、「（帝は）浅からず思し乱るる」［四十四③4］。

四十七

姫君《忍音上》は、中納言殿に知られ給ひしよりは、いとど上のおはします折も、[1]起きだに上［あ］がり給はず。[2]内侍などは、「いと[3]便［びん］無き事なり。うちとけ見え奉り給ふ事こそなくとも、[4]けしきをだに[5]世の常めかしく、もてなしておはせよ」と、のたまへども、『[6]世にあらむと思はばこそ、[7]便［びん］無き事も思はめ』と思して、『いかなる暇［ひま］もあらば、[8]髪を削［そ］ぎ落としてや《ばイ》』と思して、中納言の君に、「この髪の先の、さのみ生［お］ひゆくが[9]むつかしきに、裾を削［そ］ぎてばやと思ふに、[10]鋏［はさみ］も、いづくにあらん」と、何［なに］となきやうにのたまへば、『思すやう、あるべし』と[11]心得て、「御鋏［はさみ］は若君の御料［れう］に《[12]御移［うつ］ろひの[13]俄［にはか］なりしに、君の[14]伏し沈み[15]晴る》取らせ給ひしかば、候はず。自［みづか］らも持ち侍らず」と申せば《る時なくおはしますに、見わづらひて、さやうの物の行方［ゆくへ］も知り侍らず」と申せばイ》、いと[16]口惜しく、『[17]誰を頼むべき方［かた］も無きなめり』と悲しくて、『[18]いかにして消え失［う］せばや』と思して、[19]御湯［ゆ］をだに見入れ給はず、[20]限りある御命の、[21]心にまかせぬ事の恨めしくて、思しこがれたり。

上の渡らせ給ふ時は、いよいよ美しげなる様［さま］をも[22]見え奉らじと、[23]髪・顔の行方［ゆくへ］も知らず、[24]鏡に向かふ事も絶えてし給はず、[25]やつれ給へども、なかなか[26]美しき様［さま］の[27]類［たぐひ］なければ、いかにやつれ給ふとも、思し疎[28]［うと］むことぞなかりける。

【訳】 忍音の君は、（自分の居場所を）中納言に知られなさってからは、ますます帝がお越しのときも、（うつ伏したまま）起き上がりもなさらない。典侍などは、「（起き上がって帝を迎えないのは）とても、けしからぬことだ。（帝に）うちとけてお会いになられることはなくても、態度だけでも世間並みに振舞ってください」と忠告されるが、（忍音の君は）『（私が）俗世で生きていこうと思うならば、（何が）けしからんこと（かどうか）も考えよう』とお思いになり、『どんな機会でもあれば、髪を切り落として（出家したい）』と決心されて、中納言の君に、「この髪の先が、こんなに伸びてうっとうしいので、裾を切りそろえたいと思うが、鋏はどこにあるのかしら」と、なんでもないようにおっしゃると、（中納言の君は）『（出家の）覚悟がおありなのだろう』と気がついて、「鋏は若君のために、お渡しされましたので、（ここには）ございません。私も持っておりません」と申すので、（忍音の君は）とても残念で、『誰も頼める人がいないようだ』と悲しくて、『なんとかして消えてしまおう』とお決めになり、薬湯さえお飲みにならず、定められたご自分の寿命が思い通りにならないことが恨めしくて、思い乱れていらっしゃった。

帝がお越しになられたときは、（忍音の君は）愛らしげな様子をますますお見せするまいとして、髪や顔の手入れもせず、鏡を見ることも全然されず、やつれておられるが、かえって美しい姿は並ぶものがないので、どんなにやつれておられても、（帝が）お嫌いになることはなかった。

【注】 **1**以前は「うつぶし」［四十①5の後］、「うつぶきて」［同11］、「例のひれ伏して」［四十四⑤26］であったが、今はそれさえしない。**2**「内侍など」とあるので、他の人（母君・女房）も同様の説教をした。**3**典侍の説教は、

これで三回め［四十二1参照］。「いと便なき」は二回め［四十②14］にも使用。帝もセリフに使用［三十九①10の後］［四十②2］。　**4**本音を隠して無難に振る舞うのが、貴族のたしなみ。忍音の君のように本心のまま行動するのは異常。　**5**典侍が以前した説教「上の御覧じ侍らん時、さのみ沈みてな見え奉り給ひそ。」［四十②11］と同じ内容。言葉［本章3］も中身も、繰り返すのみ。　**6**典侍に対する忍音の君の反応も、「世にあらんと思はねば、人のかたじけなきことも知らず。」［四十②16］と同じ。　**7**「便無き事も思はめ」は、「いと便無き事なり」［本章3］への反発。以前も典侍に、「いとかたじけなき事とは、思さずや。」と諭され、「世にあらんと思はねば、人のかたじけなきことも知らず。」と言い返した［四十②12 16］。　**8**念願の宮中脱出が無理とわかった以上［四十五30］、帝を避けるには出家するしかない。以前から出家を望んでいたが［三十三34］、いまだ実行には至らず。　**9**参考「（光源氏は若紫の髪を見て）「うたて、ところせうもあるかな。いかに生［お］ひやらむとすらむ」と削ぎわづらひ給ふ。」（葵、二二一頁）。　**10**帝の予感が的中［三十九②2］。ふつうは僧侶が髪を切るが、兄弟が左遷させられたとき、自ら髪を切った中宮定子の例もある。「宮は御鋏して、御手づから尼にならせ給ぬ。」（栄花物語、浦々の別、一六九頁）。　**11**このように相手の本心に気づいていても知らない振りをして、本音を言わないのが貴族社会のマナー。忍音の君［本章4］よりも女房の方が、作法を心得ている。　**12**イ本の「御移ろひ」以下は第一系統、「御鋏は若君」以下は第二系統。ちなみに第三系統は「御はさみなど、いづれも内侍の取らせ給いしかば候はず。みづからは持ち侍らず」。「若君」は第二系統にのみ見られ、故意に子供を持ち出したのは、母親の自覚を持たせ出家を思い留まらせるため。　**13**たしかに引っ越しは突然の出来事［三十二③1］。　**14**「いよいよ伏し沈み」［四十②18］。　**15**「みづからの御気色は、いつとなう晴るる世なく」［四十四④13］。　**16**「口惜し」いのは鋏が無いことよりも、本心を女房に見抜かれ拒否されたから。　**17**本来、姫君の味方であるはずの女房にまで見放されてしまい、忍音の君の孤独感は［四十四⑤28］以上に深まる。ちなみに落葉の宮も鋏を隠されてしまい［三十九②2の例］、朝顔の宮は女房が光源氏を導き入れることを危惧して、「さぶらふ人にも打ち解けたまはず、いたう御心づかひしたまひつつ、やうやう御行ひをのみしたまふ。」（朝顔、四七七頁）であった。**18**底本の「いかにして」は第一系統。第二系統は「夜のまのほとに」、第三系統は「夜の程に」。第二系統の本文は、「いかで夜の間の程に、消えも失せなばや」［四十①16］に似る。ただし前回は夜逃げであったが、今回は逃亡も出家も叶わず死ぬしかない。**19**「日に添ひて、御湯をだに参り給はず。」［三十六1］と同じ状況。しかし以前は絶望のどん底でも夫婦愛を信じられたが、今は出家する中納言にも見捨てられた。**20**参考「限りあらむ命のほど」（野分、二六一頁）。**21**参考「身を心にまかせぬ嘆き」（御法、五〇〇頁）、「身を心にまかせず所せく」（梅枝、四一六頁）。**22**［本章6］の実践。**23**類似表現「髪の行方も知らず」［四十四③6］。**24**「〈身繕い〉をしないという行為は、未だ変わらざるきんつねへの恋慕であると同時に、帝への出仕に対する〈かすかな抵抗〉を意味する」（中川照将氏「『しのびね物語』における人物の属性」、「詞林」25、平成一一年四月）。**25**参考「（祖母を亡くした若紫は）げにいといたう面瘦せたまへれど、いとあてに美しく、なかなか見えたまふ。」（若紫、二二三頁）。**26**忍音の君が化粧しなくても美しいことに、帝は既に驚いている［三十九①21］。**27**「類なし」の表現は、［五③11］［十二②15］［二十三①13］のほか［七十13］にも見られる。**28**忍音の君が帝に嫌われようと身をやつしても、寵愛が増さるとは不条理。

四十八

中納言は内へ参りて、上を見奉るにつけても、『思ひ寄らざりける[1]御宿世〔すくせ〕かな』と、[2]つくづくとまぼられ給ふも、『また、[4]いかに思しめさん』と、いと[5]恐ろし。

[3]見奉るも恐ろしくて外様〔ほかざま〕へ見やらるイ

年あけぬれば、春[6]の光はいづくを御覧ずるも、いと[7]めでたく、のどやかなるにも、[8]中納言ノ御心ひとつに、『今[9]年ばかりこそ』と思せば、何[10][なに]につけても目[11]のみ留[とど]まりけり。

【訳】中納言は宮中に参られて、帝にお目にかかるにつけても、『思いもよらなかった運命だなあ』と、しみじみと（帝を）見つめてしまわれるが、『（帝は私を）また、どのように思っておられるだろうか』と思うと、とても不安である。

年が明けたので、新春の光はどこをご覧になっても、たいそう花やかで、うららかであるが、（中納言の）お心だけは、『（新年を迎えるのは）今年だけだ』とお思いになると、何につけてもひたすら目に留まった。

【注】1「かかる御宿世」〔四十五10〕参照。2今までは「聞きも知らぬやうにて候ひ給ふ」〔四十二21〕のように、帝を直視しないようにしていたが、数奇な運命に気づくと、忍音の君と中納言、そして若君の将来を操る帝を思わず見てしまう。新しい展開の始まりを暗示する仕草。「まぼられ」の「れ」は自発の助動詞。3イ本の「見奉る」以下は第二・三系統、「まぼられ」以下は第一系統。4中納言は自分の心中を、帝に読まれていると思い込んでいる〔三十九③22〕〔四十二20〕〔四十四⑤21〕。5これほど帝を恐れるのは、宮中で忍音の君と通じたから（〔四十五24〕参照）。もし情交がないならば、帝の「御眼尻[まじり]」がこたえたからか〔四十二18〕。参考「しかいちじるき罪には当たらずとも、この院（光源氏）に目をそばめられ奉らむことは、いと恐ろしく恥づかしくおぼゆ。」（女三の宮に通じた柏木の心境。若菜下、二二一頁）。6参考「いづことも春の光はわかなくにまだみ吉野の山は雪降る」（後撰集、春上、一九、躬恒）。7「新年の華やかさと、出家を心に誓った主人公の重苦しい心中を対照的に描く手法

は『とりかへばや物語』などにもみられる。」（広島平安文学研究会の注）。**8**中納言の姿は、紫の上を亡くし出家の用意をする光源氏に似る。「春の光を見たまふにつけても、いとどくれまどひたるやうにのみ、御心ひとつは悲しさの改まるべくもあらぬに」（幻、五〇七頁）。**9**参考「御仏名も今年ばかりにこそは、と（光源氏は）思せばにや、常よりもことに錫杖の声々などあはれに思さる。」（幻、五三四頁）。**10**参考「（死期を悟った紫の上は）この頃となりては、何ごとにつけても心細くのみ思し知る。」（御法、四八二頁）。**11**参考「（死期を悟った紫の上は）さしも目とまるまじき人の顔どもも、あはれに見えわたされたまふ。」（御法、四八四頁）。

四十九

この姫君のおはせざりし前［さき］に、[1]何［なに］となく、物をものたまひし[2]院の[3]侍従［じじゅう］の内侍［ないし］[4]なども、その後［のち］は、ただ[5]大方［おほかた］の情けばかりにて、夜［よる］など泊まり給ふ事はなかりしも、『恨めしく思ふらむ』と、あはれにて、台盤所［だいばんどころ］にて人もなく、[6]ながめおはするに、思ひかけず出《侍従ノ》［い］で来［き］ければ、[7]引きとどめて、「いみじうこそ《中納言詞》疎［うと］み給ひけれ。などやらん、[8]もの心細くて、[9]世に立ちまふべくもあらねば、[10][11]心より外［ほか］の途絶え《ぬを、などかくも問はせ給はぬをイ》を、[12]など問はせ給はぬ」と恨み給へば、[13]「誰《侍従詞》［た］がかたの、つらさになしてか」とて、[14]うち笑ひたるも憎からず、『偲［しの］ばれん』[15]と思してや、[16]しばし戯［たはぶ］れて、[17]また、承香殿《中納言ノ》［しょうきゃうでん］のかたの[18]馬道［めだう］にたたずみて、[19]笛をいとおもしろく吹き給へば、上は[20]例のここに《忍音上ノ方ニ》おはしまして、尽きせぬ御けしきを、[21]こしらへかねさせおはしますに、「[22]この笛の音［ね］は、[23]誰［た］がとか聞き給へる」と、[24]せちに問はせ給へども、[25]何《忍音上ノ》［なに］にか[26]答［いら］へ給はむ。うち[27]うつ伏しておはするに、帝は、中納言の知りたりとも思さで、「こなたへ」と召し《中納言ヲ》ければ、「いづくへ」と、のたまふに、「承香殿［しょうきゃうでん］へ」と、人の聞こゆれば、『また、おはしますにこそ』と、[28]胸うち騒ぎて参り給ふ。

【訳】　この忍音の君に出会われる前に、（中納言が）何というわけでもなく、声をかけておられた院の侍従という内侍なども、その後は、ごく普通の人情だけで、夜など泊まられることがなかったので、『（侍従は）恨めしく思っているだろうか』と、（中納言は侍従を）かわいそうに思い、台盤所で人影もなく、（中納言が）物思いに沈んでおられると、思いがけず（侍従が）出てきたので、（中納言は侍従を）引き止めて、「（あなたは私を）ひどく嫌っておられるなあ。どういうわけか、（私は）なんとなく気がめいって、世間に交わって生きていけそうにもないので、思いのほか付き合いが途絶えたが、どうして（私を）尋ねてくださらないのか」と、お恨みになると、（侍従が）「誰の方のつらさに、ことよせて（私を恨むのです）か」と言って、ほほえむのも憎らしくなくて、（中納言は）『（出家しても侍従のことは）忘れられないだろう』とお思いになったのか、しばらく冗談を言って、再び承香殿の方の渡り廊下に立ち止まって、笛をとても趣深く吹かれると、帝はいつものように、その建物においでになり、（物思いが）尽きない（忍音の君の）ご機嫌を取りかねていらっしゃるところで、「この笛の音は誰か、お分かりですか」と（帝は忍音の君に）しきりにお尋ねになるが、どうして返事をなさろうか。うつむいていらっしゃると、帝は、中納言が（帝との三角関係を）知っているともご存じではなく、「こちらへ（参れ）」と（中納言を）お呼びになり、（中納言が）「どちらへ（参るのか）」とお尋ねになると、「承香殿へ」と臣下が申すので、（中納言は）『また、（帝は忍音の君のもとに）おいでなのだ』と思うと、心が落ち着かず参上なされる。

【注】 1最初は、本気で懸想したわけではない。忍音の君との出会いも、初めは「何となくおはして」[二①12]。2院と帝の血縁関係は不明。 3内侍は複数おり、区別するため「侍従の内侍」と呼ぶ。 4「内侍など」とあるので、他にも恋人はいたか。 5参考「（葵の上の喪に服す光源氏は、召人の中納言の君に）おほかたには、なつかしううち語らひたまひて」（葵、五二頁）。 6台盤所で物思いに耽ったのは、ここが二人の出会った思い出の場所だからか。台盤所は清涼殿の一室で、女房の詰め所。その様子は『隆房卿艶詞絵巻』に描かれている。 7侍従は薄情な中納言を恨み、すぐ台盤所を出ようとしたので引き止めた。 8疎遠になった原因は愛情ではなく、無常観によると取り繕った。 9忍音の君が失踪した後、中納言は「いかにも憂き世には立ちまふべき我が身かは」[三十四①8の後]と思ったが、ここでは「などやらん」と原因を曖昧にして、世間一般の無常にすり替えた。 10「ぬを」以下のイ本は第二系統、「ねば」以下は第一系統。 11参考「心より外に（浮舟を）え見ざらむ程」（浮舟、一二四頁）。「我ながら心より外［ほか］なるなほざりごと（出来心の浮気）」（明石、二四九頁）。 12侍従の方が冷淡で尋ねてくれない、という詰《なじ》り方は、色好みがよく用いる方法。光源氏も明石から帰京後、忘れていた末摘花に、「年ごろの隔てにも、心ばかりは変はらずなん、思ひやりきこえつるを、さしも驚かいたまはぬ恨めしさに、今まで（末摘花の気持ちを）試みきこえつるを」と言い訳した（蓬生、三三九頁）。 13参考「かへる雁おのがわかれをたがかたのつらさになしてねをば鳴くらん」（臨永和歌集、巻九、雑上、五九二、題知らず、藤原盛徳）。『臨永和歌集』は元弘元年（一三三一）頃に成立したと推定される。藤原盛徳（元盛法師）は二条派の歌人で、建武四年（一三三七）に『勅撰

作者部類』を編纂。**14**あからさまに全部言わない代わりに、苦笑で相手の不実を責める。**15**「偲ばれ」の「れ」は自発。出家後もふと思い出されるほど、魅力のある女性。光源氏も紫の上亡き後、「一人（召人の中将の君）ばかりは思し放たぬ気色なり。」（幻、五二四頁）。この一節を『中世王朝物語全集』は「少しは物思いも慰むだろうと思われたのか」と訳すが、同様の場面に「（大将の姫君が）うち笑ひ給へるにも、いとほしく、『この人も、さすがに恋しとは、思ひこそせめ』と思す」［五十二14］とあるので、「中納言は、出家した後もこの人のことが偲ばれるだろうと思われてか」（広島平安文学研究会の訳）の方がよい。参考「ながらへばまたこの頃や偲ばれむ憂しと見し世ぞ今は恋しき」（百人一首、清輔）。「語らひける男、なからん世まで忘れじと頼めけるが、悩むこと侍りけるを、久しく問はざりけるに遣はしける。偲ばれんものとも見えぬ我が身かなある程だにも誰か問ひける」（続後撰集、恋五、九四九、和泉式部）。**16**苦悩する中納言にとって、この一時は一服の清涼剤。と同時に過去の女性にも恨まれないよう、談笑する気配りが見られる。苛酷な運命が待ち受ける過程に挿入された、この短い場面の効果は、光源氏が須磨へ行く前に久々に訪れ昔話をした花散里の巻が、前後の巻に比べて短篇であるのに似る。また長い無沙汰にもかかわらず語り合える侍従は、花散里に似る。**17**忍音の君には会えないと分かっていても、昔のように侍従の元に泊まる気にはなれない。光源氏も紫の上亡き後は、明石の君を訪れても泊まらず（幻、五二一頁）。**18**参考「（尚侍になった玉鬘は）承香殿の東面［おもて］に御局したり。西に宮の女御はおはしければ、馬道ばかりの隔てなるに」（真木柱、三七三頁）。池田亀鑑編『源氏物語事典』下巻、五五〇頁に承香殿の見取り図あり。髭黒と結婚した玉鬘に冷泉帝が言い寄る設定は、本作品の三角関係に似る。**19**中納言の笛の音色を知っている忍音の君［三十九④4］に笛を聞かせるのは、『伊勢物語』六五段に似る。文章も、傍線部分が一致する。「泣きをれば、この男、人の国より夜ごとに来つつ、笛をいとおもしろく吹きて、声はをかしうてぞ、あはれに歌ひける。かかれば、この女は蔵に籠りながら、それにぞあなるとは聞けど、あひ見るべきにもあらでなむありける。」。**20**前出「この頃は御心を取らんとにや。夜昼、上の渡らせ給へば」［四十五1］。**21**忍音の君に会えない中納言は笛の音で思いを伝えられるが、帝は忍音の君と対面しても心が通じない、とは皮肉。**22**忍音の君を慰められずお手上げのとき、運よく中納言の笛の音が聞こえてきたので、前回［四十①2］と同様、それを手掛りに問い詰める戦術に切り替えた。**23**帝の質問は「もし聞きたまふ事やありし。」［四十①4］と同じ。三角関係で変化したのは、忍音の君と中納言の仲のみ。**24**以前も「たびたび問ひたまふ」［四十①6］。帝は中納言が恋人であることを、忍音の君の口から聞くことに拘る。**25**頭注「なにか　按、「に」は「と」の誤なるへし」。**26**「ともかくも聞こえたまはで」［四十①11］と同じ。**27**以前も、「物も申さでうつぶし給へば」［四十①5の後］、「ただうつぶきて候ひたまふ」［四十①11の後］。顔を帝に見られたくないから。また顔色から本心を、帝に気づかれないようにするため。**28**以前も承香殿で胸が「騒ぎて」［四十四②3 14］。ただし前回は中納言が垣間見したが、今回は見られる側に回る。

五十

御簾［みす］の外［と］に、かしこまりて候［さぶら］ふ。[1]丁子染［ちゃうじぞ］めの香［かをり］深き御直衣［なほし］に、[2]花やかなる指貫［さしぬき］着給ひて、思ひに[3]痩［や］せ給へるしも、言ふよしもなく美しき様［さま］なり。上は、[4]女君《忍音上》を[5]引き寄せ給ひて、「[6]あれ見給へ。[7]忍び給ふも、[8]理［ことわり］なる有様［ありさま］かな。『ここに、あり』と[9]名乗り給へ」と、聞こえ給へば、[10]顔の置かんかたなく、『[11]知ろしめしけるにこそ』と心うくて、御袖より[12]涙の露ぞ[13]こぼれける。「[14]きんつね《勅言》は、いみじく[15]心凄［こころすご］げにこそ見ゆれ。ただ[16]今の調子［てうし」に何［なに］にても」と仰せらるれば、うちかしこまりて、笛[17]をいとおもしろく吹き給へば、『[18]これに琴、[19]《忍》弾《音上ノ》き合[20]はせてこそ、常［つね］に遊び給ひつらめ』とて、上も時々、唱[21]歌［しゃうが］し給ふ。

中納言は御[22]簾［みす］の内［うち］思ひやるに、『さ《御門ノ忍音上ト》し並びてこそ、おはすらめ』と、胸[23]も静かならず、『ここ《忍音上》に《ノ》ありとは、よも知らじとこそ、上の御覧ずらめ』と、『[24]をこがましく思しめすらん』と、かたがた心[25]の騒ぎければ、少[26]し吹きさして立ち給ふを、「など《勅言》、疾［と］く立ちぬるぞ。静[27]［しづ］心なき事のあるにや」と、ほ[28]のめかさせ給ふさへ、耳[29]に留［とど］まりておぼゆれば、ただ、[30]とく憂［う］き世を背［そむ］かんの御心ぞ深くなりゆく。

【訳】　御簾の外に、（中納言は）うやうやしく控えておられる。丁子染めで香りが深く染みこんだ直衣に、あでやかな指貫をお召しになり、もの思いで痩せておられるが、かえって言いようもないほど立派な様子である。帝は忍音の君を（そばに）お引き寄せになり、「あの人をご覧なさい。（あなたが彼を）お忘れにならないのも、もっともな（ほど立派な）姿だなあ。『（私は）ここにいます』と名のりなさい」と申されるので、（忍音の君は）顔を上げられず、『（帝は中納言と私の仲を）ご存じだったのだろう』と思うとつらくて、お袖より涙がこぼれ落ちた。（帝は中納言に）「きんつねは、ひどく寂しそうに見える。今のその調べで、何でも（よいから演奏しろ）」とおっしゃるので、謹んで承り、笛をとても趣深く吹かれると、（帝は）『この笛の音に（忍音の君は）お琴を合わせて、いつも合奏されていたのだろう』と思いながら、帝も時々、歌を口ずさまれる。

中納言は御簾の中を想像して、『(帝と忍音の君は)並んでいらっしゃるのだろう』と思うと、心中が穏やかではなく、(中納言は)『(忍音の君が)ここにいるとは、(中納言は)まさか知らないだろうと、帝は(私を)ごらんになっているだろう』と、『(帝は私を)愚かな者とお思いだろう』と、あれこれ考えると落ち着かず、少し吹いただけで立ち去られると、(帝は)「なぜ急いで立ち去るのか。心配なことがあるのか」と、あてこすりで言われることまで、耳に残るように思われるので、ひたすら、早くつらい世を離れ(て出家し)ようというお気持ちが強くなっていく。

【注】**1**「仏事関係の扇、衣服、袈裟等に多く使う黄味を帯びた薄紅色。」(広島平安文学研究会の注)。中納言の出家を暗示するか。 **2**二か月前に参内したときも、「龍胆の浮き織物の直衣、いと花やかにひき繕ひ給へども」[三十九③7]。美しい衣装は、内心を隠すカムフラージュ。忍音の君のやつれた姿[四十七23]とは対照的。 **3**[四十二9]参照。忍音の君も同じ[四十七25]。参考「(浮舟を亡くした匂宮は)なほありしよりは面やせ給へる、いと見るかひあり。」(蜻蛉、二四三頁)。 **4**忍音の君を「女君」と呼ぶのは初出。「姫君」の用例は[四十五30の前][四十七冒頭][四十九冒頭]などにあり。「女君」の方が男女関係にかかわる。 **5**「この人を上の御膝にかき寄せて」[四十四②6]と同様、有無を言わせぬ実力行使。参考「(光源氏は)柱がくれに少し側[そば]みたまへりつる(玉鬘)を、引き寄せたまへる」(野分、二七一頁)。 **6**帝が忍音の君に言った約束「(中納言が)此度[こたび]参りなむ時、見せ奉らんよ。」[四十①12]の実行。 **7**帝が中納言を称賛して忍音の君に語るのも[四十①13]にあり。 **8**参考「(懐妊した大君が)うち悩みたまへるさま、げに、人のさまざまに聞こえ煩はすも理ぞかし。」(竹河、八九頁)。 **9**「同じ雲居にありとばかりは文遣り給へ。まろ伝へむ。」[四十①21]よりも直情径行。 **10**帝の方へも中納言の方へも顔を向けられず、うつむくしかない。 **11**帝は[四十①]よりも大胆だが、忍音の君の反応は『されば

こそ。この事を知ろしめしけるにこそ』と、いとど恥づかしく、物も申さでうつぶし給へば」［四十①5］と同じ。**12**参考「あはれしるなみだの露ぞこぼれけるくさのいほりをむすぶちぎりは」（山家集、九一一）。**13**「忍ぶとすれども、涙のほろほろと落つれば」［四十①17］のように、無言でも涙でわかる。袖から涙が落ちるとは、袖に溜まった涙があふれるほどの様子。**14**「きんつね」は［三十九③6］［四十二5］に既出。ここは帝が中納言より偉いことを忍音の君に示すため、呼び捨てにしたか。**15**おきまりのセリフ。『常に物思ふ』とのみ、ほのめかして仰せられける」［四十四⑤21］。**16**気持ちは「心凄げ」なのに、それを変えろとは言わず、同じ調べで吹けとはサディズム気味。**17**「笛をいとおもしろく吹き給へば」［四十九19］と同じ。帝に心中を悟られぬよう、同じ調子で吹いた。**18**「これに」の箇所、筑波大学本は「姫君」。［本章4］参照。**19**忍音の君は琴の名手［二①5］。帝が聞いたかどうかは不明だが、典侍の元に身を寄せたときも琴を持参した［三十二③3］。**20**合奏は、相思相愛の二人の心が通い合っている証拠。参考「（元服した光源氏を帝は藤壺の）御簾の内にも入れたまはず。御遊びの折々、（藤壺の）琴・（光源氏の）笛の音［ね］に聞こえ通ひ」（桐壺、一一五頁）。**21**「帝が〈琴〉ではなく、〈唱歌〉をした本当の理由。それは、意識的に〈唱歌〉をすることによって、以前よくしていたであろうきんつねの〈笛〉と姫君の〈琴〉という形の合奏をあえて避けることにある。より具体的にいえば、しのびねの姫君の属性である〈琴〉を、この合奏の場から排除することによって、帝はきんつねに対して〈笛〉―〈琴〉の合奏（＝きんつねと姫君の恋愛）が過去のものであるということ。そして、それ以上に、もはやその合奏自体さえも許さないことを宣言しているのだ。」（中川照将氏、前掲論文）。あるいは見事な笛の音につられて、唱歌したとも解せる。参考「（夕霧の笛の音が）いみじう面白ければ、御琴どもをばしばし留［とど］めて、大臣、拍子おどろおどろしからずうち鳴らし給ひて、「萩が花ずり」など歌ひたまふ。」（少女、三二一頁）。**22**光源氏と藤壺の仲に似る。「御簾の内にも入れたまはず。」（桐壺、一一五頁）。「わりなき（光源氏の）御心には、御輿のうち（藤壺）も思ひやられて、いとど及びなき心地したまふに、すずろはしきまでなむ。」（紅葉賀、四二〇頁）。**23**垣間見した光景がよみがえり、「胸は音にも聞こえぬべく騒ぎて」［四十四②14］の再発。**24**「いかに、をこがましく御覧じけむ」［四十四⑤23］と同じ。帝と中納言の仲は変わらず。［四十九23］参照。**25**垣間見したときも心が「騒ぎて」［本章23の注］であったが、今は見ずに想像しているので、ますます動揺。**26**御前演奏は、これで三回め。一回めは「事果てて」［四十①冒頭］、二回めは「御遊び果てて」［四十三1］で、いずれも最後まで吹き通したのに、今回は途中で止めたのは、帝の〈唱歌〉を聞いたから（中川照将氏、前掲論文）。また初めの二回は承香殿以外での演奏で、平静を保てたから。**27**本作品に「静心なし」は三例あり［三⑥17］［五⑤5］、いずれも忍音の君に対する中納言の気持ちを表す。**28**帝は中納言に皮肉を言うのが密かな楽しみであるが、中納言にはもはや耐えられない。「「あくどい戯れ」ではすまされぬ、狂気の沙汰ともいえる帝の言動である」（『中世王朝物語全集』の解題、一五八頁）。**29**帝を「いと恐ろし」［四十八5］と思うほど神経衰弱。**30**出家の理由は、以前は一蓮托生［四十五21］。今は帝から逃げるため。

五十一

見苦しき《中納言ハ我方ニテ》反古［ほうご］ども[1]破［や］り捨て、[2]よろづの具ども[3]したためて、[4]若君の御料［れう］にし置かせ給ふ。

[5]『正月は、なにとなく[6]便［びん］なからん』と思し滞［とどこほ］りて、『二月に』と定め給ふに、日数［ひかず］積もり行くも、さすがに[7]悲しければ、[8]『これも心からぞや。いかなる所へも引き具《忍音上ヲ》して、[9]巌［いはほ］の中にも、[10]もろともに過ごしなばや』と、思し寄る折々もあれど、また、『我が身こそあらめ。かばかり、上の、な

のめならず思して、御心を尽くし給ふに、引き具しなば、殿《中納言ノ父上》をも良しと思しめさじ。また、若君○《のためイ》も、我［われ］かくなりぬと思しめさば、あはれも添ひて、人ともなさせ給ふべきを』と[11]思しまはすに、かたがた、いとほしかるべし。『ただ、[12]我が身ひとつを無きにして、[13]残り留［とど］まらん人々《忍音上・若君ナド》、親たちをも、心やすくあらせ奉らん。姫君も、[14]今は思し結ぼふるとも、年月［としつき］重ならば、[15]忘れてこそおはせめ《[16]草生［お］ひこそはせめイ》。いづれの女御と聞こゆとも、これに並び給ふべきこと[17]難［かた］ければ、上も疎［おろ］かには、思しめさじ』と、[18]ひとへに思ふも、あはれなり。『[19]若君の、いかに[20]尋ね給はん』と思ふのみぞ悲しき。

【訳】（中納言は）人に見られると恥ずかしい手紙を破り捨て、たくさんの道具類も整理して、若君のために片づけておかれる。『二月（に出家するの）は、おそらく不都合だろう』とためらわれて、『二月に（出家しよう）』とお決めになるが、日にちが過ぎていくにつけても、やはりつらいので、『この出家も自分で決めることだ。（忍音の君を）どんな所へも連れて行き、大岩の中でも一緒に過ごしたい』と、お考えになることもあるが、また（思い返して）、『私自身は、どうなってもよいが、あれほど帝が（忍音の君を）並々ならず愛されて、ありったけの愛情を注がれているのに、（私が忍音の君を）連れ出してしまえば、（帝は私だけでなく）私の父上をも、けしからんとお思いになるだろう。また、若君のためにも、私が出家したと（帝が）お気づきになれば、同情も加わって、（若君を）一人前にしてくださるだろうに』と、お考えをめぐらされると、あれもこれも気にかかるようだ。『ただ、私だけ世間から離れて、あとに残された人々や親たちも、安心して暮らせるようにしてさし上げよう。忍音の君も、今は気がめいっておられるが、年月が過ぎれば、（私のことは）お忘れになるだろう。どんな女御でも、この忍音の君と張り合われることはむずかしいので、帝も（忍音の君を）おろそかには思われないだろう』と、ひたすら（中納言が忍音の君を）気づかうのも、心打たれる。『若君が、どんなに（私を）お捜しになるだろう』と思うと、それだけが悲しい。

【注】 **1**光源氏も出家する前に、手紙を「破らせたまふ。」（幻、五三三頁）。 **2**光源氏も須磨へ行く前に、「よろづの事ども、しためさせたまふ。」（須磨、一六八頁）。 **3**忍音の君も宮中へ行く前に、「見苦しき物どもしたためて」［三十二③1］。 **4**光源氏は紫の上に、管理を委任した。「さぶらふ人々よりはじめ、よろづのこと、みな西の対（紫の上）に聞こえわたしたまふ。領じたまふ御庄、御牧よりはじめて、さるべき所どころの券など、みな奉りおきたまふ。」（須磨、一六八頁）。 **5**光源氏も年頭の準備はしたので、出家はそれ以後（幻、五三六頁）。 **6**正月は宮廷行事が多く、中納言がいないと人々に迷惑をかけ、中納言の世評が悪くなり、父内大臣や若君の将来にも響く。肉親への配慮は［本章11］以下、参照。 **7**死を決意した浮舟も、「（自殺に）障りどころもあるまじく、さはやかによろづ思ひなさるれど、うち返しいと悲し。」（浮舟、一五九頁）。 **8**この一文の訳は二通りあり、広島平安文学研究会の「これも姫君への未練を絶ち切れない心ゆえか、」の場合、「これ」は直前の「悲し」を指す。また『中世王朝物語全集』の「これも我が心次第だ。」では、「これ」は後続の一文を指す。ここでは前の心内語で語られた出家を受けると解釈する。 **9**以前にも、「『いかなる巌の中にも、げに心にかなはぬ世ならば、引き具してこそ過ぐさめ』と思すも、浅からぬ御志なり。」［十四10］とあり、かつての思いがよみがえる。参考「いかならん所へも引き具して去なむ」（隆房集、八九番歌の詞書。中島泰貴氏『中世王朝物語の引用と話型』一七頁、ひつじ書房、平成二二年）。 **10**参考「（光源氏は）忍びて（紫の上と）もろともにもやと思し寄るをりあれど」（須磨、一五四頁）。 **11**浮舟も自分が生きていれば、皆に迷惑がかかることを恐れた。「ながらへて人わらへにうきこともあらむは、いつかそ

のもの思ひの絶えむとする。」（浮舟、一五九頁）。「ながらへば必ずうき事見えぬべき身の、亡くならんは何か惜しかるべき。（中略）ありながらもてそこなひ、人わらへになるさまにてさすらへむは、まさるもの思ひなるべし。」（浮舟、一七六頁）。**12**浮舟も「わが身ひとつの亡くなりなんのみこそ、めやすからめ。」と決心した（浮舟、一七六頁）。また藤壺も光源氏も、東宮（冷泉帝）即位のためには自己犠牲も覚悟した。「（出家した藤壺は）わが身をなきになしても春宮の御世を平らかにおはしまさばとのみ思しつつ」（賢木、一三〇頁）。「（光源氏の）惜しげなき身は亡きになしても、宮の御世にだに事なくおはしまさば」（須磨、一七一頁）。**13**浮舟も死んだほうが、人々（親・姉の中の君・薫・匂宮など）に心配をかけないと思った。「なほ、わが身を失ひてばや、つひに聞きにくきこと（薫・匂宮との三角関係）は出で来なむ」（浮舟、一五九頁）。**14**浮舟も同じ事を考えた。「さても我が身行く方［へ］も知らずなりなば、誰も誰も、あへなくいみじ、としばしこそ思うたまはめ」（浮舟、一五九頁）。**15**以前は忍音の君が置き手紙に、「なからん後に、忘れ草や茂からん。」〔三十四①17〕と記した。浮舟も、「親もしばしこそ嘆きまどひたまはめ、あまたの子ども扱ひに、おのづから忘れ草摘みてん。」と考えた（浮舟、一七六頁）。**16**イ本は第一系統。本行は第二系統。**17**予想通り桐壺女御は忍音の君に寵愛を奪われ、「かく押されぬる事と、口惜しく思しわびたり。」〔七十四9〕。しかし中納言自身、妹の桐壺女御は忍音の君に劣らぬ美人と見ており〔三⑨7〕、この一節は矛盾する。**18**頭注「ひとへにおもふも云々おもふのみそ　按、いつれも地の詞なれは「おもひ給ふ」とあらねは聞えかたし」。「と、ひとへに思ふも」は第一系統で、第二系統は「人々いひつる心さへ」。**19**今や忍音の君よりも、若君の方が心残り。「あはれ、よしなき山路のほだしかな。」〔四十一17〕。**20**この心配は的中するが〔六十五1〕、成長した若君は父を尋ねていく〔七十八〕。

五十二

とかくする程に、正月もうち過ぎければ、『[1]大将の姫君にも、[2]今一度〔ひとたび〕』と思して、おはしたり。[3]絶え絶えなるも[4]恨めしけれど、[5]うち見る《御有様ニイ》ときは美しさに[6]万〔よろづ〕の事も[7]忘れて、珍しくおぼゆれど、『憂きこと[8]知らず顔ならんも、むげに[9]心なき様〔さま〕にや』と思して、頓《中納言ニ》〔とみ〕に[10]目も合はせ給はず。「たまた《中納言詞》ま参りたるに、[11]など、かくは」とて、[12]側〔そば〕へ寄り給へば、「[13]却《姫君詞》〔かへ〕りて恨みかけ給ふに、自〔みづか〕らは言ふべき事も覚えず」とて、さすがに少しうち[14]笑ひ給へるにも、[15]いとほしく、『[16]この人も、さすがに[17]恋しとは[18]思ひこそせめ』と思すにも、『あはれ、かたがたにつけても、よしなき[19]物思ひどもの種、[20]蒔き給ふ《たまへ》も《るイ》のかな』と[21]心苦しくて、「まろは《中納言詞》、しばし[22]物詣〔ものまう〕でし侍らんずれば、御暇〔いとま〕申しに参りたるぞ。常〔つね〕に参ることこそ稀〔まれ〕なれども、同じ都の内は心安くて過ぐすを、[23]いとおぼつかなくこそ思ひ奉れ。無からん程は、[24]いかが思すべき」とのたまへば、「絶《姫君詞》え絶えに訪れ給ふ[25]さへ心憂〔う〕きに、[26]遠くはまして」とばかりにて、涙ぐみ給へば、「[27]もし《中納言詞》、人の身なれば、いづくにても消え失せなば、また見え奉らぬ事もやと思へば、心細くこそ侍れ。[28]何〔なに〕とやらむ、[29]世の中あぢきなくて、ただ一人〔ひとり〕眺めありきつるままに、日頃とだえつる。[30]心の疎〔おろ〕かは、つゆも侍らぬぞ。恨めしと思しなすな」と[31]○《聞こえイ》て、その夜は留［とど］まり給へば《今宵［こよひ］はとどまり給ふイ》、大将殿《イ无》も嬉しくて、いとど傅[32]［かしづ］ききこえ給ふ。

【訳】（中納言は）あれこれするうちに、一月も過ぎたので、『左大将の姫君にも、もう一度（会っておこう）』と思われて、おいでになった。（中納言の訪れが）途切れ途切れであるのも恨めしいが、（中納言の）姿をふと見ると、その立派さに悩み事もすべて忘れて、すばらしいと思われるが、（姫君は）『つらいことに気づかない振りをするのも、まったく分別がないようであろうか』とお思いになり、（中納言に）すぐには目をお向けにもならない。（中納言が）「たまに参りましたのに、なぜ、このように（無愛想なのか）」と、（姫君の）そばに近寄られると、（姫君は）「逆に恨み言をおっしゃるので、私は何を言えばよいか分かりません」と、そうはいうものの少しほほえまれるのも、いじらしく、（中納言は）『この姫君も、（出家すれば）やはり慕わしいと思うかもしれない』とお考えになるにつけても、『ああ、あれこれにつけても、どうしようもない悩みの種をお作りになることだなあ』と思うと、つらくて、（中納言は）「私はしばらく、寺社参りをしますので、お別れを申しに参ったのです。ふだん（左大将邸に）参ることは、めったにないが、（それでも、あなたと）同じ都の中にいると（いつでも会えるので）気楽に過ごせたのに、（都を離れると、あなたのことが）たいそう気がかりに存じます。（私が）いない間は、（あなたは）どのようにお思いだろうか」とお尋ねになると、（姫君は）「たまに訪れてくださることすら、つらいのに、（あなたが）遠くなると、いっそう（つらくなります）」とだけ言って、涙ぐまれるので、（中納言は）「（私もはかない）人の身なので、もしもどこかでいなくなれば、二度とお目にかかれないこともあるかと思うと、心細くなります。どういうわけか、世の中がおもしろくなくて、たった一人で物思いにふけって過ごしてきたので、このところ（訪問が）途絶えてしまった。愛情が薄いわけでは、全然ありませんよ。恨めしいと思わないでください」と申して、その夜はお泊まりになったので、左大将殿も嬉しくて、いっそう（中納言の）お世話をなされる。

【注】 1このまえ大将家を訪れたのは、ほぼ一年前［三十一②1］。以来「大将殿へも、かき絶え音もし給はず。」［三十五③9の後］、「かき絶え二条へもおはせず」［四十一1］と音信不通。2出家する前に人の恨みを残さない配慮は、院の侍従の内侍にも見られたが［四十九16］、それは恋人との偶然の出会い、これは正妻への公式訪問。まさに立つ鳥、跡を濁さず。参考「かの人（花散里）もいま一たび見ずはつらしとや思はんと（光源氏は）思せば、その夜はまた出でたまふ」（須磨、一六六頁）。3光源氏も、「大殿（葵の上）に二三日など、絶え絶えにまかでたまへど」（桐壺、一二五頁）、「大殿には絶え絶えまかでたまふ。」（帚木、一二九頁）であった。4光源氏も、「大殿（葵の上）には、絶え間おきつつ、恨めしくのみ思ひきこえ給へり。」（夕顔、二二〇頁）と恨まれていた。5イ本の「御有様に万の事も忘れて」は第一系統、本行は第二・三系統。6この一節は、「大将もかくのみ途絶え多きを恨めしく思せども、御さまの美しさによろづの咎も忘られて、かしづき聞こえ給ふ。」［三十一②2］と同じ。すなわち中納言と正妻側との関係は、好転していないかわりに悪化もしていない。「よろづのこと」の箇所、筑波大学本は「よろづのとが」で前文にさらに近い。7参考「（光源氏の美しい舞い姿を見て）左大臣、（葵の上に冷淡である）恨めしさも忘れて、涙落としたまふ。」（花宴、四二四頁）。8参考「ただ今の空のけしきを、思し知らぬ顔ならむも、あまり心づきなくこそあるべけれ。」（椎本、一八四頁）。9少しは嫉妬したほうが、可愛げがある。参考「（男に対して）怨［ゑん］ずべきことをば、見知れるさまにほのめかし、恨むべからむ節をも、憎からずかすめなさば、それにつけて、（女への）あはれもまさりぬべし。」（帚木、一四四頁）。10以前も、「久しかりつるほどを（大将の姫君は）恨めしく思すにや、うちそばみ給へるを」［二十七3］で、姫君の態度は同じ。参考「（久しぶりに宇治を訪れた匂宮は）おろかならず言の葉を尽くしたまへど、（中の君は）つれなきは苦しきものをと、一ふしを思し知らせま

ほしくて、心とけずなりぬ。」（総角、三二九頁）。「（中の君は匂宮に対して）おしこめて、もの怨［ゑん］じしたる世の常の人になりてぞおはしける。」（浮舟、九八頁）。**11**「たまたま参りたる」から姫君は不機嫌で黙っているのに、その無言の非難を逆手に取って恨む手は、侍従へのセリフ「など問はせ給はぬ。」［四十九13］と同じ。光源氏も無愛想な葵の上に向かって、「いかがとだに問ひたまはぬこそ、珍しからぬことなれど、なほ恨めしう。」と声をかけた（若紫、三〇〇頁）。**12**以前は「（大将の姫君は）うちそばみ給へるを、あながちにも語らひ給はず。我もうち眺めつつ、つくづくと端の方におはす。」［二十七3］で、二人とも離れたまま無言。**13**逆に恨まれたので、あきれて言葉を失った、の意。筑波大学本には「却りて恨みかけ給ふに」の一節がなく、その場合は、言い表せないほどの怨みをこめつつ拗ねている。**14**やや皮肉をこめ、思いを暗示する苦笑。院の侍従も「うち笑ひたる」［四十九14］。**15**以前の「らうたく愛敬づき、思はしき所のなきぞ、うたてきや。」［二十四8］とは大違い。**16**光源氏も帰京する直前になって、明石の君への愛情が増す。「ありしよりも（光源氏は明石の君を）あはれに思して、あやしうもの思ふべき身にもありけるかなと思し乱る。」（明石、二五二頁）。**17**院の侍従に対しても『偲ばれん』と思してや」［四十九15］。**18**「思ひこそせめ」には敬語がないので、主語は中納言。尊敬語があれば主語は姫君になり、「この人もやはり恋しくお思いだろうな。」（広島平安文学研究会）と訳せる。**19**参考「あぢきなき思ひの種となる」［一9］。**20**「給ふ」の主語は大将の姫君など。筑波大学本は「ものかなと」を欠くため、「給ふ」の主語は中納言になり、「あはれ」以下は草子地。**21**参考「さもさまざまに心をのみ尽くすべかりける人の御契りかなと、（光源氏は藤壺を）つらく思ひきこえたまふ。」（須磨、一五五頁）。**22**寺社詣でに行くと嘘をついたのは、出家しに家出したことが、すぐにばれないようにするため。**23**物詣では都の外であることを示す。遠い方が、出家が露見するまでの時間稼ぎになる。**24**参考「ただ今ゆくへなく飛び失せなば、いかが思ふべき。」（更級日記、三〇七頁）。**25**頭注「給ふさへ　按、「さへ」は「たに」の誤なるへし」。**26**参考「しばし（光源氏を）見ぬだに恋しきものを、（須磨のような）遠くはましていかに、と（光源氏に）言へかし」（八歳の東宮のセリフ。須磨、一七五頁）。**27**重病の紫の上も、見舞いに来た明石の中宮に、一般論として無常を語った（御法、四八七頁）。**28**院の侍従へのセリフ、「などやらん、もの心細くて、世に立ちまふべくもあらねば、心よりほかの途絶えを」［四十九9］と同じ。途絶えの原因は薄情ではなく、無常観によると取り繕う。**29**前出「幾程ならぬ世の中に身を苦しむるも、あぢきなし。」［三十一①5］。参考「世の中はあぢきなきものかなとのみ、よろづにつけて思す。」（須磨に退く前の光源氏の思い。須磨、一七六頁）。**30**匂宮も、宇治に住む中の君を訪問できないのは、薄情だからではないと説明した。「思ひながら途絶えあらむを、いかなるにか、と思すな。」（総角、二七一頁）。**31**イ本（「と聞こえて今宵はとどまり給ふ」。「大将」以下ナシ）は第一系統、本行は第二系統。**32**「かしづき聞こえ給ふ。」［三十一②4］と同じ。

五十三

その夜は先々［さきざき］よりも、細々［こまごま］と語らひ明かし給へば、[1]姫君もいとあはれに思しけり。明くる日も留［とど］まり給ふに、[2]人々も、『思しめし直したるにこそ』と、めでたく嬉しき事に思ひて仕［つか］うまつる。[3イ无]大将殿も心行ゆきて、かしづき給ふ。

【訳】 その夜は以前よりも、細やかに一晩中、語り明かされたので、姫君もとてもしみじみと思われた。次の日もお泊まりになるので、女房たちも、『（中納言は）お考え直されたのだろう』と、すばらしく嬉しいことと思って、お仕えする。左大将殿も満足して、大切にお世話なされる。

【注】 **1**須磨へ退く光源氏も、人に恨まれぬよう気を配った。「（光源氏が）かく世を離るる際には、心苦しきことのおのづから多かりけるを、ひたや籠りにてやは。常なき世に、人にも情なきものと、心おかれはてんと、いとほしうてなむ。」（須磨、一六二頁）。 **2**「姫君も」［本章1］・「人々も」［本章2］・「大将殿も」［本章3］と皆の機嫌をとるのは、出家後に父内大臣や若君が憎まれて出世に響くことがないようにするため［五十一6参照］。有終の美を飾ろうという魂胆。 **3**「大将殿も」以下がイ本（第二系統）に無いのは、前章の末尾と重複するから。

五十四

またの朝［あした］は出［い］で給ふとて、「（中納言詞）これ、まろが帰らん程、これに置き給へ」とて、[1]霜枯れに月出［い］だして、いたく[2]薫［かを］りたる[3]御扇［あふぎ］と、下に召し給へる[4]綾の[5]御衣［おんぞ］の[6]なよらかなるとを置き給へば、『ただ今、かく限り』と思しめすとは、いかでか知り給ふべき。（姫君ノ）取りて置き給ふ。御前［まへ］の[7]女房達も、若きにも老いたるにも、[8]言葉なつかしくかけ給ひて、「物より帰り侍らば、参り来［こ］ん」とて、出［い］で給ふ。[9]さしも思さぬ辺［あた］りなれども、[10]『今を限り』と思せば、いとあはれなり。

【訳】 翌朝は（左大将邸を）お出になるので、（中納言は）「これは私が帰るまで、ここに置いといてください」と言って、霜で草木が枯れて（いる野に）月が出てい（る絵が描かれ）て、とてもお香を焚き染めた扇と、下に着ておられた綾織物のしなやかなお召し物とを残して置かれるが、（中納言が）『今やこれが最後だ』とお思いになっているとは、（姫君は）どうしてご存じだろうか。（何も気づかない姫君は形見の品を）受け取って置かれる。おそばにいる女房たちにも、老若を問わず、（中納言は）親しみ深く言葉をおかけになって、「参詣から帰りましたならば、（この左大将邸に）戻ってまいりましょう」と言って、お出になる。それほど気にも留めておられない所ではあるが、『今が最後だ』とお思いになると、とても感慨深い。

【注】 1源氏物語の「霜枯れ」は、秋の末から冬にかけて。今は二月（暦の上では春）で不似合い。「中納言が形見に扇を残したのは、その図柄からも、愛の衰え—別れを暗示する〈秋扇〉をイメージしたものか。」（広島平安文学研究会の注）。参考「いとすさまじき霜枯れの頃ほひ」（匂宮、二二一頁）。 2夕顔が光源氏に差し出した扇も、「もて馴らしたる移り香［が］、いと染み深う」（末摘花、二二三頁）。 3扇［あふぎ］は「会ふ」を掛けて、餞別によく使われる。光源氏も伊予国に下向する空蟬に、扇・櫛・幣［ぬさ］を贈った（夕顔、二六八頁）。 4綾の下着は贅沢品。光源氏の下着も「白き綾のなよよかなる」（須磨、一九二頁）。 5光源氏も須磨へ行く直前、「脱ぎ捨てたまひつる御衣」を紫の上に残した（須磨、一八一頁）。 6「なよらか」なのは着馴れて糊がとれ、柔らかくなったから。光源氏も「白き御衣どもの、なよよかなる」（帚木、一三七頁）、薫も「なよよかなる御衣ども」（宿木、四一二頁）を着ていた。 7女房たちの機嫌までとり、出家後も嫌われないようにする。女房を味方にすれば、姫君を慰めてくれる。 8光源氏も葵の上の喪があけ、その屋敷を去るとき、女房に「なつかしう、うち語らひたまひて」（葵、五二頁）。 9参考「（死期を悟った紫の上は）さしも目とまるまじき人の顔どもも、あはれに見えわたされたまふ。」（御法、四八四頁）。 10参考「（鬚黒との夫婦仲は）今は限りと（北の方は）見たまふに、さぶらふ人々もいみじう悲しと思ふ。」（真木柱、三六一頁）。

五十五

さて、殿へおはして、[1]ことさらひき繕［つくろ］ひ、花やかに御装束［しゃうぞく］し給ひて、『今一度［ひとたび］上をも、さらぬ人々をも、[2]見奉らん』と思して参り給へば、『[3]ただ今ばかり』と思ふに、涙の落つるを紛らはしつつ候［さぶら］ひ給へば、上は御覧じて、[4]勅言「尽きせぬ[5]物思はしさのみこそ、心苦しけれ」と、仰せらるれば、[6]中納言詞「しばし[7]物へ詣［まう］づることの侍れば、とく参り帰り侍らん」と、奏［そう］し給へば、「[8]いづくぞ。[9]うらやましくこそ」と、のたまはすれば、「[10]鞍馬の方［かた］へ」と奏［そう］して、あまり[11]忍びがたければ、[12]紛らはしつつ立ち給ふ。上は御覧じて、「さらば[13]疾［と］く帰れよ。遅くは、そのほど[14]徒然［つれづれ］ならん」と、仰せらるるに、[15]長き別れと[16]知ろしめされぬことと、あはれなり。

【訳】それから（中納言は）内大臣家に行かれて、格別に身なりを整え、あでやかに正装されて、『もう一度、帝にも、ほかの人々にも、お会いしよう』とお考えになり参内されるが、『（これが）見納めだ』と思うと、涙がこぼれるのを隠しながら、お仕えしておられると、帝は（中納言を）ご覧になり、「絶えない物思いだけが気がかりだ」と、おっしゃるので、（中納言は帝に）「しばらく参詣をいたしますが、すぐに帰京して参内いたします」と申されると、（帝は）「どこ（の寺社）か。うらやましいなあ」と、おっしゃるので、「鞍馬寺の方へ」とお答えして、あまりにも耐えがたいので、（動揺を）隠しながら席を立たれる。帝はご覧になり、「それならば早く帰りなさい。遅いと、その間、退屈だろう」と、仰せになるが、（これが）永遠の別れになると（帝が）ご存じないのが、気の毒なことである。

【注】 **1**最後の晴れ姿は、一段と花やかに。また華やいでいれば、出家を感づかれない。以前も「花やかなる指貫、着給ひて」［五十2］。 **2**参考「（浮舟も死ぬ前に）親もいと恋しく、例は、ことに思ひ出でぬ腹からの醜やかなるも恋し。宮の上（中の君）を思ひ出できこゆるにも、すべていま一たびゆかしき人多かり。」（浮舟、一八五頁）。 **3**「ただ今、かく限り」［五十四6の後］「今を限り」［同10］、「今一度」［五十五1の後］「ただ今ばかり」［同3］と、類似表現が続き、悲壮な決心が深まる。 **4**中納言が出家の決意を秘めて、「涙の落つるを紛らはし」ている姿を帝は見て、いつもの悩み（失跡した忍音の君への思い。［五十15］参照）だと勘違いした。三角関係で変わっていないのは、相変わらず帝のみ。［四十九23］参照。 **5**参考「（光源氏の）人知れぬ御心づからのもの思はしさは、何時［いつ］となきことなめれど」（花散里、一四五頁）。 **6**以前は帝の探りを入れる言葉に対して、「聞きもしらぬやうにて候ひ給ふ」［四十二21］や「耳に留まりて」［五十29］であったが、出家を決心した今では聞き流して、用件を切り出す心の余裕ができた。 **7**「しばし物詣で」［五十二22］と同じ嘘をつかないと、左大将は内裏で顔がきくので、すぐにばれる。 **8**同じ嘘をついても、左大将の姫君は行き先を尋ねなかった。根掘り葉掘り聞かないのが、高貴な女性の嗜み。また滅多に外出しない姫君にとって、「都の内」より「遠く」の所［五十二26］というだけで十分。 **9**帝の外出はままならない。光源氏も北山に出かけて、「かかる有様も慣らひ給はず、ところせき御身にて、珍しう思されけり。」（若紫、二七四頁）。 **10**光源氏が出かけた北山の寺を、古注では鞍馬寺とする。 **11**精神面で余裕ができた［本章6］とはいえ、暇乞《いとまご》いを果たした以上、平静を保つのは無理。 **12**「涙の落つるを紛らはしつつ」［本章3

の後」、「紛らはしつつ」［同12］と繰り返し、抑えきれない動揺の深さを示す。**13**鞍馬は近いので、すぐ帰れる。ただし当時は日帰りできても、宿泊して夜通し祈るのが慣習。**14**「徒然」なのは、中納言は帝の寵臣であり［二十九2の後］、また不在だと忍音の君との仲を突き止められないから。大将の姫君が「心憂き」と答えた［五十二25］のとは対照的。**15**「長き別れの始め」［三十二③16］参照。**16**「帝は中納言の悲嘆をあれほど気にしながらも、出家の心配は全くしていないようである。前途有望な青年貴公子たる中納言と出家の意志とがどうしても結びつかないためであろうか。姫君の出家を怖れていた気持ちとは対照的。」（広島平安文学研究会の注）。

五十六

①

[1]馬道［めだう］に佇［たたず］み暮らして、かの御局《忍音方へ》［つぼね］へ紛れ入[2]［い］り給ふ。世の常の仲だにも[3]別れは悲しかるべきを、なかなか[4]目も暗［く］れて物も覚えず。「ただ《中納言詞》、よく[5]候［さぶら］ひ付き給へ。いづくの[6]末［すゑ］にても、かやうにて候ひ給ふと聞かば、いと[7]嬉しかるべし。[8]いかなる方［かた］へも憧［あくが］れ出［い］で給ふとも、[9]女は身を心に任せぬものにて、[10]思ひの外［ほか］なることも、[11]またあらば、いと本意［ほい］無かるべし。[12]御心となびき奉り給ふと思はばこそ、[13]恨みもあらめ。ただ今よりは、[14]吾子［あこ］が事をこそ思さめ。大人［おとな］しくもならば、[15]殿も我［わ］が代はりと思して、[16]宮仕へに出［い］だし立て給はんずらん。[17]さやう

の時は、御覧じも、または見まゐらせんずることもあるべきを、我が身こそ、ただ今より外［ほか］は[18]夢ならずして、見も見えもせじ。[19]ありし別れよりも、[20]一入［ひとしほ］心憂くこそ覚ゆれ」とて、さめざめと泣き給へば、姫君は、「ただ、いづくまでも、[21]もろともに具しておはせよ。さらに、[22]残り留［とど］まらじ。[23]後［おく］らかし給はんが、心憂きこと」と、慕ひ給へば、『かくては、叶［かな］はじ』と思して、「《中納言詞》さらば、力無し。[24]具し奉るべし。この暮れを待ち給へ。参りて[25]暁［あかつき］に、もろともに出［い］で侍らん。まづ、ただ今は、あまりに慌［あわたた］しければ、[26]いま一度、殿の御顔［かほ］をも吾子［あこ］をも見侍らん」と、いとよくすかし給へば、[27]あやしうて、[28]「《忍音詞》ただ今、まづ、いづくまでも具しておはせよ」とて、[29]恥［はぢ］のこともおぼえず、中納言に取りつきて離れ給はねば、心苦しく、悲しさせんかたなくて、「《中納言詞》すかし奉ることは、あるまじ。いづくまでも身に添ふべき物なれば、これを留［とど］め侍らん」とて、御数珠［ずず］と扇［あふぎ］を置き給ふ。『いと、[30]あやし』と見たまひて、せんかたなくて[31]泣き給へば、『情けなく振り捨てても、いかでか出［い］で[32]給ふべき』と、とかく[33]すかし給ふほどに、夜も[34]更［ふ］けゆけば、「《中納言詞》こは、いかに。見苦しくなりぬるを、暮［く］れば、とく御迎へに参らむ。たとへ具し奉るとも、[35]明［あ］かくなれば、[36]いと見苦しからん。また、さりとて、このままあるべきならず。さやうに用意して待ち給へ」と、真［まこと］しく言ひ教へて出［い］で給ふ。

【訳】（中納言は）渡り廊下を夕暮れまでぶらついて、あの（忍音の君の）お部屋へ暗闇に紛れてお入りになる。普通の男女の仲でさえも別れは悲しいのに、（また会えたので）かえって心が乱れて何も分からない。（中納言は）「ひたすら（帝に）よくお仕え続けてください。（私は）どこの地の果てにいても、このように（あなたが帝に）お仕えされていると聞けば、とても嬉しく思うだろう。（もしあなたが宮中から）どこかに、さ迷い出られたとしても、女性はわが身を思い通りにはできないものだから、意外なことも、また起きれば、（それは）たいそう残念なことだろう。（あなたが帝に）進んでお心を寄せられたと思えば、恨みも残るだろう。今からは若君のことをお考えください。（若君が）成人すると、内大臣殿も（孫の若君を）私の代わりとお考えになり、宮仕えに出してくださるだろう。そのときは、（宮中であなたが若君を）ご覧になることも、または（若君があなたを）拝見することもあろうが、私自身は今後、夢以外に（あなたを）見ることも、（あなたに）見られることもなかろう。この前の別れよりも、さらにつらく思われる」と言って、さめざめとお泣きになるので、忍音の君は、「すぐ、どこにでも、一緒に連れ出してください。（私は宮中に）決して残り留まりません。置き去りにされるのは、つらいこと」と、（中納言を）お慕いになるので、（中納言は）『このままでは、（出家は）できないだろう』と思われて、（中納言は）「それでは、仕方がない。（あなたを）お連れしよう。今晩までお待ちください。参上して、夜明け前に一緒に（宮中を）出ましょう。なにはともあれ、今すぐ（出発するの）はあまりにも落ち着かないので、もう一度、父上のお顔も、若君も見ておきます」と、とても上手に言いくるめられるので、（忍音の君は）心配になり、「今すぐ、ともかくも、どこにでも連れて行ってください」と言って、恥じらいも忘れて、中納言にすがりついて、お離れにならないので、（中納言は忍音の君が）気の毒で、どうしようもなく悲しくて、「（あなたを）だますことは、いたしません。どこにいても（私が）身に付けておく物なので、これを残しておきましょう」と言って、お数珠と扇をお置きになる。（忍音の君は）『ますます疑わしい』とご覧になり、どうしようもなくてお泣きになるので、（中納言は）『薄情にも（忍音の君を）見捨てても、（忍音の君は宮中を一人で）なんとかして出られるだろうか』と考え、あれこれ慰めておられるうちに、夜も更けたので、（中納言は）「これは、どうしたものだ。（今から一緒に出ると人に見られて）みっともないので、日が暮れてから、すぐにお迎えに参ろう。たとえ（今すぐ）お連れしても、夜が明けて（人目につくと）大変みっともないだろう。また、別れたくないからといって、このまま（ここに私が）いるのは良くない。そのつもりで（出かける）準備をしてお待ちください」と、ほんとうらしく言い諭して、（中納言だけ）出られる。

【注】**1**「馬道」［四十九18参照］に佇んでいると、「人目」［四十五31］につき怪しまれるが、暗くなるまで帝などを相手に冷静に振る舞う自信がない。［五十五11 12］参照。**2**再会できないと言ったのに［四十五23］、しかも本章のセリフの内容は第四十五章と変わらず、また会えば忍音の君に取りすがれることは目に見えているのに［本章29］、再び訪れたのは、帝に会うと動揺したように［五十五11 12］、まだ理性で感情を抑えきれていないから。**3**参考「別れといふもの、悲しからぬはなし。」（夕顔、二五三頁）。**4**参考「（夕顔の亡骸を見た光源氏は）目くれまどひて、あさましう悲しと思せば」（夕顔、二四六頁）。**5**「候ひ付き給へ。」［四十五23の後］、「今は上の御心に従ひ奉り給へ。」［同13］の繰り返し。**6**筑波大学本は「野山の末」。「いかなる野山の末にも閉ぢこもらめ。」［四十四⑤3］、「いかなる野の末にても」［四十五27］。以前ほど出家のことを口にしないが、『風葉集』の次の一首（雑三、一三七一）がこの場面にあたるならば、遁世に関する話題は現存本より多かったか。「せちに思ひける女に、心にもあらず隔たりにければ、世を背かんとて、いささか立ち寄りて、忍び音の中将。行末を何契りけん思ひ入る山路に雲のかかりける世を」。**7**以前は別の所で忍音の君と再会できれば、「いかばかりに嬉しく」［四十四⑤17］であった。この心境の変化は、若君の将来を考慮したことによる［五十一11の前］。**8**宮中脱出は、忍音の君の念願。「御みづからの心ゆきて出だし奉るとも」［四十②13］。**9**「限りある御命の、心にまかせぬ事」［四十七20］。参考「女ばか

り、身をもてなすさまもところせう、あはれなるべきものはなし。」（夕霧、四四二頁）。「（光源氏は准太上天皇であるゆえ）御身を心にえまかせたまふまじく」（若菜上、七六頁）。「数ならぬ心に身をばまかせねど身にしたがふは心なりけり」（紫式部集、五四）。「世の中はよどのいけすのつなぎこひ身を心にもまかせやはする」（新撰和歌六帖、九六三、知家）。**10**忍音の君の母も自分の死後、「いかなるあやしの者か（娘に）馴れ寄り奉らむ。」と心配した［四5］。**11**すでに帝に言い寄られるという「思ひの外なること」［本章①10］が現に起きた。**12**まだ忍音の君が帝に靡いていないことは、中納言も「いまだ御心とけぬ事と見奉りしかば」［四十五26］と確認済み。**13**「今は上の御心に従ひ奉り給へ。ゆめゆめ恨みと思ひ奉るべからず。」［四十五13］の繰り返し。**14**「吾子が事を思し放たで、御心にかけさせ給へ。」［四十五15］の繰り返し。**15**若君の引き立て役に、帝のみならず［五十一11の前］内大臣も取り上げたのは、中納言との仲を引き裂いた内大臣への恨みも、若君のために抑えるようにという配慮。**16**若君は七歳で「殿上」をする［七十五3］。それは「童殿上《わらはてんじやう》」で、良家の子弟が作法見習いのため、成人する前に参内を許されること。**17**今後、忍音の君が若君に会えるのは宮廷内だけ。だから内裏に留まれと諭す。母子の再会は［七十六］で実現。**18**恋人を思いながら寝ると、あるいは恋人に思われていると、夢の中で会える。「思ひつつ寝［ぬ］ればや人の見えつらむ夢と知りせば覚めざらましを」（古今集、恋二、五五二、小野小町）。「父母を見参らせんことも夢ならでは、またいつかは見参らすべき。」（新日本古典文学大系『しぐれ』四六頁）。**19**一年前に、内大臣の策略により忍音の君が内裏に移った時のこと［三十四］。**20**以前は再会を期待できたが［三十五③10］、今回は永訣。**21**中納言も、「いかなる所へも引き具して、巌の中にも、もろともに過ごしなばや。」と考えた［五十一9］。**22**若君のため宮中に留まる必然性よりも、目前の別れの方が忍音の君には重要。母性愛よりも夫婦愛を優先する忍音の君は、理を説く中納言とは対照的。**23**紫の上も須磨への同行を願った。「女君（紫の上）は、「いみじからむ道にも、おくれきこえずだにあらば」とおもむけて、恨めしげにおぼいたり。」（須磨、一五四頁）。「現存本のように、いかなる山の奥までも一緒にと、強く自分の意志を相手に表明することは、やはり鎌倉期以降の女でなければならない。」（小木喬氏『鎌倉時代物語の研究』二九頁、東宝書房、昭和三六年）。**24**嘘も方便。理性より感情に走る忍音の君に対して、中納言はあくまで理知的に対処する。**25**夕暮れに迎えに来て暁まで出発しないのは、当時は未明に旅立ったから。参考「（女性の参詣で人目を憚り）道顕証［けんそう］ならぬさきにと、夜深う出でしかば」（更級日記、三四五頁）。**26**次の第五十七章で会いに行ったので、この一節は嘘ではない。**27**女性の直感で、中納言の嘘を見抜いた。**28**帝がよく訪ねてくるので（「夜昼、上の渡らせ給へば」［四十五1］）、明晩お出ましがあると、駆け落ちはできない。**29**相手が夫であっても取りすがるのは、高貴な女性の嗜みを忘れた恥ずかしい振る舞い。それほど忍音の君は気が動転している。源氏物語でこのような行為をしたのは、老いた源典侍。「（光源氏が）立ちたまふを、（源典侍は）ひかへて、典侍「まだかかるものをこそ思ひはべらね。今さらなる身の恥になむ」とて、泣くさまいといみじ。」（紅葉賀、四一〇頁）。**30**明晩訪れる約束の品を、忍音の君は形見の品と受け取った。大将の姫君が出家を知らされていないとはいえ、扇と御衣を預かっても疑わなかった［五十四6の後］のとは対照的。**31**忍音の君の言葉には説得で応じたが、泣かれるとお手上げ。忍音の君の感極まった奥の手。**32**「出で」の主語を中納言にすると、「給ふ」は自敬語になり不適切。「給ふべきと」の箇所、筑波大学本は「給ふべきなれば」で、「情けなく」以下も地の文になり、「給ふ」は作者から中納言への敬意になり問題はない。**33**「すかし」が［本章①27の前］［本章①29の後］と多用。**34**「更けゆけば、「こは、いかに。見苦しくなりぬるを」の箇所、筑波大学本は「明け方になりぬ。「はしたなくならぬほどに出で侍りて」。**35**秘密の恋でなくても、恋人は帰る姿が人目につかない暗い時分に、女性の元を出るのが鉄則。**36**今すぐ駆け落ちできない理由が、先程までは「ただ今は、あまりに慌しければ」［本章①26の前］、今は夜明けに託ける。

②

[1]馬道〔めだう〕まで姫君、送り給ふに、心強く思し放ちけれど、『[2]これを限り』と思せば、『今ひとたび』と思して、有明〔ありあけ〕の月[3]くまなきに立ちとどまりて、「[4]暮〔く〕れば、とく御迎ひに参らんよ」とて、暇乞〔いとまご〕ひし給ふやうにて、御顔を[5]つくづくと見給へば、いみじう泣きはれて、[6]きらきらとしたる御顔の、[7]いよいよ[8]光るやうにて[9]白く美しければ、[10]御髪〔みぐし〕をかきやりて、「[11]かく物思はせ奉るべき身となりけむ[12]宿世〔すくせ〕こそ、[13]心憂〔う〕けれ。いかなりし[14]昔の契りならむ」とて、《[15]契りにて、[16]身もいたづらに成りぬるならん」と、》出〔い〕で給へば、《[17]かき口説〔くど〕きつつ出〔い〕》涙にくれて、さらに《で給ふイ》、[18]いづくへ行くとも、おぼえ給はず。姫君、『まことに、この暮れには』と思して、待ち給ふ御心、はかなかりけり。

【訳】　廊下まで忍音の君は（中納言を）見送られ、（中納言は）心を鬼にして（忍音の君への）思いを捨てられたが、『これが最後』とお思いになると、『もう一度（見たい）』と思われて、有明の月が輝いている所に立ち止まって、「日が暮れれば、すぐにお迎えに参ります」と言って、暇乞《いとまご》いをなさる振りをして、（忍音の君の）お顔をじっとご覧になると、ひどく泣きはらしたお顔がきらめいて、いっそう光り輝くようで、白く美しいので、（中納言は忍音の君の）髪を手でかきのけて、「（私があなたを）こんなにも悩ませる身の上にしてしまった運命がつらい。どのような前世の定めなのだろう」と言って、お出になるが、涙で目が曇り、まったくどこへ行くかお分かりでない。忍音の君は、『ほんとうに、この夕暮れには（迎えに来てくださるのだろう）』とお思いになり、待っていらっしゃるお気持ちは、むなしいことよ。

【注】 1高貴な女性はふつう、部屋の中から見送る。例「(女房が) 御格子一間上げて、(光源氏を) 見たてまつり送りたまへと思しく、御几帳ひきやりたれば、(六条御息所は) 御髪もたげて見出だしたまへり。」(夕顔、二二一頁)。馬道まで姫君が行くのは、名残惜しいから。若君と別れる時も、「御車寄せまで」付き添った [十八②3]。 2「これを限り」「今ひとたび」は、大将家や宮中での別れの場にも多用。[五十五3] 参照。 3皓々と輝く月は、忍音の君の姿を中納言に焼き付けるための演出。 4「暮れ」は、本章①にも二例 [24の後、34の後]、本章②の末尾にも一例あり。繰り返し念を押して、安心させる。 5また今夜会うのに、「つくづくと」見ていては怪しまれるので、暇乞いをする振りをした。 6参考「(父帝の夢から覚めた光源氏が) 見上げたまへれば、人もなく、月の顔のみきらきらとして、夢の心地もせず」(明石、二二〇頁)。 7もともと「光る」美顔が月光に輝き、また涙が月光にきらめき、「いよいよ光る」有様。 8最高の美しさ。「まことに光り輝き給ふ御さま」[一6] 参照。 9白い泣き顔は、「御顔の、涙に洗はれたりしも白く輝く心地して」[二十三②1]、「御顔も眉のほどもなく涙に洗はれたりしが、白く」[三十三20]、「泣き赤めたるとおぼえて、色は花々と白く」[三十九①15] と繰り返し描かれる。 10愛情のしぐさ。また最後にもう一度、顔を見たくて。「御髪をかきやりて」[三十三24] 参照。 11大将の姫君と結婚したときも、「げにかく、ものをも思はせ奉らむとこそ、つゆ思はざりしか。世は憂きものにこそ。」と忍音の君に話した [二十三②10]。参考「(薫は) わが心から、(亡き大君に) あぢきなき事を思はせ奉りけむことと、取り返さまほしく、なべての世もつらきに」(総角、三三四頁)。 12参考「(光源氏を) かう思し嘆かすばかりなりけん (亡き夕顔の) 宿世の高さ」(夕顔、二六六頁)。 13中納言が愛する人を幸せにするどころか、悩ませるために生まれてきた自分の宿命に気づいたのは [四十五10] の時。それを悟ったのは出家して、忍音の君が妃になり東宮を生んだことを若君か

ら聞き、「さすがに逃れがたかりける御宿世かな。これ故、我が身はかく、いたづらに成りぬるぞ。」と思ったとき[七十九③12]。**14**忍音の君との出会いも「昔の契り」[三④19]、若君を忍音の君から引き離したときも「いかなりし契りにて、かく物思ふらむ」[十八③7]。ちなみに源氏物語に見られる「昔の契り」は、柏木と女三の宮との出会い（若菜下、一五〇頁。柏木、二八七頁）や、僧都が浮舟を救ったこと（手習、三三二頁）。**15**イ本は第一系統。本行は第二系統。**16**古文の「身も」に注目すると、心はもはや「いたづらに」なって平常心を失ったが、「身もいたづらに」なって出世街道から外れると解釈できる。すると広島平安文学研究会の訳、「いったいどんな前世の因縁で、こんなつまらぬ身に生まれたのでしょう。」よりも、『中世王朝物語全集』の訳、「いったいどんな宿縁で、我が身も空しくなってしまうのか。」の方が適切。**17**繰り返し言うのは、忍音の君を慰めるため。また中納言自身、名残が尽きず別れがたいから。**18**大将家へ婚礼で行くときも、「『いづちへ行くらん』と夢路に迷ふ心地して、おはし着き給ふ。」[二十一②15]。自殺を決心した浮舟も、「来しかた行く末もおぼえで、（中略）行くべき方もまどはれて」（手習、二八四頁）。

五十七

中納言、殿へ参り給へば、[1]いつもより花やかにひき繕[つくろ]ひ給へるを、殿・母上は『[2]美し』と[3]思したり。『親たちに見せ奉らんも、[4]ただ今ばかりぞかし。もの思はせ奉らん事の[5]罪深く、恐ろしけれど、[6]真[まこと]の道に入[い]りなば、遂[つひ]には[7]助け奉らむ』と、心強く思し返す。[8]若君の何心[なにごころ]なく[9]走り歩[あり]き[10]給ふぞ、[11]目も暗[く]るる心地して悲しく思さる。

さて[12]我が方［かた］へおはして、御身の[13]したためよくして、姫君《忍音上へ》の御方［かた］への[14]文［ふみ］、細々［こまごま］と書き給ふに、涙のこぼれて文字も見えず。

【訳】　中納言が内大臣邸へお帰りになると、普段よりもきらびやかに身だしなみを整えておられるので、ご両親は『立派（な息子）だ』とお思いになった。（中納言は）『親たちに（私の姿を）お見せするのも、これが最後だなあ。（両親に）ご心配をおかけするのは罪深く、恐ろしいことだが、（私が出家して）仏道に入ったならば、最後には（両親の極楽往生を）お助けしよう』と、気強く思い返される。若君が無邪気に走り回っておられる（のを見る）と、（中納言は）目の前が暗くなる気がして、悲しく思われる。

それから（中納言は）自室へ行かれて、ご自分の用意を十分にして、忍音の君へのお手紙をくわしくお書きになるが、涙がこぼれて（手紙の）文字も見えない。

【注】　**1**「ことさらひき繕ひ、花やかに御装束し給ひて」［五十五1］。　**2**源氏物語で「美し」と称された成人男性は、数人だけ［三②9］。　**3**以前は物思いに沈んで身なりもやつれていた［三十五①7］息子の晴れ姿を見て、心も晴れたのかと勘違いして喜んだ。　**4**［五十六②2］参照。　**5**参考「不孝なるは、仏の道にもいみじくこそ言ひたれ。」（蛍、二〇六頁）。「（親に先立つことは）罪重かるべきこと」（柏木、二七九頁）。「親をおきて亡くなる人は、いと罪深かるものを」（浮舟、一七八頁）。「親に先立ちなむ罪失ひたまへ、とのみ思ふ。」（浮舟、一八四頁）。　**6**参考「悟りゆくまことの道に入りぬれば恋しかるべき古里もなし」（新古今集、羇旅、九八五、慈円）。　**7**薫も出家して、母宮の往生を助けようとした（匂宮、一八頁）。　**8**若君が実際に登場するのは［四十一］以来、三か月ぶり。

前回は若君が出家の妨げ（「よしなき山路のほだし」［四十一17］）になったが、今回は振り切る。**9**須磨へ退く光源氏が左大臣邸を訪れたときも、「若君（夕霧）はいと美しうて、ざれ走りおはしたり。」（須磨、一五六頁）。光源氏が出家する前も、「若宮（匂宮）の（中略）走り歩きたまふも、をかしき御ありさまを見ざらんこと、とよろづに忍びがたし。」（幻、五三六頁）。いずれも無邪気な子供の登場により、主人公の悲哀・孤独が増す。**10**頭注「給ふそ按、「そ」の上「に」を脱せしなるへし」。**11**「目も暗［く］れて物も覚えず」［五十六①4］。**12**これ以上、両親や若君を見ていると涙がこぼれ怪しまれるので、自室へ逃げた。［三十五③3］参照。**13**以前の「よろづの具どもしたためて」［五十一2］は家出した後の備え、今は出家に旅立つ準備。**14**忍音の君だけでなく、母親にも置き手紙をしたためた［六十3］。

五十八

その夜は、[1]御方［かた］に臥［ふ］し給ひて、[2]夜深く起き給ひ、随身［ずいじん］の光家［みついへ］召して、「ちと人に忍びて、[3]物へ詣［まう］づる事あり。ゆめゆめ隠して出［い］で立て」とのたまへば、御馬に鞍［くら］置きなどして、待ち奉る。

[4]今ひとたび若君の見まほしければ、おはして、[5]御乳母［めのと］起こし給ふ。「など、かく[6]夜深くは」と申せば、「[7]ちと、[8]物へ詣［まう］づる。久しく見るまじければ」とて、御声のうちわななくに[9]胸うち騒ぎて、「北の方《中納言ノ母上》［かた］へ告［つ］げ奉らん」とて、あなたへ参れば、引きとどめて、「よし、ことごとしく、な聞こえ

そ。やがて、やがて。[10]七日ばかりの旅ぞ」とのたまへば、大殿油〔おほとなぶら〕明〔あ〕かく[11]かかげて、見せ奉る。若君、なに心なく寝入り給へるを、かき抱〔いだ〕きて、「吾子〔あこ〕よ。まろが参りたるぞ。[12]目開〔あ〕きて見たまへ」とあれば、「[13]殿のおはしたるか。[14]母君は」とて、御目は開〔あ〕かずながら、御手〔て〕をさし上げて抱〔いだ〕かれ給ふ。御髪〔みぐし〕は[15]目刺〔めざ〕しに生〔お〕ひて、色はあくまで[16]白く、[17]つぶつぶと肥えて、美しき[18]目見〔まみ〕のほど、[19]母君によく似給へり。『今ならでは、いつの世にか、また見るべき』と思せば、なかなか、かきくらす心地〔ここち〕の堪へがたければ、乳母〔めのと〕の方〔かた〕へ譲り給ひて、「物より帰らんほどは、目〔め〕放〔はな〕たで、いとほしくせよ」とて、出〔い〕でたまふ。

【訳】（中納言は）その夜は自室で横になられ、夜中に起きられて、家来の光家をお呼びになり、「ちょっと人目を避けて、参詣することがある。できるだけこっそり出かける用意をしろ」とおっしゃるので、お馬に鞍を置いたりなどして、お待ちする。

　もう一度、若君が見たくて、（若君のもとへ）いらっしゃって、（若君の）乳母をお起こしになる。（乳母が）「どうして、こんな夜中に」と申すので、（中納言は）「ちょっと参詣をする。しばらく（若君を）見られないので」と、お声が震えているので、（乳母は）胸騒ぎがして、「内大臣夫人にお知らせしよう」と言って、あちらへ参ろうとするので、（中納言は乳母を）引き止めて、「いや、大げさに申してはいけない。そのまま、そのまま。七日ほどの旅だ」とおっしゃるので、ともし火を明るくなるようにかき立てて、（若君を）お見せする。若君が無心に眠っておられるのを（中納言は）抱きかかえて、「坊やよ。私が来ましたよ。目を開けて、ご覧なさい」と言うと、「父上がいらしたの。母君は」と言って、お目々《めめ》は閉じたまま、お手々《てて》をさし出して抱かれておられる。額髪は目のあたりまで伸び、とても色白で、まるまると肥えて、かわいらしい目もとのあたりは母君によく似ておられる。（中納言は）『今後はいつの日か、また見られようか』とお思いになると、（会えたのに）かえって心が暗くなり耐えがたいので、乳母に（若君を）お渡しになり、「参詣から帰るまでの間、（若君から）目を離さずに、かわいがっておくれ」と言って、お出かけになる。

【注】 **1**中納言が自室で寝たのは、夜中に人目につかず抜け出せるため。 **2**「夜深く」の箇所、筑波大学本（第一系統）と同じ。第二・三系統は「あかつきに夜深く」。 **3**数時間後、共に出家する光家にさえ、物詣でと嘘をつくほど用心深い。結局、出奔を告げたのは忍音の君のみ［五十六①］。 **4**若君に会いに行くと家出がばれる恐れがあるにもかかわらず、自制できないほど親子の情は断ちがたい。［五十一19］参照。 **5**子供は普通、乳母と一緒に寝る。参考「若君（薫）は、乳母のもとに寝たまへりける」（横笛、三三七頁）。 **6**夜中の訪問は異常。参考「殿（藤原道長）の、夜中にも暁にも参りたまひつつ、御乳母のふところを（若宮を）ひき探させたまふに、（乳母が）うちとけて寝たるときなどは、何心もなくおぼほれて驚くも、いといとほしく見ゆ。」（紫式部日記、一八七頁）。 **7**「ちと」の箇所、筑波大学本は「しばし」。「しばし」は源氏物語などに多用。「ちと」は中世語か［三⑥15］。 **8**帝には「鞍馬の方へ」［五十五10］と、具体的に場所を告げた。 **9**夜中の訪問にも、また震え声にも乳母は異常な気配を感じた。 **10**参考「秋の末つ方、四季にあててしたまふ御念仏を（中略）かの阿闍梨の住む寺の堂に移ろひたまひて、七日のほど行ひたまふ。」（橋姫、一二七頁）。 **11**「かかげて」は古風、「かきあげて」は今風な表現。［二④5］参照。 **12**愛児の寝顔を見るだけでは、物足りない。参考「若宮は、おどろきたまへりや。時の間も恋しきわ

ざなりけり。」（孫を見にきた光源氏のセリフ。若菜上、一一六頁）。**13**頭注「との、按、「との」は「てゝ」の誤なるへし」。この注を付けた古人は、「殿」では内大臣を指すと考えたのであろう。確かに内大臣は「殿」［六十2の後］、または「大殿」［五十九①10の後］［六十冒頭］［六十五冒頭］と呼ばれている。しかし「母君は」のセリフが続くことから、内大臣が嫌っている母君と同行しないことを、若君も知っているので［二十八①11］、この「殿」は［七②9］のように中納言を指すと見てよい。参考「父［てて］のおはしたり。母君は。」（若君のセリフ。［十八③6の前］）。**14**若君は父親に、「母君は、いづくへおはしけるぞ。」［四十一14］と尋ねたこともあり、父が母を連れてきたかと、寝ぼけて勘違いした。**15**若君、四歳。元服前は少女のように髪を伸ばす。参考「目ざしなる御髪［みぐし］を切［せち］にかきやりつつ、遊び睦れ給ふ。」（日本古典全書『狭衣物語』三、一六頁）。**16**参考「白くそびやかに」（二歳の薫。横笛、三三七頁）。「いみじう白う光りうつくし」（同、三五二頁）。**17**参考「つぶつぶと肥えて白ううつくし」（五十日の薫。柏木、三一二頁）。「つぶつぶと清らなり」（二歳の薫。横笛、三五二頁）。**18**参考「（薫の）まみ、のびらかに恥づかしう、かをりたるなどは、なほいとよく（柏木に）思ひいでらるれど」（横笛、三三七頁）。**19**母親似は前出［四十一16］。

五十九

①

かたがた思ひ乱れて、御馬に乗り給ふに、[1]『いづくへ行くぞ』と、[2]夢路［ゆめぢ］に迷［まど］ふ心地［ここち］して、[3]横川［よかは］といふ所におはし着きたり。かねてより聖［ひじり］に、「かく出家の志［こころざし］」とこそ、[4]のたまはねども、「[5]参りて、[6]法文［ほふもん］の[7]次第［しだい］をも承らん」と、[8]のたまひ置きし事なれば、『さうこそ』と思ひ、入れ奉るに、いみじく[9]心細げにて、出家の由［よし］をのたまへば、聖、[10]大きに驚き、「大殿《父上》［おほいどの］の御心に違［たが］ひまゐらせて、いかがし侍らん。その上、かく[11]惜［あたら］しき御身を、[12]今やつし捨てさせ給はずとも、[13]御心にてこそ侍らめ」とて、「いかにも、えやつし奉るまじき」と申せば、「大殿《中納言詞》の、何事［なにごと］にか御身のために、煩ひをば、かけ給ふべき。[14]いと、さる事ありとも、自［みづか］ら身に代［か］へて申しあきらめん。ただ、[15]かりそめに思ひ初［そ］めつる事にも侍らず。年月［としつき］の事なれば、ゆめゆめ制し給ふとも、甲斐［かひ］あるまじ」とのたまへば、逃［のが］るべくもあらず、力及ばで、御髪［みぐし］を剃［そ］り奉る。「[16]流転［るてん］三界［さんがい］」と[17]三度［さんど］、礼［らい］し給へば、さすがに[18]涙の先立ちて、目も見え給はず。ただ姫君の[19]慕ひ給ひし面影［おもかげ］、[20]若君のこと思し出［い］づるに、[21]心弱く、ただ落ちに涙の降り落つれば、『[22]聖のさばかり思ひ澄ましたる心に、いかが思はむ』と思し返して、戒［かい］を保ち給ふ。

【訳】（中納言は）あれこれ思い乱れて、お馬にお乗りになるが、『（私は）どこへ行くのか』と、夢の中をさ迷う気がして、横川という所に到着された。前もって聖に、「このように出家の意思（がある）」とはおっしゃらずに、「参上して、経典の教えも伺おう」と言っておかれたことなので、『そうなんだ』と（聖は）思い、（中納言を自室に）お入れすると、（中納言は）ひどく不安げで、出家したいとおっしゃるので、聖はたいそう驚き、「内大臣殿のお心に背いて（中納言を出家させて）は、どうしましょうか。そのうえ、このように（出家するには）惜しい身の上ですから、今出家されなくても、お望み通り（の人生）でしょうに」と言って、「どうしても出家していただくわけにはいかない」と申すので、（中納言は）「内大臣殿が、どういうことで、あなた様に迷惑をかけられるだろうか。まったく、そのようなことがあっても、私がわが身に代えてでも弁明いたそう。ただ、一時的に（出家を）思いついたのではありません。長年考えていたことなので、断じてお止めになっても無駄だろう」とおっしゃるので、（聖は）逃れられず、仕方なく、（中納言の）髪をお剃りする。「流転三界」と三度唱えて礼拝されると、（決心したこととはいえ）さすがに涙が出て、目の前も真っ暗になられる。ただ忍音の君が（中納言を）恋い慕っておられた面影や、若君のことを思い出されると、心細く、ひたすら涙が流れ落ちるので、『あれほど仏道に専念している聖が、（今の私を見て）どう思うだろうか』と思い返されて、戒律をお受けになる。

【注】　**1**参考「（忍音の君と別れて）いづちへ行くとも、おぼえ給はず」［五十六②18］。**2**参考「（左大将家へ婿入りして）いづくへ行くらんと、夢路に迷ふ心地して」［二十一②15］。「（紫の上の葬儀に）御送りの女房は、まして夢路にまどふ心地して」（御法、四九七頁）。**3**横川で出家した若い公達といえば、藤原高光（多武峰少将入道）が有名。物語では『しぐれ』が、この場面に似通う。両作品とも二十代の男主人公が、家来を一人だけ伴い横川へ赴き、知り合いの聖に一度は反対されながらも、結局、家来と共に出家する。「六位の進とたゞ二人、比叡の山に登り、東塔東谷、横川とゆふ所へおはしつゝ、年久しく知り給へる聖のもとにて「出家せん」との給へば、聖、大に驚きて、「都へかくと申候はでは叶ふまじき」と申せば」（新日本古典文学大系『室町物語集　下』五〇頁）。**4**底本「のたまねども」。諸本により改める。**5**聖とは、「本来は高徳の僧であるが、この時代は本寺から離れて草庵などを構え、

修行に専念する念仏行者の称。」（若紫、二七四頁の頭注）であり、都へは出てこないので、貴人が横川まで出向いても不自然ではない。 **6**当時の貴公子は法文に関心が深かったので、それを口実にすると怪しまれない。参考「法文など読み、行ひせむと思して、（雲林院に）二三日おはする」（賢木、一〇八頁）。「（薫の君は）法文などの心得まほしき志なん、いはけなかりし齢［よはひ］より深く思ひながら」（橋姫、一一三頁）。 **7**「「法門の次第」と解した。あるいは「四諦」か。」（広島平安文学研究会の注）。例「寺のことなどかたり給ふ。（中略）ほうもんのしだひのさまなど、こまやかにかたり申給て」（鎌倉時代物語集成『石清水物語』一九頁。田村俊介氏の教示）。 **8**あらかじめ出家の意志を伝えておくと、聖が内大臣に通報する恐れがある。かといって来訪を事前に告げておかないと、聖が留守の場合、追いかけてきた家来に出家を阻止されるので、嘘をついた。 **9**出家を潔く決心したのではなく、まだ俗世に未練を残している様子が、「いみじく心細げ」や、「心弱く」［本章①21］、「心汚く」［本章②16］に表れている。 **10**聖とはいえ、大殿の怒りを恐れるのは、俗人と同じ。薫の女性（浮舟）を自分が出家させたと知った横川の僧都も、「胸つぶれて」、「過ちしたる心地して、罪深ければ」（夢浮橋、三六一・三六四頁）と自省した。「現在の権力者の一言にそむいてはどのようになるか。世捨て人も知っている。いな世捨て人ゆえ知っている。」（玉上琢彌氏『源氏物語評釈』薄雲、二〇〇頁）。 **11**光源氏も女三の宮（時に二十二、三歳）の出家を、「いとあたらしう、あはれに」思った（柏木、二九二頁）。 **12**時に中納言、二十七歳。若年の道心は、一生保持できるとは限らない。参考「行く末遠き人は、（出家しても）かへりて事の乱れあり、世の人に譏らるるやうありぬべきことになん、なほ憚りぬべき。」（女三の宮に対する朱雀院の説教。柏木、二九五頁）。「まだいと行く先遠げなる御ほどに、いかでか、ひたみちにしかは（出家を）思したたむ。かへりて罪あることなり。」（浮舟に対する横川の僧都の諭し。手習、三三三頁）。 **13**将来有望な貴公子の剃髪は、聖にも理解できない。参考「（薫は）年若く、世の中思ふにかなひ、何ごとも飽かぬことはあらじとおぼゆる身のほどに、さ、はた、後の世をさへたどり知りたまふらんがあり難さ。」（橋姫、一二三頁）。**14**頭注「いとさることありとも　按、「いと」の二字、衍なるへし」。**15**光源氏も全盛期に、「なほ世を背きなん」と遁世を考え（絵合、三八二頁）、出家は「昔よりの御本意」であった（御法、四九七頁）。**16**頭注「刺《ママ》髪文花含経云、流転三界中、恩愛不能断、棄恩入無為、真実報恩者」。「僧都「流転三界中」など言ふにも、浮舟『断ちはてしものを』と思ひ出づるも、さすがなりけり。」（手習、三三七頁）。**17**「辞親偈（「流転三界中」以下）を、和上の唱詠に従って、三返唱詠する。（原漢文）」（日本古典文学大系『源氏物語』柏木、四七六頁）。**18**参考「涙の先立つこと限りなし。」［四十五6］。**19**「慕ひ給へば」［五十六①23の後］。殊更このときのことを振り返ったのは、「それが、最後の、実事ある逢瀬であったからである。」と加藤昌嘉氏は推察された（「『しのびね物語』のコトバの網」、前掲論文）。**20**［五十八4］参照。**21**「いみじく心細げ」［本章①9］と同様、後ろ髪を引かれる思い。**22**参考「（浮舟の生存を僧都から聞いた薫は）つつみもあへず涙ぐまれたまひぬるを、僧都の恥づかしげなるに、かくまで見ゆべきことかは、と思ひ返して、つれなくもてなしたまへど」（夢浮橋、三六四頁）。

②

御戒［かい］の[1]布施に御装束たてまつりて、藤の衣［ころも］・御袈裟［けさ］など、[2]かねて用意し給へば、やがて奉る。昨日［きのふ］までは、色、綺羅［きら］を尽くし、花やかなる御袖に[3]今生［こんじゃう］の匂ひを薫［た］き染［し］めて、行き過ぎ給へる[4]後［あと］にも、翻［ひるがへ］し給ふ。立ち寄り給ふ[5]所までは、[6]玉鏡を磨きて厳［いつく］しかりし御様［さま］を、今日［けふ］はひき替へて、藤の衣［ころも］に[7]麻の袈裟［けさ］、あたりを見回［みまは］し給へば、[8]柴の編み戸に[9]竹の簀垣［すがき］、[10]松風・滝の音［おと］すさまじく、[11]香［かう］の煙［けぶり」は薫衣香［くのえかう］の薫［かを］りにひき替へたる様［さま］は、世の理［ことわり］と言ひながら、ことさら哀れさ尽きせず。光[12]家も同じく剃［そ］り落として、藤の衣［ころも］に成りぬ。君[13]は、かばかり背［そむ］き給ひても、女君《忍音上》の御[14]面影［おもかげ］身に添[15]ひて、念仏も心[16]汚［きたな］く紛[17]［まぎ］るるぞ悲しき。

【訳】（中納言は）戒律を受けたお礼に、（着ておられた）衣装を（聖に）さし上げて、僧衣や袈裟などを、あらかじめ用意されていたので、すぐお召しになる。昨日までは、（衣装の）色彩は美の限りを尽くし、きらびやかなお袖にこの世の（最高の）香りを染みこませて、（中納言が）通り過ぎられた後にも、（香りを）漂わせておられた。お立ち寄りになる所でも、美しい鏡を磨いたように立派なご様子であったのに、今日は打って変わって粗末な僧衣に麻の袈裟（を着て）、あたりを見回されると、柴を編んで作った戸や竹の垣根に、松風や滝の音が荒々しく、（聖が焚く）お香の煙が（中納言が今まで焚き染めていた）薫衣香の香りに取って代わった様子は、この世の道理（で出家すれば当然だ）とは言うものの、とりわけ悲しさは無くならない。光家も同じく出家して、墨染めの姿になった。（中納言の）君は、こんなにも世をお捨てになっても、忍音の君の面影が目に焼きついて、念仏も私情が捨てられず集中できないのが嘆かわしい。

【注】1参考「御装束をば聖にたてまつりて、墨染めの麻の衣［ころも］をめしつつ」（室町時代物語大成『若草物語』五八一頁）。2忍音の君を嵯峨野から引き取ったとき、母君（尼君）用の衣装も、乳母に用意させた［六3］。今回の僧衣も別人が着る物として、乳母に依頼したのであろう。藤原顕信（道長の子）も、十九歳で突然遁世する直前、乳母に僧衣を頼んだ（大鏡、道長上、三二一頁）。3参考「（玉鬘の元へ出かける鬚黒は）装束したまひて、小さき火

取り寄せて、袖に引き入れてしめゐたまへり。」（真木柱、三五六頁）。 **4**参考「（光源氏が立ち去った後も）うちしめりたる御匂ひのとまりたる」（薄雲、四五三頁）。 **5**頭注「ところまては　按、「は」は「も」の誤なるへし」。**6**参考「まいて玉鏡と磨かれたる百敷のうちにて」（讃岐典侍日記、下、四四二頁）。「坊がねを一人［ひとり］にもあらず、二人［ふたり］まで玉をみがきて持給［もたま］へる。」（宇津保物語、蔵開中、三八六頁）。「大人・童など、さきざきの御参りに異ならず、いみじう例の玉を磨かせ給ふ。」（栄花物語、もとのしづく、三四頁）。 **7**参考「麻の御衣」（建礼門院の衣装。日本古典文学大系『平家物語』灌頂巻、四三三頁）。 **8**「柴の編み戸」の用例、勅撰集では二例のみ。いずれも隠遁者の住居。「ながめわびぬ柴の編み戸の明け方に山のは近く残る月影」（新古今集、雑上、一五二六、猷円）、「草のいほ柴の編み戸の住まひまで分かぬは月の光なりけり」（新後撰集、釈教歌、六二一、法印源為）。「いにしへも夢になりにし事なれば柴の編み戸も久しからじな」（日本古典文学大系『平家物語』灌頂巻、四四一頁）。**9**参考「松の柱、竹の簀垣、石階［いしはし］、さま変はりて、なかなかおもしろし。」（源氏小鏡、須磨。ちなみに源氏物語では、「竹編める垣しわたして、石の階、松の柱」須磨、二〇五頁）。勅撰集では一例のみ。「山里の竹の簀垣し荒れければうち外もわかず有明の月」（金葉集初度本、冬、四三五、春宮大夫公実）。 **10**松風も滝の音も、都より人気《ひとけ》の少ない山里の方が「すさまじく」聞こえる。参考「同じき山里といへど、さる方にて心とまりぬべく、のどやかなるもあるを、（八の宮邸は）いと荒ましき水の音、波の響きに、もの忘れうちし、夜など心とけて夢をだに見るべきほどもなげに、すごく吹きはらひたり。」（橋姫、一二四頁）。 **11**参考「蘭麝の匂ひにひきかへて、香の煙ぞ立ちのぼる。」（建礼門院の住まい。日本古典文学大系『平家物語』灌頂巻、四三二頁）。 **12**乳母子や従者も、主人と共に出家するのが習わし。女三の宮が剃髪した際、御乳母や古女房など「十余人ばかり」を光源氏が選んで、一緒に出家させた（鈴虫、三六八頁）。 **13**中納言を「君」と呼んだのは、出家後は官職がなくなるから。本作品にはこれ以外に「君」が七例あり、うち六例は忍音の君。あと一例［三②6の前］は男主人公を指すが、それはまだ身元を明かしていないから。**14**受戒のときも、「姫君の慕ひ給ひし面影」〔本章①19〕が浮かんだ。**15**参考「（須磨への）道すがら（紫上の）面影に、つと添ひて」（須磨、一七八頁）。**16**参考「仏も、なかなか心汚しと見たまひつべし。」（帚木、一四三頁）。「若君の御ことをなむ、六時の勤めにも、なほ心汚くうちまぜ侍りぬべき。」（松風、三九六頁）。「過ぎにし方の年ごろ、心汚く、六時の勤めにも、ただ御ことを心にかけて」（若菜上、一〇五頁）。**17**以前から懸念された「心の澄むことあらじ」〔三十五③8〕、「念仏も障りあるべき」〔四十五28〕が的中した。

六十

かくて京には、大殿〔おほいどの〕に、「中納言殿、今朝〔けさ〕物詣〔ものまう〕でとて出〔い〕で給ひしが、ただ[1]随身〔ずいじん〕一人、召し具〔ぐ〕させ給ふ」と聞こゆれば、『世の常の物詣〔ものまう〕でならば、何しにかく[2]人をも連れ給はざらむ』と思し騒ぎて、おはしまし所を殿・母上御覧ずれば、御文二つあり。一つは「[3]北の御方〔かた〕へ」とあり。一つは「[4]承香殿〔しょうきゃうでん〕の[5]中納言の局〔つぼね〕へ」とぞ書き給へる。

開〔あ〕けて見給へば、「[文詞]さても今生〔こんじゃう〕にては、[6]御目〔め〕にかかるべきことの侍るまじきこそ。残り多く侍れども、[7]菩提〔ぼだい〕の岸に至りなば、[8]後〔のち〕の世の闇をば[9]晴るけ奉らん。[10]夢〔ゆめ〕幻〔まぼろし〕の世の中に、[11]罪深き事のみにて明かし暮らすも、かつは益〔やく〕なきことなり。それにつけては吾子〔あこ〕が事を、我なからん後〔あと〕に形見と思しめして、いとほしくし給へ。[12]大人〔おとな〕しくも成り侍らば、殿上［てんじゃう］せさせて、上の見参［げざん］に入［い］れ給へ。この文、内の承香殿［しょうきゃうでん］の局［つぼね］へ付けさせおはしませ」など、細々［こまごま］と書かれたるを見給ふに、母上の御心のうち、なかなか譬［たと］へむ方［かた］なし。[13]母上詞「今朝［けさ］は、これへおはしけるにや。などや、自［みづか］らには[14]知らせざりしぞ」と、御声をたてて[15]伏［ふ］し転［まろ］び給へば、殿も、「かかるべしと思はば、何しに思ひよるべき。いかにも[16]世にあれかしと思ふによりてこそ、[17]大将の事も思ひ立ちしか。かく、いたづらに成すべき端［はし］とや思ひし。[18]親の思ふほどは、子はなかりけり」と、泣き給ふこと限りなし。

【訳】　さて都では、内大臣に（家来が）、「中納言殿は今朝、参詣に（行く）と言って出かけられたが、家来を一人だけお供にされた」と申すと、（内大臣は）『普通の参詣ならば、どうしてそのように家来をお連れにならないことがあろうか』と動揺され、（中納言の）お部屋をご両親がご覧になると、お手紙が二通ある。一通は「内大臣夫人へ」とある。もう一通は「承香殿の中納言のお部屋へ」と書かれている。

（夫人宛の手紙を）開けて見られると、（手紙には）「さて、この世では、お目にかかれそうにもありません。たいへん心残りですが、（私が）極楽往生すれば、（両親の）死後の闇を晴らして（極楽に行けるようにして）さしあげよう。夢や幻のような（はかない）この世の中で、罪深いことばかりして日々を過ごすのも（親孝行にはなるが）、一方ではむだなことです。それにつけても、わが子のことを、私がいなくなった後、（私の）形見とお思いになって、かわいがってください。大きくなりましたならば宮仕えさせて、帝のお目にかけてください。もう一通の手紙は、宮中の承香殿のお部屋に言づけてください」など、こまごま書かれているのをご覧になるにつけても、母君のお心の中は、とても譬《たと》えようがない。（母君は）「今朝は、ここに（中納言は）来られたのだなあ。なぜまあ、私には知らせなかったのか」と、お声をあげて身を投げ出してころげ回られると、内大臣も、「このように（息子が出家することに）なるだろうと分かっていれば、何のために（息子の将来を）あれこれ考えようか。なんとかして出世してほしいと思うからこそ、左大将家との縁談も決心したのに。このように（出家して）むだになる発端（を私が作る）とは思いもしなかった。親が思うほど、子は（親を思ってくれ）ないなあ」と、お泣きになることは、このうえもない。

【注】 1中納言クラスならば、家来は大勢つくのが普通。「随身一人」だけは異常事態ゆえに、内大臣に報告した。 2「随身一人」だけでは、「人をも連れ」たことにはならない。光源氏が夕顔の宿を訪れたときも、惟光・随身・童の三人だけだったで（夕顔、一二六頁）、廃院の下家司は、「御供に人も、さぶらはざりけり。不便［ふびん］なるわざかな。」（同、一三四頁）と言った。 3中納言が「姫君の御方への文」［五十七14］のほか、北の方にも手紙を書いたのは初出。母親は息子に同情していた［三十五②1］ので書き残した。父親宛がないのは、恨みがあり許せないから。 4内大臣夫妻は忍音の君が承香殿にいることを知らないので、ただの恋文と思っただろう。 5この中納言は、忍音の君の女房［四十四③16］。宮中で手引きして、二人を再会させた［四十五1の前］。女房宛にしたのは、面倒なことを起こしたくないから。光源氏も須磨から朧月夜に送った手紙を、その女房（中納言の君）宛の中に同封した（須磨、一八一頁）。 6参考「あしこに籠りなむ後、また人には見え知らるべきにもあらず」（入山した明石の入道の遺言状。若菜上、一〇四頁）。 7参考「観音深く頼むべし。弘誓［ぐせい］の海に船浮かべ、沈める衆生引き寄せて、菩提の岸まで漕ぎわたる。」（梁塵秘抄、一五八番）。「娑婆［さば］の外［ほか］の岸に至りて、とくあひ見んと思せ。」（明石の入道の遺言状。若菜上、一〇八頁）。 8「後の世の闇」の用例は、早くは花山院の和歌に見出せるが、

「慈円に多く見られる表現であり、また歌語として定着し、頻用されるのも慈円あたりからである。」（中村友美氏『『しのびね物語』の引歌」、前掲論文）。**9**子供が出家して修行を積み極楽往生すれば、その両親も救われる。参考「真の道に入りなば、遂には助け奉らむ」［五十七6］。**10**参考「見るままに夢幻の世の中はししの果てこそ悲しかりけれ」（栄花物語、著るはわびしと嘆く女房、三九七頁）。**11**俗人が日常生活を営むことすら、仏教では罪深いこと。参考「なべての世を、思ひたまへ沈むに、罪もいかに深くはべらむ。」（早蕨、三四八頁）。ちなみに「（出家して見捨てた親に）もの思はせ奉らん事の罪深く」［五十七5］の「罪」とは異なる。**12**以前から、「大人しくもならば、殿も我が代はりと思して、宮仕へに出だし立て給はんずらん。」［五十六①16］と考えていた。**13**両親が中納言を最後に見たのは、昨日の朝［五十七4］。**14**父親が息子に対して、「人をも連れ給はざらむ」［本章2］と尊敬語「給ふ」を使用しているように、ここも「知らせ給はざりしぞ」と、敬語を付ける方が普通。気が動転して、付け忘れたか。**15**「臥しまろぶ」は源氏物語に四例あり、母を亡くした落葉の宮（夕霧、四二九頁）、浮舟に先立たれた母と乳母（蜻蛉、二〇一・二三二頁）、浮舟の出家を知った妹尼（手習、三三一頁）に使用。**16**「世にあれと思す」［三十五②9］。**17**大将の件の初出は、忍音の君を引き取る準備中のとき［六9］。ということは内大臣は、息子を忍音の君から引き離すために大将家との縁談を思いついたのではなく、もともと忍音の君とは関係なく、息子のために良縁を苦慮していたことになる。**18**父親の愚痴は、「世にあらせむと思へば、かく心憂きこそ。親の思ふばかり、子は思はざりけるよ。」［三十五①11］と同じ。

六十一

忍音上
さて姫君は、「[1]この暮［くれ］」とのたまへるを待ち給へども、見え給はず。『[2]たばかり給ひてや』と、心

うく思しめす所に、御文［ふみ］を持て参りたるに、急ぎ開［あ］けて見給へば、さまざまの事ども書き給ひて、

「有《中納言》明の[3]月は雲居に澄み果てよ我［われ］こそ山[4]の奥に入［い］るとも
[5]思《同》ひ入る深山［みやま］隠れの住まひに[6]も形見に連るる人の[7]おもかげ[8]
う《文詞》ち捨て奉ること、いかに恨めしく思すらむ。されども、[9]思ふ心のあれば、つらしとも、な思し入［い］りそ。今は[10]ただ、帝の御心に違「たが」はで、さぶらひ給へ。[11]いづくの野の末までも、[12]引き具［ぐ］し奉りてこそ、あらましけれども、[13]吾子［あこ］が事を思ふ故［ゆゑ］ぞよ」と、[14]涙にくれて、書き乱し給へり。『さ《忍音》りとも』と[15]待ち給ひつるに目も暗［く］れて、[16]この御文［ふみ］を顔に押し当てて、うち伏して、[17]そのまま起きも上がり給はず。『恨めしくも、捨て給へるものかな』とは思へど、『[18]出［い］で給ひし月影の、いつの世に、また見ることのあるべき』と思[19]されて、さらに[20]人目も知らず、泣き沈み給へり。


【訳】　さて忍音の君は、（中納言が）「今日の暮れに（迎えに来る）」とおっしゃったので、お待ちになるが、お見えにならない。『嘘をつかれたのか』と、つらく思っておられると、（使者が）お手紙を持って参ったので、急いで開けてご覧になると、いろいろなことを書いておられて、

「有明の月が天上で澄み渡っているように、あなたも宮中でいつまでも過ごしてください。私は山奥に籠るけれども。

思いつめて入った山奥で隠れて暮らしていても、あなたの面影を形見として持っています。

（あなたを）お捨てしたことを、どんなに恨んでおられるだろう。けれども、（あなたを）愛する心はあるので、恨めしいと思いつめないでください。今はただ、帝のお心に背かず、お仕えなさい。どんな地の果てへも、（あなたを）お連れするのが望ましいことではあるが、わが子の将来を考えると（あなたを連れ出せません）ね」と、涙にくれて書き乱れておられる。（忍音の君は）『いくらなんでも（私をだまさないだろう）』と、お待ちになっていたのに、（涙で）目も曇って見えず、このお手紙を顔に当てて、うつ伏せになり、そのまま起き上がりもなさらない。『恨めしいことに、（私を）お捨てになったのだなあ』とは思うが、『（中納言が）お帰りになった月夜の姿は、いつまた見られるだろうか』とお思いになり、まったく人目も気にせず、泣き崩れておられた。

【注】 **1**「この暮れを待ち給へ。」〔五十六①24の後〕。「暮れば、とく御迎へに参らむ。」〔同①34の後〕。「姫君、『まことに、この暮れには』と思して、待ち給ふ御心、はかなかりけり。」〔同②18の後〕。 **2**昨夜も中納言の言動を、「あやしうて」〔五十六①27〕、「いと、あやし」〔同①30〕と訝った。 **3**以前も贈答歌で、忍音の君を月にたとえた〔四十四③⑤〕。 **4**「いかなる山の奥までも引きこもりたく侍りしかども」〔四十五7〕。 **5**参考「思ひいるみ山隠れの苔の袖数ならずとておかぬ露かは」（新後撰集、雑下、一五〇二、経乗法師）。 **6**面影を抱いて出奔するという歌の内容は、忍音の君が家出のときに詠んだ歌「たち返り契りて出でし面影を憂き身に添へて我ぞ出でぬる」〔三十四①12〕に似通う。 **7**「ただ姫君の慕ひ給ひし面影」〔五十九①19〕。「女君の御面影、身に添ひて」〔同②14〕。 **8**「風葉集・雑三・一三七二には「本意とげてのち、おなじ人のもとにさしおかせける。哀とも思ひおこせよしら雲のたなびく山に跡たえぬとも」（しのびねの中将）とある。古本においてはこのような歌が手紙に記されていたのであろうか。内容から推して「有明の」「思ひ入る」に続く三首目の歌であったと考えても差支えない。あるいは詞書に「本意とげて後」とあるから、置手紙の中の歌ではなく、後に姫君のもとに送った歌であるかもしれない。出

家後の歌とすれば、古本の男君は姫君への未練を断ちきれずにいたことになり、潔い出家ではなかったことが推測される。」（広島平安文学研究会の注）。なお現存本も「潔い出家」ではない［五十九①21］［同②16］［六十六2］。9忍音の君の将来を「思ふ心」があるからこそ別れた。すなわち愛するが故に我が身を引いて忍音の君を見捨てたのであり、その方が忍音の君にとって幸せになると説く。10「ただ、よく候ひ付き給へ。」［五十六①5］の繰り返し。11「いかなる野の末にても」［四十五27］。12「いかなる所へも引き具して」［五十一9の前］。13「ただ今よりは、吾子が事をこそ思さめ。」［五十六①14］。14若君のことに及ぶと胸がつまり、これ以上落ち着いて書けない。中納言の考えは、宮中で忍音の君と密会したとき［四十五］［五十六］と同じで、手紙の内容も変わらず、このままでは物語は進展せず。もはや中納言を軸に、物語は進展しない。［六十五6］参照。15「たばかり」［本章2］ではないかという不安にさいなまれながらも、一縷の望みを繋いでいたが、この手紙が希望・信頼さらには愛情をも打ち砕いた。16参考「例の、（匂宮の）面影離れず、（浮舟は）たへず悲しくて、この御文を顔に押し当てて、しばしはつつめども、いといみじく泣きたまふ。」（浮舟、一七八頁）。17参考「（光源氏が須磨に行った後）二条院の君は、そのままに起きも上りたまはず」（須磨、一八一頁）。18「有明の月くまなきに」［五十六②3］。19「思されて」の「れ」は、自発の助動詞。もはや再会できないとは思いたくないが、自然に不吉な考えに襲われてしまう。20「人目」を気にするのが、貴婦人の嗜み［二十八②9］。参考「（牛車の中で六条御息所は）涙のこぼるるを人の見るも、はしたなけれど」（葵、一八頁）。「ともかくも思ひわかれず、ただ涙ぞこぼるる。人や来ると涙はつれなしづくりて」（蜻蛉日記、一二三七頁）。

六十二

①　さる程に、中納言失〔う〕せ給ひぬと、上[1]も聞こしめして、『あさましく世[2]の光、失せぬる』と思し嘆かれ[3]給ひて、『あ[4]やしく、も[5]の思ひつる様〔さま〕の、著〔しる〕かりし故〔ゆえ〕ぞ』と、御[6]心一つに思[7]し合はす。
その御ゆかりの人々も参り給ひて、「い[8]みじう思ふ人《忍音上》の侍るに、また大将のことを大殿《父上》〔おほいどの〕はのたまひしよりして、思ひの晴るることなかりし。それに、この人の行方〔ゆくへ〕もなくなりにしかば、思ひかねて、かくなりぬ、とこそ承〔うけたまは〕れ」と奏[9]〔そう〕しければ、『さればこそ、こ[10]の人の事なりけれ』と、いとどあ[11]はれに思しめす。

【訳】　やがて、中納言が姿を消されたと、帝もお聞きになり、『嘆かわしいことに、この世の光が消えた』とお嘆きになり、『妙に思い悩んでいる様子が、目立っていたからなあ』と内心、思い当たられた。
中納言とご縁がある人々も参内されて、「（中納言には）たいそう愛する女性がおりますのに、ほかに大将家との縁談を内大臣殿がおっしゃってからは、（中納言は）気が晴れることがなかった。さらに、その女性が行方不明になったので、（中納言は）思いあぐねて、このように姿を消した、と聞いております」と帝に申したところ、（帝は）

『やはり、この女性のことだったのだ』と、いっそう不憫にお思いになる。

【注】 **1**中納言出奔の噂は瞬く間に京中に広まり、最後に帝の耳に入る。 **2**参考「光、隠れたまひにし」（光源氏の死。匂宮、一一頁）。「殿（土御門邸）の内にはじめて世の光（後一条帝）をとり出でさせ給しよりはじめ」（栄花物語、著るはわびしと嘆く女房、三八八頁）。「よの中の人々、いみじかりつる世のひかり、いかになり給ふべきにかと」（苔の衣、二）。 **3**「嘆かれ」の「れ」は、自発の助動詞。帝は中納言がしばらくいないだけで「つれづれ」［五十五14］になるほど、中納言を逸材として高く評価していた［四十四⑤23の注］。 **4**「あやしく、この頃は、もの心細げに見ゆるは、なほただにはあらじ。」［三十九③11］。 **5**「中納言はこの頃、いみじく物思ひたる様のしるきは、」［四十①19］。「ことさら物思ひたる気色の見えつるに」［四十三3］。 **6**帝はあまりのショックに、初めは世の光が消えたとしか考えられなかったが、落ち着きを取り戻すと、今度は失踪の原因を探索し始めた。 **7**「思ひ合はする人の違はずは、げにいかばかりの人にか心を移し給はん。」［四十四①11］。 **8**セリフの中で大殿には敬語を使うが、中納言に対しては敬語を使わず。会話の主は、中納言より官職が高いか。 **9**このセリフの内容は真実で、核心に触れている。内情に通じているのは、当事者とその家族だけかと思いきや、縁者たちも知っていた。狭い貴族社会では、秘密は保持しにくい。ただし内密の話であるため、帝には今まで誰も話さなかった。帝はまだ知らないと考えて報告しているが、実は誰も知らない女性の行方を、帝が知っているとは皮肉なこと。 **10**「もし、この心を尽くす人の事をや思ふらむ。」［三十九③12］で疑い始め、「さればよ。いかさまにも、このゆゑ。」［四十①18］で確信を得た。 **11**宮中において中納言が忍音の君と密会したこと［四十五］［五十六］を帝は知らないので、「あはれ」と思った。

②

その後〔のち〕、[1]例の局〔つぼね〕へおはしたれば、[2]引《忍音上ノ》きかづきて[3]起きも上がらず。今は、[4]憚〔はばか〕る所もなくうち出〔い〕でて、「中納言《勅言》こそ失〔う〕せにけれ。いかに悲しく思すらむ。されども、いづくの[5]岩〔いは〕の中までも、[6]引き具したらばこそあらめ、[7]片思ひこそ由〔よし〕なけれ。まろならば、いかなる[8]苔の下までも、[9]もろともに隠れなむ」と[10]て、引き動かし給へば、[11]忍び音〔ね〕も現〔あらは〕れぬべく泣き給へば、[12]我も御涙のこぼれて、[13]いとほしく御覧ず。『ただ今は、この思ひのせむ方〔かた〕なからん』と思せば、さのみ[14]難〔むつか〕しく、戯〔たはぶ〕れもし給はず。

【訳】　その後、いつものように（帝が忍音の君の）お部屋へ行かれると、（忍音の君は）衣を頭からかぶって、起き上がりもなさらない。（帝は）今は遠慮せず口に出して、「中納言が姿を消した。どんなに悲しくお思いだろう。けれども、どこの岩の中へでも（あなたを中納言が）連れ出したならば愛したことになろうが、（そうではなく）片思いでは仕方がない。私ならば、どんなに辺鄙な所でも、（あなたと）一緒に隠れよう」と言って、（かぶっている衣を）引き動かしなされると、（忍音の君は）忍び泣く声も人に聞かれるほど泣かれるので、（帝は）ご自分も涙を流して、かわいそうにご覧になる。（帝は）『今しばらくは、この悲しみはどうしようもなかろう』とお思いになるので、さほど煩わしくふざけることもなさらない。

【注】 1「帝、例の渡らせ給ひて」［四十①1］以来、変わらず。 2帝と初対面のときも「衣、引きかづきて」［三十九①8］であったが、今回は泣いているからでもある。［三十八34］参照。 3「いとど上のおはします折も、起きだに上がり給はず」［四十七1］。忍音の君が失踪したショックで、中納言が「引きかづきて起きも上がり給はず」［三十四②8の後］の時とは立場が逆転。 4帝は最初から傍若無人に振る舞っていたので［三十九①14］［四十四②17の注］、今さら「憚る所もなく」とは奇異に思われるが、「今は、中納言も都になければ、憚るべきにもあらず」［六十八16］から推すと、中納言に遠慮していたらしい。 5中納言も、「いかなる所へも引き具して、巌［いはほ］の中にも、もろともに過ごしなばや。」と考えた［五十一9］。 6中納言の手紙には、「いづくの野の末までも、引き具し奉りてこそ、あらまほしけれども、吾子が事を思ふ故ぞよ。」［六十一11］と書かれていたが、まだ子供がいない帝には（［七十三2］）、中納言の親心まで考えが及ばない。 7「されど片思ひは、よしなき事。」［四十四①18］。相変わらず帝は中納言を一方的にけなし、その分、自分を持ち上げて忍音の君に迫る。 8参考「忍びつつこの世つきなば思ふこと苔の下にやともに朽ちなん」（六百番歌合、忍恋、六二三、有家。新後撰集、八〇三）。広島平安文学研究会は参考歌として、和泉式部の和歌「もろともに苔の下には朽ちずして埋もれぬ名を見るぞ悲しき」を引く。 9中納言が忍音の君を捨てたのは「思ふ心のあれば」［六十一9］で、愛情と深慮遠謀によるが、帝は薄情の証拠と決めつけ、忍音の君の気を引こうとする。 10帝のセリフは従来の繰り返しが多く、忍音の君との仲は進展せず。「恋情と家族愛の狭間に苦悩する中納言、片や宮中を脱出しても純愛を貫こうとする姫君、こうした二人の心中を、まったく忖度しようとせず、執拗にからむ態度は、帝王の権威も地位も忘れた愚かさといえよう。」（『中世王朝物語全集』解題、一五八頁）。 11今までは人目を気にして「引きかづき」［本章②2］、泣き声がもれないようにしていた。しかし今やその気配りもせず「人目も知らず」［六十一20］、「忍び音も現れぬべく泣き給」ということは、「忍び音の尽きせぬ」［四十四①9］女性が、「忍音の君」［三十九④3］［四十六4］から別人になること

を暗示する。12帝はもらい泣きしやすく、涙もろい。参考「（亡き大君の話を薫から聞いた匂宮は）色めかしく、涙もろなる御癖は、人の御上にてさへ、袖もしぼるばかりになりて」（早蕨、三三九頁）。13帝は中納言と忍音の君の密会を知らないので、「あはれ」［本章①11］とも「いとほし」とも思う。14以前は、「いろいろに戯れさせ給へば、むつかしくて」［四十①14］であったが、今はライバルの中納言がいなくなったという安堵感から、余裕をもって接するようになった。時が経てば自然に落ちる果実を待つ心境。

六十三

しばし日数［ひかず］経［ふ］るままに、[1]いよいよ泣き焦がれ給へば、上、渡らせ給ひて、「今はいかに思ふとも、甲斐［かひ］あるべきかは。[2]力なき事と、[3]思ひなしておはせよ」と慰め給ふも、[4]苦しきに、悲しきこと限りなし。

【訳】しばらく日が経つにつれて、（忍音の君は）ますます泣いて恋しがられ、帝がお越しになり、「今となっては、どんなに（中納言を）思っても、むだですよ。どうしようもないことと思いこんでください」とお慰めになるにつけても、苦しくて悲しいことは尽きない。

【注】1「忍び音も現れぬべく泣き給」［六十二②11］は増す一方。2大倉比呂志氏は、これが本作品で使用された「ちからなし」の最後の用例であることに着眼して、「このことばを帝が発することによって、姫君の気持ちはとも

かくとして、帝が姫君を完全に自分の専有物として烙印を押そうとする記号」であり、「このことばがなくなることは男君と姫君との断絶を意味しよう」と論じられた（同氏「しのびね物語」、『体系物語文学史』4所収、有精堂、平成元年）。参考「これ（若君が内大臣に引き取られたこと）も力なきことと、思しなし給へ。」［十八②8の前］。**3**「なす」は作為・努力・強制などの意を含む接尾語。無理ではあろうが、努めてそう思うようにしてください。」（光源氏が空蝉を口説いたセリフ「さらに浅くはあらじと思ひなしたまへ。」の頭注。帚木、一七五頁）。**4**慰めると却って苦しく悲しみが増すのでは、帝の立つ瀬がない。

六十四

かくしつつ、五月にもなりぬ。五月雨［さみだれ］しげく、[1]晴れ間［ま］も無く、かき曇りたる[2]所々を、この[3]忍び音［ね］は、なほ[4]眺め増さりて、『[5]恋しき人を[6]夢にも見ばや』と思せども、[7]微睡［まどろ］まねば、[8]夢も無し。『[9]若君をなりとも、いかにして見る業［わざ］してん』と思し嘆きて、この[10]数珠［ずず］・[11]扇［あふぎ］を忘れ形見と御覧じて、

　忍音上　憂き人の形見の扇[12]折々［をりをり］に[13]涙を誘ふ風ぞ吹き添ふ

とうちながめて、過ぐし給ふ。

【訳】こうしているうちに、五月にもなった。五月雨が多く、晴れ間もなく、急に暗くなった空のもと、あの忍音

の君は、ますます長雨が続くように（中納言への）思いが募り、『恋しい人を夢でも見たい』とお思いになるが、うとうとと眠ることもないので、夢も見られない。『若君だけでも、なんとかして見られるようにしよう』と嘆かれて、あの数珠と扇を（中納言の）忘れ形見とご覧になり、

　つらい人の形見である扇をあおぐたびに、涙を誘う風がいっそう吹きつのることよ。

と物思いにふけって、お過ごしになる。

【注】**1**空も心も、晴れる間がない。自然と感情の一致。**2**頭注「所々を　按、「そら」の誤なり」。この箇所、第一系統は当該本文が無く、第二系統は「所々を」「そらを」「そらに」に分かれる。**3**この「忍び音」は、忍音の君を指す。また、忍び泣きという意味の「忍び音」は、この例が最後。**4**「眺め」に「長雨」を掛ける。参考「五月雨は（紫の上を亡くした光源氏は）いとどながめ暮らしたまふより外[ほか]の事なく」（幻、五二五頁）。**5**参考「うたた寝に恋しき人を見てしより夢てふものは頼みそめてき」（古今集、恋二、五五三、小野小町）。**6**参考「君は（夕顔の）夢をだに見ばやと思しわたるに」（夕顔、二六七頁）。**7**熟睡より浅い眠りの方が夢を見やすいが、うたたねもできず不眠状態が続く。「わすれてもまどろませ給時なければ、ゆめのうちにもあひ見たまふ事はありがたし。」（唐物語。米田真理子氏の前掲論文「『しのびね物語』の構造―「長恨歌」を視点として―」に指摘）。**8**「源氏物語・総角「亡せ給ひて後、いかで夢にも見たてまつらむと思ふを、さらにこそ見たてまつらね」（故八宮を二人の姫君が恋い慕う場面）と類似した表現。」（広島平安文学研究会の注）。宮中に身を潜めた頃の、「憂きに紛れぬ恋しさの、寝れば夢、覚むれば面影立ち添ひて」[三十八29]よりも深刻。中納言のセリフ「我が身こそ、ただ今よりほかは夢ならずして、見も見えもせじ。」[五十六①18]さえ、実現しない。参考「（亡き父八の宮は）夢にだに見えたまはぬよ。」（大君の思い。総角、三〇一頁）。**9**中納言とは夢の中でも会えないとわかり、若君との再会に希望を託

すようになる。夫婦愛が終わり、母性愛が芽生え、忍音の君に変化が生じる。物語の新しい展開に、若君が活用される。［六十一14］参照。10「御数珠と扇を置き給ふ」［五十六①30の前］。11忘れ形見の扇を班女の扇（寵愛を失った我が身を、秋風が吹くと捨てられる扇に例えた）に見立てると、捨てられた忍音の君の象徴になる。12「折々」に「扇」の縁語「折り」（折りたたむ）を含む。13私には涼風ではなく、「涙を誘ふ風」が吹く、という意。参考「夕されば草葉の露を吹き過ぎて涙を誘ふ袖の追ひ風」（隣女集、秋、六七）。

六十五

大殿《父上》［おほいどの］・北の方《母上》、日に添へて、思し慰むる世なく、泣き恋ひ給へども、甲斐［かひ］なし。若君は、「など[1]て、おは《父上ノ》せざらん」とて、折々[2]泣き給へば、いとど[3]涙催［もよほ］されて、『せめて疾［と］く、七つ[4]になり給へかし。内へ[5]参らせて、中納言と思はん』と、明け暮れ、いとほしき[6]事にし給ふ。

【訳】内大臣夫妻は、日が経つにつれて、お心が晴れるときがなく、泣いて（子息の中納言を）恋しく思われるが、どうしようもない。若君が、「なぜ、（父上は）いらっしゃらないの」と、時どきお泣きになるので、ますます涙を誘われて、『せめて（若君は）早く七歳になってくださいね。参内させて、中納言（の身代わり）と思おう』と、明けても暮れても（若君を）かわいがられる。

【注】1若君は母親と別れたときも、同様のセリフ「母君は、いづくへおはしけるぞ。あこをば捨てて。」［四十一

14］を言った。参考「などか、父君［ててき］の久しく見えざらむ」（出家した父を慕う子のセリフ。多武峰少将物語）。**2**まだ子供で父の遁世を十分理解できない若君（満三歳弱）は、父親を思い出したときだけ泣く。いつも泣いている内大臣夫妻とは対照的。参考「君（若紫）は、男君（光源氏）のおはせずなどして、さうざうしき夕暮れなどばかりぞ、（亡くなった）尼君を恋ひきこえたてまつりて、うち泣きなどしたまへど」（若紫、三三五頁）。**3**何も知らない、あどけない孫の片言を聞くと、ますます悲しくなる。［五十七9］の注、参照。参考「（須磨にいる源氏を八歳の）春宮はまして常に思し出でつつ、忍びて泣きたまふ。見たてまつる御乳母、まして命婦の君は、いみじうあはれに見たてまつる。」（須磨、一九七頁）。**4**童殿上は七歳から、が当時の習わし。「まだ小さき七つより上［かみ］のは、みな殿上せさせたまふ。」（若菜下、一七二頁）。源氏物語では夕霧が八歳（澪標、二七四頁）、頭中将の子が「八つ九つばかり」（賢木、一三三頁）、鬚黒の息子たちが十歳（真木柱、三七〇頁）で童殿上を始めた。**5**童殿上の件は、中納言の置き手紙に書かれていた［六十12］。**6**若君は忍音の君にとって生きる糧になったように［六十四9］、祖父母にとっても唯一の心の支えになり、今後は若君が物語を進める軸になる。［六十一14］参照。

六十六

山籠［ごも］りの中納言は、[1]心ばかりは行ひ給へども、なほありし[2]面影の、ともすれば恋しく、思し忘るる世なく、[3]樒［しきみ］摘み給ふ山路［やまぢ］の露に[4]御涙争ひて、墨染［すみぞ］めの[5]御袖、[6]乾［かわ］く世もなく、[7]しをれ給へり。

【訳】　山寺に籠って仏道修行している中納言は、修行に打ちこむ気持ちだけはおありだが、今もなお、かつての（忍音の君の）面影が折にふれて恋しく、お忘れになるときがなく、樒をお摘みになる山道の（草葉の）露と（中納言の）涙が競い合って、僧衣のお袖は乾くときもなく、しょんぼりしておられる。

【注】　1「心の限りは行ひて、つひに涼しき道に赴きなば」［四十五19］という決意が、実行できていない。　2「女君の御面影、身に添ひて、念仏も心汚く紛るる」［五十九②14］のまま変わらず。　3「樒摘む山路の露にぬれにけり暁おきの墨染めの袖」（新古今集、雑中、一六六六、小侍従。広島平安文学研究会の注）。この歌は、『とはずがたり』の「樒摘むあか月起きに袖濡れて見果てぬ夢の末ぞゆかしき」（新日本古典文学大系、巻二、七七頁）にも、引歌として用いられている。（中村友美氏、前掲論文）。　4参考「風荒らかに吹き時雨さとしたるほど、涙も争ふ心地して」（葵の上を亡くした源氏の心境。葵、四八頁）。　5参考「わが袖は潮干に見えぬ沖の石の人こそ知らね乾くまもなし」（百人一首、二条院讃岐）。　6中納言は「忘るる世なく」「御袖、乾く世もなく」［本章］であり、両親も「慰むる世なく」［六十五］で、表現は共通する。しかし親は息子を思っているのに、息子は忍音の君のことしか頭にない、とは皮肉。　7「しをれ」（萎れ）の箇所、底本は「しほれ」、筑波大学本は「しほり」（「絞り」または「萎り」）。「しのびねの姫君の特権であった「しのびね」は、出家したきんつねへと受け継がれることになるのである。こうした「しのびね」（忍び泣くこと）の描写にも、やはり、物語の中で途切れることのない一貫性が認められるのである。」（米田真理子氏、前掲論文）。

六十七

秋にもなりぬ。四方［よも］の山辺［やまべ］の[1]紅葉［もみぢ］して、色々に見ゆるにも、『世を背き果［は］つべき始めにこそ。[2]ありし[3]嵯峨［さが］にて見初《忍音上ヲ》［みそ］めしも、[4]この世ばかりの契りならじ』と[5]思し出［い］づるに、[6]ただ今の心地して[7]恋しきこと限りなし。

【訳】　秋にもなった。まわりの山が紅葉して、さまざまな色に見えるにつけても、（中納言は）『（あの紅葉が）出家するきっかけに（なったのだ）。昔の嵯峨野で（忍音の君を）初めて見たのも、前世からの因縁なのだろう』と思い出されると、（忍音の君に会ったのが）たった今の気がして、このうえもなく恋しい。

【注】　**1**「〈紅葉〉が二人の出会いの表象であったと同時に、出会いそのものが男主人公の出家への契機のそれであったと語られている。とすれば、〈紅葉〉が〈俗〉と〈聖〉との両義性を持っていると考えられる。その〈紅葉〉は衰退していく季節の終焉を飾る最後の残照であるが、それは一時的なものであって、永続するものではない点からも、結局は男主人公が女主人公と添い遂げられず、男主人公が〈聖〉なる世界に入っていく契機を内包しているといえよう。」（大倉比呂志氏「『しのびね』論」、『源氏物語と王朝世界』所収、武蔵野書院、平成一二年）。　**2**以前は「ありし秋の夕べさへ恨めしき心地す」［三十四①28］であったが、今では仏縁を思うようになった。　**3**「嵯峨野わたりの紅葉ご覧ありて」［二①1］。　**4**参考「何事もこの世ひとつならぬ事」［四十五12］。「いかなりし昔の契りな

らむ」［五十六②14］。 5紅葉を見ても忍音の君のことが思い出され、修行の邪魔になる。 6実際は四年前。 7恋しさは「ともすれば恋しく」［六十六2］のままで、断ち切れていない。

六十八

帝[1]はとかく心《忍音上ノ》を取り給へども、さらに一言［ひとこと］の御返事をもし給はず、すでにその[2]年も暮れぬ。

明くる春になれども、姫君の御思ひ改まる[3]べくもなし。上は、『あまりに、けしからぬ[4]事』と思して、内侍に、「[5]ただ《勅言》連れて[6]参れ。自[7]［みづか］らの心に任［まか］せては、いつか限りあるべき。いと、むくつけき[8]業［わざ］かな。かかる例[9]［ためし］やはある。まろが、かく[10]心を尽く[11]したることこそ、いまだ覚えね。今年［ことし］三年[12]［みとせ］、やすき[13]空なく心を見るに、さらに靡［なび］き難［がた］きは、『契り[14]通して憎し[15]』と言ふらむことにや。今は、中納言も都になければ、憚[16]［はばか］るべきにもあらず。そこに[17]、よく言はぬぞ」と、まめ[18]やかに辛［つら］しと思して責め給へば、御理《典侍ノ心》［ことわり］[19]にかたじけなく覚えて、局［つぼね］へ帰りて、「これ《典侍詞》ほどに慰め[20]奉るに、なほ、かく沈み[21]給はば、母上[22]も自[23]［みづか］ら具し奉りて、いづちへも、まかりなむ。これに、一所[24]［ひとところ］におはせ。さらば[25]、世の常［つね］にて宮仕へをも、し給へ。御心[26]の行かざらむほどは、上もひたぶる[27]に思し寄ることあらじ。まづ参りて見給へ」と、様々［やうやう］に口説［くど］きて、御[28]髪［みぐし］かきくだし、涙に濡[29]れぬ。御[30]衣、召し替［か］へさせなどして、内[31]侍、繕[32]［つくろ］ひ立てて、上へ参り給へば、上はいと嬉しと思して、内[33]侍に寄りかからせおはしまして、すこ[34]し隔てておはします。「忍[35]音［しのびね］の内侍と言[36]はん」とて、うち[37]笑はせ給へば、また例の涙[38]、先立ちて、うちう[39]つぶきてゐ給へば、[40]「局《勅言》にてこそあらめ、ここにて涙落とすは忌[41]［い］むなる事ぞ」とて、とかく慰め給へども、ただ恥[42]づかしくも悲しくも思して、心ゆく気色［けしき］もなし。「さのみ人[43]の心を尽くさせ給ふこそ、いとわりなけれ。この三[44]年［みとせ］は、いみじく御[45]心に従ひて過ごしきぬ。今はまた少し、あ[46]はれとも思ひ給へかし」と、いろいろに聞こえ給へば、内侍、「いかなる事ぞや。上の御[47]返しせぬは、いと便[48]［びん］なき事ぞ」とのたまひて、内侍、局[49]［つぼね］へ下［お］り給へば、この忍[50]び音も、や[51]がて罷［まか］で給ふ。

【訳】　帝はあれやこれやと（忍音の君の）機嫌をとられるが、決して一言もお返事されず、ついにその年も終わった。

翌年になっても、忍音の君のお気持ちは変わりそうにもない。帝は、『ひどく非常識なことだ』とお思いになって、典侍に、「すぐに（忍音の君を）連れて参れ。（忍音の君の）思い通りにさせておいては、いつ（今の状態が）終わるだろうか。実にあきれた振る舞いだなあ。このような例があろうか。私がこれほど気をもんだことは、今まで覚えがない。今年までの三年間、落ち着かず、（忍音の君の）気を引いてみるが、まったくなかなか、なびいてくれないのは、『（中納言との）誓いを守り通して、（帝が）憎らしい』と（世間で）言うようなことなのか。今は中納言も都にいないので、遠慮する必要もない。あなたが、よく言って聞かせないからだ」と、ほんとうに恨めしいとお思いで、お責めになるので、（典侍は）ごもっともで恐れ多いと思い、部屋に帰って、（忍音の君に）「（私があなたを）これほどお慰めするのに、それでもこのように、ふさぎこんでおられるならば、（あなたの）母上も私がお連れして、どこへでも（宮中から）退出してしまおう。（そうなれば、あなたは）ここで一人でいらっしゃいませ。一人になれば、世間並みに宮仕えもなさりなさい。お気が進まない間は、帝もひたすら思いを寄せて近寄られることはなかろう。なにはともあれ、参上して（帝に）お会いしなさい」と、いろいろくり返し言って、（忍音の君の）髪を櫛ですき、（典侍も）涙で濡れた。お召し物を着替えさせたりなどして、典侍が（忍音の君を）美しく装って帝のもとに参上されると、帝はとても嬉しいとお思いになり、典侍に寄りかかっておられて、（忍音の君とは）少し離れていらっしゃる。（帝が）「忍音の内侍と呼ぼう」と言って、少しお笑いになるので、（忍音の君は）またいつものように涙がまずあふれて、うつむいておられると、（帝は）「自室で（泣くの）は構わないが、ここで涙を落とすのは不吉とかいうことだよ」と言って、あれこれお慰めになるが、（忍音の君は）ただもう恥ずかしいとも悲しいとも思われて、気が晴れる様子もない。（帝は）「（あなたが）これほど私に物思いをさせなさるのは、とてもつらい。この三年は、ひたすら（あなたの）お気持ちに任せて過ごしてきた。今からはもう少し、（私を）気の毒だとも思ってくださいな」と、あれこれ申されるので、典侍は、「どういうことですか。帝にお返事しないのは、とてもけしからんことですよ」とおっしゃって、典侍は自室へお下がりになるので、この忍音の君も、すぐに退出される。

【注】　1『風葉集』所載の次の一首は、このあたりにあったか。「ないしのかみ、つれなきさまに見え奉りければ、七日のたまはせける。しのび音のみかどの御歌。けふさへやただに暮らさん七夕の逢ふ夜は雲のよそに聞きつつ」。「現存本にある総数歌十九首のうち、帝からヒロインへの贈歌が一首もないのは異常かも知れない。」（『中世王朝物

語全集』解題、一四六頁）。帝の歌は、きんつねに聞こえよがしに詠んだ一首のみ［四十二］。**2**帝と忍音の君の関係は［六十三］のまま。中納言も忍音の君への思いを消せず［六十七］、結局、出家後も事態は変化せず、何事も進展しないまま年が暮れる。二月の出家以来、［六十三］から［六十七］までは、時間の経過も場面の展開も早くなり、各章も短い。**3**頭注「古今、春上、よみ人しらず。百千鳥さへつる春はものごとにあらたまれどもわれぞふりゆく」。中納言が去年の二月に出家して以来、一年近くになる。**4**以前は「慰め」［六十三3の後］ていたが、もはや堪忍袋の緒が切れた。**5**忍音の君の気持ちに関わらず、有無を言わせぬ圧力が「ただ」にこもる。**6**帝が初めて忍音の君のことを聞いて発したセリフ「とく参らせよや。」［三十七11］と内容は同じだが、語調は厳しく強い。以前は忍音の君の機嫌を取りに、帝が出向いた。「この頃は、御心を取らんとにや。夜昼、上の渡らせ給へば」［四十五1］。「上、渡らせ給ひて」［六十三1の後］。**7**帝の心境は、以前は「鳴かぬなら鳴くまで待とう時鳥」であったが［六十二②14］、今は「鳴かせてみよう」に作戦変更。**8**後宮の女性は皆、自分に靡くという自負心が傷ついた。［四十四②8］参照。**9**帝が忍音の君に言った愚痴、「かく人に愚［お］れ従ふ人は、あらじと思ふ。」［四十四③3］に似る。参考「いとかく世のためしになりぬべき有様」（つれない朝顔の宮に対する光源氏の愚痴。朝顔、四七六頁）。「まろこそ、なほ例［ためし］にしつべく、心のどけさは人に似ざりけれ。」（光源氏の自称。蛍、二〇六頁）。**10**帝は相手の女性が靡かないほど燃えるタイプ。［四十四②7］参照。**11**「帝はただ、この忍音の君にのみ、御心を尽くさせおはします。」［四十六5］。**12**帝と忍音の君の初会は、二年前の春か夏。それ以来、足掛け三年たつ。大倉比呂志氏は、『伊勢物語』二十四段の和歌「あらたまの年の三年を待ちわびてただ今宵こそ新枕すれ」を踏まえて、「旧夫が消息不明で「三年」が経過したならば、他の男と結婚してもかまわないという点が前提となっており、状況は異なるにせよ、これが帝の発言の根拠にもなっていよう。とすれば、この発言の背後には二十四段の影響が考えられ、帝は全然なびこうとしない女主人公に対して〈新枕〉を要求したものと受け取れよう。」と解釈された（前掲論文「『しのびね』論」）。一方、米田真理子氏は、『長恨歌伝』の「三載一意、其念不レ衰」に注目して、「三年の間一心に楊貴妃を思い続けた玄宗の姿を描くことにも、似通う点を認める。」と説かれた（前掲論文）。13「古今六帖・四・恋・二〇一五「雨やまぬ山のあま雲たちゐにもやすき空なく君をこそ思へ」（貫之）を引くか。」（広島平安文学研究会の注）。参考「（光源氏は須磨で）明け暮れやすき空なく嘆きたまふ」（須磨、二一七頁）。14忍音の君は中納言との縁を守り通して、帝を憎く思う、の意か。底本は「ちぎりとをして、にくし」。筑波大学本の「ちきりとをふて、にくし」（契り遠うて憎し）ならば、源氏物語の「いみじう思ふ人も、かばかりになりぬれば、おのづからゆるぶ気色もあるを、岩木よりけに靡きがたきは、契り遠うて、憎しなど思ふやうあなるを、さや思すらむ。」（落葉の宮を口説く夕霧のセリフ。夕霧、四六四頁）と同じで、帝とは縁遠くて憎く思う、の意。参考「契り遠くものしたまふ」（夜の寝覚、三、二九六頁）。15以前にも帝は忍音の君に、「まろを憎しと思ひ給ふも、ことわりぞ。」［四十四①10］と言っていた。16「今は、憚る所もなく」［六十二②4］。17以前も典侍に、「ただ今はいかなりとも、慰むべき気色もなきを、よく言ひ教へよ。」［三十九②3］と頼んでおいたのに、いまだに思い通りにならず八つ当たり。18参考「（朝顔の宮に夢中の光源氏を、紫の上は）まめやかにつらしと思せば」（朝顔、四六九頁）。19典侍は以前から「かたじけなし」と思い、忍音の君にも諭していた［四十②7 12］。この場面は、夕霧と彼を拒む落葉の宮と、その女房（小少将）に似る。「（夕霧は）この人（小少将）を責めたまへば、（小少将は）げにとも思ひ、（夕霧を）見奉るも今は心苦しう、かたじけなう覚ゆるさまなれば、（落葉の宮がこもる塗籠に導いた）」（夕霧、四六三頁）。20典侍の勧める「慰め」とは、気晴らしに宮仕えすること。「代はりに参り給ひて、少し慰め給へ。」［三十八22］。しかし、その気がない忍音の君（「人目見ても慰むべき思ひならばこそあらめ」［同28］）には「慰め」にはならない。21「いよいよ伏し沈み給へば」［四十②18］。22母上も典侍と同じ考えで［六十九①1］、もはや頼れない。23帝が「ただ連れて参れ」［本章5］と命じたように、典侍も実力行使に出ると脅した。24頭注「ひと所に　按、

「に」の下「て」もし、あるへし」。実際には女房たち（中納言の君など）が残り、文字通り独りぼっちになるわけではないかもしれないが、心理的に一人にされる。しかも中納言の君も味方ではなく［四十七17］、忍音の君は四面楚歌。**25**「さらば」の箇所、筑波大学本は「さらずは」。前者の訳は、一人になれば（生きていくために）宮仕えしなさい。後者の場合は、一人になりたくなければ、宮仕えしなさい。**26**出仕しても、帝が嫌いならば避けられる、と丸め込む手腕は、さすがに世馴れている。［三十八20］参照。参考「御心許されぬ乱れは、よもせじとよ。」（寝覚の上を口説く帝のセリフ。夜の寝覚、三、二九七頁）。**27**確かに何度も帝に言い寄られ、顔まで見られているが［三十九①14］、まだ最後の一線は越えていない。これは中納言と別れて三年立つまで、帝は待っていたから（大倉比呂志氏の説［本章12］）。**28**前出「涙に濡れたる御髪［みぐし］梳［と］きくだし」［三十八23］。**29**「濡れぬ」の箇所、筑波大学本は「ぬれぬる」で次の「御衣」を修飾する。**30**前出「しをれたる御衣［おんぞ］替へ奉り」［三十八25］。**31**母君がしないのは、典侍に忍音の君の将来を一任したから。また典侍の方が宮中に慣れていて、慣習や流行に詳しいし、帝の好みを知っている典侍に任せれば、帝好みに仕立ててくれるから。もはや母君の出番はなくなる。**32**今までは繕わず。「上の渡らせ給ふ時は、いよいよ美しげなる様をも見え奉らじと、髪・顔の行方も知らず、鏡に向かふ事も絶えてし給はず、やつれ給へども」［四十七22］。「きんつねは出家を契機に繕うことをやめてしまうのである。（中略）逆にしのびねの姫君は、きんつねの出家後、強引な帝の召しを契機に、内侍の手によって繕われ始めるのである。（中略）両者の繕うこと、繕わないことは、きんつねの出家を契機に逆転し、その時を境に、正確な対応を見せる。繕う姿で描かれていたきんつねは、繕うことをやめ、繕わない姿で描かれてきたしのびねの姫君は、繕い始めるのである。そして、このような身なりの転機は、きんつねの出家と、しのびねの姫君の栄達という、それぞれの境遇の変化に、密接に関わるものであると言え、よって、両者の転機もここに位置するとみなされる。」（米田真理子氏、前掲論文）。**33**帝が典侍に寄り掛かるとは、典侍を信頼している表れ。その仕草により、忍音の君の保護者である典侍は、帝の側にいることを示す。忍音の君は二人の前に屈伏するしかない。**34**忍音の君を安心させるため。この距離は、帝と忍音の君の心理的隔たりも表す。**35**この名称はあだ名で、「院の侍従の内侍」［四十九2］のような女房名ではない。**36**内侍に任命する、という帝の意思表示。**37**宮中で働く内侍に「忍びね」は不似合い。また風変わりな通称に苦笑した。**38**参考「涙の先立ちて」［五十九①18］。**39**泣き顔を見られないように。以前は泣いていないときも、「ともかくも聞こえたまはで、ただうつぶきて候ひたまふ」［四十①11］。参考「（中納言は母の前で）うちうつぶきて、涙を紛らはし給へば」［三十五②11］。**40**セリフの主を広島平安文学研究会と『中世王朝物語全集』は内侍と解釈したが、その前後の会話は帝であり、ここだけ話し手を替える必要もないので、底本の傍注に従う。**41**参考「忌むなる物を」［三十九①25］。**42**以前は「慰め給ふも、苦しきに、悲しきこと限りなし。」［六十三4］。「悲し」は変わらないが、「苦し」から「恥づかし」に変化。帝に対する嫌悪感が薄らいできた。**43**「まろが、かく心を尽くしたることこそ、いまだ覚えね。」［本章11］。**44**「今年、三年」［本章12］。**45**「自らの心に任せて」［本章7］。**46**情に訴える。参考「年ごろのつもりも、あはれとばかりは、さりとも思し知るらむや」（つれない朝顔の宮に対する源氏の愚痴。朝顔、四六六頁）。**47**参考「何さまにも御いらへなからむは、便［びん］なかるべし。」［三⑥4］。**48**典侍の説教には、「いと便なき」が多用。［四十七3］参照。**49**典侍は気を利かせて退場。**50**この「忍び音」は忍音の君を指す。類例は［六十四3］のみ。**51**帝と二人きりになるのを恐れて、すぐ退出。ただし周囲には、帝付きの女房たちが控えていたであろうが、彼女たちは帝の言いなりで、窮地に立つ忍音の君を助けてくれない。

六十九

①

[1]母上も、[2]「今は我を[3]思さば、上の御心に従ひ給へ。さのみ親に[4]心苦しき事、な見せ給ひそ。失［う］せ給ひし[5]中納言殿も、さこそ[6]繰り返しのたまひ置きしか。『我［われ］ひとり、御心を立てても、[7]猛［たけ］きことあらじ』となむ[8]句思ひ起こし、[9]晴れ晴れしくもてなして、見え奉り給へ。[10]便［びん］なく、[11]かたじけなしとは思さずや」など、様々［さまざま］聞こえ給へば、我《忍音上》が心にも[12]『げにも』とは[13]思へども、なほ人《中納言ハ》は世を背［そむ］き、身をやつして、慣らはぬ様［さま］になり給ふに、我が身は[14]つれなくて、人に見え奉らん事の[15]悲しくて、[16]心も行かぬなる[17]べし。

【訳】（忍音の君の）母君も、「今後は私のことを思ってくださるならば、帝のお気持ちに従ってください。あまり親に心配事を見せてくださるな。姿を消された中納言も、あれほどくり返し（宮仕えするようにと）言い残されました。『自分だけ我を張っても、より良いことはなかろう』と（お考えください）。心を奮い立たせて、晴れやかに振る舞って、（帝に）お会いなさいませ。（帝に従わないのは）けしからんことで恐れ多いとは、お考えにはならないのですか」などと、いろいろ申されるので、（忍音の君は）自分でも、『（母君の言い分は）なるほど』とは思うが、やはり中納言は世を捨て出家して、慣れない僧衣姿になられたのに、自分は平然として、帝にお会いすることが悲しくて、気が済まないのだろう。

【注】　1母上の登場は［四十②19］以来、久しぶり。以前よりも遥かに長いセリフを発したのは、先に戻った典侍から、忍音の君の頑なな様子［六十八38 39 42］を聞き、また忍音の君がすぐ帰ってきたので事情を察し、説教の必要を痛感したから。母上は役目を終え、これ以後、物語から姿を消す。　2「も」の一字により、母上も帝・典侍の側に回ったことを示す。　3典侍の部屋を追い出されたくないし［三十八36］、また宮家の誇りを傷つけた内大臣を見返したい［三十八39 40］。　4忍音の君が態度を変えないのは、親不孝だと諭す。参考「明日をも知らぬ親の心に違ひ給ふな。」（中納言に対する父大臣のセリフ）［三十一①14］。「不孝なるは、仏の道にも、いみじくこそ言ひたれ。」（蛍、二〇六頁）。　5かつては中納言を忘れるようにと言い聞かせたのに［三十八40］、ここでは手の平を返すように中納言の置き手紙［六十一10］を持ち出す。中納言を愛するならば、彼の言う通りにしなさいと説く。忍音の君が宮仕えを拒んだ一因は、帝を選んだのかと中納言に誤解されるのが嫌だったから［三十八27］。しかし中納言に出仕を勧められた今は、断る理由はないと説き伏せる。　6手紙［六十一10］のほか口頭でも、「今は上の御心に従ひ奉り給へ。」［四十五13］、「何やかやと、もの思し乱れで、候ひ付き給へ。」［同23の後］、「ただ、よく候ひ付き給へ。いづくの末にても、かやうにて候ひ給ふと聞かば、いと嬉しかるべし。」［五十六①5］と繰り返す。母君も知っているのは、忍音の君から聞いたからか。あるいは密会中の会話を、隣室で聞いていたか。　7参考「たけき事もあるまじき御身を、いかに思して、かく立てたる御心ならむ。」（叔母の提案を拒む末摘花への非難。蓬生、三二五頁）。　8「句」は、そこに句点が付くという意味。「となむ」の後に「思ひ給へ。」を補う。　9忍音の君に対する帝のセリフ「少し晴れ晴れしく、もてなして見え給へ。」［四十①27］や、典侍のセリフ「少し晴れ晴れしくおはせ

よ。」〔三十八10〕と同じ。母君も帝・典侍の側。**10**典侍の説教に多用された言葉。〔六十八48〕参照。**11**典侍のセリフ「いとかたじけなき事とは、思さずや。」〔四十②12〕と同じ。母君までもが、典侍と同じことを言うに到る。**12**「げにも」の箇所、底本は「げも」。筑波大学本により改める。**13**典侍が「『げにも』と思ひ給ふべくこしらへ」ても、「いよいよ伏し沈」んでいたとき〔四十②15 18〕と比べると、忍音の君の態度は軟化した。**14**忍音の君も勤行を考えていた〔三十八33〕。**15**宮仕えを渋る原因は、中納言への愛情から後ろめたさへと微妙に変化している。**16**頭注「心もゆかぬ　按、地の詞なれは「御」の字あるへし」。**17**忍音の君の心境の変化を、草子地で推量。

②

やうやう賺［すか］し拵［こしら］へられて、上の御方［かた］へ参り給ふ。[1]内侍ひき繕［つくろ］ひなどして見るに、[2]いとど[3]飽かぬ[4]光添［そ］ひて、上の思しめすも[5]御理［ことわり］に思ふ。なほ、ともすれば、[6]涙の先立ちて、うちとけたる御答［いら］へも、し給はず、[7]晴れ晴れしくもおはせねば、『ただ、この君の[8]慰み給はんことを』と、上は[9]万［よろづ］の[10]御遊びに、おもしろきことどもを[11]尽くし給ふ。

【訳】（忍音の君は）次第に説得され慰めなだめられて、帝のおそばに参上される。典侍が（忍音の君の）衣装を整えたりなどして見ると、いっそう目新しい美しさが加わり、帝が愛されるのも、ごもっともと思う。（忍音の君は）やはり、どうかすると、涙が先に出てきて、（帝に）うちとけたお返事もなさらない。気分も晴れやかではいらっしゃらないので、（帝は）『ひたすら、この忍音の君のお心が晴れるようなことを（しよう）』とお考えになり、帝はいろいろなお慰みや愉快なことなどを、ある限りなされる。

【注】 1［六十八31］参照。 2忍音の君は化粧や身形《みなり》に構わなくても、美しかった［四十七25］。 3参考「まことに光り輝き給ふ御さまは、明け暮れ見たてまつる人さへ飽かぬ心地する」［一6］。 4忍音の君はもともと、「またこのほどに光さし添ひて」［七①2］。 5参考「げに、中納言殿のわりなく思すらんも、ことわりの御様なり。」［三十三25］。 6外面は変わっても、内面は「また例の涙、先立ちて」［六十八38］のまま。 7母君に、「晴れ晴れしくもてなして、見え奉り給へ。」［本章①9］と言われても、まだ実行できない。 8今までの「慰め」［六十三3の後］は言葉のみ。これでは効果がないので、懐柔策として「よろづの御遊び」［本章②9］に乗り出す。 9いろいろな「遊び」を、手をかえ品をかえ試す。 10無理やり来させても帰ってしまうので［六十八51］、引き止めるために「遊び」を催す。参考「（懐妊した大君を慰めるため冷泉院は）明け暮れ御遊びをせさせたまひつつ」（竹河、八九頁）。 11「まろが、かく心を尽くしたることこそ、いまだ覚えね。」［六十八10］と怒ったのに、懲りずにまた、ご機嫌取りに夢中になる。これでは忍音の君の方が、立場が上。

七十

[1]四月〔うづき〕わたり、藤壺〔ふぢつぼ〕の藤、盛りにおもしろきに、[2]例の、「[3]忍音の内侍、[4]参り給へ」と、御使[5]ひたびたび重なりぬれば、[6]藤・山吹の七ばかりに、青き単〔ひとへ〕、浮き紋の[7]唐衣〔からぎぬ〕、赤き袴〔は

かま」など、[8]心異〔こと〕に[9]内侍つくろひたてて、「久しう[10]鏡にも向かひ給はぬ御顔、さのみは、うち[11]捨て給はん」と、[12]少し引き繕〔つくろ〕ひ給へる有り様、ただ今の世に、[13]また類〔たぐひ〕あるべき人もなし。失〔う〕せ給ひし中納言の御妹〔いもうと〕、桐壺の御方〔かた〕こそ、『[14]世には、[15]かかる人も[16]ありける』と、[17]上も思しめして、また[18]並ぶ人なかりしか。これは[19]いとほしげに、[20]愛敬〔あいぎゃう〕は、[21]なほ勝〔まさ〕りて見ゆれば、[22]上はなのめならず御覧じて、『日頃、涙に埋〔うづ〕もれて、[23]沈み伏したるをさへ[24]美しく思ひしに、[25]少し引き繕〔つくろ〕ひ給へば、[26]この世の人とも見えず。これを[27]失ひて、世《中納言ノ》を背〔そむ〕くらんも[28]理〔ことわり〕ぞかし。まろは今より後〔のち〕、[29]片時〔かたとき〕も見ずは恋しかりなむ』と、[30]飽〔あ〕かず思しめす。

【訳】　四月ごろ、藤壺の藤が花盛りで趣がある折に、いつものように「忍音の内侍、参上してください」と、お使いの者がしばしば来るので、藤襲《かさね》や山吹襲を七枚ほどに、青色の単衣、浮き文様の唐衣、赤い袴など、格別に典侍は（忍音の君を）美しく装わせて、「長い間、鏡もご覧になっていませんが、そのようなお顔では（帝に）捨てられるでしょう」と言って、少し化粧された姿は、今の世に、ほかに及びそうな女性もいない。出家された中納言の妹君である桐壺の女御こそ、『この世には、これほどの美人もいるのだなあ』と、帝もお思いになり、ほかに張り合える女性はいなかった。この忍音の君はいじらしくて、魅力は（桐壺より）いっそう優れて見えるので、帝は際立っているとご覧になり、『（忍音の君は）いつも涙にくれて、もの思いに沈んでうつ伏していた姿すら美しいと思ったが、少し化粧されると、この世の人とも思われない。（中納言が）この女君を失って、出家するのも当然だなあ。私はこれからは、わずかな間でも（忍音の君を）見なければ恋しく思うだろう』と、見飽きずにお思いになる。

【注】 **1**頭注「四月わたり　按、「わたり」は「はかり」の誤也」。 **2**藤壺に后や女御がいないので、忍音の内侍を呼べる。藤の花盛りを一緒に見ようとしたのは、忍音の内侍を慰めるためでもある。「よろづの御遊び」［六十九②9］の一環。 **3**帝が笑いながら冗談でつけた名称［六十八35］が、通称になる。 **4**参考「わりなくまつはさせたまふあまりに、さるべき御遊びのをりをり、なにごとにもゆゑある事のふしぶしには、（桐壺帝は桐壺更衣を）まづ参［ま］う上［のぼ］らせたまふ」（桐壺、九五頁）。 **5**まだ、忍音の内侍は帝に打ち解けず［六十九②67］、使者が一度来ただけでは参上せず。 **6**折節に合った装い。長年、宮仕えして慣習や流行に詳しい典侍が、「心異に内侍つくろひたて」［本章8］たから。参考「女房、桜の唐衣ども、くつろかに脱ぎ垂れて、藤、山吹など色々このましうて」（枕草子「清涼殿の丑寅の隅の」段）。 **7**女房の正装。浮き紋は、模様が浮き出すように織られた織物。 **8**「内侍、繕ひ立てて」［六十八31］、「内侍ひき繕ひ」［六十九②1］より、一段と入念に整えたのは、呼ばれた場所が今までの所（清涼殿か）ではなく藤壺で、「藤の宴」［七十一1］という公の場に出て大宮人の目に触れることを予想したから。参考「（光源氏に張り合って内大臣は）御装束、心ことにひきつくろひて」（行幸、二九六頁）。 **9**典侍がこれほど一生懸命になるのは、忍音の内侍が寵愛を受ければ、ご褒美として念願の退職［三十八21］が許可されるから。この場面で典侍の仕事は終わり、母上に続いて［六十九①1］退場する。 **10**「鏡に向かふ事も絶えてし給はず、やつれ給へども」［四十七24］。 **11**「捨て」の主語は帝で、「鏡を見ないようでは、帝に捨てられるでしょう」と訳せる。この箇所、筑波大学本は、「久しう鏡にも向かひ給はぬを、さのみはいかが、うち捨て給はん」で、その本文では「捨て」の主語は忍音の内侍になり、「長い間、鏡も見ておられませんが、どうして、いつまでも鏡を

捨て（見ずに）いられましょうか」と訳せる。**12**衣装は「心異に内侍つくろひたてて」［本章8］であるのに、化粧は「少し」に留めた理由は［本章25］参照。ただし「少し」の箇所、筑波大学本は「内侍」。**13**「鏡に向かふ事も絶えてし給はず、やつれ給へども、なかなか美しき様の類［たぐひ］なければ」［四十七24］。参考「世にたぐひなしと見たてまつりたまひ、名高うおはする宮の御容貌［かたち］」（桐壺、一二〇頁）。**14**「（桐壺の女御は）さらにただ今の世には、ありがたく見え給ふ」［三⑨5］。**15**参考「ものの心知りたまふ人は、かかる人（光源氏）も世に出でおはするものなりけりと、あさましきまで目を驚かしたまふ。」（桐壺、九七頁）。**16**頭注「ありける　按、「る」は「り」の誤也」。**17**「上も」とは、中納言のみならず帝も、の意。［本章22］参照。また宮廷内で美人を見慣れた帝でさえ、の意。［三十九①22］参照。**18**「ただ今、桐壺の御方、並びなくて時めき給へば」［十三①7］。**19**「いとほしげ」は、両親とも健在の桐壺にはない資質。帝の父性本能をくすぐる。ただし筑波大学本は、「いとほしげ」ではなく「いとど」。**20**桐壺も「愛敬こぼれて」［三⑨4］。**21**「（忍音の君の）あてに美しさは、（桐壺の）女御の君にも、なほたちまさりてやと（きんつねは）思す」［五③7］。**22**出家した中納言も、忍音の内侍と桐壺の女御を比較している［三⑨7］［五③7］。「女主人公の美しさが桐壺女御よりもまさっていることを男主人公と帝という複眼的な視点から語られることによって、女主人公の美貌が浮き彫りにされているわけだが、それが巻頭と巻末とで語られることで、首尾照応しているところから、かなり緻密な構想が立てられていたといえよう。」（大倉比呂志氏、前掲論文「『しのびね』論」）。**23**頭注「ふしたるをさへ　按、こゝも「たに」の誤也」。**24**「やつれ給へども、なかなか美しき様の類なければ」［四十七25］。**25**少し身繕いしただけで、帝はすっかり魅了される。典侍の「少し」［本章12］は効果覿面《てきめん》。**26**天女、あるいは仏の化身。参考「（三歳の光源氏は）いとど、この世のものならず、きよらにおよすけたまへれば」（桐壺、一一三頁）。「（源氏は）この世のものとも、おぼえたまはず」（若紫、二九八頁）。「（須磨という）所がらは（源氏は）まして、この世のものと見えたまはず」（須磨、一九二頁）。**27**忍音の君が宮中にいることを中納言は知らない、と帝は思い込んでいる。**28**「げに、中納言殿のわりなく思すらんも、ことわりの(忍音の君の)御様なり。」[三十三25]。**29**参考「(明石の姫君を祖父の入道は)片時見たてまつらでは、いかでか過ぐさむとすらむ」(松風、三九三頁)。「(匂宮は浮舟を)時の間[ま]も見ざらむに死ぬべし、と思し焦がる」(浮舟、一二二頁)。**30**「いとど飽かぬ光添ひて」[六十九②2]。参考「(匂宮は浮舟を)見れども見れども飽かず、そのことぞとおぼゆる隈なく、愛敬づき、なつかしくをかしげなり。」(浮舟、一二三頁)。

七十一

「今日は[1]藤の宴[えん]あるべし」とて、若き人々参り[2]集[つど]ひ、物の音[ね]ども調べ遊び給へば、上、[3]忍音の内侍、[4]御側[そば]に置かせ給ひて、「あの遊ぶ人々の中にも、ありし中納言の様[さま]したる人こそなけれ。[5]様形[さまかたち]ばかりにもあらず、[6]吹き立つる物の音[ね]ども、[7]うち聞くより、すずろに[8]身にしみて、[9]美しきことの尽きせざりしこそ[10]恋しけれ。何事につけても、[11]映[は]えなき心地のするを、[12]同じ心に思ふ人もあらん」とて、御覧《忍音上ヲ》じおこせ給へば、顔うち[13]赤めて、まづ[14]涙落つれば、[15]扇にて紛らはし給へるさまの心苦しげなり。

【訳】「今日は藤の宴があるだろう」と、若い殿上人たちが参内して集まり、楽器の調子を合わせて合奏されると、帝は忍音の内侍をおそばに置かれて、「あの演奏する人々の中にも、かつての中納言の(ように立派な)姿をした人はいない。（中納言は）姿や顔かたちだけでなく、吹き鳴らす笛の音を聞くとすぐに、しみじみと感動して、すばらしさの絶えなかったことが懐かしい。（中納言がいないと）何につけても、さえない気がするが、（私と）同じように思う人もいるだろう」と言って、（忍音の内侍を）ご覧になるので、さっと顔を赤らめて、すぐに涙が落ちるのを、扇で隠しておられる様子は、つらそうである。

【注】 1この「藤の宴」も、忍音の内侍を慰めるため、藤壺で催された。［七十1］参照。 2参考「右大殿の弓の結[けち]に、上達部・親王[みこ]たち多くつどへたまひて、やがて藤の宴したまふ。」（花宴、四三三頁）。 3普通名詞の「忍び音」は［六十四3］でなくなり、代わりに［六十八35］で初めて現れた「忍音の内侍」（固有名詞）も、これが最後。ヒロインの属性であった「忍び音」がついに消え、男主人公に受け継がれる（米田真理子氏の論。［七十二4］参照）。 4お側に置くのが習慣になった。以前は少し離れて向かい側［六十八34］。 5「まことに光り輝き給ふ御さま」［一6］。 6中納言は笛の名手。［三十九③4］［四十①3］［四十九19］［五十17］。 7帝も忍音の君も中納言の笛の音を、他の人のと識別できる。［三十九③5］［同④4］。 8参考「（光源氏が）「なぞ越えざらん」と、うち誦[ず]じたまへるを、身にしみて若き人々思へり。」（若紫、三一七頁）。 9「ただ人の物の音どもの中に、中納言の笛の音ほどなつかしきはなかりつる。」［四十①2］。「藤花の宴で楽を奏でる若殿上人たちを見て、ことさら中納言のことを話題にして忍音の君の心を乱そうとするのも、以前から見られた帝の屈折した性格を表すものと言えようか。」（広島平安文学研究会の注）。 10参考「まして上（今上帝）には、御遊びなどの折ごとにも、（亡き柏木を）まづ思し出でてなん偲ばせたまひける。」（柏木、三三〇頁）。 11帝のセリフと忍音の君の反応は、朱雀院が須磨にいる光源氏を偲び、朧月夜に語った場面に似る。「「その人（光源氏）のなきこそ、いとさうざうしけれ。いかにまして、さ思ふ人（朧月夜など）多からむ。何ごとも光なき心地するかな」とのたまはせて、（中略）（朧月夜は涙

が）ほろほろとこぼれ出づれば」（須磨、一八九頁）。**12**帝が、中納言を「恋し」［本章10］と思うように、忍音の君も「同じ心」だろう、と言うのは、忍音の君の心情を探ると同時に、自分も「同じ心」であることを伝えて、共感を得ようとした、とも考えられる。**13**参考「（朱雀院に恨まれ）女君（朧月夜）、顔はいと赤くにほひて、こぼるばかりの御愛敬にて、涙もこぼれぬるを」（澪標、二七〇頁）。**14**「この日も藤の宴を催したのだが、その笛の音に、しのびねの姫君は、きんつねを思い起こして涙を落とすのである。この場面は、『長恨歌伝』の楊貴妃を失った玄宗がその喪失感を紛らわせずにいる場面に、類似点を見出す。（中略）四季折々に梨園の弟子たちが玉笛を吹き鳴らし、玄宗は霓裳羽衣の曲の一声を聞き付け、生前の楊貴妃がその曲を舞ったことを思い出し、むなしくなるのである。」（米田真理子氏、前掲論文）。**15**「まづ涙落つれば」［本章14］は、「また例の涙、先立ちて」［六十八38］と同じ。しかし以前は「うちうつぶきてゐ」た［六十八39］のに、今は帝に対して気を遣い「扇にて紛らは」すだけの心の余裕がある。参考「（きんつねは）御顔匂ひて涙のこぼるるを、扇にて紛らはし給ふ御さまを、母上はまことにあはれと思す。」［十八④10］。「（六歳の東宮は）涙の落つれば、（母藤壺に）恥づかしと思して、さすがに背きたまへる」（賢木、一〇八頁）。

七十二

[1]月日も過ぎ行くに、さのみも、いかが[2]沈み給はん。[3]せちなる御たはぶれの折は、心ならずうち[4]笑ひ給へる折もあれば、上は[5]珍しく嬉しき事に思しなして、この頃はまた、[6]余［よ］の御局［つぼね］へはおはしまさず、[7]昼は日暮らし、[8]籠［こも］りおはします。[9]暮るれば[10]御使ひの暇［ひま］なきを、人は、「[11]誰［た］が参り給ふとも聞

こえぬに、かく時めき給ふ」[12]と、ささめく。[13]

【訳】月日が過ぎていくにつれて、（忍音の内侍は）どうしてそのように、ふさぎこんでばかりでおられようか。（帝が）しきりにご冗談をおっしゃるときは、思わず少しお笑いになるときもあるので、帝は珍しく嬉しいことだと思いこまれて、近ごろではまた、ほかの女性のお部屋には行かれず、（忍音の内侍の部屋に）昼間は一日中、籠っておられる。日が暮れると、（忍音の内侍の部屋に、帝のもとに上がるようにと催促する）お使いの者が絶え間なく来るので、（宮中の）人々は、「誰かが入内されたとも聞かないのに、このように寵愛を受けておられる」と、ささやいている。

【注】1「年月〔としつき〕重ならば、（忍音の君は中納言を）忘れてこそおはせめ。」〔五十一15〕と、中納言が予想した通りになる。2「なほ、かく沈み給はば」〔六十八21〕。「日頃、涙に埋もれて、沈み伏したる」〔七十23〕。3草子地。「心も行かぬなるべし。」〔六十九①17〕と同じく、忍音の君の心境の変化を推測。4「微笑をもらす。この振る舞いは忍び泣く女君の境遇の転機の符牒である。（中略）しのびねの姫君は、若君ときんつねから引き離され、泣き続けた。しかし、きんつねの出家後に、帝の寵を受け入れ、その忍び泣きをやめる。そのとき、しのびねの姫君が忍び泣く「しのびね」の物語は、転機を迎えることになる。しのびねの姫君の「しのびね」は、栄達をきっかけに、しのびねの姫君から離脱し、出家したきんつねが、その「しのびね」を受け継ぐ。つまり、「しのびね」は消滅することなく、物語の転換点において、主体を入れ替えて、継承を果たすのである。そこに、主題の代替や、物語の改変を想定しなくてはならないような破綻はないのである。」（米田真理子氏、前掲論文）。5中国では殷の

紂王や周の幽王が、妃を笑わせるために理不尽なことをして国を傾けた。 **6**参考「御局は桐壺なり。あまたの御方々を過ぎさせ給ひて、隙［ひま］なき御前渡り」（桐壺、九六頁）。「（冷泉院は）いとど、ただこなた（大君）にのみおはします。」（竹河、九四頁）。 **7**参考「昼は日ぐらし、夜は目のさめたるかぎり、灯［ひ］を近くともして、これ（源氏物語）を見るよりほかのことなければ」（更級日記、三〇二頁）。 **8**内侍なのに帝が召し寄せず、女御のように帝が出向くのは異常。これは、忍音の内侍がなかなか参上しないから。あるいは帝付きの女房や臣下の目を気にせず語り合いたいから。 **9**参考「ある時には大殿籠りすぐして、やがてさぶらはせたまひなど、あながちに御前去らずもてなさせたまひしほどに」（桐壺、九五頁）。 **10**「御使ひ、たびたび重なりぬれば」［七十5］と同じ。忍音の内侍が「余の御局」［本章6］に遠慮して、なかなか参上しないとも考えられる。 **11**「帝の、この頃は誰が参るとも聞こえぬに、この御局へしげく渡らせ給へる。いかなる更衣などの、御心にしみたるが候ひ給ふか。」［四十四①6］。 **12**参考「すぐれて時めきたまふありけり。」（桐壺、九三頁）。 **13**参考「他［ひと］の朝廷［みかど］の例［ためし］まで引き出で、ささめき嘆きけり。」（桐壺、一一三頁）。「（光源氏が）かく人（若紫を）迎へたまへり、と聞く人、「誰ならむ。おぼろけにはあらじ」と、ささめく。」（若紫、三三一頁）。

七十三

明くる春、[1]若宮をさへ生《忍音上ノ》み奉り給へば、[2]いまだ御子［みこ］もおはしまさぬことを、口惜《御門ノ》［くちを］しく思しめすに、いとど嬉しく[3]珍しく思しめされて、[4]御幸［さいは］ひのめでたきこと限りなし。

【訳】翌年の春、（忍音の内侍は）男宮までお生みになられ、まだ皇子もおられないことを（帝は）残念に思われていたので、いっそう嬉しく、また珍しいことと思われて、（忍音の内侍の）ご幸運のすばらしさは、この上もない。

【注】**1**後宮での競合は、若宮誕生により決着がつく。忍音の内侍は身分の低い女官と思われていたが［七十二11］、出産は実家で行うので、そのとき素性も世に知られたか。ただし「明くる春、若宮をさへ生み奉り給へば」の箇所、第三系統は大きく異なり、帝が兄弟の式部卿の宮の邸宅で出産するように取り計らった、という長文がある。なお『しぐれ』では、懐妊した承香殿が産室として実家を修理したことにより、出身が世人に知られた（新日本古典文学大系『室町物語集』五二頁）。**2**参考「今まで御子［みこ］たちのなきこそ、さうざうしけれ。」（朱雀帝から朧月夜への愚痴。須磨、一九〇頁）。「今まで皇子［みこ］たちのおはせぬ（冷泉帝の）嘆き」（真木柱、三八九頁）。**3**忍音の内侍の笑い顔が「珍しく嬉しき事」［七十二5］だったが、今度は出産で「いとど嬉しく珍しく」。参考「（初めて皇子が生まれて）帝（冷泉院）は、まして限りなくめづらしと、この今宮をば思ひきこえたまへり。」（竹河、九八頁）。**4**参考「昔も今も、もの念じしてのどかなる人こそ、幸ひは見はてたまふなれ。」（浮舟、一一三頁）。忍音の内侍も、宮中を出たり［四十②13］出家したり［四十七10］せず、帝の言い寄りに耐えたから「幸ひ」を得た。「内裏に住む知人の縁で、母尼とも流浪の身を落ち着けたヒロインだが、結果的に、男君との関係をみずから断ち切った形となり、ここに「はかなげな女君の悲恋」の物語は、完璧に条件を整え終わった。従来の物語の系譜を辿るとき、女君の末路はおおよそ想像ができたはずだが――。（中略）『浅茅が露』物語のヒロイン尚侍、『木幡の時雨』物語の北の政所、『あきぎり』物語の中宮、『石清水物語』の女御、『風につれなき』物語の女院、『むぐら』物語の中宮など、ともあれ後半生に世俗的な幸せが巡り来て、「後に幸せを掴む女君の物語」に変貌する描かれ方は注目されよう。」（『中世王朝物語全集』解題、一五九・一六〇頁）。

七十四

やがて、承香殿《忍音上ヲ也》［しょうきゃうでん］の[1]女御と聞こゆ。若宮は[2]二つにて[3]東宮［とうぐう］に居［ゐ］させ給へば、女御、后［きさき］に立ち給ひぬ。中納言の御妹［いもうと］、[4]桐壺の御方［かた］こそ、御身の勢ひといひ、上の御覚え[5]並び無かりしかば、『若宮も出［い］でき給はば、[6]疑ひ無き后［きさき］にこそ立ち給はんずる』と、世の人も思ひ、我［われ］も[7]覚えつるに、『[8]覚えぬ人、にはかに出［い］できて、かく[9]押されぬる事』と、[10]口惜しく思しわびたり。

【訳】（皇子誕生後）ただちに（忍音の内侍は）承香殿の女御とお呼びする。皇子は二歳で東宮になられたので、承香殿の女御は后になられた。中納言の妹君である桐壺の女御こそ、ご自身の（実家の）勢力といい、帝のご寵愛もほかに並ぶ者がなかったので、『皇子がお生まれになれば、まちがいなく后になられるだろう』と、世間の人も思い、女御自身も思われていたのに、『思いがけない人が急に現れて、このように圧倒されてしまうことよ』と、残念に思い悩まれた。

【注】　1忍音の内侍の地位は若宮の誕生により確立し、女御になり確定。参考「（桐壺更衣は）はじめよりおしなべての上宮仕［うへみやづか］へしたまふべき際［きは］にはあらざりき。おぼえいとやむごとなく、上衆［じゃうず］めか

しけれど、わりなくまつはさせたまふあまりに（中略）おのづから軽き方にも見えしを、この皇子〔みこ〕生まれたまひて後は、いと心ことに思ほしおきてたれば」（桐壺、九五頁）。忍音の内侍も、両親とも宮家出身で高貴であり［十二②］、父親が亡くなり、帝が昼も夜も離さない、という点で桐壺更衣と同じ。**2**源氏物語における立坊の年齢は、朱雀院が七歳、冷泉院が四歳、今上帝が三歳、今上帝の第一皇子は六歳。**3**「『源氏物語』中において、明石一族がその栄華を不動のものとするのは、明石姫君が男御子を出産したことによる。そして、その御子が東宮となることも、その後も多くの御子が生まれたことも、すべてしのびね姫君の物語と共通する要素なのである。つまり、しのびね姫君の栄華は、明石姫君の栄華を忠実になぞるものであったのだ。」（藤井由紀子氏、前掲論文）。**4**「東宮の女御、桐壺」［一11］が、東宮を産んだ女御か、東宮に嫁いだ女御か、従来不明であったが、この問題を加藤昌嘉氏は、「「帝」と呼ぶところの人物は、物語の始発に於いては、まだ「春宮」であった」と解釈して、解決された（前掲論文）。**5**「ただ今、桐壺の御方、並びなくて時めき給へば」［十三①7］。「また並ぶ人なかりしか。」［七十18］。**6**参考「疑ひなきまうけの君（東宮）」（桐壺、九四頁）。「疑ひなき御位（皇太后）」（紅葉賀、四一九頁）。**7**頭注「おほえつるに　按、「おほし」の誤成へし」。**8**参考「（内大臣の娘、弘徽殿女御は）思はぬ人（秋好中宮）に押されぬる宿世になん、世は思ひの外〔ほか〕なるものと思ひはべりぬる。」（少女、二九頁）。**9**以前はもし左大将の娘が入内しても、桐壺の女御に「押し消たれ給はむ」［十三①8］であったのに、今や立場が逆転。参考「故院（桐壺院）の御時に、大后（弘徽殿女御）の、坊のはじめの女御にて、いきまき給ひしかど、むげの末に参り給へりし入道の宮（藤壺）に、しばしは押され給ひにきかし。」（若菜上、三五頁）。「中宮（明石中宮）のいよいよ並びなくのみなりまさり給ふ御けはひに押されて、皆人〔みなひと〕無徳〔むとく〕にものし給ふ」（竹河、五五頁）。**10**後宮で最も勢力があった桐壺の女御は惨敗。「桐壺女御への寵愛の衰退は内大臣の女主人公への〈いじめ〉に対する〈報復〉に匹敵しよう。とすれば、ここに継子譚の構造が内包されていると考えるべきだろう。」（大倉比呂志氏、

『しのびね』論」）。源氏物語では、冷泉院の後宮で初めて男御子を生んだ玉鬘の大君は、弘徽殿女御などから嫌われる（竹河、九八頁）。

七十五

[1]まことや、大殿《中納言ノ若君》［おほいどの］の若君は[2]七つになり給へば、[3]殿上［てんじゃう］せさせ奉り給ふ。上、御覧じて、『[4]中納言に、よく似たりけるかな』。[5]美しき香りの[6]愛敬［あいぎゃう］は、中宮《忍音上》にも[7]通ひ[8]給へるに、[9]いとほしく思して、[10]明け暮れ御側［そば］に置かせおはします。

【訳】そういえば、内大臣家の若君は七歳になられたので、宮中で行儀見習いをおさせになられる。帝はご覧になり、『（父の）中納言によく似ているなあ』（とお思いになる）。魅力あふれる愛らしさは、（母の）中宮にも似ておられるので、（帝は若君を）いとしくお思いになり、いつもおそばに置いておられる。

【注】**1**後宮の寵愛争いは前章で決着がつき、「まことや」からは若君に話題が変わる。 **2**「七つになり給へかし。内へ参らせて、中納言と思はん。」［六十五4］。 **3**「大人しくも成り侍らば、殿上せさせて」［中納言の遺言。六十12］。 **4**「（若君は）宰相の幼かりしに違はぬこそ、らうたけれ。」［十八③1］。 **5**参考「（六歳の冷泉院は）御歯の少し朽ちて、口の中［うち］黒みて、笑［ゑ］み給へる、香り美しきは、女にて見たてまつらまほしう清らなり。」（賢木、一〇八頁）。 **6**「愛敬」は本作品に六例あり、きんつねと桐壺の女御、忍音の君と若君の四人のみ。 **7**「美しき目

見［まみ］のほど、母君によく似給へり。」［五十八18］。**8**頭注「給へるに　按、「に」は「よと」、なと、ありしにや」。**9**「しのびね姫君の血によって初めて帝の特別の寵愛を得ることができたのであった。」（藤井由紀子氏、前掲論文）。**10**「上、忍音の内侍、御側に置かせ給ひて」［七十一3］、「昼は日暮らし、籠りおはします。暮るれば御使ひの暇なき」［七十二7］のように、母子とも寵愛を受ける。

七十六

中宮は御覧ずるたびごとに、ただ、ありし《背きにしイ》人に[1]違［たが］はぬを、あはれに思しめして、ある時、上の渡らせ給はぬ[2]暇［ひま］に、御側［そば］へ呼《若君ヲ》び寄せ給ひて、「[3]我をば[4]覚え給はぬか」と問ひ給へば、[5]うちうつぶきておはします。「父君の御事は覚ゆるか」とのたまへば、「それは、[6]ほのかに覚え侍る」とて、涙ぐみ給ひて、やがてこぼれ出［い］でぬべければ、[7]紛［まぎ］らはし給へば、[8]いとど催［もよほ］されて、[9]中宮も泣かせ給ふ。「我も、[10]様［さま］をも変へてあらまほしけれども、[11]心にまかせず。[12]また御事の心苦しさに、[13]心ならぬ住まひにて過ぐすとよ。今、[14]ちとも[15]大人しく成り給はば、[16]山籠［やまごも］りの人をも尋ねて、行く方［へ］をも聞き給へ」と、[17]細々［こまごま］と[18]語り給へば、いよいよ《若君ノ》さめざめと泣きゐ給へり。いはけなかりし時、情［なさけ］なく引き放［はな］ち給ひしこと思し出［い］でて、ただ今の心地のみせられ給ふ。大殿《中納言ノ父上》［おほいどの］のことは、中宮もことに、うたてく思しめせども、[19]若君のことを思せば、[20]知らず顔にて過ぐし給ふ。

【訳】中宮は（若君を）ご覧になるたびに、まったく昔の中納言と瓜二つであるので、しみじみとお思いになり、あるとき帝がお越しでない間に、（若君を）おそばに呼ばれて、「私を覚えていらっしゃらないの」と問われると、（若君は）うつむいておられる。「父君のことは覚えているか」とおっしゃると、「それは、ぼんやり覚えています」と言って、涙ぐみなさって、そのまま涙がこぼれ落ちそうなのを、お隠しになるので、いっそう（涙を）誘われて、中宮もお泣きになる。「私も出家したかったけれども、思うようにできない。また（若君の）ご将来が気がかりで、仕方なく宮中で過ごしているのよ。もう少し大きくなられたならば、山寺に籠って修行している人を捜して、居場所も尋ねてください」と、詳しくお話になり、ますますさめざめと泣いておられる。（若君が）幼かったとき、無情にも（内大臣が）引き離されたことを思い出されて、（中宮は）たった今のような気がされる。内大臣のことは、中宮もとりわけ不快にお思いであるが、若君のことをお考えになり、知らないふりをして、お過ごしになる。

【注】**1**「中納言に、よく似たりける」［七十五4］。源氏物語でも、桐壺更衣と藤壺、光源氏と冷泉帝、柏木と薫、宇治の大君・中の君と浮舟など、似ていることが重要なテーマである。**2**帝に遠慮して、または帝に聞かれてはまずいこと［本章13］を話すから。**3**単刀直入に手短に尋ねたのは、帝がいつ来るか、またどのように切り出せばよいか分からないから。**4**母と別れたのは、五年前、満一歳二か月の時［十八］。その年齢で覚えている方が不思議。**5**中宮が実母であることを祖父母などから聞いて知っているが、帝に遠慮して、我が子と名乗れず。しかし「うつぶき」により、中宮は事情を察知した。以前の中宮がよく帝にしていた「うちうつぶきて」［六十八39］を、今度は実子にされるとは皮肉。**6**父の出家は、三年前、満二歳半の時［五十八］。**7**参考「（六歳の冷泉院は母藤壺に対して）涙の落つれば、恥づかしと思して、さすがに背きたまへる」（賢木、一〇八頁）。**8**参考「（若君が）泣き給へば、（祖父母は）いとど涙催されて」［六十五3］。**9**中宮も貰い泣きして、わだかまりも消え、初めて母

子の心が通じ合う。涙が和解の象徴、に関しては［三十三30］参照。**10**出家は願望に留まらず、実行しようとした［四十七8］。**11**前出「限りある御命の、心にまかせぬ事の恨めしくて」［四十七20］。「女は身を心に任せぬもの」［五十六①9］。「自らの心に任せては、いつか限りあるべき。」［六十八7］。**12**若君の将来を配慮するのは、中納言の遺命［六十一13］。**13**「心よりほかの住まひは、日に添へて心憂く」［四十四⑤39］。**14**「ちとも」の箇所、筑波大学本は「すこし」。「ちと」は中世語か。［三⑥15］。**15**この中宮の要望が叶うのは、五年後［七十八］。**16**「山籠りの中納言」［六十六冒頭］。**17**最初の質問は短かったが［本章3］、打ち解けてからは今まで言いたかったことを綿々と吐露。**18**底本では、初めて母に声をかけられた若君が泣いたが、「語り給へば」以下、筑波大学本は「語り給ひて、さめざめと泣かせ給へり。」で、泣いたのは感極まった中宮。**19**若君の童殿上は祖父が世話［五十六①15］［六十12］［六十五5］。元服後の出世にも、祖父の後押しが必要。**20**「内大臣の女主人公への〈いじめ〉に対する〈報復〉」［七十四10の注］は完遂されず。若君は中宮と入道を結ぶ橋渡しであると同時に、中宮と内大臣家の緩衝地帯という重要な役割を担うことになる。［六十五6］参照。

七十七

[1]うち続き、宮たち《中宮ノ御腹ニ》生まれ給へり。若君、[2]九つにて元服して[3]侍従になり給ふ。[4]十一にて少将と聞こゆ。春宮の御腹、[5]一の兄にておはしませば、帝もいみじく、かしづき給ふ。日に添へて中宮は、[6]並び無き御おぼえなれば、「ただこの[7]御果報［くゎほう］に引かされて、さる世の[8]わづらひも出［い］で来［き］、中納言も失［う］せ給ふにこそ」と、世の人も聞こゆ。

【訳】 続いて、（中宮には）宮たちがお生まれになった。若君は九歳で元服して、侍従になられる。十一歳で少将と申す。（少将は）東宮と同腹で、長兄でいらっしゃるので、帝もたいそうかわいがられる。日ごとに中宮は、並ぶ者がいないほど（帝の）ご寵愛を受けておられるので、「まったく、このご幸運と引き換えに、あのような俗世の苦労も味わい、中納言も出家されたのだ」と、世間の人もお噂する。

【注】 1藤井由紀子氏の論文［七十四3］参照。 2源氏物語における元服の年齢は、冷泉院が十一歳、光源氏と夕霧が十二歳、今上帝が十三歳、薫は十四歳。 3薫も元服した年の二月に侍従になり、その年の秋、右近中将に昇進。 4「この物語の冒頭、中納言（岩坪注、時に二十三歳）は四位の少将であった。その少将に若君は十一歳で昇進した。帝の寵の深さを物語る。」（広島平安文学研究会の注）。帝が若君を贔屓にすること（［七十五10］。「帝もいみじく、かしづき給ふ」［本章5の後］）は、父中納言の思惑通り［五十一11の前］。 5底本「一の」は、「ひとつの」（同腹の、の意味）とも「一［いち］の」（第一の、長兄の）とも読める。参考「一の皇子の女御」（第一皇子の母女御、の意。桐壺、九五頁）。 6以前は桐壺の女御が、「上の御覚え並び無かりし」［七十四5］。これも中納言の予想通り［五十一17］。 7「御幸ひのめでたきこと限りなし」［七十三4］。「姫君の果報も、中将殿の真の道に《とカ》入給ふも、皆これ観音の御利生なり。」（新日本古典文学大系『しぐれ』の巻末文）。「ひんがしのたいの君、今は北の方にいはれ給、いとめでたき事にぞ、たれもいひける。「此御方にひかれて、宮はうせ給へな《るカ》」とぞ、世の人は定むめる。」（鎌倉時代物語集成『石清水物語』八六頁。田村俊介氏の教示）。 8「かかる御宿世にてこそ、心憂きことも殿の思しよりけめ。」［四十五10］。「（光源氏が）横さまにいみじき目を見、（須磨・明石に）漂ひしも、この人ひとり（明石の女御）のためにこそありけれ。」（若菜上、一二一頁）。

七十八

少将は、[1]十二の御年〔とし〕、[2]中将になり給ひにしぞかし。ただ明け暮れ、『父のおはすらむ所、知らせ給へ』と、[3]神仏に祈り給ひし徴〔しるし〕にや、「[4]横川〔よかは〕におはします《中納言ノ》」といふこと聞き給ひて、推〔お〕し当てに[5]おはしたり。「もし、京の人の籠〔こも〕り給へる所は」と、ここかしこ尋ね歩〔あり〕き給へば、ある庵室〔あんじち〕に苔生〔む〕して、ことに[6]あはれなる所ぞありける。立ち寄りて聞き給へば、[7]法花経〔ほけきゃう〕をいと[8]尊〔たふと〕く誦〔じゅ〕して、念仏〔ねんぶつ〕十遍ばかり申す声のしける。[9]あやしく覚えて、「[10]しかじかの人」と尋ね給へば、中納言入道、聞き給ひて、「いづくより誰〔たれ〕」と問ひ給へば、「大殿《中将ノ従者詞》〔おほいどの〕の御孫、中将殿の、[11]御山籠〔やまごも〕りの人を尋ね給へる」と申しければ、年頃〔としごろ〕、[12]人伝〔ひとづて〕には事故〔ことゆゑ〕なくておはすと聞き給へども、御覧ぜぬ事は[13]心もとなく思し渡りつるに、かつは[14]恋しくも思ふ人の事なれば、『[15]忍ぶべきにもあらず』と思して、「こなたへ」とのたまへば、入〔い〕り給ふ。

【訳】　少将は十二歳のお年で、中将におなりになったのだった。ひたすら明けても暮れても、『父がいらっしゃる所を、お知らせください』と、神仏にお祈りなさったおかげだろうか、「横川に（中納言は）おられます」ということをお聞きになり、当て推量で（横川へ）行かれた。「もしや、都の人が籠っておられる所は」と、あちこち尋ね回られると、ある庵に苔が生えて、とりわけ趣深い所があった。立ち寄ってお聞きになると、法華経をとても尊く唱えて、念仏を十回ほど申す声がした。不審に思われて、「これこれの人（はいますか）」とお尋ねになると、中納言入道はお聞きになり、「どこから誰が」と問われると、（中将の家来が）「内大臣殿のお孫である中将殿が、比叡山に籠っている人をお尋ねになっている」と申したので、何年もの間、噂では（中将は）無事でおられるとお聞きになっていたが、ご覧になれないことを気がかりに思い続けてこられた上に、恋しく思う女君のゆかりなので、『（会わずに）我慢することでもない』とお考えになり、「こちらへ」とおっしゃるので、（中将は）お入りになる。

【注】**1**「十二の御年」の箇所、筑波大学本は「ほどなく」。**2**少将（正五位下）になった［七十七］翌年、早くも中将（従四位下）。父きんつねも帝の恩寵で出世したが［二十九1の注］、それでも少将から中将に昇進したのは二十四歳のとき［九5］。父親以上に出世が早いのは、東宮と同腹だから［七十七5］。**3**捜し回らず神仏にすがるのは、父親と同じ［三十五③10］。「特定の神仏名を記さないのは、この種の物語にはむしろ珍しいのではないか。」（広島平安文学研究会の注）。**4**「横川といふ所」［五十九①3］参照。**5**米田真理子氏は、「直接逢うことの不可能な二人に代わり第三者が代行する方法は、『長恨歌』に見られる。『しのびね物語』のこの父母の間を往還する若君の存在は、玄宗が楊貴妃の死後にその行方を探させた方士になぞらえることができ、さらに発見に至るプロセスにおいても共通点を見出せると考える。」として、若君が父の居所を人から「聞き給ひて」の箇所は、『長恨歌』の一節「忽聞海上有二仙山一」に該当するとされた（同氏、前掲論文）。**6**住人も「ことにあはれなる」人。嵯峨野の住居も、「いとよしある小柴垣」［二①3］。冒頭で男主人公が忍音の君を見出すのと、この場面とは首尾照応。大倉比呂志氏の説［七十22］が、ここにも当てはまる。参考「大方は家居［いへゐ］にこそ、ことざまは推し量らるれ。」（徒然草、十段）。**7**王朝人が最も信仰した経典。**8**「尊く」読誦するのも、修行の一つ。参考「この尼君の子なる大徳

の、声尊くて経うち読みたるに、（夕顔を亡くした源氏は）涙の残りなく思さる。」（夕顔、一五二頁）。**9**住居にも読経の声にも風情が感じられ、住人は貴人らしい。参考「けはひ卑しく言葉たみて、こちなげにもの馴れたる（僧侶は薫の君には）、いとものしくて」（橋姫、一二六頁）。**10**頭注「しか〳〵の人と　按、「人」の下「は」もし有へし」。**11**「山籠りの人」［七十六16］。**12**出家して八年半もの間、都とは音信を断って修行していたのではない。たとえば源氏物語で横川の僧都は、女一の宮の祈禱に召され、明石の中宮の御前で話をしている（手習の巻）。横川にも、都の消息は伝わっていた。**13**八年あまり修行を積んでも、我が子への愛情が断ち切れていない。依然として、「（剃髪の折）若君のこと思し出づるに、心弱く、ただ落ちに涙の降り落つれば」［五十九①20］のまま。**14**「心ばかりは行ひ給へども、なほありし面影の、ともすれば恋しく、思し忘るる世なく」［六十六1］。**15**弟に会わない浮舟（夢浮橋の巻）や、高野山まで訪ねてきた石童丸に父と名乗らぬ苅萱道心（説経浄瑠璃『かるかや』）にくらべると、この中納言入道は意志が弱い。これは本作品のテーマや主眼が宗教ではなく、あくまで王朝物語の雰囲気を漂わせた叙情性にあるから。

七十九

①

秋のことなるに、[1]紅葉［もみぢ］いろいろ織り散《浮かイ》らしたる御直衣［なほし］、鮮［あざ］やかなるを着給ひて、[2]指貫［さしぬき］の稜［そば］高く取りて、[3]匂ひ入り給へる様［さま］を見出《中納言ノ》［いだ］し給ふに、[4]夢の心地ぞする。中将は、まづ、父の御顔のゆかしさに、急ぎ入りて見給へば、二三人ばかりおはするを、御覧じ回す。大人しきほどにて別れ給はんだに、[5]変はり給へる御様［さま］は、ふとしも見分け給ふまじきに、まして[6]ほのかには御面影［おもかげ］覚え給へども、定［さだ］かには、いかでか知り給ふべき。その中に、目見［まみ］などの[7]気高［けたか］く、色も余［よ］の僧より[8]白くおはするを、御目留［とど］めて見給へば、「これへ、これへ」とのたまへるに、うち畏［かしこ］まり給ひて候［さぶら］ひ給ふ。

【訳】　秋のことであるので、紅葉をさまざまな色に織り出して散らした、花やかな直衣をお召しになり、指貫の裾を高く上げて、あでやかにお入りになった様子を（父中納言は）ご覧になると、夢のような気がする。中将は、なにはともあれ、父のお顔が見たくて、急いで入ってご覧になると、（僧が）二三人ほどおられるので、（誰が父かと）見回される。（中将が）成人してから（父と）お別れになったとしても、出家されたご様子は、すぐには見分けられないのに、ましてや（幼いころに別れたので）、かすかには（父の）面影を覚えておられるといっても、はっきりとはどうしてご存じだろうか。（二三人の僧がいる）その中に、目もとなどが上品で、顔色もほかの僧より白くていらっしゃる人を、（中将は）お目を留めて見られると、「こちらへ、こちらへ」とおっしゃるので、うやうやしくおそばに近寄られる。

【注】　**1**巻頭で忍音の君を初めて垣間見たのも、紅葉の頃［二①1］。父親との再会と「首尾照応」している（大倉比呂志氏、前掲論文）。　**2**普段は組み緒をくるぶしのあたりで結ぶが、ここは歩きやすくするため膝の下で結んだ。これを上括［うはくくり］と言う。たとえば『落窪物語』で男主人公が落窪の君と結婚して三日めの豪

雨の夜も、指貫の緒を膝下で結び、「足白き盗人」と言われた。参考「指貫ノ喬[そば]取[とり]テ」（今昔物語集、巻二八第三二）。「袴ノ喬[そば]取[とり]テ高ク交[はさ]ミテ」（今昔物語集、巻二九第一七）。**3**「匂ひ」は、「芳香を漂わせつつ」（広島平安文学研究会の訳）とも、「花やかに美しい様子で」（『中世王朝物語全集』の訳）とも訳せる。**4**参考「夢の心地もするかな」（玉鬘一行が十八年ぶりに右近と再会したとき。玉鬘、一〇二頁）。「夢のやうなり」（出家した浮舟が簾越しに小君を見たとき。夢浮橋、三七四頁）。**5**参考「（藤壺が落飾して）かたちの異ざまにて、うたてげに変はりて」（賢木、一〇七頁）。**6**「ほのかに覚え侍る」[七十六6]。**7**参考「（宇治の八の宮は）いとあてに心苦しきさまして」（橋姫、一二六頁）。「脇息の上に経を置きて、いと悩ましげに読みゐたる尼君、ただ人と見えず。四十余ばかりにて、いと白うあてに、痩せたれど」（若紫、二八〇頁）。**8**参考「（光源氏の）御手つき、黒き御数珠[ずず]に映えたまへる」（須磨、一九三頁）。「（鬚黒大将は）色黒く鬚がちに見えて、いと心づきなし。」（真木柱、二八四頁）。米田真理子氏は、『長恨歌』で方士が多くの仙子の中から楊貴妃を捜し当てる一節、「雪膚花貌参差是」と比較して、両作品は「複数名の中から、格別に色が白く美しい人物を捜し当てるという点で極めて近いと言えよう。」と指摘された（前掲論文）。

②

（中納言ノ詞）「年ごろゆかしくも[1]恋しうも、御事[こと]を思ふ故[ゆゑ]に、[2]念仏も障[さは]りがちなりつるを、嬉しくも訪ね給へるかな。別れ奉りし折には、『[3]子ほど、持つまじきものなし。[4]遠く入る山道の絆[ほだし]』とも思ひしに、今かく見奉れば、[5]子ならざらん人は、誰[たれ]か草深き山里へ訪ね入り給ふべき」とて、墨染めの[6]御袖を顔に押しあてて[7]泣き給ふ。中将も直衣［なほし］の[8]袖、引きも放たせ給はず、ややためらひて、中将詞「無下［むげ］に[9]幼くて離れ奉りしかば、定かならねども、[10]ほのかに覚ゆる御面影の明け暮れは[11]恋しく、『いかで変はれる御姿をも見奉らん』と、[12]神仏に念じ奉りしに、[13]夢の様［やう］に何［なに］となく人の申し侍りしを、[14]もしやと訪ね参りしなり。ここにおはしましけるを、凡夫［ぼんぶ］の慣らひの悲しさは、今まで知り奉らで、[15]十年あまりが間［あひだ］、ものを思ひ侍りつることの悲しさよ」とて、塞［せ］きもあへ給はず。

【訳】（中納言入道は中将に）「何年もの間、会いたいとも恋しいとも、あなたのことを思っていたため、念仏の妨げにもなりがちだったが、嬉しいことに訪ねてくださったのだなあ。お別れしたときは、『子どもほど持ってはいけないものはない。入山の足手まといだ』とも思ったが、今こうして拝見すると、わが子でなければ誰が草深い山里まで訪ねてくださるだろうか」と言って、黒い僧衣のお袖を顔に押し当ててお泣きになる。中将も直衣の袖を（顔から）お放しにならず（泣き続け）、少し落ち着いてから、「とても幼くて（父と）お別れしたので、はっきりではないが、かすかに覚えている（父の）面影が、明けても暮れても恋しくて、『なんとかして出家されたお姿をも拝見しよう』と、神仏にお祈りしたところ、夢のように何となく、ある人が（父の居場所を）申しましたので、もしかしてと（思い）訪ねて参りました。ここにいらっしゃったのに、凡人の悲しい性《さが》で、今まで存じあげず、十余年もの間、（父に会いたいと）もの思いをしておりましたとは悲しいことよ」と言って、（涙を）抑えきれずにおられる。

【注】 **1**「恋しくも思ふ」［七十八14］。 **2**参考「いかなる野の末にても御事（忍音の君）の忘れがたさに、念仏も障りあるべきと思ふこそ、かねてより心憂けれ。」［四十五27］。「女君の御面影、身に添ひて、念仏も心汚く紛るるぞ悲しき。」［五十九②14］。 **3**「『若君の、いかに尋ね給はん』と思ふのみぞ悲しき。」［五十一19］。 **4**「よしなき山路（筑波大学本は「入る山道」）のほだし」［四十一17］。 **5**参考「子ならざらむ人、他州震旦まで行く人侍りなんや。」（新日本古典文学大系『宝物集』二九頁、三角洋一氏の指摘）。「中将も、『親ならでは、かやうに誰やの人か、習はぬ徒歩［かち］裸足［はだし］にておはしますべきぞ』と、かたじけなくこそ思ひ給ふ。」（室町時代物語大成『狭衣の中将』九〇頁）。 **6**泣き顔を見られないよう、我が子にも気を遣った、品のよい泣き方。参考「（帝が忍音の君の乱れかかりたる髪をかきのけ給へば、衣の袖を顔に押しあてて、忍びがたげに泣く」［四十四②10］。「（阿波の内侍が）袖を顔に押しあてて、忍びあへぬさま、（法皇は）目もあてられず。」（日本古典文学大系『平家物語』灌頂巻、四三二頁）。 **7**米田真理子氏は、「しのびねの姫君の泣く姿は、人に見顕わされ、「白し」（岩坪注［二十三②3］［三十三21］［三十九①17］［五十六②9］）と判断される点に特徴が認められる」ことを踏まえて、「しのびねの姫君がもたらした微笑（岩坪注［七十二4］）とは対照的に、出家したきんつねは、やつれた美しい白い顔（岩坪注［本章①8］）と結びついた泣く姿を、他の人に見られる側へと移行する。」と論じられた（前掲論文）。［七十二4］参照。 **8**参考「（葵の上を亡くした父大臣は）いと堪へがたげに思して、御袖も引き放ち給はず」（葵、五五頁）。 **9**父との別れは八年前、四歳（満二歳半）のとき［五十八］。 **10**「ほのかには御面影、覚え給へども」［本章①6］。 **11**父を思い出しただけで、人前でも泣きだすほど恋しい［七十六7］。 **12**「神仏に祈り給ひし徴［しるし］にや」［七十八3］。 **13**「夢のやうに」は、二通りに解釈できる。「横川におはします」［七十八4］という噂の内容が、夢のように漠然としていると理解すると、「はっきりせぬながらも」（中世王朝物語全集）と訳せる。一方、父の居場所を聞いたことが、まるで夢や奇跡のようでと解すると、「人伝ての噂を耳にした時は夢のようで」（広島平安文学研究会）と訳せ

る。14「押し当てにおはしたり」［七十八5］。「もしやと訪ね参りしなり。ここにおはしましけるを」は、筑波大学本（第一系統）と同じ。第二系統は、「やがて標［しるべ］にて侍れば、誠［まこと］におはしましけり。」。15実際は八年半。若君か作者の勘違い、または概算、あるいは古本「しのびね物語」では十余年か。もしくは「十二の御年」［七十八1］の箇所、第一系統は「ほどなく」で、この間に数年が過ぎたか。「父についての記憶が極めて薄いので、生まれてこのかたという意味で言ったものか。」（広島平安文学研究会の注）。ちなみに『苔の衣』も、出家して二十四年と、ある人が話しているが（中世王朝物語全集、二七四頁）、実際は足かけ十一年。

③

[1]聖《中納言入道》［ひじり］はつくづくと守［まぼ］り給ふに、『[2]我［わ］が若盛［わかざかり］は、あまりにやせ[3]細り、[4]なよびてありしに、これは少しもののしく、[5]丈［たけ］立ちもそぞろかに、ほどほどとして美しきものから、[6]目見［まみ］などのうち薫り、口の辺［あた］りのうち匂ひたる[7]愛敬［あいぎゃう］、[8]母君にいとよく似給へり』。[9]帝の御事など問ひ給ふ。「承香殿《忍音上》［しょうきゃうでん］は、ただ今の后［きさい］の宮にて、若宮、春宮と[10]聞こゆ。大人［おとな］しやかにおはします」など、ただ[11]大方［おほかた］に語り申し給へば、『さすがに[12]逃［のが］れがたかりける御宿世［すくせ］かな。[13]これ故［ゆゑ］、我が身はかく、[14]いたづらに成りぬるぞ』と思せば、思ひ捨てにし心も驚かされて、胸の騒ぐにぞ、[15]憂き世の綱はいまだ[16]離れざりける。今年は[17]三十五《入道ノ》になり給ふ。いと若く[18]美しうおはせし名残りに、[19]やつれ給へども、人に[20]紛［まぎ］るべくも見え給はず。

【訳】中納言入道は、しみじみと（中将を）見つめられて、『私が若いときは、ひどくやせて、なよなよしていたが、この中将はいささか堂々として、背も高く、身分相応に立派でありながら、目もとなどは美しく、口のあたりは魅力にあふれ、母君にとてもよく似ておられる』（と思われた）。（中納言入道は）帝のことなども、お尋ねになる。（中将は）「承香殿は、今ではお后で、（承香殿がお生みの）若宮は東宮と申します。（東宮は）大人びていらっしゃいます」と、ごく普通にお話しされるので、（中納言入道は）『やはり（忍音の君は帝から）逃げられがたかった運命なのだなあ。そのため、私はこのように無用になったのだ』とお考えになると、（忍音の君への）思いを捨てたはずなのに心も揺れて動揺するとは、俗世への未練はまだ捨てきれていなかったのだ。（中納言入道は）今年で三十五歳になられる。とても若く立派でいらっしゃった名残で、出家されても、ほかの僧と見まちがえることもない。

【注】**1**修行に熱心でなく悟りも開けていないので［七十八13 14 15］「聖」とは言い難いが、ここは横川の僧侶として敬意を払い称した。なお同室の僧も「聖達」［本章④2］と呼ぶ。［五十九①5］参照。**2**聖が出家したのは八年前の二十七歳、息子は現在、十二歳。聖は十二歳のときの自分と、今の息子を比較しているが、十二歳で「少しものものしく、丈立ちもそぞろか」という表現は奇妙。古本「しのびね物語」では、父子の再会は息子が二十歳前後の時か。「十年あまり」［本章②15］の注、参照。**3**参考「（光源氏は）言はむ方なき盛りの御容貌［かたち］なり。いたうそびやぎ給へりしが、少しなりあふ程になり給ひにける御姿など、かくてこそ、ものものしかりけれ」（松風、四〇六頁）。**4**源氏物語において、「なよび」は女性では長所、男性では短所に使われることが多い。参考「（朱雀帝は）若うおはしますうちにも、御心なよびたる方に過ぎて、強きところおはしまさぬなるべし。」（賢木、九六頁）。「（蛍の宮は）あまりいたくなよびよしめくほどに、重き方おくれて、少し軽びたるおぼえや進みにたらむ。」（若菜上、二九頁）。「（柏木は）少し弱きところつきて、なよび過ぎたりしけぞかし。」（柏木、三一六頁）。「（匂

宮は）少しなよびやはらぎて、すいたる方に引かれたまへり。」（匂宮、二二二頁）。5参考「（内大臣は）丈立ちそぞろかにものし給ふに、太さもあひて、いと宿徳に」（行幸、二九六頁）。「（二十七歳の夕霧は）直衣姿いと鮮やかにて、丈立ちものものしう、そぞろかにぞ見え給ひける。」（柏木、三三九頁）。6「美しき目見［まみ］のほど、母君によく似給へり。」［五十八18］。7「美しき香りの愛敬は、中宮にも通ひ給へる」［七十五5］。8「うちうなづきておはする（若君の）顔の、ただ恋しと思ふ人（忍音の君）に違ふ所もなければ」［四十一16］。9米田真理子氏は、中納言入道が帝のことを子の中将に尋ねる様子は、「『長恨歌伝』の楊貴妃が、「揖㆓方士㆒、問㆓皇帝安否㆒、次問㆓天宝十四年已還事㆒」と、玄宗の様子を尋ねることに似通う。」と指摘し、また「『長恨歌伝』のこの箇所の利用は、『源氏物語』桐壺の巻の靫負の命婦が方士に擬せられることに先駆が見られ、『しのびね物語』の若君を方士に見立てるとき、この場面を、その延長上に位置づけることも可能であろう。」と説かれた（前掲論文）。10頭注「きこゆ　按、「きこえて」と有へし」。11実母への恋慕を押さえ、私情をはさまず、后として取り上げる。［七十六5］参照。12参考「逃れがたかりける御宿世」（藤壺の懐妊。若紫、三〇七頁）。「逃れぬ御宿世」（柏木と女三の宮の密会。若菜下、二一七頁）。「逃れざりける御宿世」（匂宮と浮舟の逢瀬。浮舟、一一八頁）。13「ただこの御果報に引かされて、さる世のわづらひも出で来、中納言も失せ給ふにこそ。」［七十七7］という世人の考えと同じ。14出家したことを「いたづらに成りぬ」と考えるのは、悟りを開いていない証拠。「いかなりし昔の契りにて、身もいたづらに成りぬるならん。」［五十六②16］。参考「（宇治の八の宮は）なほ世に恨み残りける」（橋姫、一二二頁）。15「「憂き世の綱」という一節は、「人つなぐうき世の中のつなやなに恋にまどはる心なりけり」（拾玉集、日吉百首和歌、恋、四六八）や「朝夕に袖にかくして結ぶ手のうき世のつなをとかざらめやは」（拾玉集、日吉百首、二〇七七）という慈円の和歌に見いだせるのみであり、管見では慈円以外に用いられた例はみあたらない。」（中村友美氏、前掲論文）。16頭注「はなれさりける　按、この下「とおほさるる」などの詞のおちたるにや」。17「中納言の年齢が明確に記されるのは、本物語中でこれが唯一である。」（広島平安文学研究会の注）。光源氏も三十五歳のとき、玉鬘と初めて対面する。玉鬘も「まみ」などが、母夕顔に「いとよくおぼえて」いるし、光源氏の次のセリフも本章の内容に似る。「年ごろ御行方［ゆくへ］を知らで、心にかけぬ隙［ひま］なく嘆きはべるを、かうて見たてまつるにつけても、夢の心地して、過ぎにし方のことども取り添へ、忍びがたきに、えなむ、聞こえられざりける。」（玉鬘、一二四頁）。以上の指摘は、中原香苗氏による。**18**「見るままに愛敬づき、美しきことの並びなき」［四十四①13］。「いつもより花やかにひき繕ひ給へるを、殿・母上は美しと思したり。」［五十七1］。**19**「やつれ」に、出家して粗末な服装をしていると、痩せ細るの意味を掛ける。**20**「その中に、目見などの気高く、色も余の僧より白くおはする」［本章①7］。

④

いろいろ《中将ヨリ》に、[1]山風［やまかぜ］防ぎ給ふべき物ども奉り給ふ。[2]さらぬ聖［ひじり］達にも皆、賜［た］び渡しなどして、中将は帰り給ふ。「かく《中将詞》見置き奉れば、今よりは、折々［をりをり］参りて見奉らむ。殿・北の方《中将ノ祖父祖母》、聞こしめしなば、[3]いかに不思議がらせ給ふべき」など申し給ひ、出［い］でもやり給はず、[4]立ち《中将ノ》返り立ち返り見給へば、香［かう］の煙［けぶり］に[5]沈み給へる御様［さま］の、[6]悲しくも哀れにも思さる。「この世《入道詞》の栄花［えいぐゎ］に誇りて、[7]後［のち］の世の闇、忘れ給ふな。[8]いと夢のやうなる世の中に侍るぞ」とて、御目押［お］しのごひ給ふ。中将の御後ろ影を御覧じ送りて、[9]ありし暁［あかつき］、慕ひ給ひて泣き給ひしこと、[10]ただ今のやうに覚え給ふ。

【訳】いろいろと、（父入道が）山風を防がれる物を（中将は）さし上げなさる。ほかの僧侶たちにも皆、お与えなさったりなどして、中将はお帰りになる。（中将は父入道に）「このように（父の居場所を）見定めましたので、これからは折々につけて参り、お会いしよう。内大臣夫妻がお聞きになれば、どんなに驚かれるだろう」など申されて、なかなかお発ちになれず、何度も振り返ってご覧になり、お香の煙に沈んでおられる（父入道の）ご様子を、悲しくも哀れにもお思いになる。（入道は中将に）「この世の栄華に得意になり、死後の闇をお忘れになるな。まったく夢のような世の中でありますよ」と言って、目をぬぐっておられる。中将の後ろ姿をお見送りなさって、昔、夜明け前に恋い慕って泣かれたことを、たった今のことのように思い出される。

【注】1参考「冬籠る山風防ぎつべき綿衣［わたぎぬ］」（椎本、一九六頁）。2参考「明けぬれば（薫は宇治から）帰りたまはんとて、昨夜［よべ］後［おく］れて持て参れる絹綿などやうの物、阿闍梨に贈らせたまふ。尼君にも賜ふ。法師ばら、尼君の下衆［げす］どもの料にとて、布などいふ物をさへ召して賜ぶ。」（宿木、四五〇頁）。［六1］の注、参照。3「不思議」（常識では考えられない、という意味）に思うのは、親子の再会は神仏のお蔭だから［本章②12］。「夢のやうに」［本章②13］参照。「不思議がらせ給ふべき」の箇所、筑波大学本は「われをうらやましく思ひきこえ給はん」（第一系統）。4「立ち返り立ち返り見給へば」の箇所、筑波大学本は「身は」（第一系統）。5「沈み」に、煙に身が隠れると、心が沈むを掛ける。本作品において「沈む」は全部で十例あり、この一例以外はすべて忍音の君で、その最後は［七十二2］。「しのびね」（［七十二4］の注）のほか、「沈み」も女主人公から男主人公に受け継がれる。6「悲しくも」の箇所、筑波大学本（第一系統）は同じ、第二・三系統は「うらやましくも」。後者

の場合、中将はまだ十二歳だが遁世に憧れていることになる。**7**「後の世の闇をば晴るけ奉らん。」［六十8］。母君に書き残した事と同じ事を、息子にも言い残す。**8**「夢・幻の世の中に」［六十10］。**9**出家前に若君を最後に見たのは「（あかつきに）夜深く起き」たときだが［五十八2］、そのとき若君は泣いていない。古本「しのびね物語」には泣く描写があったか。加藤昌嘉氏はこの一節を、「ただ姫君の慕ひ給ひし面影」［五十九①19］と同じ時、すなわち忍音の君との最後の逢瀬（「慕ひ給へば」［五十六①23の後］、「泣き給へば」［同①31］）と解釈された（前掲論文）。**10**「（忍音の君を垣間見たことが）ただ今の心地して恋しきこと限りなし。」［六十七6］。

八十

さて、内《中将ノ》へ参り給へば、折節《中宮》、[1]御前［まへ］の前栽［せんざい］御覧じ出［い］だして、あはれなりし事をも[2]思［おぼ］しめし出［い］でたるにや、[3]御袖しほたれ給へるに、中将、[4]近く参り給ひて、「いと《中将詞》、[5]あはれなる事こそ侍りつれ。かの[6]御山籠［ごも］り尋ね奉りて、対面給はりぬ」と申し給へば、「いと《中宮ノ詞》珍かなることかな。[7]いづくに、いかにして」とのたまへば、「横川《中将詞》［よかは］に、おはしましつる。墨染めの[8]袖にやつれて、[9]香［かう］の薫［かを］り深く、[10]寂しき御ありさま身に添ひて、[11]悲しくこそ」とて泣き給へば、[12]中宮も、今さら御心乱れて、いよいよ御涙ぞこぼれける。

【訳】さて、（中将が）参内されると、（中宮は）お庭の植え込みをご覧になって、昔のせつないことも思い出されたのか、お袖が涙でぬれておられるところに、中将が近くに参られて、（中将が）「たいそう感慨深いことがございました。あの比叡山に籠っている人をお尋ねして、お会いしました」と申されると、（中宮は）「とても珍しいことですね。どこで、どのようにして」とお尋ねになり、（中将は）「横川におられました。黒い僧衣に身をやつして、お香の香りが深く、心細いご様子が身にしみて、悲しくて」と言って、お泣きになるので、中宮も今になってお心が乱れて、ますます涙がこぼれた。

【注】 **1**参考「御前［おまへ］の壺前栽の、いとおもしろき盛りなるを（桐壺帝は）御覧ずるやうにて」（桐壺、一〇九頁）。 **2**参考「昼つかた、御まへにまかりて、見まゐらすれば、上もおはしまさで、しめじめと静かなるに、姫君過ぎにしかたの事を思しめしいでたるにや、御袖もうちしをれつつ、ながめ臥したまへる」（あきぎり）。中原香苗氏の指摘。 **3**「心ならずうち笑ひ」［七十二4］で、「しのびね」（忍び泣き）は無くなったように見えたが、実はまだ涙から解放されていない。 **4**他の人に聞かれぬよう、小声で話すため近づく。中宮も中納言入道の話をするときは、「上の渡らせ給はぬ暇」［七十六2］を狙った。帝には内緒の秘密を共有することが、この母子の連帯感を深める。 **5**参考「（靫負命婦は帝に）あはれなりつること、忍びやかに奏す。」（桐壺、一〇九頁）。「（右近は）山踏［やまぶみ］しはべりて、あはれなる人（玉鬘）をなむ見たまへつけたりし。」（玉鬘、一一二頁）。 **6**「山籠りの人を尋ねて」［七十六16］。 **7**気が動転して、「いづくに」「いかに」と疑問詞を畳み掛けるのが精一杯。 **8**「やつれ給へども」［七十九③19］参照。 **9**「香の煙に沈み」［七十九④5］。 **10**修行に打ち込めず悟りを開いていないので［七十九②2］、「寂しき御ありさま」に見える。 **11**「悲しくも哀れにも思さる。」［七十九④6］。 **12**「中将が中納言と会ったということを中宮に語るが、中宮の反応を描く筆は意外にあっさりしている。物語の大尾に向けて筆を急いでいると見るべきか、それとも心の乱れを大げさに外に表さなくなった中宮の成長した姿を描いたものと解すべ

きだろうか。」「姫君の中納言に対する思いが最後まで語り尽くされていない憾みがあり、それがこの物語の文学作品としての限界を示しているというべきであろうか。」（広島平安文学研究会の注）。

八十一

さて、その後［のち］、二位《中将》の[1]中納言に成り給ふ。春宮も、[2]八ばかりにおはしませば、いよいよ[3]美しう気高［けたか］くて、御心も[4]大人しく、[5]世を保ち給ふとも、いかに疑ひあるまじう見えさせおはします。

【訳】そして、その後、（中将は）二位の中納言になられる。東宮も八歳ほどになられ、ますます愛らしく上品で、ご気性も大人びて、国をお治めになるのに少しも不安がないように思われていらっしゃる。

【注】1時に十三歳（［本章2］参照）。二十六歳で中納言になった父親［二十九2］より、はるかに出世が早い。［七十七4］［七十八2］参照。ちなみに源氏物語で中納言になった年齢は、夕霧が十八歳、薫が二十三歳。2若君と五歳違いの東宮が、本章で「八ばかり」ということは、若君は十三歳。［七十八］～［八十］では十二歳だったので、本章は［八十］の翌年になる。3加藤昌嘉氏は、「『しのびね物語』は、きんつね・しのびねの姫君・若君という親子を、「うつくし」「けたかし」と顕揚してやまない。因みに、三者は、「ひかる」「かゝやく」とも賞揚されるが、その一方、帝が「うつくし」「けたかし」「ひかる」「かゝやく」と称されることは、ただの一度もない」こと、および「「うつくし」「けたかし」を同時に有するのは、きんつねと春宮の二者のみである」に注目して、

「春宮を、きんつねの隠された子」と推論された。しかしながら同氏が指摘された通り、春宮の誕生は、きんつねと忍音の君の最後の密会［五十六］から丸二年後であり、きんつねは春宮の実父ではない。そこで、「物語は、実に周到に一年の冷却期間を置き、しのびねの姫君の産んだ子が、帝の真の皇子であることを、あえて殊更に、理詰めで訴えていると見るべきかも知れない。」と説かれた（前掲論文）。**4**参考「宮（六歳の冷泉院）はいみじう美しう大人びたまひて」（賢木、一〇七頁）。「春宮（冷泉院）の御元服のことあり。十一になりたまへど、ほどより大きに大人しう清らにて」（澪標、二七一頁）。**5**参考「（十歳の冷泉院は）御才もこよなくまさらせたまひて、世を保たせたまはむに憚りあるまじく、賢く見えさせたまふ。」（明石、二六四頁）。「帝「春宮も、世を保たせ給はんに何のあやふきところかあらん。さるべき御後見［うしろみ］どもは、これかれあまたものし給ふ。今は国を譲り給ひなん」とて、にはかに帝おりゐさせ給ふに」（中世王朝物語全集『白露』二五九頁。中原香苗氏の指摘）。

八十二

明くる春は、帝、御位［くらゐ］去らせ給ひて、春宮［とうぐう］、[1]位につき給ふ。かの中宮は[2]女院［にょうゐん］とぞ言はれ給へる。中納言殿も、[3]右の大臣殿［おほいどの］の中の君に[4]通ひ給ひて、父中納言殿に引き替へて、立ち退［の］くことなく、思ふ様［さま］にて過ごし給ふ。当代［たうだい］の帝は、御元服［げんぶく］ありけり。[5]いつしか[6]左大将の姫君、女御に参り給ひぬ。中納言殿は、かの[7]山籠［やまごも］りをも絶えず訪れ給ひて、[8]さるべき折々は渡りて[9]見奉り給へりとぞ。

【訳】 翌年に帝は退位されて、東宮が即位される。あの中宮（忍音の君）は女院と称された。中納言も、右大臣の次女と結婚されて、父の中納言（入道）とは異なり、地位を退くこともなく、思うままに過ごしておられる。今の帝は、元服なされた。早くも左大将の姫君が、女御として入内された。中納言はあの山寺に籠った父君に、いつも手紙で様子を尋ねられて、しかるべき折々は出向いて、お会いなされているとか。

【注】 **1**九歳で即位。源氏物語では朱雀帝が二十四歳、冷泉帝が十一歳、今上帝が二十歳で即位。 **2**「風葉集によれば、古本の姫君は尚侍であったが、現存本では中宮を経て女院となっている。また、男君は（入道）中将から入道中納言に、帝は退位して院にと、それぞれ発展している。この古本と現存本との差異は、改作の問題を考える上で重要である。」（広島平安文学研究会の注）。 **3**「右のおほいとの」の箇所、筑波大学本は「大きおほいとの」（太政大臣の意味）。 **4**十四歳で結婚。二十五歳で左大将の娘と結婚した父入道より、結婚も出世も早い。ちなみに光源氏は十二歳、夕霧は十八歳、薫は二十六歳、冷泉帝は十一歳、今上帝は十三歳で結婚。 **5**源氏物語では、冷泉帝は元服・即位して半年後に最初の入内。今上帝は立坊・元服後、すぐ麗景殿、二か月後に桐壺が入内。 **6**出家した男主人公（きんつね）の北の方も左大将の姫君で、その妹か。しかし、きんつねの結婚から十二年も立ち、また「ただ今、世の固めとなるべき下形［したかた］」［十三②2］と言われた左大将が、十二年間も昇進しないとは考えにくいので、別人であろう。 **7**「かの御山籠り」［八十6］。「出家した中納言は、息子との交渉を続けたという形で締めくくられていて、高徳の僧としての大成が語られるでもなく、男主人公の扱いとしては若干の不満が残る。」（広島平安文学研究会の注）。しかしながら苅萱道心のように修行に徹するのではなく［七十八15］、家族愛と仏道の間に揺れ動く優柔不断な姿の方が、中庸を重んじた王朝人らしく、平安物語の流れを汲むとも言えよう。たとえば「（執心が残らぬよう、姫君たちが父宮の亡骸と対面することさえ禁じた）阿闍梨のあまりさかしき聖心［ひじりごころ］を

（姫君たちは）憎くつらしとなむ思しける。」（椎本、一八一頁）のように、きんつねも我が子にさえ会わないほど仏法一筋になっては、読者から嫌われ、王朝物語の主人公ではなくなる。**8**「さるべき折々は」の箇所、筑波大学本は「さるべき物などつかはして、折々は」。後者の場合、物資の援助を［七十九④1］以後も継続 **9**「今よりは折々、参りて見奉らむ。」［七十九④2の後］は、口先だけの社交儀礼ではなく、実行している。

年　立

㊟各段落の頭に置いた一〜八十二は章、文中の［①］以下は段を示す。

一年目　きんつね、二十三歳。

一　内大臣家の兄妹（きんつね少将、東宮の桐壺女御）、東宮に寵愛される。

十月ごろ

二　きんつね、嵯峨野に紅葉狩に出かけ、琴の音色を聞き［①］、女房たちの会話から、室内に姫君（忍音の君）がいることを知る［②］。垣間見て、一目ぼれする［③］。母の尼君は四十歳余り［④］。きんつね、声もかけずに帰る［⑤］。

三　きんつね、忍音の君たちが今年の八月ごろ、嵯峨野に引っ越してきたことを知る［①］。家来に命じて、忍音の君の女房に声をかけ［②］、尼君に取りついでもらう［③］。きんつね、女房に忍音の君への思いを訴える［④］。尼君、来訪者はきんつねかと推測し［⑤］、きんつねにせがまれ対面する［⑥］。

夜明け前に、家来たちがきんつねを迎えに来て、尼君はきんつねの正体を知り［⑦］、きんつねはやむなく帰宅する［⑧］。きんつね、自邸で妹の女御に会い、忍音の君も劣らず美しいと思い、ますます恋いこがれる［⑨］。

四　きんつね、しばしば求婚の手紙を送る。尼君、次第に説得される。

十月三十日ごろ

五　きんつね、忍音の君を訪問し（結婚、第一夜）［①］、ますます心引かれる［②］。翌朝、忍音の君を見て、妹の女御より美しいと思い［③］、嵯峨野から都へ移そうと考える［④］。朝帰りしたきんつねを見て、父の内大臣は小言を言う［⑤］。

十一月二、三日ごろ

六　きんつね、忍音の君たちの引越しの準備に取りかかる。きんつねと左大将家との縁談話、進行中。

七　きんつね、忍音の君たちを迎えに嵯峨野へ来て［①］、家来の家に連れて行く［②］。

十二月ごろ（底本の傍注は「十一月也」）

八　忍音の君、懐妊。内大臣も知り、不機嫌になる。

二年目　きんつね、二十四歳。若君、一歳。

九　八月、忍音の君、若君（男子）を出産。秋の任命式で、きんつねは少将から中将に昇進して宰相を兼任。

三年目　きんつね、二十五歳。若君、二歳。

十　きんつね、忍音の君と若君を溺愛。

十一　五月五日、きんつね、忍音の君と和歌を詠みあう。

十二　きんつね、家来の家から三条の家に、家族で引っ越す計画を立てる［①］。きんつね、忍音の君の素性を知る［②］。

十三　秋、きんつねと左大将家との結婚、今年の十一月と決定し［①］、内大臣はきんつねに通知する［②］。

十四　きんつね、縁談話を忍音の君に話せず。

十五　十月末頃、内大臣、若君を引き取ると、きんつねに話す。

十六　きんつね、忍音の君に縁談と若君のことをうちあける。

十七　内大臣家と左大将家、結婚の準備に全力を尽くす。内大臣、若君を引き取る日を知らせる。
十八　若君が内大臣家に引き取られる前日、若君だけが事情を知らず無邪気［①］。若君、母・祖母が車に同乗しないので泣き出す［②］。内大臣家に着いた若君、祖父母の内大臣夫妻に気に入られる［③］。内大臣夫人、きんつね夫妻に同情する［④］。
十九　若君、祖母の内大臣夫人になつく。

十一月

二十　きんつねと左大将家の結婚、十一月十六日と決定。
二十一　十一月十六日、きんつねは忍音の君から離れられず［①］。ようやく内大臣家に行き、晴れ着に着替えて出かけるが、夢うつつの状態［②］。
二十二　きんつね、花嫁に心引かれず、忍音の君を恋い慕う。
二十三　きんつね、鶏が鳴くとすぐ忍音の君の元に帰る［①］。忍音の君を見て、ほれ直す［②］。内大臣に催促されて、後朝の文を左大将家へ送る［③］。
二十四　結婚、二日目の夜、きんつね、あい変わらず花嫁に心引かれず。
二十五　忍音の君、出家を考える。
二十六　三日間、左大将家に通った後、きんつねは忍音の君の元に居続けていることを内大臣は知り、忍音の君を追い出す計画を立てる。
二十七　きんつね、約二十日ぶりに左大将家を訪れるが、花嫁は不機嫌。
二十八　きんつね、内大臣家にいる若君をひそかに連れ出し［①］、忍音の君と尼君に会わせるが、すぐにまた戻る［②］。

四年目
二十九 きんつね、二十六歳。若君、三歳。
三十 春の任命式で、きんつね中将、中納言に出世するが、憂い顔を帝に知られる。
三十一 きんつねは忍音の君の元に居続け、それを知った内大臣は立腹。
三十二 左大将家へ行くよう内大臣家から車を寄こされても、きんつねは断る。きんつね、内大臣に呼び出され、叱られる［①］。仕方なく左大将家に寄ってから、宮中に行くと、物忌みのため七日間、宮中から出られず、その旨を知らせた忍音の君宛の手紙、内大臣が没収［②］。
三十三 事情を知らない忍音の君は、きんつねが急に音信不通になり、嘆き悲しむ［①］。物忌みの四日目、内大臣から届いた手紙を見て、忍音の君は家を出ることを決心。尼君の友人で、帝に仕える典侍に連絡を取る［②］。急いで引っ越す用意をして［③］、後ろ髪を引かれる思いで出る［④］。
三十四 典侍、忍音の君を見て、その美しさに驚く。自分の替わりに典侍になることを勧めるが、忍音の君は出家を希望する。
三十五 物忌みが終わり、きんつね、急いで忍音の君に会いに行くが、もぬけの殻。別れの和歌を見て、茫然自失［①］。きんつね、忍音の君はかつて住んでいた嵯峨野にもいないと知る。内大臣家からの使者にも応対せず［②］。
三十六 翌日、内大臣家に行き、叱る父には何も言わず［①］、母には事情を話す［②］。若君の相手もできず、忍音の君の居所をしらせてほしい、と神仏に祈るのみ。左大将家への訪問も途絶える［③］。
三十七 忍音の君、日々、泣きこがれる。
三十八 典侍から忍音の君のことを聞いた帝、大いに関心を持つ。
忍音の君を出仕させるように、という帝の命令を、典侍は忍音の君に伝えるが、忍音の君は無関心。

十一月頃

三十九　帝、典侍の部屋に渡り、忍音の君を見て、その美しさに驚く〔①〕。帝、忍音の君の内情を典侍に問い詰めるが、典侍は答えず〔②〕。翌朝、帝は物思いにふけるきんつねを見て、忍音の君との仲を疑う〔③〕。きんつねに笛を勧め、帝たちも合奏する。きんつねの笛の音を忍音の君は聞き、涙する〔④〕。

四十　演奏後、帝は忍音の君に問いかけ、きんつねとの仲を確証する〔①〕。典侍に確認するが、典侍は答えず。帝に愛想よくするようにと勧める典侍の説得を、忍音の君は拒絶〔②〕。

四十一　きんつね、左大将家には行かなくなり、忍音の君と過ごした家に居続けるが、内大臣家にいる若君が恋しくなり、会いに出かける。だが、若君を見ると、出家のほだしになることに気づく。

四十二　きんつね、気晴らしに宮中に行くが、帝の当てこすりの和歌に動揺する。

四十三　帝、忍音の君にきんつねとの仲を問いつめるが、無視される。

四十四　きんつね、帝が最近よく通う建物に近寄り、垣間見ると〔①〕、帝のそばに忍音の君を発見〔②〕。手紙を書き、夕暮れに会いに行く〔③〕。忍音の君が立ち去った事情などを女房から聞き〔④〕、手紙を渡す。忍音の君、すぐに返事する〔⑤〕。

四十五　女房の手引きで、きんつね、忍音の君と再会。出家の意思を伝え、夜明け前に帰る。

四十六　年末、行事が多いが、帝は忍音の君に執心。

四十七　忍音の君も出家を決意するが、妨害される。帝が訪れても無視するが、帝はますます熱中。

五年目　きんつね、二十七歳。若君、四歳。

一月

四十八　きんつね、今年中に出家する決心をする。
四十九　きんつね、以前つき合っていた女房と偶然再会。忍音の君がいる建物に近づき、笛を吹くと、忍音の君を訪ねていた帝が聞きつけ、きんつねを呼び出す。
五十　簾を挟んで、中に帝と忍音の君、外にきんつね。帝の命令で笛を吹くが、その場に居たたまれず、早々に退去。きんつね、出家の決意、深まる。
五十一　ひそかに家を出る準備をするが、心は大いに乱れる。

二月

五十二　きんつね、久しぶりに左大将家を訪問して、花嫁にわびる。その夜は左大将家に泊まる。
五十三　その次の夜も宿泊。きんつねの本心を知らない左大将家は大喜び。
五十四　翌朝、きんつねは出かけるとき、それとなく形見の品を花嫁に渡す。
五十五　きんつね、出仕して、帝に「寺参りに出かけるので、しばらく会えない」と伝える。
五十六　その夜、きんつね、忍音の君にだけ出家の意思を話す。すがりつく忍音の君を振り払うため、「明日の夜、迎えに来る」と嘘をつく［①］。忍音の君と涙の別れ［②］。
五十七　きんつね、帰宅して、両親と若君に会う。自室に戻り、別れの手紙を書く。
五十八　きんつね、夜明け前に若君と最後の別れ。
五十九　きんつね、家来と家を出て比叡山の横川に赴き、聖に頼み剃髪する［①］。家来も出家する。きんつね、忍音の君の面影が浮かび、修行に専念できず［②］。
六十　内大臣夫妻、きんつねの部屋で置き手紙を発見。出家したことを知り動転。
六十一　忍音の君もきんつねの手紙を受け取り、泣き伏す。

六十二 帝もきんつねの出家、およびその理由も知り、忍音の君が原因だと了解する［①］。帝、忍音の君を口説くが、無視される［②］。
六十三 忍音の君、帝の慰めにも耳を貸さず。
五月
六十四 忍音の君、きんつねから渡された形見の品を見て和歌を詠む。
六十五 内大臣夫妻も孫の若君も涙にくれる。
六十六 きんつね、修行中にも忍音の君が忘れられず。
秋
六十七 きんつね、紅葉を見て忍音の君と初めて出会ったことを思い出す。

六年目 きんつね、二十八歳。若君、五歳。
六十八 帝、典侍を責めて、忍音の君を帝の元に来させる。
六十九 忍音の君、母の尼君にまで宮仕えを勧められ［①］、しぶしぶ帝の元に参る［②］。
四月頃
七十 帝の寵愛、桐壺の女御（きんつねの妹）から忍音の君に移る。
七十一 帝、藤の宴に忍音の君を招く。
七十二 帝、次第になつく忍音の君に執心。

七年目 きんつね、二十九歳。若君、六歳。東宮、一歳。

七十三　春、忍音の君、帝の長男を出産。
七十四　忍音の君、承香殿の女御と呼ばれ、去年産んだ子が東宮に立つと、后になる。桐壺の女御を圧倒する。

八年目　きんつね、三十歳。若君、七歳。東宮、二歳。
七十五　若君、宮中の作法見習いのため宮廷に参り、帝に愛される。
七十六　忍音の君、若君と再会する。

九年目　きんつね、三十一歳。若君、八歳。東宮、三歳。
七十七　この年かその前後に忍音の君、宮たちを出産。

十年目　きんつね、三十二歳。若君、九歳。東宮、四歳。
七十七　若君、元服して侍従になる。

十二年目　きんつね、三十四歳。若君、十一歳。東宮、六歳。
七十七　若君、少将に昇進。

十三年目　きんつね、三十五歳。若君、十二歳。東宮、七歳。
七十八　若君、中将に昇進。秋、父のきんつねが横川にいると知り、尋ねる。
七十九　若君、きんつねと対面して［①］、語り合う［②③］。若君、持ってきた衣などを父たちに渡す［④］。

八十　若君、宮中にて母の忍音の君に、父に再会したことを語る。

十四年目　きんつね、三十六歳。若君、十三歳。東宮、八歳。

八十一　若君、二位の中納言に昇進。

十五年目　きんつね、三十七歳。若君、十四歳。東宮、九歳。

八十二　春、帝は退位し、東宮が即位。忍音の君は女院。若君は右大臣家の姫と結婚。帝は元服して、左大将の娘が入内。若君は横川にいる父を絶えず訪問。

解説

一、原作本と改作本

『しのびね物語』に関する現存最古の資料は、永万二年（一一六六）頃に成立したと推定される『源氏一品経』（大原三千院蔵『拾珠抄』第一冊）である。その一節に、「有本朝物語之事、是古今所製也」として物語の書名を列挙したなかに、「忍泣」の名が見られる。[1] 次いで、寿永元年（一一八二）に賀茂重保が撰した『月詣和歌集』第五・恋中に見出せる。

ものがたりの名によする恋といふことをよめる　藤原伊綱
ぬれぎぬととふ人あらばいふべきに色にぞしるき忍びねの袖（五〇一）[2]

伊綱は藤原家基（生没年未詳。素覚法師として『新古今和歌集』に入集）の子で、『勅撰作者部類』によると永暦二年（一一六一）正月に叙爵された。そのほか、建久九年（一一九八）に成立したと推定される上覚『和歌色葉』上巻の第五「撰抄時代者　付私集口伝物語」において、物語の名を列挙した中に「住吉、源氏、世継、しのびね、かやうなる物語、しなじなに侍り。」（『日本歌学大系』3、一一五頁）とある。以上の資料により、本作品は十二世紀後半には成立していたと推定される。

鎌倉時代になっても物語は数多く作られ、物語中の和歌を集め分類した『風葉和歌集』が序文によると文永八年（一二七一）に撰進された。その中にも、当作品から三首採られている。

○巻四、秋上

ないしのかみつれなきさまにみえ奉りければ、七日の給はせける
しのび音のみかどの御歌
けふさへやただにくらさんたなばたのあふよは雲のよそに聞きつつ（二二二〇）

○巻十八、雑三
せちに思ひける女に、こころにもあらずへだたりにければ、世をそむかんとていささかたちよりて
しのびねの中将
行末を何契りけんおもひいる山ぢに雲のかかりける世を（一三七一）
ほいとげてのち、おなじ人のもとにさしおかせける
哀とも思ひおこせよしら雲のたなびく山に跡たえぬとも（一三七二）

右記の三首は、現存本『しのびね物語』には収められていない。本書の章段で示すと、二二二〇番歌は第六十八章、一三七一番歌は第四十五章か五十六章、そして一三七二番歌は第六十一章に置かれていたと想定される。

また、『風葉和歌集』の詠者名は最終官位で統一されていて、男主人公は中将（従四位相当官）であるのに対して、現存本では中納言（従三位相当官）まで昇進している。詞書の人名も詠者名に準じて記載されていて、女主人公は尚侍（ないしのかみ）であるが、現存する物語では女院にまでなっている。

従って、現存本は『風葉和歌集』所収のものとは異なり、それ以後に改作されたものと判断される。一般に平安時代の物語が中世に改作される場合、和歌は減り、文章は中世の人にとって読みやすく手直しされる。現存本には平安時代にはない言葉（たとえば「ちと」［三⑥15］など）がある、と指摘されている。(3) そのほかに一例として、灯火を明るくかき立てる、という意味を表わす単語を取り上げる。それは四十歳過ぎの尼君が「火あかくかかげむや」と頼むと、子どもが「かかげたれば」という一節［二④］である。大槻修氏・槻の木の会編『校本しのびね物

語』（和泉書院、平成元年）によると、尼君のセリフはどの伝本も同文である。ところが「かかげたれば」の本文は第一系統のみで、他の系統は「かきあげたれば」である。これについては『徒然草』第二二段に興味深い記事が掲載されている。

なに事《ごと》も、古き世のみぞしたはしき。今様《いまやう》は無下《むげ》にいやしくこそなりゆくめれ。（中略）文《ふみ》の詞《ことば》などぞ、昔の反古《ほうご》どもはいみじき。ただ言ふ言葉も口をしうこそなりもてゆくなれ。「いにしへは、車もたげよ、火かかげよ、とこそ言ひしを、今やうの人は、もてあげよ、かきあげよ、と言ふ。（下略）」とぞ、古き人は仰せられし。（本文は永積安明氏校注・訳、小学館・日本古典文学全集による）

尚古思想が見られるこの一段において、「かかぐ」は古語にして雅語、「かきあぐ」は俗語と指摘されている。よって、この箇所に関しては、第一系統の本文が古形を留めていると言えよう。

二、しのびね型の物語

平安時代には数多くの物語が制作されたが、殆どは散逸してしまった。そのなかで当物語が改作されたとはいえ現存するのは、言い換えると加筆されてまで残されたのは、あらすじが王朝人にも中世人にも歓迎されたからであろう。中世になっても王朝風の物語は多く作られ、中世王朝物語を内容で分類すると、『しのびね物語』に似た型の物語が多くあり、それらは「しのびね型」と総称されている。その特徴は、「相思相愛の男女がいて、男が没落し女が出世する話で、骨格は『大和物語』第一四八段の芦刈伝説や、昔話の男女の福分、炭焼き長者と同じである。」と定義されている。(4) また、一人の女性に複数の男性が懸想する話は、すでに『万葉集』に詠まれた真間《まま》の手児奈《こな》や菟原処女《うなひをとめ》に見られ、後者は『大和物語』第一四七段にも採られ、その女性たちを葬った塚は乙女塚と呼ばれている。また、『源氏物語』の浮舟も、薫と匂宮の板ばさみになっている。それらの女性は皆、入水して、三角関係に終止符を打った。すなわち女性が身を引くことで、決着がついたのである。ところが、しのびね型物語では逆に男性が身を引いている。そこが当時の読者には目新しく、それゆえ流行したのではなかろうか。『しのびね物語』の男主人公も出家することで俗世を離れたが、彼のように出世を約束された若公達の出家は、世間の関心や同情を引くものである。たとえば、藤原師輔の子息である高光が突然出家して多武峰に庵を結んだ事件は、『多武峰少将物語』という物語になった。また藤原顕信も、父道長の栄華のさなかに十九歳で出家して、その哀話は『大鏡』などに語られている。このような名門貴公子の突然の出家は、それだけで伝説や説話になるのである。なお［五十九①3］の項も参照されたい。

三、和歌における「しのびね」の特徴

書名にもなった「しのびね」という言葉は『万葉集』にも、また上代の散文にも見当たらず、ようやく十世紀の資料に見出せる。以下、古い順に列挙する。

○藤原師氏（生没九一三～九七〇年）の家集『海人手古良集』。詞書は「あひての恋」。

忍びねにまたしのびねのかさなりてひるまなくなくそでくちぬべし（五七）

○藤原仲文（生没九二三～九九二年）の家集『仲文集』。

承香殿にさぶらひける人をかたらひけるが、みそかに人をもたりて、まかりたりしかば、まどひかくしてけるに、くつのありけるをみて、まへのやり水におひたりけるねぜりをとりて

さは水につみあらはるるしのびねをかくせりけるはうき心かな（九）

右記の例ではいずれも「しのびね」は、秘密の恋に使われている。

○藤原朝光（生没九五一～九九五年）の家集『朝光集』。

　まつりのかへさに、女車に、卯花あふひにて、ちはやぶるな
　らぬ事かきてとて、ふでかみたまふ

しづのをのしのびねをなけほととぎす（一二五）

　とあれば

こだかき声はまたもしつるを

詞書の「まつり」とは旧暦四月に行なわれる賀茂の祭を指し、この短連歌で「しのびね」は「ほととぎす」と共に詠まれている。その場合「しのびね」は時鳥《ほととぎす》の初音、または声をひそめるような泣き声を意味する。この二語を詠み合わせる傾向は、次の『実方集』にも受け継がれている。

○藤原実方（生没?～九九八年）の家集『実方集』。

　四月ばかりものいふ人の、五月までしのびければ

しのびねのころはすぎにきほととぎすなににつけてかねをばなかまし（一五五）

　せうのないしにものいひはじめて侍りしを、いみじうしのぶ
　ときき侍りしかば

しのびねもくるしきものをほととぎすいざうのはなのかげにかくれむ（二五〇）

　ものいひける人の、ほどへてありけるに、四月ばかりにかく
　いひける

卯花のかきねがくれにほととぎすわがしのびねといづれほどへぬ（二九九）

返し

人しれずかきねがくれのほととぎすことかたらはでなかぬよぞなき（三〇〇）

三首とも忍ぶ恋を詠んだものであり、時鳥が「しのびね」で鳴く初夏と結び付いている。勅撰和歌集の初出は応徳三年（一〇八六）に奉献された『後拾遺和歌集』で三首あり、そこではもはや季節の縛りはなくなり、また恋に限定されず故人を偲ぶときにも用いられている。詠者はすべて十一世紀に活躍した歌人である。

○巻十四、恋四

しのびてものおもひけるころよめる　　相模

あやしくもあらはれぬべきたもとかなしのびねにのみなくとおもふを（七七七）

○巻十八、雑四

五節の命婦のもとにたかさだしのびてかよふとききて、たれともしられでかの命婦のもとにさしおかせ侍ける

六条斎院宣旨

しのびねをききこそわたれほととぎすかよふかきねのかくれなければ（一〇九六・一〇九七）

○巻十九、雑五

二条院東宮にまゐり給てふぢつぼにおはしましけるに前中宮のこのふぢつぼにおはせしことなどおもひいづる人など侍ければ

大弐三位

しのびねのなみだなかけそかくばかりせばしとおもふころのたもとに（一一〇〇・一一〇一）

かへし　　　　出羽弁

はるのひにかへらざりせばいにしへのたもとながらやくちはてなまし（一一〇一・一一〇二）

このように「しのびね」は季節などに限定されず使われるようになったとはいえ、その後も「しのびね」の和歌には時鳥がよく詠み込まれている。[5]

四、物語における「しのびね」の特徴

『風葉和歌集』において、「しのびね」の例は和歌に四首、詞書に一例みられる。

大納言ただよりの七十賀屏風に子規をまてるところ　　よみびとしらず　おちくぼ

ほととぎすまちつる宵の忍び音はまどろまねどもおどろかれけり（一三九）

夏のはじめつかた夜ふけて中宮のだいばん所にたちよりたりけるに、女房のこゑどもしければよめる　　ふせごの頭中将

ねざめする人もあらなん郭公しのびかねたることかたらはむ（一四〇）

かへし　　侍従内侍

しのびねはさてこそあらめ時鳥なべての空にいかがかたらむ（一四一）

題しらず　　ながれてはやきあすか川の春宮

わび人の心をやしる郭公空にともなふしのびねのこゑ（一四二）

女のもとにひさしくまからで思ひたち侍りけるに、ほととぎすのほのかになけば　　うきなみの権中納言

尋来ぬ我をうしとやしのびねに鳴きてまちける郭公かな（一四三）

ほととぎすのしのびねあらはれてかたらひゐたるこゑも、夏山にあらねどうらめしうて　　みかきがはらの内大臣

心あらばなのらで過ぎよほととぎす物思ふとはわれもしらねど（一五三）

すべて巻三・夏部に収められ、全歌に時鳥が詠み込まれている。

『風葉和歌集』に採られた「しのびね」の和歌すべてに時鳥が詠まれ、夏の部に収められていることに注目したい。そして当歌集に採られた『しのびね物語』の和歌の詞書には「しのび音のみかど」「しのびねの中将」と記されているが（解説の第一節、参照）、物語で「しのびね」と呼ばれたのは女主人公しかいない。その初出は地の文「この忍音の君は聞き給ひて」［三十九④3］で、そののち帝のセリフ「忍音の内侍と言はん」［六十八35］により宮中における呼称となり、使者の伝言「忍音の内侍、参り給へ」［七十3］にも使われ、地の文の「上、忍音の内侍、御側に置かせ給ひて」［七十一3］を経て、承香殿の女御［七十四1］に替わる。よって「忍音の君」という呼び名からは、初夏に忍び鳴く時鳥が連想され、そのため女主人公には夏のイメージがある、と解釈できよう。

では忍音の君が夏の人ならば、男主人公のきんつねには、どの季節が当てはまるであろうか。初めて彼が登場するのは、「神無月ばかりのことなるに、少将殿は嵯峨野わたりの紅葉ご覧ありて」［二①］である。そして初めて彼が和歌を詠んだ折にも、「世の常の色とや思ふひまもなく袖の時雨に染むる紅葉を　とて、散りくる紅葉を手まさぐりにし給へば」［三④］とあり、手に持った紅葉を詠み入れている。忍音の君との出会いは冬の神無月であるが、それを思い出すときには秋とされる。たとえば忍音の君を失ったときは、「ありし秋の夕べさへ恨めしき心地す。」［三十四①28］であり、出家したあとも、「秋にもなりぬ。四方の山辺の紅葉して、色々に見ゆるにも、『世を背き果つべき始めにこそ。ありし嵯峨にて見初めしも、この世ばかりの契りならじ』と思し出づるに、ただ今の心地して

恋しきこと限りなし。」〔六十七〕で、昔を偲ぶ男主人公には、つねに秋の景色が付きまとう。

忍音の君には夏、男主人公（きんつね）には秋のイメージがあるとすると、帝はいかがであろうか。きんつねと帝が出会う場面で季節が描かれた箇所を見ると、「霜月」で「雪、霰降りて荒るる日」〔三十九③3〕と、「雪かきくれて降り」〔四十二2〕であり、「上を見奉る」のあと新年を迎える〔四十八〕。この吹雪は、一人の女君をめぐって対立する、二人の男君が出会うときの心象風景と読める。よって帝に当てはまる季節は冬ではない、とすると、春しか残らない。帝と物語冒頭の春宮は同一人物と見る説〔七十四4〕に従うと、帝はもと春の宮であり、春がふさわしい。忍音の君が帝との間に皇子を出産したのは春で、その前年の四月頃に藤の宴が催され、その宴会が二人の打ち解け始めた契機になった、と考えられる。藤の花が春から夏にかかって咲くように、この宴で春の帝と夏の内侍は相思相愛の仲になり、もはや秋のきんつねが割り込む余地はなくなった、と見なせよう。『万葉集』以来、春と秋の優劣が取りあげられているが、本作品においても、「姫君と中納言との恋愛物語は主に秋・冬を舞台として進められている。対照的に帝との関係が描かれるのは春である。（中略）中納言を描く場面は総じて秋が多く、帝を描く場面は総じて春が多いのである。(6)」のように、春秋の争いが見られると言えよう。

ただし忍音の君は最初から夏ではない。初めて登場する神無月の場面では、季節に合わせて「菊のうつろひたる五ばかり」〔二③8〕であり、きんつねが用意した装束も「紅葉襲十ばかり」〔六2〕で秋の装いである。しかし、幸福な時は長くは続かず、苦難に見舞われ忍び泣きが始まると、時鳥の忍び鳴きが連想され、夏のイメージを帯びてくるようになる。その変化は、さし絵にも見られることを次節で確認する。

五、奈良絵本のさし絵

『しのびね物語』にさし絵が入ったものとしては、飛騨高山まちの博物館（旧名、高山郷土館）所蔵の奈良絵本が夙に有名である。現在は下冊を欠き、絵は上冊に十九図、中冊に十四図ある（口絵参照）。構図に注目すると、計三十三図のうち建物が見えないのは一図【上7】[7]のみ、また部屋の屋根を描いたのも一図【中12】しかなく、ほかは吹抜屋台である。室内だけで簀子を描かないのは二図【上17・中9】ある。簀子の描き方を分類すると、画面の左上から右下に簀子が通っているのは一図【上15】、簀子の二辺が交差しているのは五図【上9・12、中4・5・13】あり、他は右上から左下に描かれている。よって、ほとんどの図は右下に庭など屋外が取り込まれている。

今度は衣装の色彩を見ると、尼君はすべて水色の衣の上に白の上着をまとい、袴は黄色である。物語には「白き衣のなえばめる着て」［二④2］「白き袴」［六3］とあるが、絵では黄色の袴しか着用しない。きんつねも赤の直衣、水色の指貫、そして黒の冠で統一されている。ただし一図【上10】だけ水色の直衣に桃色の指貫姿であるが、これは内大臣（きんつねの父）の装束であり（たとえば【上11】）、絵師の誤りであろう。帝は赤い袴に黄緑色の直衣、典侍もいつも同じ衣装（水色の上着）であるのに対して、忍音の君とその子（若君）だけは変化している。若君は上冊では赤色、中冊では黄色の衣と分かれている。これは上冊では忍音の君、中冊では祖父母のもとで育てられたことによるのであろう。一方、忍音の君は初めは薄赤色の上着で、これは「菊のうつろひたる五ばかり」（白菊が薄赤紫を帯びた色）［二③8］や「紅葉襲十ばかり」［六2］に合わせたのかもしれない。その装いがしばらく続くが【中2】で突然、黄色の上着になる。門の外に車と家来が見えるので、きんつねを迎えに来た場面［三十一①］と思われる。前章では髪を洗い乾かしているとき、「花山吹の御衣に袴ばかり着給ひて」［三十10］とあるので、それと関係があるのかもしれない。そして次の図【中3】では再び薄赤色の上着になり、女房が黄色の衣を衣装箱に仕舞うところが描かれる。次の図【中4】を最後に薄赤色の衣はなくなり、その次の図【中8】以後は緑色の上着になる。【中4】と【中8】の間に典侍が忍音の君をむりやり着替えさせたとあるので［三十八26］、それによる変化と考えられる。ただし、新しい衣装については「紅梅の濃く薄く重なりたる」［四十四①23］、「藤・山吹の七ばかり」［七十6］と記され、緑色ではなく、その色を絵師が選んだ理由は分からない。穿ち過ぎかもしれないが、初めは紅葉のイメージを帯びるきんつねに合わせて薄赤色だったが、宮中に移ってからは時鳥の忍び音に合わせて初夏の青葉色になったのかもしれない。

六、本文の系統

『しのびね物語』の諸本を調査された桑原博史氏は三系統に分類され、第三系統は「第二系統の上下二分冊のかたちから派生」したもので、「室町末期には成立していた」と推測された[8]。また、第一・第二系統の相違は「表現―それも語彙にかぎつてよいほどの―だけについてであり」（注8の著書、一七五頁）と指摘されたが、本文が大きく異なる箇所もあり、その一例を取り上げる。それは第四十章の末尾近くにあり、典侍が帝に隠さず話そうかと考えたが、思い返して何も申さず局に戻り、忍音の君を諭す箇所である［四十②7の後］。

ありのまゝにやそうせまし』と思へと、『なを、たゝ今はたしかにそれとしらせ奉らし』と思ひかへして、ひめ君には、「よろつかひなきことにおほしなして（第一系統、筑波大学本）

ありのまゝにさうせまし』とおもへと、姫君の覚さん所もかつはいとをしうてなん、えさうし聞えす成ぬ。「猶たゝ今、よろつかひなきことにおほしなして（第三系統、蓬左文庫本）

両系統を比較すると、内容は変わらないが、第三系統は姫君への話が唐突に始まり分かりにくくなっている。

一方、第二系統の東山御文庫本は長文である。

ありのままにそうせまし』とおもへと、『なをたゝいまは、☆いとゝおしかるへきこと』、おもひかへして、「いましつかに、とひ侍らん。物申せとも返事をも、はかく〳〵しくすることの侍らぬまゝに、ましてそのいかなりしことゝも、あきらかにうちかたらひなと、いかゝ侍るへき。たゝ人にしのふへきことはかりきゝ侍る」

と申まきらはしつゝさふらひ給ふ。しのひねの君はよるひるおもひしつめて、まめやかにこゝちもわひしく、ものをも御らんしいる、ことのなけれは、身もよはくなりけれは、「かくてはいかゝせん。[a]ありしさかにわたして、あまになさせ給ひてよ。かくおもひのほかなるくものうへに、心ならすもありへは、もし中納言なともきゝ給て、『[b]心ゆきたるみやつかへなとにもさし出たる』と心かろくおもひたまはんか、つらき心なから、はつかしくもあるを、しはしもなからへんほとは、[c]ねんふつをもとなへて、心みたらす侍らん」となきしつみての給へは、ないしも、「心くるしけにおほすらんも、ことはりの御おもひなれとも、さりとて、いかゝすへき。我心といてたち給ふらんとも、よもおほさし。たゝいまは★よろつかいなき事におほしなして

他系統よりも詳細に語られ、まず典侍が帝に言い訳する返事と、次いで忍音の君が典侍に訴えるセリフが追加され、それから典侍がなだめるセリフが始まり、他系統と同じ文章に続いている。ただし第二系統の中でも東山御文庫本以外の諸本は☆と★で挟んだ本文を欠き、「なをたゝいまは、よろつかいなき事におほしなして」となっている。けれども欄外に「此辺脱文あるか解しかたし」と表記する写本もあり、その本文では分かりにくい。第三系統は第二系統から派生した（注8の著書）とすると、第三系統の元になった写本も☆と★の間を欠いていたため、「ありのまゝにさうせまし』とおもへと」という本文の後に、「姫君の覚さん所もかつはいとをしうてなん、えさうし聞えす成ぬ」を補ったと解釈できる。では、東山御文庫本も本文を補足して分かりやすくしたのであろうか。しかしながら、あまりにも長文であること、また☆と★の直前にそれぞれ「たゞいまは」という同じ言葉があることから推理すると、他の伝本は目移りにより書き落としたのではなかろうか。

東山御文庫本の☆から★までの本文で、「ありし嵯峨にわたして尼になさせ給ひてよ。」（傍線a）の一文は、「ありし嵯峨に尼に成りてこそ過ぐさまほしけれ」［三十三33］を受けている。このように今までの内容を受け継いでいるが、目新しい箇所も見受けられる。それは「念仏」（傍線c）である。第一系統にもその言葉は散見されるが、

すべてきんつねに関して使われている〔四十五28〕〔五十九②16の前〕〔七十八8の後〕〔七十九②2〕）。また、「心ゆきたる宮仕へ」（傍線b）とあるが、第一系統では忍音の君が宮中から出ることを「心ゆきて」〔四十②13の前〕と表現している。

七、底本の系統

本書の底本として、静嘉堂文庫所蔵「しのびね」（松井簡治旧蔵、整理番号五一四・一〇・二一三三〇）を用いた。当写本を選んだ理由は、以下の通りである。

1、完本であること。なお当写本は『静嘉堂文庫図書分類目録　続』（昭和十四年刊行）には、誤って「残存本」とある。また当本は「マイクロフィルム版　静嘉堂文庫所蔵　物語文学書集成」の第三編三〇に収められており、その「収録書総目録」（雄松堂、昭和五九年）にも「残存本」とある。

2、いまだ影印も活字もない。当本は大槻修氏・槻の木の会編『校本しのびね物語』（和泉書院、平成元年）にも未収である。(9)

3、桑原氏の調査によると、第二系統の一部の写本には『うつほ物語』が混入している。また第三系統は、室町時代に第二系統から派生した改作本であると指摘された（注8の著書、一七七頁）。そこで、それらの諸本（第二系統の一部と第三系統）は除外した。

以上の条件を満たす写本の中で、注の書き入れがある当本を選択した次第である。注釈には傍注と頭注があり、傍注は主語などを示し、頭注は本文校訂や引歌・有職故実の考証などを記す。いずれも本文と同筆と見られる。

底本は第一系統に所属するが、第二系統の本文も混在する。たとえば帝がきんつねと忍音の君との仲を初めて疑う箇所〔三十九③12の後〕において、第一系統の「又こゝなる人もいといたう思ひしつみたるは、もしあかぬわかれなれは、おもひはなれかたきにや」という部分は、第二系統では「世はまはれはひとつなるを、もしいかやうなることやあらむ」という別の文章であり、底本は第一系統と一致する。今度は底本が第二系統と合う例を挙げると、きんつね親子が別れを惜しむ場面〔七十九④3〕で、第一系統の「いかにわれをうら山しく思ひきこへ給わん」の一節は、第二系統では「いかにふしきからせ給ふへき」で全く異なる。このように底本に両系統の本文が混じるのは、傍書されていた異文が本行に紛れ込んだからではなかろうか。たとえば『鎌倉時代物語集成』に採用された丹鶴叢書本は、「本行本文は第一系統、傍記は第二系統、と認められ[10]」、本書の底本も少数ではあるが、異文が書き込まれている。本書の〔四十七〕に書かれたイ文は第一系統で本行は第二系統、〔四十八〕に見られるイ文は第二系統で本行は第一系統である。また、大将が中納言をもてなす、という一節が〔五十二〕と〔五十三〕の各末尾にあり、いずれにも「イ无」という傍注が付いている。これはその一節が第一系統では〔五十三〕、第二系統では〔五十二〕にしかないのに、底本は両方とも取り入れたからであろう。

このような問題点を含むが未翻刻であり、また興味深い注釈が散見される点を重視して、底本に選んだ次第である。

注

（1）本文は、国語国文学研究史大成3『源氏物語』上（三省堂、昭和35年）による。

（2）本文と歌番号は『新編国歌大観』により、以下の和歌もそれによる。

（3）〔三⑥15〕は第三章第六段の古文で、15の通し番号を付けた箇所を示す。以下、同じ。

（4）三角洋一氏「しのびね物語」、徳田和夫氏編『お伽草子事典』（東京堂出版、平成14年）所収。

（5）安道百合子氏は『後拾遺和歌集』の三首をもとに、次のように論じられた（「現存『しのびね物語』の構想」「国文学研究資料館紀要」27、平成13年3月）。

いずれも詞書をともなって恋歌の趣をたたえている。もともと「忍びなく」という言葉には、『後撰和歌集』巻四夏の、「ほととぎす声待つほどは遠からでしのびに鳴くを聞かぬなる覧」（一五〇番）にあるように、時鳥の初音の連想が背景にある。したがって、和歌においては、「しのびね」という語は、時鳥の初音に恋の忍び泣きの意を掛けて用いる場合が多い。そのような和歌における用法を反映してか、『落窪物語』『源氏物語』に各一例ある「しのびね」も作中和歌に見え、時鳥の初音と忍び泣きの意を掛けているものである。本作品（岩坪注、『しのびね物語』）において一般的に理解されるような「恋の悲嘆に忍び泣く」意で用いられる例を、先行物語に求めると、『夜の寝覚』に一例見出せる程度である。

（6）注5の論文。

（7）【上7】は、上巻の第七図を示す。以下、同じ。

（8）桑原博史氏著『中世物語の基礎的研究史　―資料と史的考察―』第七章（風間書房、昭和44年）。

（9）ほかに『校本しのびね物語』に収録されていない写本で、私が調査したものを以下、系統別に列挙する。

○第一系統…京都大学文学部蔵本。書写奥書に「此一冊、借江府和学講談所本、令書写訖。文政九年五月十六日光棣」とある通り、文政九年（一八二六）に写されたと見られる。

○第二系統…実践女子大学蔵本。国文学研究資料館蔵鵜飼文庫本。いずれも書写奥書はないが、近世の写し。両本とも東山御文庫本に見られる長文（解説の第六節、参照）を欠き、『うつほ物語』の混入もない。

（10）加藤昌嘉氏「『しのびね物語』のコトバの網―王朝物語世界の中の―」、「詞林」25、平成11年4月。

［主要文献目録］

注釈書・現代語訳

1　広島平安文学研究会「訳注『しのびね物語』（上下）」「古代中世国文学」4・5、昭和59年8月、60年12月

2　岩坪健「『しのびね物語』注釈（1）～（5）」「神戸親和女子大学研究論叢」30～34、平成8年10月、10年2月、11年2月、12年3月、13年3月

3　大槻修・田淵福子『しのびね』（『中世王朝物語全集』10）（笠間書院）平成11年6月

影印・翻刻

1　「しのびね物語」『続群書類従』18上（経済雑誌社）大正14年3月↓（続群書類従完成会）昭和33年9月

2　「しのびね物語上下」『桂宮本叢書』16（養徳社）昭和35年2月

3　桑原博史「しのびね物語全」『中世物語の基礎的研究―資料と史的考察―』（風間書房）昭和44年9月

4　小久保崇明・山田裕次「蓬左文庫蔵『しのびね物語』解題と翻刻」「都留文科大学研究紀要」11・12、昭和50年8月、51年9月↓『蓬左文庫蔵しのびね物語』（笠間書院私家版）昭和52年4月

5　「しのびね物語」『丹鶴叢書』7（臨川書店）昭和51年9月

6　「しのびね物語」『室町時代物語大成』6（角川書店）昭和53年3月

7　大槻修『蓬左文庫蔵しのびね物語』（和泉書院）昭和53年9月

8　平林文雄・島田早苗「『しのびね物語』（上下巻）対校本（東山御文庫本・筑波大学本・蓬左文庫本）」「群馬県立女子大学紀要」3・4、昭和58年3月、59年3月

9　小久保崇明・山田裕次『対校「しのびね物語」』（和泉書院）昭和60年5月

10　大槻修・槻の木の会編『校本しのびね物語』（和泉書院）平成元年3月
11　市古貞次・三角洋一編『鎌倉時代物語集成』4（笠間書院）平成3年4月
12　「しのびね物語」（『定本丹鶴叢書』19）（大空社）平成9年9月

単行本論文

1　市古貞次『中世小説の研究』（東京大学出版会）昭和30年12月
2　小木喬『鎌倉時代物語の研究』（東宝書房）昭和36年11月↓『散逸物語の研究―平安・鎌倉時代編―』（笠間書院）昭和48年2月
3　桑原博史『中世物語の基礎的研究―資料と史的考察―』（風間書房）昭和44年9月
4　中野幸一『物語文学論攷』（教育出版センター）昭和46年10月
5　市古貞次『中世小説とその周辺』（東京大学出版会）昭和56年11月
6　浅見和彦「しのびね物語」『研究資料日本古典文学①物語文学』（明治書院）昭和58年9月
7　大倉比呂志「しのびね物語」『体系物語文学史』4（有精堂）平成元年1月
8　大槻修『中世王朝物語の研究』（世界思想社）平成5年8月
9　大槻修・神野藤昭夫『中世王朝物語を学ぶ人のために』（世界思想社）平成9年9月
10　神野藤昭夫『散逸した物語世界と物語史』（若草書房）平成10年2月
11　大倉比呂志「『しのびね』論」『源氏物語と王朝世界』（『中古文学論攷』20）（武蔵野書院）平成12年3月
12　中島泰貴『中世王朝物語の引用と話型』（ひつじ書房）平成22年2月
13　後藤康文『日本古典文学読解考―『万葉』から『しのびね』まで―』（新典社）平成24年10月

雑誌論文

1　大槻修「しのびね物語の改作態度」「甲南女子大学研究紀要」10、昭和49年3月↓後に大槻修『中世王朝物語の研究』所収（世界思想社）平成5年8月
2　神野藤昭夫「『しのびね物語』の位相─物語史変貌の一軌跡─」「国文学研究」65、昭和53年6月↓後に神野藤昭夫『散逸した物語世界と物語史』所収（若草書房）平成10年2月
3　山田裕次「蓬左本『しのびね物語』覚え書き─『源氏物語』の詞章の引用に就いて─」「解釈」24─9、昭和53年9月
4　末沢明子「しのびね」「解釈と鑑賞」45─1、昭和55年1月
5　松井澄子「高山郷土館蔵奈良絵本「しのびね」に関する報告」「甲南女子大学大学院論叢」2、昭和55年1月
6　松井澄子「『しのびね』物語の変貌─現存本『しのびね』と『しぐれ』との比較─」「平安文学研究」63、昭和55年7月
7　後藤康文「『忍音物語』の尼君をめぐって」「文献探究」13、昭和58年12月↓後に後藤康文『日本古典文学読解考─『万葉』から『しのびね』まで─』所収（新典社）平成24年10月
8　西本寮子「広島大学蔵『しのびね物語』について」「古代中世国文学」4、昭和59年8月
9　三角洋一「改作物語の和歌」「東京大学教養学部人文科学科紀要」81、昭和60年3月↓後に三角洋一『物語の変貌』所収（若草書房）平成8年2月
10　吉海直人「しのびね物語」「別冊国文学王朝物語必携」、昭和62年9月
11　大槻修「『しのびね物語』ところどころ」「甲南国文」35、昭和63年3月
12　蔵中さやか「十如是歌考─『しのびね物語』書陵部本最末歌群を端緒に─」「甲南国文」38、平成3年3月

13　佐々木圭子「『しのびね物語』成立の背景」「広島女子大学国文」8、平成3年8月
14　伊井春樹「『しのびね物語』論―現存本から古本へのまなざし―」大阪大学古代中世文学研究会「詞林」25〈特集『しのびね物語』〉、平成11年4月
15　中川照将「『しのびね物語』における人物の属性」「詞林」25、平成11年4月
16　藤井由起子「『しのびね物語』の基底―源泉としての『源氏物語』明石一族の物語―」「詞林」25、平成11年4月
17　加藤昌嘉「『しのびね物語』のコトバの網―王朝物語世界の中の―」「詞林」25、平成11年4月
18　中村友美「『しのびね物語』の引歌」「詞林」25、平成11年4月
19　箕浦尚美「『しぐれ』考」「詞林」25、平成11年4月
20　米田真理子「『しのびね物語』の構造―「長恨歌」を視点として―」「詞林」26、平成11年10月
21　岡田ひろみ「不自然な〈笑い〉―『しのびね物語』の世界の変質―」「近畿大学日本語・日本文学」2、平成12年3月
22　安道百合子「現存『しのびね物語』の構想」「国文学研究資料館紀要」27、平成13年3月
23　中島泰貴「「しのびね型」試論」「名古屋大学国語国文学」93、平成15年12月↓後に中島泰貴『中世王朝物語の引用と話型』所収（ひつじ書房）平成22年2月
24　松田行子「『しのびね物語』攷―話型と改作の問題について―」「日本大学大学院国文学専攻論集」1、平成16年9月
25　大倉比呂志「『しのびね』論補遺」「学苑」771、平成17年1月
26　大倉比呂志「『小夜衣』論―『しのびね』への〈反逆〉を中心に」「学苑」838、平成22年8月
27　宮崎裕子「散逸した〈しのびね型〉物語―『風葉和歌集』所収散逸物語における〈しのびね型〉物語の可能性―」

「語文研究」110、平成22年12月
28　安達敬子「『しのびね』と「しのびね型」物語―「しのびね型」話型の再検討―」「京都府立大学学術報告　人文」66、平成26年12月

あとがき

本書の刊行は、長年にわたる悲願であった。『しのびね物語』を読み始めたのは、前任校（神戸親和女子大学）のゼミである。『源氏物語』は長編であるので、一年間で読み終えられそうな物語を探していたが、当時は『鎌倉時代物語集成』も『中世王朝物語全集』も出版されていないばかりか、「中世王朝物語」という名称さえ普及していなかった。擬古物語と呼ばれ、『源氏物語』の亜流と見なされて研究も進んでおらず、大学の教科書になることもなかった。かろうじて和泉書院より『対校　しのびね物語』が出ていて、それをゼミのテキストに選び、一人一頁ずつ担当して古文を歴史的仮名遣いに直し、現代語訳を付ける作業を行った。一年で読了できるかと思ったが、結局、数年かかった。中世王朝物語は『源氏物語』の影響を受けていることは知っていたが、『しのびね物語』は予想以上に『源氏物語』と文章や内容が似ていることに気がついた。ゼミで輪読しながら、ふと思いついた『源氏物語』との類似点をメモしていくうちに、それを活字にしようと考えるようになり、前任校の雑誌に連載することになった。その後も手を入れ単行本にしたのが本書であり、その執筆意図は、『源氏物語』の愛読者が『しのびね物語』を読んで思い起こすもの、すなわち『源氏物語』との類似や相違を注することである。

本書は凡例に書いたように、旧大系（岩波書店）と全集（小学館）を用いており、新大系と新編全集を引いていない。これは雑誌に掲載した当時、未刊だったからである。また、本書でルビを［　］の中に入れているのは、その頃のワープロは本文に加筆しても振り仮名の位置は動かないためである。

連載している最中、母校の演習で伊井春樹先生（当時、大阪大学文学部教授）が当物語を取りあげられ、授業で担当者が配布した資料を受講生に頼んで見せてもらえた。本書で人名だけ示して論文名を挙げていないもの（例えば

第八十章の注2）は、その資料による。後輩たちのお蔭で本書の内容を充実できたことを、ここに記して感謝の意を表する。

ほかにも大変お世話になった方々がおられる。とりわけ抜き刷りをお送りすると、いつもお葉書で重要なご教示をいただいた三角洋一先生と、こと細かに指摘してくださった田村俊介氏である。お二人の暖かいご指導がなければ、途中で挫折していたかもしれない。連載が終了して十年以上も過ぎてしまったが、ようやく刊行できたことを御報告できて肩の荷が下りた思いである。

末尾になったが、本書に貴重な本文と絵の掲載を許可していただいた静嘉堂文庫と飛騨高山まちの博物館には厚く御礼申し上げる。また、前著『源氏物語の享受―注釈・梗概・絵画・華道―』（第十五回紫式部学術賞受賞）に引き続き、今回も小著の刊行を快諾してくださった和泉書院の廣橋研三社主にも深謝申し上げる。なお本書は出版にあたり、平成二十七年度同志社大学研究成果刊行助成の補助を受けたものである。

編者識

平成二十七年　古典の日

■著者紹介

岩坪　健（いわつぼ　たけし）

昭和32年　京都市生

大阪大学大学院博士課程修了　博士（文学）

現職：同志社大学文学部教授

編著書：『源氏物語古注釈の研究』（和泉書院）
『『源氏小鏡』諸本集成』（和泉書院）
『錦絵で楽しむ源氏絵物語』（和泉書院）
『源氏物語の享受―注釈・梗概・絵画・華道―』
（和泉書院）（第十五回紫式部学術賞受賞）
『仙源抄・類字源語抄・続源語類字抄』（おうふう）
『光源氏とティータイム』（新典社）
『ウラ日本文学―古典文学の舞台裏―』（新典社）

研究叢書467

『しのびね物語』注釈

二〇一五年一二月一五日初版第一刷発行（検印省略）

著　者　岩　坪　　健

発行者　廣　橋　研　三

印刷所　亜細亜印刷

製本所　渋谷文泉閣

発行所　有限会社　和　泉　書　院

大阪市天王寺区上之宮町七－六
〒五四三－〇〇三七
電話　〇六－六七七一－一四六七
振替　〇〇九七〇－八－一五〇四三

ISBN978-4-7576-0775-0 C3395

研究叢書

書名	著者	番号	価格
日本語音韻史論考	小倉　肇 著	421	一三〇〇〇円
賀茂真淵攷	原　雅子 著	422	一二〇〇〇円
都市言語の形成と地域特性	中井精一 著	423	八〇〇〇円
近松浄瑠璃の史的研究 作者近松の軌跡	井上勝志 著	424	九〇〇〇円
日本人の想像力 方言比喩の世界	室山敏昭 著	425	一二〇〇〇円
近世後期語・明治時代語論考	増井典夫 著	426	一〇〇〇〇円
法廷における方言 「臨床ことば学」の立場から	札埜和男 著	427	五〇〇〇円
軍記物語の窓 第四集	関西軍記物語研究会 編	428	一四〇〇〇円
西鶴と団水の研究	水谷隆之 著	429	八〇〇〇円
『歌枕名寄』伝本の研究 研究編・資料編	樋口百合子 著	430	一三〇〇〇円

（価格は税別）

——研究叢書——

441	王朝助動詞機能論 あなたなる場・枠構造・遠近法	渡瀬　茂著	八〇〇〇円
442	伊勢物語全読解	片桐洋一著	一五〇〇〇円
443	日本植物文化語彙攷	吉野政治著	八〇〇〇円
444	幕末・明治期における日本漢詩文の研究	合山林太郎著	七五〇〇円
445	源氏物語の巻名と和歌 物語生成論へ	清水婦久子著	九五〇〇円
446	引用研究史論 文法論としての日本語引用表現研究の展開をめぐって	藤田保幸著	一〇〇〇〇円
447	儀礼文の研究 第二巻 日本詠詞	三間重敏著	一五〇〇〇円
448	詩・川柳・俳句のテクスト文析 語彙の図式で読み解く	野林正路著	八〇〇〇円
449	論集 中世・近世説話と説話集	神戸説話研究会編	一三〇〇〇円
450	佛足石記佛足跡歌碑歌研究	廣岡義隆著	一五〇〇〇円

（価格は税別）

――研究叢書――

451	近世武家社会における待遇表現体系の研究 桑名藩下級武士による『桑名日記』を例として	佐藤志帆子著	一〇〇〇〇円
452	平安後期歌書と漢文学 真名序・跋・歌会注釈	鈴木徳男・北山円正著	七五〇〇円
453	天野桃隣と太白堂の系譜並びに南部畔李の俳諧	松尾真知子著	八五〇〇円
454	現代日本語の受身構文タイプとテクストジャンル	志波彩子著	一〇〇〇〇円
455	対称詞体系の歴史的研究	永田高志著	七〇〇〇円
456	心敬十体和歌 評釈と研究	島津忠夫監修	一八〇〇〇円
457	語源辞書 松永貞徳『和句解』本文と研究	土居文人著	一一〇〇〇円
458	拾遺和歌集論攷	中周子著	一〇〇〇〇円
459	『西鶴諸国はなし』の研究	宮澤照恵著	一三五〇〇円
460	蘭書訳述語攷叢	吉野政治著	一三〇〇〇円

（価格は税別）